HEYNE
BÜCHER

Vom gleichen Autor erschienen außerdem
als Heyne-Taschenbücher

Die Kanonen von Navarone · Band 411
Nacht ohne Ende · Band 433
Die Überlebenden der Kerry Dancer · Band 504
Jenseits der Grenze · Band 576
Angst ist der Schlüssel · Band 642
Eisstation Zebra · Band 685
Die schwarze Hornisse · Band 944
Agenten sterben einsam · Band 956

ALISTAIR MacLEAN

DER SATANSKÄFER

Roman

WILHELM HEYNE VERLAG
MÜNCHEN

HEYNE-BUCH Nr. 5034
im Wilhelm Heyne Verlag, München

Titel der englischen Originalausgabe
THE SATAN BUG
Deutsche Übersetzung von Ruth Göth

Für Bill Campell

3. Auflage

Genehmigte, gekürzte Taschenbuchausgabe
Printed in Belgium 1974
Umschlagfoto: Three Lions, New York
Umschlaggestaltung: Atelier Heinrichs, München
Gesamtherstellung: marabout s.a., Verviers

ISBN 3-453-00355-1

1

Es war keine Post für mich da an diesem Morgen, aber das war keine Überraschung. Drei Wochen schon, seitdem ich diese Büroräume im ersten Stock der Oxford Street gemietet hatte, war keine Post für mich da. Ich schloß die Tür des winzigen Vorzimmers, das vielleicht einmal, wenn das Cavell Detektiv- und Überwachungsinstitut sich solche Extravaganzen zu leisten imstande war, einer Vorzimmerdame zu Nutz und Frommen dienen mochte, kurvte um den Tisch und den Stuhl herum und stieß die Tür mit dem Schild ›Privat‹ auf.

Dahinter lag das Zimmer des Chefs des Detektiv- und Überwachungsinstituts Pierre Cavell. Das bin ich. Nicht nur Chef, sondern gleichzeitig auch gesamter Mitarbeiterstab. Es war ein größerer Raum als das Vorzimmer, ich wußte es, denn ich hatte es ausgemessen. Doch nur der geschulte Blick des versierten Fachmanns hätte das sonst mit bloßem Auge zu erkennen vermocht.

Ich bin kein anspruchsvoller Ästhet, aber auch ich muß zugeben, daß es eine ziemlich trostlose Bleibe war. Der verwohnten Wände einstiges Weiß hatte jene undefinierbare, einzigartig graue Patina angenommen, die nur der Londoner Nebel und die Vernachlässigung langer Jahre hervorzubringen imstande sind. Ein engbrüstiges hohes Fenster blickte in einen düsteren Hof. Daneben hing der unvermeidliche Monatskalender. Ein Schreibtisch, nicht gerade neu, stand auf dem Linoleumboden, ein Drehstuhl für mich, ein ruppiger Ledersessel für den Besucher, ein fadenscheiniger Vorleger, um dessen Füße warm zu halten, ein Hutständer und ein paar grüne, blecherne Aktenschränke – leer, wie der Hutständer. Sonst nichts. Und Platz für mehr war auch nicht da.

Ich war gerade dabei, mich in besagtem Drehstuhl niederzulassen, als ich den dunklen Zweiklang der Glocke am Vorzimmer und gleich darauf das Quietschen der Türangeln vernahm. »Bitte läuten und eintreten« stand dort zu lesen, und irgend jemand kam dieser Aufforderung gerade nach. Ich zog die linke oberste Schreibtischschublade auf, warf schnell ein paar Briefumschläge und Schriftstücke vor mich hin, betätigte rasch einen Schalter neben meinem Knie, und ich war kaum aus meinem Stuhl hochgekommen, da klopfte es auch schon an der Innentür.

Der Mann, der eintrat, war groß und schlank und in der Herrenmode *up to date*. Ein Mantel mit schmalen Revers hing über einem dunklen, untadelig sitzenden Anzug vom neuesten italienischen Schnitt, die wildlederne Linke hielt den rechten Handschuh und die Aktenmappe in vollendeter Perfektion. Vermutlich schleppte er ständig einen Mikrometer mit sich herum. Ein honoriger Steuerberater der Stadt von Rang und Ansehen. Als das mußte er aller Welt erscheinen. Und auch ich sah nichts anderes in ihm.

»Verzeihen Sie, daß ich hier so ohne weiteres eindringe«, sagte er, lächelte flüchtig, ließ drei Goldkronen aufblitzen und warf einen knappen Blick zurück. »Ihre Sekretärin scheint –«

»Aber bitte, kommen Sie doch ganz herein.« Auch seine Rede war die des Steuerberaters, der er zu sein schien, gemessen, bestimmt und um ein Winziges überartikuliert. Er gab mir die Hand. Sogar der Händedruck fügte sich zum Ganzen: rasch, sauber, unpersönlich.

»Martin«, stellte er sich vor. »Henry Martin. Mr. Pierre Cavell?«

»Ja. Wollen Sie nicht Platz nehmen, Mr. Martin?«

»Danke.« Mr. Martin setzte sich nicht einfach, Mr. Martin nahm Platz. Sehr gerade, die Füße beieinander, die Aktenmappe sorgfältig auf den geschlossenen Knien ausbalanciert, saß er da und sah sich mit einem angedeuteten Lächeln, das nicht einmal die Goldkronen entblößte, bei mir um, ohne auch nur das Geringste zu übersehen.

»Der Laden läuft nicht – sagen wir, nicht gerade überwältigend, Mr. Cavell?«

Sollte er doch kein Steuerberater sein? Leute dieser Fakultät sind in der Regel höflich, wohlerzogen und mit unnötigen Beleidigungen sparsam. Eventuell war er ein wenig aus der Façon geraten, auch das konnte sein. Wer zum Privatdetektiv gehen muß, ist selten in völlig normaler Gemütsverfassung.

»Mein Trick, um das Finanzamt an der Nase herumzuführen! Darum lasse ich hier alles so, wie es ist«, gab ich zurück. »Wie kann ich Ihnen helfen, Mr. Martin?«

»Indem Sie mir einige kleine Auskünfte über sich selbst erteilen.« Er lächelte nicht mehr, und seine Augen wanderten nicht länger.

»Über mich?« Meine Stimme war scharf, nicht messerscharf, lediglich in der Preislage, deren man sich bedient, wenn man innerhalb von drei Wochen seit Betriebseröffnung noch keinen Klienten hatte. »Kommen Sie bitte zur Sache, Mr. Martin. Ich habe zu tun.« Und das hatte ich auch. Meine Pfeife hatte ich anzustecken, die Morgenzeitung zu lesen, und ähnliches.

»Tut mir leid. Für Sie. Ich hätte nämlich eine sehr delikate und nicht ganz einfache Mission für Sie. Ich muß jedoch absolut sichergehen, daß Sie auch der Mann sind, den ich brauche. Verständlich, Mr. Cavell, nicht wahr?«

»Mission?« Ich besah mir diesen Henry Martin noch etwas genauer und kam zu der Überzeugung, daß es mir kaum schwerfallen sollte, ihn ausgesprochen unsympathisch zu finden. »Ich führe keine Missionen durch, Mr. Martin. Ich führe Überwachungen durch.«

»Selbstverständlich. Wenn Sie etwas zu überwachen haben.« Sein Ton war zu neutral, um beleidigend zu sein. »Dürfte ich vielleicht mit einigen Informationen aufwarten? Finden Sie sich doch bitte noch ein Weilchen mit meiner etwas ungewöhnlichen Methode, mich einzuführen ab, Mr. Cavell. Ich glaube, Ihnen versprechen zu können, daß Sie es nicht bedauern werden.« Damit öffnete er seine Mappe, brachte eine Lederhülle zum Vorschein, entnahm dieser einen Bogen Papier und begann Absatz für Absatz vorzulesen.

»Pierre Cavell. Geboren in Lisieux, englisch-französischer Abstammung. Vater Diplomingenieur, John Cavell aus Kingsclere, Hampshire; Mutter Anne-Marie Lechamps aus Lisieux, französisch-belgischer Abstammung. Eine Schwester, Liselle. Beide Eltern und die Schwester bei einem Luftangriff auf Rouen ums Leben gekommen. Auf Fischerboot nach Deauville-Newhaven geflüchtet. Als Achtzehn- oder Neunzehnjähriger sechsmal als Fallschirmjäger in Frankreich eingesetzt und von jedem Einsatz mit Informationen von größter Wichtigkeit zurückgekehrt. Zwei Tage vor Invasionsbeginn als Fallschirmjäger in der Normandie eingesetzt. Bei Kriegsende für nicht weniger als sechs Tapferkeitsauszeichnungen vorgeschlagen – drei britische, zwei französische, eine belgische.«

Henry Martin sah auf und lächelte dünn.

»Und nun der erste Mißton in der Lobeshymne. Auszeichnungen verweigert mit der Begründung, durch die Kriegsjahre vorzeitig erwachsen und an Spielzeug desinteressiert zu sein. Dann aktiv in die britische Armee eingetreten und bis zum Major befördert – beim militärischen Geheimdienst, soweit ersichtlich in ständiger Zusammenarbeit mit M. I. 6 – Gegenspionage; später zur Polizei übergetreten. Sagen Sie, Mr. Cavell, warum sind Sie eigentlich aus der Armee ausgeschieden?«

Hinauswerfen konnte ich ihn auch später noch. Augenblicklich war ich noch viel zu interessiert an dem, was er wußte, und vor allem, woher er es wußte. »Kein Ruhmesblatt«, sagte ich nur.

»Sie sind gegangen worden.« Und wieder lächelte er dünn. »Tja, wenn ein junger Offizier schon glaubt, einem älteren unbedingt ein paar langen zu müssen, dann sollte er in der Wahl des Dienstgrads ein bißchen vorsichtig sein und sich möglichst an die unteren halten. Sie hatten leider das Pech, sich ausgerechnet einen Generalmajor auszusuchen.« Er blickte wieder in seine Aufzeichnungen. »Und daraufhin traten Sie dann zur Metropolitan Police über, wurden in Eilmärschen befördert und sehr schnell Kommissar. Auf Ihrem Sektor scheinen Sie überdurchschnittliche Begabungen aufzuweisen zu haben, das muß man zugeben. In den letzten zwei Jahren durchgehend mit Sonderaufgaben betraut, deren Charakter hier zwar nicht detailliert aufgeführt ist, immerhin jedoch gewisse Mutmaßungen zuläßt. Und dann traten Sie auch aus den Diensten der Polizei. Stimmt das?«

»Genau.«

»In den Personalakten macht sich ›Ausgeschieden‹ immer besser als ›entlassen‹, was Ihnen zumindest geblüht hätte, wenn sich Ihr eigener Entschluß um vierundzwanzig Stunden verzögert hätte. Sie scheinen mit genialen Fähigkeiten zur Insubordination ausgestattet. Soweit hieraus hervorgeht, dürfte es sich um einen Sonderbeauftragten gehandelt haben. Immerhin hatten Sie Freunde, außerordentlich einflußreiche Freunde. Denn innerhalb einer Woche nach Ihrem Ausscheiden aus den Diensten der Polizei wurden Sie bereits wieder zum Sicherheitschef in Mordon ernannt.«

Ich hielt in meiner Betätigung, die darin bestand, die Papiere auf meinem Schreibtisch schön glatt zu streichen, inne und sagte sehr ruhig: »Einzelheiten zu meiner dienstlichen Laufbahn sind jederzeit greifbar, wenn Sie wissen, wohin Sie sich zu wenden haben. Sie haben jedoch kein Recht, über diese letztgenannte Information zu verfügen.« Das Mikrobiologische Forschungsinstitut Mordon in Wilshire war so undurchdringlich abgesichert, daß ein Eindringen in den Kreml dagegen ein Kinderspiel sein mußte.

»Dessen bin ich mir durchaus bewußt, Mr. Cavell. Aber ich bin nun einmal im Besitz außergewöhnlich zahlreicher Informationen, die ich eigentlich nicht besitzen dürfte, wie beispielsweise der zusätzlichen Kleinigkeit, daß Sie, wie aus Ihren Akten ersichtlich, auch hier Ihres Amtes enthoben wurden. Und darüber hinaus – der eigentliche Anlaß meines heutigen Besuchs übrigens – weiß ich sogar auch noch *warum*.«

Das außergewöhnliche Beurteilungsvermögen, mit dem ich meinen ersten Klienten so treffend als Steuerberater eingeschätzt hatte, war nicht gerade ein vielversprechender Anfang für meine Detektivlaufbahn. Nicht wenn man sie ihm auf einem Silbertablett dargeboten hätte, würde dieser Henry Martin mit einer Bilanz etwas anzufangen gewußt haben. Ich fragte mich zwar, welcher Art sein Gewerbe sein mochte, hatte aber nicht die leiseste Ahnung.

»In Mordon wurden Sie also entlassen«, fuhr Mr. Martin präzis fort. »Und zwar in erster Linie, weil Sie Ihren Mund nicht halten konnten. Nicht, daß Sie etwa gegen die Sicherheitsbelange von Mordon verstoßen hätten, o nein, das wissen wir.« Er nahm seine randlose Brille ab und polierte bedächtig die Gläser. »Tja, wenn man einmal durch fünfzehn lange Jahre Ihrer Spezialpraxis gegangen ist, dann dürfte man eigentlich so weit sein, daß man von allem, was man so weiß, kaum mehr die Hälfte mit sich selbst zu erörtern wagt. Sie jedoch haben aus Ihrer Einstellung zu der Art von Tätigkeit, für die man sich in Mordon hergibt, durchaus keinen Hehl gemacht, weder leitenden Wissenschaftlern noch sonstigen Persönlichkeiten gegenüber, die in Mordon etwas zu melden haben. Und Sie sind nicht der erste, der sich über die Tatsache, daß dieses Mordon – Mittelpunkt des Gesundheitswesens, wie es im Staatshaushalt veranschlagt wird — ausschließlich dem Kriegsministerium untersteht, mit einer gewissen Bitterkeit ausläßt. Sie wußten selbstverständlich, daß Mordon in der Hauptsache für Kriegszwecke tätig ist, aber Sie sind einer der wenigen, die genau wissen, wie unheimlich und verheerend diese Waffen, die hier vervollkommnet wurden, in ihrer Wirkung sind. Sie gehören zu der kleinen Anzahl derer, die wissen, daß es nur weniger mit diesen Waffen ausgerüsteter Flugzeuge bedarf, um innerhalb von Stunden jedwedes Leben in jedwedem Land auszulöschen. Und Sie hatten Ihre eigenen sehr ausgeprägten Ansichten über die wahllose Anwendung solcher Waffen gegenüber einer arglosen und unschuldigen Zivilbevölkerung und ließen diese bei zu vielen Anlässen und zu vielen Leuten in Mordon laut werden. Deshalb sind Sie heute nun Privatdetektiv.«

»Tja, so ist das Leben«, bestätigte ich, stand auf, ging zur Tür, drehte den Schlüssel herum und steckte ihn ein. »Sie entschuldigen, Mr. Martin, aber Sie haben leider schon ein bißchen zuviel gesagt. Und Ihre Informationsquellen über meine Mordoner Tätigkeit würden mich doch sehr interessieren. Ehe Sie mir diese nicht verraten haben, verlassen Sie mein Büro nicht.«

Mr. Martin seufzte und setzte die Brille wieder auf. »Wie dramatisch – verständlich, gewiß, aber vollkommen überflüssig. Halten Sie mich für einen Narren, Cavell? Sehe ich so aus? Alles, was ich Ihnen sagte, mußte gesagt werden, um Sie zur Mitarbeit zu gewinnen. Und nun werde ich meine Karten auf den Tisch legen. Im wahrsten Sinn des Wortes.« Er holte die Brieftasche heraus, entnahm ihr eine elfenbeinfarbene Karte und legte diese auf den Tisch. »Sagt Ihnen das etwas?«

Es sagte mir einiges, eine ganze Menge sogar. »Weltfriedensrat« prangte in der Mitte. Rechts unten: Henry Martin, London, Bevollmächtigter.

Martin zog den Stuhl näher heran, stützte die Arme auf meine Schreibtischplatte und sah mich mit unbeweglich ernstem Gesicht an.

»Davon dürften Sie natürlich wissen, Mr. Cavell. Und ich glaube nicht zu übertreiben, wenn ich behaupte, daß diese Organisation die bei weitem stärkste Kraft zum Guten der heutigen Welt ist. Wir stehen über Rassen, Religionen und Politik. Daß der Premier und die meisten Kabinettsmitglieder dieser Organisation angehören, werden Sie wohl gehört haben. Ich möchte mich nicht eingehender dazu auslassen, aber ich kann Ihnen versichern, daß auch die meisten kirchlichen Würdenträger, ob nun Katholik, Protestant oder Jude, dem Weltfriedensrat angehören. Und was die Aristokratie und Leute von Rang und Namen anbelangt, so liest sich die lange Liste unserer Mitglieder wie der *Debrett's* oder *Who's Who*. Das Außenministerium, das tatsächlich weiß, was gespielt wird, und der ganzen Entwicklung angstvoller denn jeder anderen gegenübersteht, ist zuverlässig auf unserer Seite. Wir können mit gutem Gewissen sagen, daß wir heute die Unterstützung der besten, der klügsten und der weitblickendsten Männer des Landes haben. Jawohl, Mr. Cavell, ich habe sehr mächtige Persönlichkeiten hinter mir.« Er lächelte flüchtig. »Sogar einflußreiche Leute von Mordon.«

All das stimmte, ich wußte es, abgesehen von der letzten Bemerkung über Mordon, und auch das mochte zutreffend sein, bei allem, worüber er informiert war. Ich selbst – weder der richtige Typ für den *Debrett's* noch für *Who's Who* – war kein Mitglied des Weltfriedensrats. Trotzdem war mir durchaus klar, daß diese Institution, obzwar jüngsten Geburtsdatums, von der gesamten westlichen Welt als letzte und größte Hoffnung der Menschheit betrachtet wurde.

Martin nahm mir die Karte wieder ab und ließ sie in seine Brieftasche gleiten.

»Alles, was ich damit sagen möchte, ist, daß ich der immerhin angesehene Vertreter einer eminent wichtigen Körperschaft bin.«

»Das glaube ich ohne weiteres«, sagte ich.

»Danke.« Und noch einmal erfolgte ein Griff in die Mappe, und diesmal brachte er einen Stahlflakon, in der Größe einer Taschenflasche, zum Vorschein. »In diesem Land, Mr. Cavell, existiert leider eine Militaristenclique, die alle Anstrengungen macht, unsere Träume und Hoffnungen zunichte zu machen, und die wir, ganz ehrlich gesagt, fürchten. Wahnsinnige sind es, die täglich lauter und lauter über einen Präventivkrieg gegen die

Sowjetunion reden. Über einen bakteriologischen Krieg. Nun, wie dem auch sei, es ist höchst unwahrscheinlich, daß sie damit viel Anklang finden werden. Trotzdem müssen wir auch den größten Unwahrscheinlichkeiten gegenüber sehr wachsam bleiben.« Er sprach wie jemand, der eine Rede hält und diese hundertmal durchprobiert hat.

»Gegen einen solchen bakteriologischen Angriff gäbe es keinerlei Verteidigungsmöglichkeiten. Nach zweijähriger intensivster Forschungsarbeit hat man ein Vakzin gegen diesen Virus entwickelt, doch der einzige Vorratsbestand davon liegt in Mordon.« Er hielt inne, zögerte ein wenig und schob mir dann den Stahlflakon über den Tisch zu. »Eine Behauptung, die nicht mehr zutrifft, weil nämlich diese Flasche vor drei Tagen in Mordon verschwand. Ihr Inhalt ist ausreichend, so viel Vakzine zu produzieren, um sämtliche Nationen der Welt zu immunisieren. Und wir wollen die Hüter unserer Brüder sein, Mr. Cavell.«

Ich sagte nichts. Ich starrte ihn nur an.

»Bitte bringen Sie das sofort nach Warschau an diese Adresse.« Er schob mir ein Stück Papier zu. »Sie bekommen sofort hundert Pfund von mir ausgezahlt, wir erstatten sämtliche anfallenden Unkosten und zahlen nach erfolgter Rückkehr weitere hundert Pfund. Eine delikate Mission, eine gefährliche vielleicht sogar. In Ihrem Fall allerdings kann davon kaum die Rede sein. Wir haben Sie sorgfältigst überprüft, Mr. Cavell. Es ist uns bekannt, daß Sie sich in sämtlichen europäischen Gäßchen und Hintertüren so genau auskennen wie ein Taxichauffeur in den Londoner Straßen: Grenzen dürften Ihnen, aller Voraussicht nach, kaum Schwierigkeiten bereiten.«

»Und meine Antikriegssympathien«, murmelte ich.

»Natürlich, natürlich.« Eine erste Spur von Ungeduld schwang in seiner Stimme mit. »Wir waren gezwungen, Sie sehr gründlich unter die Lupe zu nehmen, Mr. Cavell, und Sie verfügten in jeder Hinsicht über die besten Qualifikationen. Sie waren der *einzige*, der für diese Aufgabe in Frage kam.«

»Sehr schmeichelhaft. Und sehr interessant.«

»Mir ist nicht ganz klar, was Sie damit sagen wollen«, unterbrach er mich brüsk. »Wollen Sie die Sache übernehmen, Mr. Cavell?«

»Nein.«

»Nein?« Sein Gesicht wurde leer und still. »Sie sagen ›nein‹? Das also ist die Quintessenz all Ihrer edlen Besorgnisse um der Menschheit Wohl? Und das ganze Gerede in Mordon –«

»Sie sagten doch eben selbst, daß es um meine Praxis nicht gerade glänzend bestellt ist«, unterbrach ich. »Seit drei Wochen hatte ich nicht einen einzigen Klienten, und trotz aller fingierten

Hinweise, das Gegenteil zu demonstrieren, wird sich daran auch in den nächsten drei Monaten nichts ändern. Und dann –« fügte ich hinzu und wischte den vorgetäuschten Posteingang in die Schreibtischecke, »dann sagten Sie doch gerade noch selbst, daß Sie gar keine andere Wahl hätten als mich.«

»Sie lehnen also nicht grundsätzlich ab, den Auftrag zu übernehmen?«

»Grundsätzlich nicht.«

»Wieviel?«

»Zweihundertfünfzig Pfund. Jeder Weg.«

»Ist das Ihr letztes Wort?«

»Mein letztes.«

»Hätten Sie etwas dagegen, wenn ich auch noch etwas dazu sagen würde, Cavell?« Nanu, wo waren sie plötzlich hin, die guten Manieren?

»Dagegen habe ich unbedingt etwas. Halten Sie Ihre Reden und Moralpredigten im Weltfriedensrat. Hier geht es um ein Geschäft.«

Feindseligkeit kroch in die Augen hinter den dicken Gläsern. Er starrte mich einen langen Augenblick stumm an. Dann griff er in die Brieftasche und entnahm ihr das Geld, fünf flach gebündelte Päckchen, die er exakt und ordentlich vor sich hinlegte. Als er damit fertig war, blickte er auf und sah mich an. »Zweihundertundfünfzig Pfund. Genau.«

»Unter Umständen wäre es ratsam, wenn die Londoner Geschäftsstelle des Weltfriedensrats sich einen neuen Bevollmächtigten suchte«, schlug ich vor. »Wer sollte eigentlich um diese hundertfünfzig übers Ohr gehauen werden – ich oder der Weltfriedensrat?«

»Weder, noch.« Gläsern, gefroren klirrten die Worte wie Eiszapfen von seinen Lippen, und sein Blick enthielt die gleichen Minusgrade. Offensichtlich hatte er nicht viel für mich übrig. »Wir offerierten Ihnen einen fairen Preis; in Angelegenheiten von so außergewöhnlicher Wichtigkeit jedoch sind wir natürlich darauf vorbereitet, erpresserischen Forderungen zu begegnen. Nehmen Sie das Geld bitte an sich.«

»Nicht, bis Sie vor meinen Augen die Gummistreifen gelöst und jedes Bündel dieser fünfzig Fünfer durchgezählt haben.«

»Du lieber Gott!« Seine kühl präzisierte Art zu reden war mit einemmal dahin und hatte etwas Heftigem, um nicht zu sagen Unbeherrschtem, Platz gemacht. »Kein Wunder, daß Sie aus all Ihren Positionen geflogen sind.« Er riß die Streifen auf und zählte das Geld Schein für Schein durch. »Das wäre es. Fünfzig. Zufrieden?«

»Zufrieden.« Ich zog die rechte Schublade heraus, nahm Geld,

Adresse und Stahlbehälter, warf alles hinein und machte sie wieder zu, genau in dem Moment, da auch Martin damit fertig war, die Sicherheitsriemen an seiner Mappe zu schließen. Und irgend etwas, das in der Luft zu liegen schien, möglicherweise die regungslose Stille, die ihn aus meiner Richtung ankroch, ließ ihn plötzlich scharf aufblicken und zu der gleichen Unbeweglichkeit erstarren, mit der ich ihm gegenübersaß. Nur seine Augen wurden groß und größer, bis sie den gesamten Raum hinter den randlosen Gläsern einzunehmen schienen.

»Es ist eine Pistole, ganz richtig«, versicherte ich ihm. »Eine japanische Hanyatti, Neun-Schuß-Automatic, geladen und entsichert. Das bißchen Tesafilm vor der Mündung braucht Ihnen keinen Kummer zu machen. Das ist lediglich dazu da, den sehr differenzierten Mechanismus zu schützen. Die Kugel, die dahinter sitzt, dürfte das nicht behindern. Die schlägt durch, und falls noch ein Zwillingsbruder hinter Ihnen säße, auch durch den – garantiert. Legen Sie die Hände auf den Tisch.«

Martin tat wie ihm geheißen. Er verhielt sich sehr ruhig. Leute, die auf drei Fuß Distanz in ein Mündungsrohr sehen, verhalten sich stets sehr ruhig. Seine Augen jedoch hatten sehr schnell wieder einen ganz normalen Ausdruck angenommen, und er schien im Grunde durchaus nicht so besorgt, wie er vorgab. Das behagte mir nicht ganz, denn wenn irgend jemand Grund und Anlaß zur Besorgnis hatte, dann war es Henry Martin. Vielleicht aber war es gerade das, was ihn zu einem gefährlichen Gegner machte.

»Ihre Art, Geschäfte zu tätigen, ist etwas ungewöhnlich, Cavell.« Kein Zittern in der Stimme, nur trockene Verachtung. »Was soll das? Wollen Sie mich erpressen?«

»Werden Sie nicht albern. Und geben Sie sich nicht erst solchen Hoffnungen hin. Sie fragten mich vorhin, ob ich Sie für einen Narren hielte. Zeit und Umstände waren nicht dazu angetan, Ihnen darauf eine Antwort zu geben. Jetzt können Sie sie haben. Sie sind ein Narr, weil Sie völlig vergessen zu haben scheinen, daß ich in Mordon gearbeitet habe. Ich war Sicherheitschef. Und die erste Aufgabe eines Sicherheitschefs ist es, zu wissen, was in seinem eigenen Amtsbereich vorgeht.«

»Ich fürchte, ich komme da nicht ganz mit.«

»Das soll Ihnen gleich aufgehen. Sagen Sie, diese Vakzine hier – welchen speziellen Virus sollen sie eigentlich immunisieren?«

»Ich bin lediglich Agent des Weltfriedensrats.«

»Das tut nichts zur Sache. Was etwas zur Sache tut, ist die Tatsache, daß sämtliche Gegengifte, die es bis heute gibt, ausschließlich in Horder Hall, Essex, entwickelt und gelagert wurden. Dieser Behälter aber, und das ist der springende Punkt, kommt aus Mordon und enthält keine Vakzine. Er enthält aller Wahrscheinlichkeit nach den einen oder anderen der dort lagernden Viren.

Zweitens weiß ich genau, daß es normalerweise für jeden – ob nun Weltfriedensanhänger oder nicht – völlig ausgeschlossen ist, Geheimviren aus Mordon herauszubringen, gleichgültig wie schlau und gerissen er auch sein mag. Wenn nämlich der letzte Mann die Laboratorien verlassen hat, treten Vierzehn-Stunden-Uhren in Betrieb, und die Kombination, sie außer Kraft zu setzen, ist lediglich zwei Menschen bekannt. Sollte irgend etwas aus Mordon weggekommen sein, dann nur mit Raub und Gewalt. Und das erfordert eine sofortige Untersuchung.

Drittens sagten Sie doch, das Außenministerium stünde geschlossen hinter Ihnen. Wenn dem so ist, warum dann diese ganze Verschleierungstaktik, mit der Sie an mich herangetreten sind, das Zeug hinauszuschmuggeln? Die diplomatische Mission nach Warschau sagt alles.

Und schließlich und endlich, mein Bester, Ihr größter Schnitzer war der, daß Sie völlig vergessen zu haben scheinen, daß ich immerhin selbst einmal eine Weile bei der Gegenspionage war. Und jede neue Körperschaft oder Organisation, die sich hierzulande gründet, wird erst einmal genauestens unter die Lupe genommen, so auch der Weltfriedensrat, als er sein Hauptquartier hier aufschlug. Zufällig ist mir sogar eins der Mitglieder bekannt, ein älterer, kleiner, rundlicher und sehr kurzsichtiger Typ, der in jeder Hinsicht genau das Gegenteil von Ihnen ist. Sein Name ist Henry Martin, und er ist der Bevollmächtigte der Londoner Geschäftsstelle des Weltfriedensrates. Der wahre Bevollmächtigte.«

Die Hände auf dem Tisch, blickte er mich unbewegten Gesichts, aber durchaus nicht erschrocken oder in die Enge getrieben an. Dann sagte er sehr ruhig: »Mehr bleibt wohl nicht zu sagen, nicht wahr?«

»Nicht allzuviel.«

»Und was gedenken Sie zu tun?«

»Sie dem Sonderdienst zu übergeben. Und gleichzeitig wird auch eine Bandaufnahme unseres soeben geführten Gesprächs mitgehen. Denn ehe Sie kamen, stellte ich vorsichtshalber mein Tonbandgerät an. Kein Beweismittel, ich weiß es, aber Adresse, Behälter und vor allem Ihre Fingerabdrücke auf den fünfzig Fünfern sind ausreichend belastendes Material.«

»Ich glaube, mir ist bei Ihnen doch ein kleiner Fehler unterlaufen. Einigen wir uns.«

»Ich lasse mich nicht kaufen. Zumindest nicht für fünfzig lumpige Fünfer.«

Pause. »Fünfhundert?« fragte er sanft.

»Nein.«

»Tausend? Tausend Pfund, Cavell, sofort.«

»Halten Sie den Mund.« Ich griff nach dem Telefon, legte den Hörer auf den Tisch und begann mit dem linken Zeigefinger zu wählen. Ich war bei der dritten Nummer angelangt, als mich ein hartes Klopfen an der Tür innehalten ließ.

Ich ließ den Hörer da, wo er war, und stand geräuschlos auf. Die Korridortür war zu gewesen, als Martin in mein Zimmer gekommen war. Ohne zu läuten, kam niemand herein. Ich hatte es nicht läuten gehört, und es hatte auch nicht geläutet. Trotzdem stand jemand in meinem Vorzimmer, und zwar direkt vor der Tür.

Martin lächelte. Es war zwar nur die Andeutung eines Lächelns, aber ein Lächeln. Und das gefiel mir nicht. Ich deutete mit der Pistole in die Ecke und sagte leise: »Stellen Sie sich dahin, Martin – mit dem Gesicht zur Wand und die Hände nach hinten.«

»Ich glaube nicht, daß das unbedingt notwendig ist«, sagte er gelassen, »draußen steht ein gemeinsamer Freund von uns.«

»Tun Sie, was ich sage.« Er verfügte sich in die Ecke. Ich ging zur Tür, hielt mich wohlweislich seitlich daneben und rief hinaus: »Wer ist da?«

»Polizei, Cavell. Machen Sie auf.«

»Polizei?« Die Stimme kam mir verdammt bekannt vor, aber schließlich gibt es eine ganze Menge Leute, die in der Lage sind, eine ganze Menge Stimmen zu imitieren. Ich warf einen Blick nach Martin, aber der hatte sich nicht gerührt. »Ihren Ausweis — schieben Sie ihn durch die Tür«, verlangte ich.

Draußen regte sich etwas; eine längliche Karte kroch durch den Türspalt. Keine Kennmarke, kein Dienstausweis, eine schlichte Visitenkarte mit dem Namen »D. R. Hardanger« und einer Whitehall Telefonnummer. Und der Kreis derer, die wußten, daß dies die einzige Form der Identifikation war, mit der Polizeichef Hardanger sich auszuweisen pflegte, war sehr klein. Stimme und Karte stimmten überein. Ich schloß auf.

Es war Hardanger. Unverkennbar. Groß und wuchtig, mit rotem Bulldoggenkopf und abgewetzter Melone, im abgetragenen Trenchcoat – so abgewetzt wie seinerzeit, als ich noch für ihn gearbeitet hatte. Ich versuchte das zu erkennen, was hinter ihm stand, aber mehr als ein khakifarbenes Bein und ein khakifarbener Arm war nicht auszumachen. Und weiter kam ich nicht, denn Hardanger wuchtete seine solide Autorität bereits vierbeinig in mein Büro und zwang mich zurückzutreten.

»Schon gut, Cavell«, winkte er ab, und dabei flackerte ein winziges Lächeln in seinen ungewöhnlich hellen Augen auf. »Legen Sie die Kanone weg. Die Luft ist rein. Die Polizei ist da.«

Ich schüttelte den Kopf. »Bedaure, Hardanger, aber ich stehe nicht mehr in Ihren Diensten. Ich besitze einen Waffenschein für dieses Schießeisen, und Sie sind ohne zu fragen in mein Büro eingedrungen.« Ich wies mit dem Kopf in Richtung Martin. »Nehmen Sie sich den erst einmal vor, dann meinetwegen. Vorher nicht.«

Henry Martin, die Hände noch immer auf dem Rücken, drehte sich langsam um. Er grinste. Hardanger grinste zurück. »Na, wie stehts? Soll ich Sie mal kurz durchsuchen?«

»Lassen Sie's lieber, Sir«, ging Martin auf den Ton ein. »Sie wissen doch, wie ausgesprochen kitzlig ich bin.«

Ich starrte von Hardanger zu Martin und von Martin zu Hardanger, und dann ließ ich die Pistole sinken und sagte gottergeben: »Na schön, also was ist los?«

»Hören Sie zu, Cavell«, legte Hardanger sofort mit angerauhter Polterstimme los, »diese ganze Schose hier tut mir zwar leid, aber es war verdammt nicht anders zu machen. Und warum es nicht zu umgehen war, werde ich Ihnen gleich erklären. Unser Freund hier heißt tatsächlich Martin – John Martin. Vom Sonderdienst. Kommissar. Seit kurzem aus Toronto zurück. Wollen Sie seine Papiere sehen oder genügt Ihnen mein Wort?«

Ich ging zum Schreibtisch zurück, legte die Pistole weg und holte alles, was ich von Martin kassiert hatte, Geld, Stahlbehälter und Warschauer Adresse aus der Schublade. Ich spürte, wie meine Gesichtsmuskeln sich spannten, aber meine Stimme blieb ruhig.

»Nehmen Sie gefälligst Ihre verdammten Requisiten an sich, und machen Sie, daß Sie verschwinden. Und Sie auch, Hardanger. Ich weiß nicht, wozu dieses Affentheater hier aufgeführt wurde, und ich will es auch gar nicht wissen. Ich verzichte dankend. Es interessiert mich nicht. Raus. Ich schätze es nicht, mich von irgendwelchen superklugen Wichtigtuern zum Narren halten zu lassen. Und ich bin nicht dafür, Katze und Maus zu spielen, wenn ich dabei die Maus machen soll. Auch nicht für den Sonderdienst.«

»Beruhigen Sie sich doch, Cavell. Es war nun einmal notwendig, verdammt, das habe ich Ihnen doch bereits gesagt und –«

»Lassen Sie mich mal mit ihm reden, Hardanger«, unterbrach der Khakifarbene. Erst als er um Hardanger herumkam, hatte ich Gelegenheit, ihn etwas eingehender zu besichtigen. Offizier, und nicht gerade einer der untersten Dienstgrade, schlank, wendig, energisch – ein Typ, gegen den ich ausgesprochen allergisch bin. »Mein Name ist Cliveden, Cavell. Generalmajor Cliveden. Ich muß –«

»Ich bin seinerzeit gegangen worden, weil mir einem Generalmajor gegenüber die Hand ausgerutscht ist, und ich gebe zu bedenken, daß es mir nun, nachdem ich unter die Zivilisten gegangen bin, auf eine Wiederholung nicht ankommen soll. Raus. Und zwar umgehend. Und das gilt auch für Sie.«

»Hab ich Ihnen nicht gleich gesagt, wie er ist?« brummte Hardanger mehr zu sich selbst als zu den anderen beiden. »Lassen wir es doch«, sagte er achselzuckend und holte eine Armbanduhr aus der Manteltasche.

»Los, gehen wir. Aber das werden Sie vielleicht doch ganz gern behalten wollen, nehme ich an. Als Andenken. Die hatte er noch zur Reparatur nach London gebracht, und gestern kam sie zurück und wurde im Büro abgegeben.«

»Von wem reden Sie da eigentlich?« fragte ich schroff.

»Von Neil Clandon. Von Ihrem Nachfolger als Sicherheitschef in Mordon. Ich glaube, er war einer Ihrer besten Freunde.«

Ich machte keinerlei Anstalten, ihm die hingehaltene Uhr abzunehmen.

»›War‹ sagten Sie? Clandon?«

»Clandon. Tot. Ermordet, wenn Sie es genau wissen wollen. Und zwar muß es gestern spät nachts oder auch heute in den frühen Morgenstunden passiert sein, als ins Hauptlabor eingebrochen wurde.«

Ich sah die drei an und wandte mich dann ab, um durch das schmierige Fenster in den grauen Nebel über dem *Gloucester Place* zu starren. Nach einer Weile sagte ich: »Vielleicht nehmen Sie doch lieber Platz.«

Neil Clandon war heute morgen von einem patrouillierenden Sicherheitsposten, kurz nach zwei Uhr im Korridor neben der schweren Stahltür, die zum Labor I im E-Block führte, gefunden worden. Daß er tot war, stand außer Frage. Nur, woran er gestorben war, stand noch nicht fest, weil es in diesem Institut, in dem es von Ärzten wimmelte, niemandem gestattet war, sich dem Toten zu nähern. Das war ehernes Gesetz, das absolut galt.

Wenn die Alarmglocken schrillten, dann trat der Sonderdienst in Aktion, einzig und allein der Sonderdienst.

Der Dienstälteste von der Wache war geholt worden und hatte sich dem Leichnam bis auf sechs Fuß genähert. Seinem Bericht zufolge mußte Clandon schwer gelitten haben, soweit ersichtlich, war er in qualvollen Krämpfen gestorben. Die Symptome wiesen eindeutig auf eine Blausäurevergiftung hin. Wenn der Posten in der Lage gewesen wäre, den typischen bitteren Mandelgeruch festzustellen, wäre diese angenommene Diagnose einwandfrei bestätigt gewesen. Das jedoch war ausgeschlossen. Sämtliche Posten des internen Wachdienstes machten ihre Dienstrunden in Gasanzügen mit Atemgeräten.

Der Wachhabende hatte noch etwas anderes bemerkt. Die Uhr in der Stahltür war verändert worden. Von sechs Uhr abends bis acht Uhr morgens war sie normalerweise gestellt. Jetzt stand sie auf Mitternacht. Das hieß, daß bis um zwei Uhr mittags kein Mensch, bis auf diejenigen, die die Kombination kannten, ins Labor konnte.

Nicht Hardanger, sondern der Generalmajor gab mir diese Auskünfte. Ich hörte mir das alles an und sagte dann: »Und Sie? Was haben Sie mit all dem zu tun?«

»Generalmajor Cliveden ist stellvertretender Kommandant des *Royal Army Medical Corps*«, erklärte Hardanger, »und damit automatisch Leiter des Mikrobiologischen Forschungsinstituts in Mordon.«

»Nicht zu meiner Zeit«, gab ich zurück.

»Mein Vorgänger ist in Pension gegangen«, sagte Cliveden kurz. Trotzdem war einwandfrei herauszuhören, daß ihn diese Tatsache etwas beunruhigte. »Meiner Gesundheit soll das nichts anhaben«, sagte er denn auch prompt. »Selbstverständlich wurde mir der Vorfall zuerst gemeldet. Ich war in London, verständigte den Chef sofort und habe erst mal ein Sauerstoff-Azetylen-Team aus Aldershot nach Mordon beordert. Das wird unter Aufsicht des Sonderdienstes die Tür öffnen.«

»Was?« Ich starrte ihn entgeistert an. »Sind Sie vollkommen verrückt geworden?«

»Wie soll ich das verstehen?«

»Blasen Sie alles ab. Um Gottes willen sofort. Nichts wie abblasen. Wie um Himmels willen sind Sie nur auf diese glorreiche Idee verfallen? Wissen Sie denn nichts über diese Tür? Abgesehen von der Tatsache, daß auch die besten Schweißer nicht innerhalb von ein paar Stunden durch diesen Spezialstahl kommen. Wissen Sie nicht, wie gefährlich diese Tür ist? Wissen Sie nicht, daß sie mit einem Gas, das fast tödlich ist, gefüllt ist? Daß sie darüber hinaus mit einem Isolator versehen ist, der bei den zweitausend Volt, die er hat, nicht nur beinahe, sondern einwandfrei tödlich ist?«

»Verdammt, nein, Cavell, das wußte ich nicht.« Seine Stimme war kleinlaut geworden. »Ich habe diese ganze Geschichte doch gerade erst übernommen.«

»Und selbst wenn Sie hineinkämen, haben Sie sich auch überlegt, was dann passiert? Sie haben Angst, Generalmajor Cliveden, nicht wahr? Womöglich ist schon jemand drin gewesen, womöglich war jemand leichtsinnig, womöglich ist dabei ein versiegelter Tank zu Bruch gegangen oder ein Behälter umgekippt worden. Der Gedanke daran macht Sie fertig, nicht wahr?

Ein Behälter mit Botulismustoxin zum Beispiel, einer der Viren, die in Labor I kultiviert worden und gelagert sind. Es dauert immerhin zwölf Stunden, diesen Virus durch Sauerstoff zu entgiften und unschädlich zu machen. Wer vor der Oxydation damit in Berührung kommt, ist ein toter Mann. Und Clandon? Gibt der Ihnen nicht zu denken? Wie wollen Sie wissen, ob nicht auch er an einer Botulinvergiftung gestorben ist? Die Symptome gleichen denen einer Blausäurevergiftung genau. Woher wollen Sie wissen, ob nicht auch die beiden Wachen infiziert waren? Der Dienstälteste zum Beispiel? In dem Moment, da er seine Gasmaske abnahm, um mit Ihnen zu sprechen, wäre er ein Todeskandidat gewesen. Haben Sie sich schon vergewissert, ob er überhaupt noch lebt?«

Cliveden griff nach dem Telefon. Seine Hand zitterte. Während er die Nummer wählte, wandte ich mich an Hardanger. »Richtig, Ihre Erklärung, Chef?«

»Martin?«

Ich nickte.

»Zwei gute Gründe gab es dafür. Zum ersten sind Sie der Hauptverdächtige.«

»Sagen Sie das noch einmal.«

»Sie sind gegangen worden«, sagte er grob und ohne Umschweife. »Und nicht gerade rühmlich. Ihre Einstellung zu Mordon als Forschungsinstitut war allenthalben wohlbekannt. Außerdem stehen Sie durchaus in dem Ruf, wenn es sein muß, vor nichts zurückzuschrecken und das Gesetz selbst in die Hand zu nehmen.« Er lächelte ohne jeden Humor. »Und das kann ich aus einem reichen Schatz eigener Erfahrungen mit Ihnen nur bestätigen.«

»Sie sind ja wahnsinnig. Wofür halten Sie mich? Glauben Sie etwa, daß ich meinen besten Freund umbringen würde?« ging ich hoch.

»Sie sind der einzige Außenstehende, der das gesamte Sicherungssystem von Mordon kennt. Der einzige, Cavell. Wenn einer ohne alle Schwierigkeiten herein- und hinauskommt, dann Sie.« Er legte eine bedeutungsvolle Pause ein. »Und Sie sind der einzige Mensch auf dieser Welt, der die Kombinationen zu den einzelnen Labortüren kennt. Kombinationen, die, wie Sie wissen, lediglich von der Fabrik, in der sie hergestellt wurden, geändert werden können. Nach Ihrem Ausscheiden hielt man solche Vorsichtsmaßnahmen für nicht erforderlich.«

»Dr. Baxter, der Zivildirektor, kennt die Kombinationen.«

»Dr. Baxter wird vermißt. Wir finden nirgends auch nur eine Spur von ihm. Die Situation mußte sehr schnell klargestellt werden. Und das war der beste Weg. Der einzige Weg. Sofort, nachdem Sie heute morgen aus dem Haus gegangen waren, haben wir uns Ihre Frau vorgenommen. Und die sagte –«

»Sie waren bei mir zu Hause?« Ich starrte ihn an. »Sie haben Mary damit belästigt? Sie ausgequetscht? Verdammt, man sollte doch meinen –«

»Regen Sie sich ab«, winkte Hardanger trocken ab. Es rentiert sich nicht, falsche Zähne einzuschlagen. Ich war nicht selbst da, sondern einer der jüngeren Offiziere. Eine Dummheit – zugegeben. Auch nur anzunehmen, daß eine Frau, die gerade sechs Wochen verheiratet ist, ihren Mann preisgeben wird! Selbstverständlich hat sie behauptet, daß Sie die ganze Nacht nicht aus dem Haus gegangen wären.«

Ich sah ihn an, ohne einen Ton zu sagen. Er gab den Blick genauso zurück. »Na«, sagte er dann, »und was überlegen Sie jetzt? Ob Sie mir an den Kragen gehen sollen, weil ich es gewagt habe, Marys Glaubwürdigkeit zu bezweifeln, oder warum sie nicht sofort angerufen hat, um Sie zu warnen?«

»Beides.«

»Sie lügt nicht. Sie vergessen ganz, wie gut ich sie kenne. Und sie konnte nicht anrufen, weil wir die Leitung sowohl hier wie auch bei Ihnen zu Hause unterbrochen haben. Jawohl, noch ehe Sie kamen, hatten wir uns hier bereits betätigt. Jedes Wort, das Sie zu Martin sagten, habe ich draußen an Ihrem Vorzimmerapparat mitgehört.« Er lächelte. »Und ein paar Minuten haben Sie mich ja auch ganz schön fertig gemacht.«

»Wie sind Sie denn überhaupt hereingekommen? Es war doch nichts zu hören. Die Glocke ging nicht.«

»Der Sicherungskasten hängt draußen. Auch nicht gerade da, wo er hingehört.«

Ich nickte. »Das werde ich ändern müssen.«

»Na, wie dem auch sei, Sie gehen klar, Cavell. Einen Oscar für Kommissar Martin, würde ich vorschlagen. In genau zwölf Minuten hatte er alles herausgebracht, was wir wissen wollten. Aber wir mußten es wissen.«

»Warum? Warum ausgerechnet auf diese Weise? Hätten Sie ein paar Ihrer Leute mobil gemacht und Taxis, Kinos, Theater usw. kontrollieren lassen, dann wäre in ein paar Stunden genauso bewiesen gewesen, daß ich heute nacht kaum in Mordon gewesen sein konnte.«

»Ich konnte nicht warten.« Er räusperte sich mit unnötigem Aufwand. »Und das bringt mich gleich auf meinen zweiten

Grund. Wenn Sie nicht der Mörder sind, dann sind Sie der Mann, den ich brauche, um ihn zu finden. Jetzt, da Clandon tot ist, sind Sie, wie gesagt, der einzige, der das gesamte Sicherheitssystem von Mordon kennt. Keiner sonst. Peinlich, aber nicht zu ändern. Wenn einer Licht in dieses Dunkel bringen kann, dann sind Sie es.«

»Ganz zu schweigen von der Tatsache, daß ich jetzt, da Clandon tot ist und Baxter vermißt wird, der einzige Mensch bin, der imstande ist, diese Tür zu öffnen.«

»Das auch«, gab er zu.

»Das auch«, äffte ich nach. »Und das ist alles, was Sie wollen, nicht wahr? Wenn die Tür dann offen ist, hat der Mohr seine Schuldigkeit getan und kann gehen.«

»Nicht, wenn es nicht Ihr eigener Wunsch sein sollte.«

»Wirklich? Ist das Ihr Ernst? Erst Derry, jetzt Clandon. Verdammt, dagegen würde ich schon ganz gern etwas unternehmen.«

»Ich weiß. Und Sie sollen völlig freie Hand haben.«

»Davon wird der General kaum sehr erbaut sein.« Kein Mensch nannte Hardangers obersten Chef beim Namen. Die wenigsten kannten ihn.

»Erledigt. Alles bereits erledigt. Stimmt übrigens, angetan davon ist er nicht. Und ich habe dabei das dumpfe Gefühl, daß er überhaupt nicht sonderlich angetan ist von Ihnen.« Hardanger grinste sauer. »So etwas soll des öfteren vorkommen in der eigenen Familie.«

»Und das haben Sie im voraus für mich getan? Na, dann besten Dank für die gute Meinung, die Sie immerhin von mir haben müssen.«

»Sie standen zwar als Verdachtsperson auf unserer Liste obenan, für mich allerdings waren Sie nie verdächtig. Trotzdem mußte ich sichergehen. Sie wissen selbst, wie viele unserer besten Leute in den letzten Jahren über die Mauer gegangen sind.«

»Wann soll's losgehen?« fragte ich. »Gleich?« Cliveden hatte gerade den Hörer in die Gabel gelegt. Seine Hand war noch immer nicht ganz sicher.

»Wenn Sie soweit sind.«

»Sofort. Ich bin gleich fertig.« Hardanger war ein Altmeister, wenn es galt, Gemütsbewegungen hinter einer unbewegten Fassade zu verstecken. Jetzt aber trat ein neugierig gespannter Ausdruck in seine Augen, der sich nicht verbergen ließ. Genau der Blick war es, mit dem man jemanden beobachtet, der soeben die Beine verwechselt hat. Ich wandte mich an Cliveden.

»Die Wachen im Institut? Was gehört?«

»Es geht ihnen gut. Also doch kein Botulin, was Clandon umgebracht hat. Die Hauptlabors sind einwandfrei versiegelt.«

»Und Dr. Baxter?«

»Nichts. Keine Spur bisher. Er –«

»Keine Spur? Damit wären es also zwei. Duplizität der Ereignisse! Falls man es so nennen will.«

»Worüber reden Sie da eigentlich?«

»Über Easton Derry, meinen Vorgänger in Mordon. Auch er verschwand vor ein paar Monaten – genau gesagt, eine Woche, nachdem er bei meiner Hochzeit den Trauzeugen gespielt hatte. Und auch er ist bisher nicht wieder aufgetaucht. Na, aber das wissen Sie ja wohl selbst.«

»Verdammt, woher denn?« Ein gründlicher Mensch! Welch ein Segen, daß er nicht gerade Arzt und ich sein Patient war.

»Seit meiner Ernennung bin ich alles in allem zweimal dazu gekommen, nach Mordon zu fahren . . . aber bleiben wir bei Baxter. Er ist ordnungsgemäß, wie immer, aus dem Labor gegangen – bißchen später als sonst. Und wiedergekommen ist er nicht. Er wohnt bei einer verwitweten Schwester in einem Einfamilienhaus in der Nähe von Alfringham, etwa fünf Meilen außerhalb. Angeblich soll er gar nicht heimgekommen sein.« Er wandte sich an Hardanger: »Wir müssen umgehend hin.«

»Sofort, Sir. Cavell kommt mit.«

»Na, das freut mich«, gab Cliveden zurück. Aber er sah nicht danach aus, und verübeln konnte ich es ihm nicht. Man wird nun einmal nicht Generalmajor, ohne nicht auch einen gewissen Armeegeist zu entwickeln, und dem Armeegeist ist die Welt eine exakt verwaltete Angelegenheit, in der alles wie am Schnürchen zu klappen hat und in der Privatdetektive keine Daseinsberechtigung haben. Er bemühte sich indessen höflich zu bleiben und aus dem unvermeidlichen Übel das Beste zu machen, denn er fuhr fort: »Wir können jede Unterstützung gebrauchen. Können wir jetzt gehen?«

»Sobald ich meine Frau angerufen und sie von dem, was sich hier getan hat, verständigt habe – falls ihr Apparat wieder angeschlossen sein sollte.« Hardanger nickte. Doch noch ehe ich nach dem Hörer greifen konnte, legte sich Clivedens Hand energisch darauf.

»Bedaure, Cavell, telefoniert wird nicht. Hier ist absolute Geheimhaltung geboten. Es ist unerläßlich notwendig, daß niemand, aber auch *niemand*, von dem, was in Mordon passiert ist, etwas erfährt.«

Ich hob seine Hand samt Hörer am Gelenk hoch und nahm ihm den Hörer ab. »Chef, sagen Sie ihm doch bitte, was dazu zu sagen ist.«

Hardanger sah plötzlich aus, als wenn ihn die Schuhe drückten. Während ich bereits wählte, raffte er sich zu einer Art Entschuldigung auf. »Leider, Sir, ich fürchte, wir haben Cavell nichts zu sagen. Er ist weder in der Armee, noch untersteht er dem Sonderdienst. Und er ist – sagen wir, allergisch gegen jede Art von Autorität.«

»Wenn es um Staatsgeheimnisse geht, kann man doch wohl verlangen –«

»Da muß ich Sie leider berichtigen.« Hardanger schüttelte nachdrücklich den Kopf. »Staatsgeheimnisse, über die ein Außenstehender freiwillig informiert wird, sind keine Staatsgeheimnisse mehr. Niemand hat uns zu diesen Informationen gezwungen, und er selbst hat nicht darum gebeten. Somit ist er niemandem verpflichtet. Und es liegt uns sehr viel an seiner Mitarbeit.«

Ich erledigte meinen Anruf, beruhigte Mary, daß ich nicht eingelocht, sondern unterwegs nach Mordon sei, und versprach, mich im Lauf des Tages nochmal zu melden. Und nachdem dies geschehen war, zog ich mein Jackett aus, streifte ein Schulterhalfter über und steckte die Hanyatti ein. Ein Riesenapparat. Ganz im Gegensatz jedoch zu Kommissar Martin war mein Jackett geräumig. Ich war nicht so für die italienische Linie. Hardanger und Cliveden sahen mir zu. Hardanger unbewegten Gesichts, Cliveden mißbilligend. Zweimal setzte er zu einer Bemerkung an, zweimal besann er sich eines Besseren. Das alles war gegen sämtliche Regeln und Dienstvorschriften. Aber auch Mord ist gegen sämtliche Regeln und Dienstvorschriften.

2

Die Armee hatte uns einen Hubschrauber bereitgestellt, doch der Nebel war zu dicht. Statt dessen ließen wir uns in einer Jaguarlimousine von einem Polizisten in Zivil nach Wiltshire bringen – einer von der Sorte, der mit Wonne und Wucht auf den Gashebel und die Hupe drückte. Gleich hinter Middlesex jedoch lichtete sich der Nebel, die Sicht auf den Straßen wurde klar, und wir fuhren immerhin schon kurz nach Mittag in Mordon ein.

Mordon ist ein architektonisches Greuel, Schandfleck jedweder Landschaft. Hätte sein Planer – so es einer war – sich von einem Gefängnis des frühen neunzehnten Jahrhunderts, dem Mordon genau glich, inspirieren lassen, es hätte nicht abstoßender und häßlicher ausfallen können.

Düster, grau und streng lag es unter dem dunklen, tiefen Oktoberhimmel jenes Tages. Vier parallele Reihen flacher, grauer Steinkästen, drei Stockwerke hoch, und jeder Mauerblock in seiner ganzen widerlich abschreckenden Leblosigkeit wie eine verödete, vergessene viktorianische Mietkaserne der übelsten Elendsviertel großer Städte. Für das, was sich dahinter tat, die passende Fassade.

In einem Abstand von knapp zweihundert Metern zog sich jeder Block eine Viertelmeile hin. Der Raum zwischen Gebäudekomplex und dem Zaun, der das Gelände einschloß – 450 Meter etwa, da wo der Anmarsch am kürzesten war –, war völlig kahl und leer. Keine Bäume, keine Büsche, keine Sträucher, nicht einmal ein bunter Blumenfleck. Hinter Büschen kann man sich verstecken, unter Umständen sogar hinter einem Blumenbeet. Nicht aber hinter Grasbüscheln, deren Grün kaum zwei Zoll hoch steht. Und nichts und gar nichts wuchs höher in der grauen Trostlosigkeit des Mordoner Geländes.

Der schlichte Ausdruck Geländezaun – keine Mauer, hinter Mauern kann man sich verstecken – ist eine Fehlbezeichnung. Jeder Konzentrationslagerkommandant des Zweiten Weltkriegs hätte seine Seele für Mordon verkauft. Solche Zäune garantieren ungestörte Nachtruhe.

Die äußere Stacheldrahtumgrenzung, fünfzehn Fuß hoch, fiel in einem Winkel von etwa siebzig Grad nach außen ab. Das Gegenstück, lediglich nach der anderen Seite abgeschrägt, zog sich mit einem Zwischenraum von zwanzig Fuß um den gesamten äußeren Umkreis. Dressierte Polizeihunde, Wolfshunde und Dobermans, die nur dem Kommando des eigenen Postens folgten, patroullierten nachts durch diesen Stacheldrahtverhau. Drei Fuß inseitig des zweiten Zauns, genau unter dem Überhang, stand ein Falldrahtzaun, dessen feines Gestänge, normalerweise schon kaum wahrnehmbar, dem nächtlichen Kletterer bestimmt unsichtbar blieb. Und dann, zur Vervollständigung des Ganzen noch ein letzter Zaun, dessen fünf Drähte durch Isolatoren liefen, die an den Betonpfeilern angebracht waren. Um sicherzugehen, daß jeder mitbekam, worum es hier ging, waren Verbotsschilder im Abstand von zehn Metern im gesamten Umkreis aufgestellt, die die Öffentlichkeit in fünf verschiedenen Versionen auf das aufmerksam zu machen hatten, was bei Zuwiderhandlungen ihrer harrte. Vier davon, schwarz auf weiß, lauteten: ›Zutritt für Unbefugte verboten‹; ›Achtung Polizeihunde‹; ›Verbotenes Gelände‹; ›Achtung Hochspannung‹; das letzte in grellem Blaurot gehalten, verhieß schlicht in gelben Lettern: ›Heeresgelände. Eindringlinge werden erschossen‹. Nur ein Wahnsinniger oder ein kompletter Analphabet hätte es auf sich genommen, hier in Mordon einzudringen.

Wir fuhren in die Ringstraße, die um das ganze Camp lief, flitzten rechts an den stechginsterbewachsenen Feldern vorbei und bogen nach einer Viertelmeile in den Haupteingang. Der Polizeifahrer stoppte kurz vor dem geschlossenen Schlagbaum und drehte für den sich nähernden Sergeant das Fenster herunter. Ein Maschinengewehr hing über dessen Schulter, und es war nicht gerade zu Boden gerichtet.

Erst als er Cliveden entdeckte, ließ er es sinken und gab irgend jemandem, der vom Wagen aus nicht zu sehen war, ein Freizeichen. Der Schlagbaum hob sich, der Wagen passierte und hielt dann vor einem schweren Eisentor. Wir stiegen aus und machten uns auf den Weg zu dem einstöckigen Gebäude, das den Besuchern von Mordon offen stand.

Zu dritt erwartete man uns bereits. Zwei davon kannte ich – Colonel Weybridge, stellvertretender Kommandant von Mordon, und Dr. Gregori, Dr. Baxters Chefassistent des E-Blocks. Weybridge, obzwar theoretisch Cliveden unterstellt, war der eigentliche Chef von Mordon. Ein hochgewachsener Mann, in dessen frisches Gesicht der eisengraue Schnurrbart nicht recht passen wollte und der in dem Ruf stand, ein hervorragender Mediziner zu sein. Mordon war sein Leben. Er war einer der wenigen, die innerhalb des Geländes wohnten und der, wie es hieß, die Tore von Mordon kaum zweimal im Jahr passierte. Gregori war ein wuchtiger, großer Italiener, Exprofessor der medizinischen Fakultät von Turin und ein brillanter Mikrobiologe, der in Kollegenkreisen größtes Ansehen genoß. Der Dritte war ein stämmiger Zeitgenosse, der genau in den formlosen Tweedanzug paßte, den er trug. Er sah aus wie ein Bauer und konnte demgemäß gar nichts anderes sein als das, was sich gleich herausstellte: Polizist in Zivil. Inspektor Wylie vom Polizeibezirk Wiltshire.

Cliveden und Weybridge tätigten die allgemeine Vorstellung, dann übernahm Hardanger den Vorsitz. Ob General oder Colonel, ob militärisches Reglement oder nicht, es stand außer Frage, wer hier das entscheidende Wort zu sprechen hatte. Und Hardanger stellte das sofort einwandfrei klar.

Ohne alle Umschweife pfiff er sofort den Inspektor an. »Was haben Sie hier eigentlich zu suchen, Wylie? Kein Angehöriger des Polizeibezirks hat das Recht, sich innerhalb dieser Tore aufzuhalten. Allerdings möchte ich annehmen, daß Sie darüber nicht ganz im Bilde und darum auch nicht verantwortlich zu machen sind. Wer hat Ihnen die Genehmigung erteilt?«

»Ich.« Colonel Weybridges Stimme war ruhig, aber er wich sofort in die Verteidigung zurück. »Die Umstände waren äußerst ungewöhnlich – gelinde gesagt.«

»Lassen Sie mich erklären«, schaltete Inspektor Wylie sich ein. »Unserer Polizeizentrale wurde heute nacht gegen elf Uhr dreißig von Ihrer Wache telefonisch Meldung gemacht, daß die Mannschaft eines ihrer Streifenwagen hinter einem unbekannten Kerl her wäre, der genau außerhalb des Geländes ein Mädchen überfallen oder belästigt hatte. Es handelte sich wohl um die Jeeps, die auf der Ringstraße zum Nachtdienst eingesetzt sind. Eine Zivilangelegenheit, mit der die Armee nichts zu tun hat. Also wandte man sich an uns. Der Wachtmeister vom Dienst samt einem seiner Leute waren kurz nach Mitternacht noch hier, fanden aber nichts und niemanden.

Ich selbst kam heute morgen vorbei, und als ich sah, daß die Zäune durchschnitten waren – na ja, ich nahm halt an, daß das eine mit dem anderen etwas zu tun haben könnte.«

»Die Zäune durchschnitten?«, unterbrach ich. »Die Grenzzäune? Das ist doch wohl nicht möglich?«

»Leider, Cavell, dem ist so, fürchte ich«, bestätigte Weybridge trübe.

»Und die Streifenwagen, die Hunde, die Falldrähte, der Strom? Was war damit los?« protestierte ich.

»Tja, Sie werden es ja selbst sehen. Sie sind nun einmal durchschnitten, die Zäune. Mehr kann ich auch nicht dazu sagen.« Weybridge war bei weitem nicht so ruhig, wie er sich gab. Ich wäre jede Wette eingegangen, daß sie alle beide, er wie auch Gregori, innerlich Blut und Wasser schwitzten.

»Na, wie dem auch sei«, fuhr Wylie gelassen fort, »ich war dabei, mir den Vorfall von der Wache schildern zu lassen, und traf dabei Oberst Weybridge. Der hat mich gebeten, möglichst unauffällig ein paar Ermittlungen – diskrete Ermittlungen – nach dem verschwundenen Dr. Baxter durchzuführen.«

Hardanger sah Weybridge an. »Das haben Sie gemacht?« fragte er kühl und sachlich. »Kennen Sie Ihre eigenen Dienstbefugnisse nicht? Wissen Sie nicht, daß sämtliche Ermittlungen nur durch Ihren eigenen Sicherheitschef oder meine Londoner Dienststelle durchzuführen sind?«

»Clandon war tot und –«

»O Gott!« Hardangers Stimme war scharf wie eine Peitsche.

»Jetzt weiß Inspektor Wylie also auch noch, daß Clandon tot ist. Oder waren Sie auch darüber schon im Bilde, Inspektor?«

»Nein, Sir.«

»Na, jetzt sind Sie es jedenfalls. Zu wem haben Sie sonst noch darüber geredet, Oberst Weybridge?«

»Zu niemandem.« Seine Stimme war gepreßt, sein Gesicht blaß.

»Gottseidank. Sie dürfen nicht glauben, daß ich die Sicherheitsbestimmungen bis ins Lächerliche auszuwalzen gedenke – auch wenn das, was Sie glauben oder nicht glauben, völlig unwichtig ist. Wichtig allein ist, was ein oder zwei Leute in Whitehall glauben. Die erlassen die Befehle, und wir führen sie aus. Und die Instruktionen für einen derartigen Vorfall sind einwandfrei klar. Wir übernehmen den Fall – und zwar voll und ganz. Und Sie halten sich heraus – voll und ganz. Selbstverständlich lege ich Wert auf Ihre Mitarbeit, aber das entscheidende Wort spreche ich.«

Cliveden nahm einen Vermittlungsanlauf. »Amateurversuche werden nicht nur abgelehnt, sie sind strikt verboten. Das war es wohl, was der Chef damit sagen wollte, und ich nehme an, daß seine Ausführungen auch an meine Adresse gerichtet waren, nicht wahr, Hardanger?«

»Machen Sie meine Arbeit nicht noch schwieriger, als sie es ohnehin schon ist, Sir.«

»Das liegt nicht in meiner Absicht. Als Kommandant darf ich aber doch wohl bitten, über den Stand der Dinge informiert und zugezogen zu werden, wenn das Labor geöffnet wird.«

»Das ist selbstverständlich«, gab Hardanger zu.

»Wann?« fragte Cliveden. »Das Labor, meine ich.«

Hardanger sah mich an. »Was meinen Sie, Cavell? Die zwölf Stunden, von denen die Rede war, sind um.«

»So genau kann ich das auch nicht sagen.« Ich sah Gregori an. »Ist die Ventilation in Labor I eingeschaltet worden?«

»Aber nein. Wie denn? Es durfte ja keiner auch nur in die Nähe. Wir haben alles gelassen, wie es ist.«

»Und falls da drin irgend etwas gekippt ist«, fuhr ich vorsichtig fort, »was dann? Glauben Sie, daß inzwischen eine einwandfreie Oxydation eingetreten ist?«

»Das bezweifle ich. Die Luft ist zu statisch.«

Ich wandte mich an Hardanger. »Alle diese Labors sind mit einem speziellen Ventilationssystem, das die Luft herauszieht und sie dann unter Verschluß filtriert, ausgestattet. Und ich wäre dafür, daß wir die Dinger jetzt mal in Gang bringen. Sagen wir, meinetwegen in einer Stunde dann.«

Hardanger nickte. Gregori, dessen dunkle Augen hinter den starken Gläsern immer besorgter wurden, gab noch ein paar telefonische Anweisungen und zog dann im Gefolge von Cliveden und Weybridge ab. Hardanger wandte sich an Wylie.

»Sie scheinen mir da an allerlei Informationen gelangt zu sein, die Sie nicht haben sollten. Aber Ihnen brauche ich ja wohl die üblichen fürchterlichen Drohungen nicht mit auf den Weg zu geben.«

Wylie grinste. »Dazu ist mir mein Job weiß Gott zu lieb. Gehen Sie nicht zu hart ins Zeug mit dem alten Weybridge, Sir. Mediziner sind nun einmal keine Sicherheitsbeamte. Er hat's ja doch nur gut gemeint.«

Hardanger seufzte tief. »Tja, die Wege der Gerechten, zu denen auch ich mich zähle, werden durch all jene, die es immer nur gut meinen, oft recht dornenvoll. Was ist los mit Baxter?«

»Er scheint gegen sechs Uhr dreißig abends hier weggegangen zu sein, Sir, etwas später als gewöhnlich, möchte ich annehmen, denn er hat seinen Sonderbus nach Alfringham verpaßt.«

»Jedenfalls hat er sich ausgetragen?« fragte ich noch einmal nach. Jeder Wissenschaftler, der das Institut verließ, hatte sich an der Wache namentlich auszutragen und seine Kennmarke abzugeben. »Das steht einwandfrei fest. Er mußte also auf den regulären 6.48-Bus warten. Und nach Aussagen des Schaffners und zweier Fahrgäste ist jemand, der unserer Beschreibung entspricht, auch tatsächlich an dieser Haltestelle zugestiegen. Der Schaffner jedoch glaubt sicher zu sein, daß niemand an der Alfringham-Farm ausgestiegen ist. Folglich müßte er durch Alfringham durchgefahren sein, eventuell auch durch Hardcaster, bis zum Bahnhof.«

»Einfach verschwunden.« Hardanger nickte. Und dann sah er diesen kompakten, ruhig und gelassen in die Welt blickenden Polizeiinspektor noch einmal nachdenklich an. »Wie wär's, hätten Sie Lust zur Abwechslung mal für uns an diesem Fall mitzuarbeiten, Wylie?«

»Warum nicht, Sir? Wäre mal was anderes in diesem täglichen Trott. Nur fürchte ich, daß meine Dienststelle einiges dagegen einzuwenden haben wird.«

»Das käme auf den Versuch an. Die werden mit sich reden lassen. Sie sitzen doch in Alfringham, wenn ich mich nicht irre? Ich rufe Sie an.«

Wylie ging. Der Leutnant, der draußen stand, hatte bereits die Hand erhoben, um zu klopfen. Hardanger winkte ihn herein.

»Morgen, Sir. Morgen, Mr. Cavell.« Der blonde junge Leutnant sah müde aus, doch seiner Stimme war nichts anzumerken. »Wilkinson, Sir. Offizier vom Dienst der letzten Nachtpatrouille. Der Oberst nahm an, daß Sie mich eventuell zu sehen wünschen.«

»Sehr gescheit, kann man wohl sagen. Das möchte ich in der Tat. Hardanger, Polizeichef Hardanger. Sind Sie derjenige, der Clandon heute nacht gefunden hat?«

»Perkins, ein Unteroffizier der Wache, war es. Und der rief mich dann. Ich sah sofort — auf einen Blick —, was los war und ließ den E-Block versiegeln, verständigte den Oberst, und der bestätigte meine Anweisungen.«

»Sehr vernünftig von Ihnen«, versicherte Hardanger anerkennend, »davon reden wir später noch. »Und die Sache mit dem Zaun hat man Ihnen natürlich auch gemeldet?«

»Selbstverständlich, Sir. Da – da Mr. Clandon ja nicht da war, mußte ganz automatisch alles an mich gegeben werden. Wir konnten ihn nirgends finden. Vermutlich war er bereits tot.«

»Anzunehmen. Und den Schaden draußen am Zaun haben Sie natürlich auch gleich unter die Lupe genommen.«

»Nein, Sir.«

»*Nein*? Warum nicht? Das wäre doch zumindest Ihre Sache gewesen.«

»Nein, Sir. Das war Sache des Fachmanns.« Über das abgespannte Gesicht ging ein halbes Lächeln. »Wir haben Maschinengewehre bei uns, Sir, keine Mikroskope. Es war stockdunkel. Außerdem dürften zu dem Zeitpunkt schon einige Stiefel darüber weggetrampelt sein und nicht allzuviel zum Untersuchen übriggelassen haben. So habe ich denn lediglich vier Mann Bewachung dort aufmarschieren lassen, zwei außen, zwei innen, und Befehl gegeben, nichts und niemandem Zutritt zu geben.«

»So was von Intelligenz hätte ich doch weiß Gott bei der Armee nicht vermutet«, lobte Hardanger. »Das war erstklassig, junger Mann.« Des jungen Leutnants Gesicht bekam ein wenig Farbe bei dem Bemühen, nicht zu zeigen, wie wohl ihm diese Lobeshymne tat. »Haben Sie sonst noch etwas veranlaßt?«

»Nichts, was Ihnen weiterhelfen könnte, Sir. Einen zusätzlichen Jeep – normalerweise sind jeweils drei auf Patrouille – habe ich zum Ausleuchten des Zaunes noch eingesetzt. Aber bis auf den einen Defekt konnte nichts festgestellt werden. Und zum Schluß habe ich mir noch die wildgewordene Jeepmannschaft, die hinter diesem Kerl her war, vorgeknöpft und ihnen angekündigt, daß sie sich postwendend zu ihren Regimentern packen könnten, falls solche ritterlichen Anwandlungen nochmal überhand nehmen sollten. Die haben bei ihren Fahrzeugen zu bleiben, gleichgültig, was auch passiert.«

»Sagen Sie, Leutnant, halten Sie diese Episode mit der bedrängten Maid nur für eine Finte? Eventuell, um demjenigen, der durch den Zaun kam, freie Fahrt zu verschaffen?«

»Wofür sonst, Sir?«

»Ja«, seufzte Hardanger, »wofür sonst. Wie viele Leute sind normalerweise im E-Block beschäftigt, Leutnant?«

»Fünfundfünfzig bis sechzig, Sir.«

»Ärzte?«

»Ein gemischter Haufen, Sir. Ärzte, Mikrobiologen, Chemiker, Techniker, Armee-Angehörige und Zivilisten. Ich weiß leider nicht allzuviel von ihnen. Es ist nicht unsere Sache, hier viel zu fragen.«

»Und wo sind die jetzt alle, nachdem der E-Block versiegelt ist?«

»Zum Teil wollten sie wieder verschwinden, als sie das Labor geschlossen fanden, aber der Oberst – Oberst Weybridge meine ich – war dagegen.«

»Paßt mir bestens in den Kram, Leutnant. Wenn Sie mir zwei Boten oder Ordonnanzen oder was weiß ich zur Verfügung stellen könnten. Einen für mich, einen für Kommissar Martin. Der Kommissar würde sich ganz gern einmal persönlich mit diesen Leuten unterhalten. Veranlassen Sie das bitte. Und falls Sie auf Schwierigkeiten stoßen sollten, dann berufen Sie sich nur auf General Cliveden. Aber erst mal wäre es mir lieb, wenn Sie mit uns kämen und uns bei den Posten an diesem Zaundefekt ausweisen würden. Und dann sorgen Sie auch bitte noch dafür, daß sämtliche Leute, die die Jeeps fahren, und die Männer, denen die Hunde zugeteilt sind, sich in zwanzig Minuten im Empfangsraum einfinden.«

Fünf Minuten später standen Hardanger und ich da, wo das mysteriöse Loch im Zaun war. Die Wachen hatten sich außer Hörweite verzogen, und Wilkinson war gegangen. Die äußere Stacheldrahtumgrenzung, durch bogenförmige Zementpfähle befestigt und verstärkt, wirkte wie der selbstgebastelte Entwurf einer hypermodernen Großstadtlichtanlage. Dreißig Drähte in einem Abstand von sechs Zoll zogen sich durch den Zaun. Der untere fünfte und sechste Strang waren durchschnitten und dann mit starkem, grauem Bindfaden, der um die beiden Stacheln nächst der Bruchstelle gewickelt war, wieder ausgeflickt worden. Aber man mußte schon verdammt scharfe Augen haben, um das zu entdecken.

Drei Tage lang hatte es nicht geregnet, also zeigten sich auch keinerlei Fußspuren. Der Boden war zwar noch immer feucht vom Morgentau, doch wer immer sich hier betätigt haben mochte, um die frühen Morgenstunden, da die Feuchtigkeit sich niedergeschlagen hatte, mußte er längst über alle Berge gewesen sein.

»Durchsägt oder durchschnitten?« fragte Hardanger. »Ihre Augen sind jünger als meine.«

»Durchgezwickt. Mit einer Drahtschere oder Kombizange, schätze ich. Sehen Sie sich die Schnittflächen an. Kaum zu erkennen, aber einwandfrei vorhanden.«

Hardanger nahm das Drahtende und besah sich den Schaden genauer. »Aha – abgeschrägt von links nach rechts«, konstatierte er mehr für sich. »Genau, wie der Linkshänder sein Handwerkszeug manipuliert, um die stärkste Druckwirkung zu erzielen, sieh mal an.«

»Ein Linkshänder, jawohl«, bestätigte ich.

»Oder aber ein Rechtshänder, der uns irreführen wollte. Einer jedenfalls, der entweder Linkshänder oder sehr clever oder aber beides ist.«

Hardanger warf mir einen vernichtenden Blick zu und ging langsam zum inneren Zaun. Keinerlei Fußabdrücke, keinerlei Spuren im Mittelweg. Der Innenzaun war an drei Stellen durchschnitten, und wer immer es auch gewesen sein mochte, der die Drahtschere oder die Kombizange angesetzt hatte, vor den beobachtenden Augen der Ringstraße schien er sich hier geschützter geglaubt zu haben. Und warum er sich hier vor Hunden und Wachmannschaften so sicher gefühlt hatte, war eine Angelegenheit, die erst noch zu klären war.

Die Falldrähte unter dem Überhang des zweiten Zauns waren intakt. Wer immer der Täter gewesen sein mochte, er hatte einen ganz verdammten Dusel gehabt, nicht über dieses Drahtgespinst gestolpert zu sein. Oder aber er hatte sich genauestens ausgekannt. Und unser Freund mit der Kombizange schien mir wahrhaftig keiner von der Sorte, die sich allzusehr auf ihr Glück zu verlassen pflegt.

Die Methode, die er angewandt hatte, um durch den stromgeladenen Zaun zu gelangen, bewies es einwandfrei. Im Gegensatz zu den meisten dieser Zäune, bei denen nur der oberste Draht ständig Strom führt und alle anderen erst durch das senkrechte

Verbindungskabel, das an jedem Isolator angebracht ist, energieversorgt werden, war bei dieser Mordoner Konstruktion jeder einzelne Draht geladen. In dem Moment, da einer dieser Drähte mit der Erde in Berührung kam, wurden die Alarmglokken ausgelöst, als sei der Zaun von menschlichen Händen angefaßt oder durchschnitten worden. Das jedoch hatte unseren Freund an seinem Vorhaben nicht hindern können. Die beiden Kabelstücke, die zwischen den zwei Pfosten auf dem Boden lagen, bewiesen es. Er hatte ganz einfach das Strangende mit dem untersten Isolator eines Pfostens verbunden, das gleiche auf der anderen Seite mit dem zweiten Ende durchgeführt und so eine andere Stromführung zustande gebracht.

Den gleichen Trick hatte er am oberen Draht angewandt. Und dann hatte er die beiden untersten Drähte einfach durchschnitten, zu Boden fallen lassen und war unter dem dritten Draht durchgekrochen.

»Ein ganz gerissener Vogel«, sagte Hardanger, nachdem er mit der Besichtigung dieses Kunststücks fertig war. »Das allein ist beinah schon ein Beweis, daß er die Konstruktion von innen gekannt haben muß.«

»Oder sie von außen mit einem scharfen Feldstecher oder Teleskop eingehend studiert hat. Vergessen Sie nicht, daß die gesamte Ringstraße ja schließlich eine öffentliche Verkehrsstraße ist. Kein Kunststück, die Konstruktion vom Wagen aus eingehend zu erforschen: Und bei guten Sichtverhältnissen möchte ich fast mit Sicherheit behaupten, daß man die inneren Falldrähte in der Sonne glitzern sehen kann.«

»Schon möglich«, brummte Hardanger tiefsinnig. »Nur bringt uns leider dieses Herumstehen und Hinstarren auch kein Stück weiter. Gehen wir. Fangen wir mal an, ein bißchen zu fragen.«

Sie waren alle schon da und harrten der Dinge, die da kommen sollten. Ein nervöser Haufen, der unruhig auf den Bänken der Empfangshalle herumhockte. Verdöst die einen, aufgeregt die anderen, alle aber ziemlich mitgenommen und bleich. Und ich wußte genau, daß Hardanger keine dreißig Sekunden brauchte, um die vorherrschende Stimmung zu erfassen und sich psychologisch darauf einzustellen. Dem war so. Er nahm an einem der Tische Platz und blickte dann unter seinen struppigen Augenbrauen auf – hellblau – kalt – durchdringend – feindselig. Als Schauspieler stand er Kommissar Martin in nichts nach.

»Also dann bitte«, sagte er abrupt. »Die Jeepmannschaft. Diejenigen, die gestern selbständig auf Jagd gezogen sind. Nehmen wir uns die erst einmal vor.«

Drei Mann hoch – ein Unteroffizier und zwei einfache Soldaten – erhoben sich langsam. Hardanger nahm den Unteroffizier aufs Korn.

»Sie heißen?«

»Muirfield, Sir.«

»Sie hatten heute nacht das Kommando über den Jeep?«

»Ja, Sir.«

»Dann schildern Sie, was vorgefallen ist.«

»Jawohl, Sir. Wir hatten gerade eine Runde um die Ringstraße hinter uns, stoppten an der Hauptwache, um Meldung zu machen, daß alles in Ordnung sei, und fuhren dann weiter. Elf Uhr fünfzehn dürfte es gewesen sein, eventuell auch eine Minute früher oder später, Sir. Kaum zweihundertfünfzig Meter vom Tor entfernt, sahen wir dieses Mädchen plötzlich in die Scheinwerfer rennen. Total aufgelöst, jammernd und schreiend. Ich saß am Steuer. Ich stoppte, sprang heraus, und die anderen kamen hinterher. Natürlich hätte ich ihnen sagen sollen, da zu bleiben, wo sie waren –«

»Was Sie hätten tun sollen, interessiert mich nicht. Schildern Sie jetzt das, was vorgefallen ist, Mann!«

»Als wir bei ihr angelangt waren, stellten wir fest, daß sie ganz aus dem Leim gegangen war; das Gesicht verdreckt, der Mantel total zerrissen. Ich sagte –«

»Hatten Sie die Frau jemals vorher gesehen?«

»Nein, Sir.«

»Würden Sie sie wiedererkennen?«

Er zögerte. »Das glaube ich kaum, Sir, ihr Gesicht war ganz verschmiert.«

»Und sie hat mit Ihnen gesprochen?«

»Ja, Sir. Sie sagte –«

»War Ihnen die Stimme bekannt? Oder einem von Ihnen?« Hardanger blickte die beiden Soldaten an.

Nachdrückliches Kopfschütteln von allen Seiten. Keiner hatte sie je gehört oder gesehen.

»Na schön«, sagte Hardanger resigniert. »Und dann rückte sie also mit der Moritat von der geschändeten Jungfrau heraus, und in diesem psychologisch geeigneten Moment machte sich jemand bemerkbar und haute ab. Und ihr, alle Mann hoch, hinterher. Haben Sie ihn wenigstens flüchtig erspäht?«

»Ganz flüchtig nur, Sir. Ein Schatten in der Dunkelheit, mehr nicht.«

»Mit einem Wagen ist er entkommen, wenn ich richtig informiert bin. Auch nur ein Schatten in der Dunkelheit, nehme ich an.«

»Jawohl, Sir. Kein Wagen, Sir. Ein Lastwagen. Ein geschlossener Laster. Ein Bedford.«

»So, so.« Hardanger sah auf. »Ein Bedford! Und woher wollen Sie das so verdammt genau wissen? Nach Ihren Angaben war es doch dunkel.«

»Es war ein Bedford«, beharrte Muirfield. »Den Motor höre ich überall heraus. Automechaniker von Beruf, Sir.«

»Er hat recht«, mischte ich mich ein. »Der Bedford hat ein ganz charakteristisches Motorengeräusch.«

»Augenblick, ich bin gleich wieder da.« Hardanger stand bereits, und es bedurfte keiner hellseherischen Gabe, um zu wissen, wo er hinwollte. Ans nächste Telefon. Er warf mir einen Blick zu, nickte kurz zu den Männern hin und verschwand eilends.

»Und wer von Ihnen war gestern nacht mit dem Hund auf Streifendienst in Nr. I?« fragte ich wohlwollend. Der Durchgang zwischen den beiden Zäunen war in vier Sektionen aufgeteilt, abgegrenzt durch Holzbarrieren. Nummer I war diejenige, in der das Malheur passiert war.

»Sie, Ferguson?«

Ein dunkler, untersetzter Soldat, Mitte zwanzig etwa, hatte sich erhoben. Ferguson war aktiv, der geborene Soldat: Hart, aggressiv und nicht sehr hell.

»Ich«, sagte er. Etwas Bockiges lag in diesem einen Wort. Nicht viel, eine Andeutung gerade, hinter der allerdings weitere Reserven zu vermuten standen, mit denen aufzuwarten er durchaus bereit war, wenn ich es wünschte.

»Wo waren Sie gestern nacht um elf Uhr fünfzehn?«

»In Nummer I. Mit Rollo. Das ist mein Wolfshund.«

»Und Sie haben die Vorkommnisse, die Unteroffizier Muirfield uns eben geschildert hat, mit angesehen?«

»Ja, natürlich.«

»Lüge Numero eins, Ferguson. Lüge Numero zwei, und Sie können, noch ehe es dunkel wird, zu Ihrem Regiment abrücken.«

»Ich lüge nicht.« Sein Gesicht war plötzlich häßlich geworden. »Mit mir können Sie nicht so umspringen *Mister* Cavell. Von Ihnen lasse ich mir gar nichts sagen. Bilden Sie sich ein, wir wüßten nicht alle, daß Sie hier geflogen sind?«

Ich wandte mich an die Ordonnanz. »Ich lasse Oberst Weybridge bitten herzukommen. Sofort.«

Die Ordonnanz schickte sich an, dem Befehl nachzukommen, wurde jedoch von einem langen Sergeant, der sich erhoben hatte, zurückgehalten.

»Nicht nötig, Sir. Ferguson ist ein Narr. Herauskommen muß es sowieso. Der war auf eine Zigarettenlänge und eine Tasse Kakao bei dem Zahn vom Nachtdienst in der Vermittlung. Ich hatte Nachtdienst. Gesehen habe ich ihn zwar nie dort, aber ich wußte davon und machte mir weiter keinen Kummer. Ferguson ließ Rollo immer in Nummer I zurück, und das ist ein Hund, der jeden gleich fertigmacht, Sir. Nummer I war sicher.«

»Eben! Vollkommen sicher! Vielen Dank immerhin. Und das hatten Sie sich so seit einer Weile zur lieben Gewohnheit werden lassen, Ferguson, nicht wahr?«

Er zog einen Flunsch und sagte mürrisch: »Nein. Gestern zum erstenmal –«

»Ferguson«, stoppte ich ab, »wenn es noch eine Rangstufe tiefer als bis zum einfachen Soldat ginge, dann wären Sie es und blieben es bis zum Ende Ihrer Tage. Tun Sie mir den einen Gefallen, und gebrauchen Sie das bißchen Grips, das Ihnen gegeben ist. Oder bilden Sie sich etwa ein, daß derjenige, der dieses Ablenkungsmanöver inszeniert hat, sich mit seiner Zange dort aufgebaut hätte, wenn er nicht genau gewußt hätte, daß Sie um diese Zeit mit allergrößter Wahrscheinlichkeit durch Abwesenheit glänzen? Denn, sowie Mr. Glandon seine Elf-Uhr-Runde an der Wache beendet hatte, zogen Sie sich doch wohl regelmäßig zu Ihrer Zigarettenpause zurück, so war es doch wohl?«

Eigensinnig schweigend starrte er auf den Fußboden, bis dem Sergeant die Galle hochkam. »Menschenskind, Fergie, erbarm dich und streng deinen Gipskopf an.«

Abermaliges Schweigen, diesmal jedoch von einem sich geschlagen gebenden Kopfnicken begleitet.

»Na, so kommen wir der Sache ja langsam näher. Und immer, wenn Sie sich verzogen, ließen Sie den Hund zurück?«

»Ja, Sir.« Fergusons verbissener Widerstandsgeist war dahin.

»Und der Hund? Wie reagiert der?«

»Der geht ran. Egal wer kommt – vom General abwärts beißt der jede Gurgel durch – mit Ausnahme meiner«, plädierte Ferguson im Brustton der Überzeugung.

»Davon war gestern abend allerdings nichts zu merken«, hielt ich ihm entgegen. »Und ich frage mich nur, warum?«

»Der muß sich aber gerührt haben, Sir«, verteidigte Ferguson sich stur.

»Was heißt hier muß? Haben Sie ihn sich einmal angesehen, ehe Sie ihn wieder zum Zwinger brachten?«

»Angesehen? Nee. Wozu denn? Als wir das Loch im Zaun entdeckten, dachten wir uns gleich, daß derjenige, der sich da zu schaffen gemacht hat, beim Anblick von Rollo nur noch ums liebe Leben gerannt ist. Ich jedenfalls hätte mich ganz verflucht beeilt –«

»Her mit dem Hund«, sagte ich. »Holen Sie ihn. Aber legen Sie ihm um Himmelswillen den Maulkorb an.« Ferguson zog ab, und während er unterwegs war, kam Hardanger zurück. Ich berichtete, was ich in Erfahrung gebracht und daß ich um den Hund geschickt hatte.

»Und was erwarten Sie zu finden?« fragte Hardanger. »Garantiert nichts. Ein Chloroformstoß, oder was es sonst so gibt auf diesem Gebiet, hinterläßt keine Spuren, genausowenig wie diese scharf zugespitzten Waffen mit einem dieser verrückten Gifte. Was wäre zurückgeblieben? Ein Nadelstich höchstens.«

»Nach allem, was ich so über diesen vierbeinigen Kollegen vernommen habe, würde ich es selbst für die Kronjuwelen von England nicht wagen, mich ihm mit einer Chloroformmaske auch nur zu nähern. Und was diese verrückten Gifte – wie Sie sich auszudrücken beliebten – anbelangt, so glaube ich kaum, daß unter hunderttausend auch nur einer an sie herankommt und bestenfalls in der Lage wäre sie anzuwenden. Außerdem bleibt es ein recht fragwürdiges Unterfangen, nachts scharf zugespitzte Waffen gegen sehr bewegliche, pelzverbrämte Ziele zu richten. Und der Bruder von gestern nacht hat meines Erachtens wenig für Fragwürdigkeiten und dafür viel für Sicherheiten übrig.«

Ferguson war in zehn Minuten wieder da, voll beschäftigt, ein wildes Tier, das sich geradezu tollwütig gegen alles, was sich ihm näherte, benahm, zu bändigen. Rollo hatte einen Maulkorb um, aber selbst das machte ihn mir nicht vertrauenerweckender. Und es bedurfte keinerlei Überredungskünste, das Wort des Sergeants, daß der Hund ein reißender Wolf sei, der radikal allem den Garaus mache, zu akzeptieren.

»Benimmt der Köter sich immer so?« erkundigte ich mich.

»An sich nicht.« Ferguson selbst war ganz perplex. »Eigentlich nie. Gewöhnlich pariert er aufs Wort – bis ich ihn von der Leine lasse. Dann allerdings fällt er alles an, was ihm in den Weg kommt — egal, wer es ist. Eben aber ist er beinah auf mich losgegangen. Ein Versuch zwar nur, aber mistig irgendwie.«

Es dauerte nicht lange, der Ursache für Rollos Reizbarkeit auf den Grund zu kommen. Das, was man mit dröhnenden Kopfschmerzen zu bezeichnen pflegt, mußte ihn martern. In Augenhöhe etwa war die Kopfhaut angeschwollen, und es bedurfte vier kräftiger Männer, das Tier festzuhalten, während ich die verschwollene Partie mit den Fingerspitzen abtastete. Wir drehten ihn um, ich zog das dicke Fell am Hals auseinander und examinierte so lange, bis ich fand, was ich suchte: Zwei Dreieckrisse im Abstand von drei Zoll, tief eingegraben und höchst unerfreulich aussehend.

»Sie sollten dem Kollegen hier mal ein paar Tage freigeben«, riet ich Ferguson, »und vor allem sollten Sie die Risse im Hals gut desinfizieren. Viel Spaß dabei. Bringen Sie ihn wieder weg.«

»Also doch kein Chloroform oder Gift«, gab Hardanger zu, als wir allein waren. »Stacheldraht, was?«

»Was sonst? In ganz exaktem Abstand. Irgendwer muß einen Handschutz angelegt, durch den Draht gegriffen haben und den Hund in dem Moment, da er faßte, mit dem Kopf durchgezerrt und festgeklemmt haben, so daß er, ohne sich den Kopf auszureißen, nicht mehr zurückkam. So konnte er ihn dann, offensichtlich in aller Ruhe, mit harten Gegenständen bearbeiten: Einfach und altmodisch, aber sehr wirksam. Wer immer der Vogel ist, hinter dem wir her sind, dumm ist er nicht.«

»Klüger als Rollo auf jeden Fall«, stimmte Hardanger tiefsinnig zu.

3

Cliveden, Weybridge, Gregori und Wilkinson erwarteten uns bereits, als wir, begleitet von zwei soeben aus London angekommenen Assistenten aus Hardangers Stab, am E-Block ankamen. Den Schlüssel zu der schweren Holztür kramte Wilkinson heraus.

»Und seitdem sie Clandon gefunden haben, war kein Mensch hier drin?« erkundigte sich Hardanger noch einmal.

»Dafür garantiere ich, Sir. Die ganze Zeit über standen Posten hier.«

»Aber Cavell hatte doch gebeten, die Ventilation anzustellen. Wie war das denn zu machen, ohne daß jemand hineinging?«

»Oben auf dem Dach ist noch eine zweite Schaltanlage, Sir. Sämtliche Sicherungskästen, Verteiler und Schalter – alles oben. Kein Elektriker braucht ins Hauptgebäude, um die Instandhaltungs- und Reparaturarbeiten durchzuführen.«

»Scheint verdammt wenig zu geben, woran ihr nicht denkt«, gab Hardanger voller Hochachtung zu. »Na, dann machen Sie den Laden mal auf, Wilkinson.«

Die Tür schwang zurück. Wir gingen einer nach dem anderen hinein, bogen nach links ab und marschierten den langen Korridor entlang. Das Labor lag ganz hinten am anderen Ende, etwa zweihundert Meter weiter, aber so und nicht anders hatten wir zu gehen. Es gab nur diesen einen Eingang für den gesamten Block. Sicherheit war alles. Unterwegs mußten wir durch ein halbes Dutzend Türen. Teilweise öffneten sie sich durch Fotozellen, teilweise waren sie mit langen fünfzehn-Zoll-Griffen versehen. Ellbogengriffe. Im Hinblick auf die Lasten, die die Mordoner Wissenschaftler gelegentlich zu tragen hatten, war es ratsam, dafür zu sorgen, daß sie immer beide Hände frei hatten.

Und dann kamen wir zum Labor I – und zu Clandon. Clandon lag direkt vor der massiven Stahltür des Labors, aber es war nicht mehr der Neil Clandon, den ich einmal gekannt hatte – der große, energiegeladene, freundliche Ire, der so viel Humor gehabt hatte, der Mann, der durch so lange Jahre hindurch mein Freund gewesen war. Sonderbar klein sah er jetzt aus, klein und kläglich und hilflos. Wie ein Fremder, nicht mehr wie Neil Clandon. Selbst das Gesicht war das eines anderen. Die weitaufgerissenen Augen waren die eines Irren, der den Bereichen gesunden Menschenverstands längst fern, in einen von Zwangsvorstellungen getriebenen, grauenhaften Wahnsinn abgeglitten war. Verzerrt geöffnete Lippen über zusammengepreßten Zähnen zeugten von qualvollem Todeskampf. Niemand, der dieses Gesicht und diese verkrampften Glieder sah, konnte bezweifeln, daß Neil Clandon auf die entsetzlichste Weise, in der ein Mensch sterben kann, gestorben war.

Vage spürte ich, wie aller Augen sich auf mich richteten, aber ich verstand es durchaus, meine Mimik so einzustellen, wie ich sie brauchte. Ich ging auf den Toten zu, beugte mich tief über ihn und konnte mich für die unwillkürliche Grimasse, die ich schnitt, bei meinem Freund nur noch still entschuldigen. Es war nicht seine Schuld. Ich warf Oberst Weybridge einen Blick zu; der verstand, kam, beugte sich hinab, wie ich es getan hatte und richtete sich wieder auf. »Stimmt, mein Junge, Sie hatten recht«, sagte er und sah Wilkinson an. »Blausäure.«

Ich zog ein Paar Stoffhandschuhe aus der Tasche. Während ich dabei war, sie überzuziehen, hob einer von Hardangers Assistenten die Blitzlichtkamera. Er kam nicht weit. Ich hielt ihn am Handgelenk fest. »Kommt nicht in Frage. Neil Clandon ist kein Objekt für irgendwelche Fotoalben. Um hier noch Aufnahmen zu machen, dazu ist es zu spät. Warum fangen Sie nicht bei der Stahltür an, wenn Sie glauben, sich unbedingt betätigen zu müssen? Fingerabdrücke. Jede Menge werden Sie vorfinden, auch wenn sie uns garantiert samt und sonders nicht weiterhelfen werden.«

Die beiden Assistenten blickten Hardanger an, der blickte unschlüssig zurück, zuckte die Achseln und nickte schließlich. Ich war bereits dabei, Neil Clandons Taschen zu untersuchen. Es fand sich nicht viel, was mir hätte nützen können – Brieftasche, Zigarettenetui, Streichholzhefte. In der linken Jackentasche das zerknüllte Pergamentpapier, in dem das Konfekt eingewickelt gewesen war.

»Daran ist er gestorben«, sagte ich. »Zyankalikonfekt – die letzte Masche der Süßwarenindustrie. Neben seinem Kopf liegt das Zeug noch, das er gegessen hat. Haben Sie in diesem Bau vielleicht einen Lebensmittelchemiker vorrätig, Oberst?«

»Haben wir. Natürlich.«

»Der wird gleich feststellen, womit das Konfekt und das Papier überzogen sind. Hoffentlich ist er keiner von der Sorte, die die Gewohnheit hat, sich nach allem, was klebrig ist, die Finger abzulecken. Eins steht fest, derjenige, der dieses Zeug verbrochen hat, kannte Clandon. Oder sagen wir, Clandon kannte ihn. Und er kannte ihn gut. Er kannte ihn so gut und dachte sich so wenig dabei, ihn hier zu finden, daß er sich auch noch Konfekt anbieten ließ. Wer immer Clandon ermordet hat, ist nicht nur in Mordon tätig, nein, er muß sogar hier beschäftigt sein – im E-Block. Wenn nicht, wäre Clandon vor lauter Argwohn und Mißtrauen gar nicht auf die Idee gekommen, sich mit solchen Mätzchen einfangen zu lassen. Damit schrumpft der Kreis unserer Ermittlungen beachtlich zusammen. Des Mörders erster Fehler – und ein großer Fehler.«

»Vielleicht«, polterte Hardanger. »Und vielleicht machen Sie sich die Sache auch ein bißchen sehr einfach. Annahmen alles nur. Woher wollen Sie überhaupt wissen, daß Clandon hier ermordet wurde. Sie waren selbst der Meinung, daß wir es mit einem ganz gerissenen Vogel zu tun haben. Dem wäre eher zuzutrauen, daß er Clandon ganz woanders erwischt und ihn erst nach vollbrachter Tat hierher geschleppt hat, um die ganze Geschichte in ein möglichst obskures Licht zu setzen, recht viel Verwirrung zu stiften und uns auf die falsche Spur zu hetzen. Und daß er ausgerechnet auch noch zufällig das Konfekt bei sich gehabt haben soll, das er Clandon zufällig anbot, als Clandon ihn zufällig erwischte – nee, nee, mein Lieber, das zu glauben ist zuviel verlangt.«

»Tja, der Tragödie zweiter Zeil ist mir natürlich auch nicht klar«, sagte ich. »Man sollte meinen, daß Clandon *jedem* gegenüber, den er nachts hier traf – gleichgültig wer es auch war –, sehr mißtrauisch gewesen sein müßte. Aber gestorben ist Clandon hier, das steht fest.« Ich sah zu Cliveden und Weybridge hinüber. »Wie lange dauert es, bis die Wirkung bei Zyankali eintritt?«

»Praktisch sofort«, sagte Cliveden.

»Und er hat sich in Qualen gewunden«, fuhr ich fort, »also ist er hier gestorben. Bitte – sehen Sie sich doch die Wand mal an. Kratzer. Schwach, aber immerhin. Da muß er noch versucht haben, Halt zu finden, als er umkippte. Ein ›Freund‹ hat ihm dieses Konfekt angeboten, und deshalb läge mir daran, wenn diese Utensilien, Brieftasche, Zigarettenetui und die Streichhölzer eingehend auf Fingerabdrücke untersucht würden. Auch wenn die Chance, daß besagter Freund ihm unter Umständen eine Zigarette und vielleicht sogar auch noch Feuer gegeben haben sollte, oder aber, nachdem er tot war, durch seine Brieftasche gegangen ist, nicht höher als eins zu tausend steht. Ehrlich gesagt, ich glaube selbst nicht daran. Nur die Fingerabdrücke an dieser Tür dürften immerhin ganz interessant sein. Und informativ. Ich wette eins zu hundert, daß sie nur von denen stammen, die die Berechtigung haben, hier ein- und auszugehen. Was ich einzig und allein festgestellt haben möchte, ist, ob man bewußt mit einem Handschuh oder Taschentuch über den Rundgriff und das Zeitschloß gegangen ist.«

»Worauf Sie sich verlassen können«, nickte Hardanger. »Falls Ihre Annahme, daß es sich um einen ganz internen Kreis handelt, zutreffen sollte, dann bestimmt. Schon um die Möglichkeit, daß ein Außenseiter im Spiel ist, einzubeziehen.«

»Clandon spricht dagegen«, sagte ich.

Hardanger nickte wieder, wandte sich um und sah interessiert seinen beiden Männern zu, die sich inzwischen der Tür angenommen hatten. Und gerade in dem Moment kam auch ein Soldat mit einem Fiberkoffer und einem kleinen, zugedeckten Käfig an, stellte beides ab, salutierte, ohne jemanden im besonderen zu meinen, und verschwand. Cliveden zog fragend die Augenbrauen hoch.

»Wenn ich ins Labor gehe«, informierte ich ihn, »dann allein. In diesem Koffer ist ein Gasanzug samt Atemgerät. Das ziehe ich an. Ich werde die Stahltür hinter mir abschließen, die Innentür öffnen und den Hamster mitnehmen. Wenn er nach ein paar Minuten noch am Leben sein sollte, dann ist die Luft rein.«

»Einen Hamster?« Hardangers Interesse wandte sich von der Tür auf den Käfig. Er hob das Tuch. »Armes Kerlchen. Wo haben Sie denn den so blitzartig aufgetrieben?«

»Kein Kunststück. Nirgends in ganz England so kinderleicht aufzutreiben wie gerade in Mordon. Einige weitere hundert dürften in allernächster Nähe greifbar sein, ganz abgesehen von einigen tausend Meerschweinchen, Kaninchen, Affen, Sittichen, Mäusen und Hühnern. In Alfringham, da wo auch Baxter seinen Bungalow hat, werden sie gezüchtet. Lauter ›arme Kerlchen‹, wie Sie soeben treffend bemerkten. Sie haben alle ein sehr kurzes und keineswegs sehr süßes Leben.«

Ich machte den Koffer auf. Mit dem Gasanzug in der Hand sah ich mich um. Jemand hatte meinen Arm festgehalten. Dr. Gregoris dunkle Augen hinter dicken Gläsern blickten mich beschwörend an. Das dunkle Gesicht mit dem starken Bartwuchs spannte sich vor lauter Angst und Unruhe.

»Mister Cavell, gehen Sie nicht hinein.« Seine Stimme war leise und eindringlich und fast verzweifelt. »Tun Sie es nicht, ich bitte Sie.«

Ich sagte gar nichts. Ich sah ihn nur an. Ich hatte ihn gern, wie ihn ausnahmslos alle Kollegen gern hatten. Aber nur, weil ihn jeder gern hatte, war er nicht in Mordon. Er war in Mordon, weil er in dem Ruf stand, einer der hervorragendsten Mikrobiologen Europas zu sein. Italienischer Professor der Medizin, und nun seit über acht Monaten in Mordon. Die größte Errungenschaft, die Mordon jemals geglückt war. Ein Unterfangen, das ein

Weilchen auf des Messers Schneide gestanden hatte, bis endlich die Entscheidung fiel. Kabinettssitzungen auf höchster Ebene hatte es bedurft, ehe die italienische Regierung zugestimmt hatte, ihn für unbestimmte Zeit freizugeben. Und wenn nun ein Mann, wie Gregori, sich Sorgen machte, dann war es vielleicht an der Zeit, daß ich mir auch welche machte.

»Und warum sollte er nicht hineingehen?« verlangte Hardanger zu erfahren. »Ihre Gründe müssen außerordentlich schwerwiegend sein, Dr. Gregori.«

»Das sind sie auch«, schaltete sich Cliveden ein. Man sah ihm nicht nur an, wie ernst es ihm war, man hörte es ihm auch an. »Über dieses Labor ist niemand so gut informiert wie Dr. Gregori. Eben haben wir noch darüber gesprochen. Dr. Gregori macht keinen Hehl daraus, daß ihn der Gedanke an dieses Labor nur mit Grauen erfüllt, und ich müßte lügen, wenn ich nicht zugeben wollte, daß er mir auch einen Schrecken eingejagt hat. Wenn's nach ihm ginge, müßten wir diesen Block rechts und links davon niederreißen, eine fünf Fuß dicke Mauer darum errichten, ein Dach draufsetzen und das Ganze für immer und ewig versiegeln. So schwer sind seine Befürchtungen. Er verlangt, daß es zumindest einen Monat lang verschlossen bleiben soll.«

Hardanger sah Cliveden mit seinem üblichen leeren, blaßblauen Blick an, transferierte diesen dann zu Gregori und landete ihn schließlich bei seinen Assistenten. »Also dann verschwinden Sie mal außer Hörweite, wenn ich bitten darf. Glauben Sie mir, je weniger Sie wissen, desto besser für Sie. Und Sie, Leutnant, schließen sich bitte an. Tut mir leid, aber es geht nicht anders.« Er wartete ab, bis sie alle abgezogen waren und blickte dann Gregori fragend an. »Sie wollen also nicht, daß wir das Labor öffnen, Dr. Gregori? Damit rutschen Sie auf unserer Verdachtsliste an die Spitze, darüber sind Sie sich doch hoffentlich klar.«

»Bitte! Mir ist nicht witzig zumute. Und außerdem ist mir auch nicht danach, ausgerechnet hier zu reden.« Dabei warf er einen Blick auf Clandon und sah genauso schnell wieder weg. »Ich bin nun einmal kein Polizeibeamter, und ich bin auch kein Soldat. Wenn Sie vielleicht –«

»Machen wir.« Hardanger zeigte auf die nächste Tür, die kaum ein paar Meter weiter lag. »Was ist da drin?«

»Nur ein Lagerraum. Entschuldigen Sie, daß ich mich so anstelle –«

»Kommen Sie nur.« Hardanger ging voraus und wir hinterher. Blind für das hier prangende Rauchverbot hatte Gregori sich eine Zigarette angesteckt und qualmte hastig und nervös.

»Ich will Ihre Zeit nicht lange in Anspruch nehmen und mich

so kurz fassen, wie es geht. Aber ich muß Sie unbedingt überzeugen.« Er ließ eine Pause eintreten und fuhr dann langsam fort: »Wir leben im nuklearen Zeitalter, einem Zeitalter, in dem Millionen in der täglichen Furcht und Angst vor einer thermonuklearen Vernichtung, von der sie glauben, daß sie eines nicht allzufernen Tages kommen muß und kommen wird, existieren und arbeiten. Millionen können nachts nicht schlafen, weil sie in ihren Träumen die Schreckensbilder einer zerstörten, einst schönen, grünen Welt sehen, auf deren Trümmern ihre toten Kinder liegen.«

Er zog tief an seiner Zigarette, drückte sie aus und steckte die nächste an. Und dann sah er in den Rauch und sagte durch die schleierigen Schwaden: »Ich kenne diese Furcht vor einem nuklearen Armageddon nicht, und ich schlafe nachts gut. Ein solcher Krieg wird niemals kommen. Ich höre mir das Gerede der Russen an und lächle nur, wenn sie mit ihren schwersten Geschützen klappern, und ich höre die Amerikaner mit den ihrigen klappern und lächle ebenfalls. Denn ich weiß genau, daß diese beiden Giganten ihre Säbel, so laut sie auch damit rasseln, schön in der Scheide behalten werden und gar nicht an ihre ferngelenkten Vernichtungswaffen denken, sosehr sie sich auch gegenseitig damit drohen. Meine Herren, soll ich Ihnen sagen, woran sie denken? An Mordon denken sie. Denn wir – die Engländer will ich sagen – haben dafür gesorgt, daß die Großen der Welt genau wissen, was sich hinter diesen Zäunen tut. Hinter diesen Mauern«, fügte er hinzu und tippte leicht gegen die Wand. »Die ›ultimative Waffe‹, der Welt einziger Friedensgarant, auch wenn der Ausdruck ›ultimativ‹ inzwischen ein bißchen strapaziert worden sein mag und darum in seiner Bedeutung etwas heruntergekommen. In diesem Fall jedoch ist er noch immer präzis und zutreffend. Falls man unter ultimativ die totale Vernichtung versteht.«

Er lächelte ein bißchen geniert.

»Vielleicht klingt das alles ein bißchen melodramatisch, meine Herren, mag sein. Halten Sie es meinem südlichen Temperament zugute, und versuchen Sie, die ganze Tragweite dessen, was ich Ihnen zu sagen im Begriff bin, zu erfassen. Das gilt nicht für den General und auch nicht für den Oberst, die sind bereits informiert, aber für Sie, Polizeichef Hardanger, und auch für Sie, Mister Cavell.

Wir haben hier in Mordon über vierzig verschiedene Typen von Pestviren entwickelt. Meine eigene segensreiche Tätigkeit beschränkt sich dabei auf zwei. Einer davon ist ein Derivat des Botulismustoxins, das noch aus den Forschungsarbeiten des Zweiten Weltkriegs stammt. Falls es Sie interessieren sollte, vor dem *D-Day*, dem Invasionstag also, wurden etwa eine Viertelmillion englischer Soldaten damit geimpft. Und ich möchte bezweifeln, daß auch nur ein einziger wußte, wogegen.

Dieses Toxin haben wir nun zu einer in ihrer Wirkung so unerhörten und entsetzlichen Waffe weiterentwickelt, daß die stärkste Wasserstoffbombe dagegen ein Kinderspiel ist. Sechs Unzen, meine Herren, sechs lächerliche Unzen nur, gleichmäßig über unsere schöne Welt verstreut, würden auch das letzte Lebewesen auf unserem Planeten vernichten. Und das sind, weiß Gott, keine Hirngespinste.«

Sein Gesicht war tiefernst und seine Stimme von geradezu dramatischer Eindringlichkeit. »Das ist eine schlichte Tatsache. Geben Sie mir ein Flugzeug, und lassen Sie mich mit nur einem einzigen Gramm an einem windstillen Sommernachmittag damit über London los, und Sie werden am Abend eine tote Stadt mit sieben Millionen Leichen finden. Nur ein Fingerhut voll von diesem Zeug in die Trinkwasserversorgung, und London wäre ein riesiges Leichenhaus. Die Idealform – Gott soll mich nicht strafen, wenn ich diesen Ausdruck in diesem Zusammenhang gebrauche – der bakteriologischen Kriegsführung. Setzt man dieses Toxin zwölf Stunden der Luft aus, dann wird es durch Oxydation unschädlich. Nach zwölf Stunden also kann die kriegführende Macht A, die ein paar Gramm gegen die kriegführende Macht B eingesetzt hat, völlig beruhigt vor jedem Gegenangriff – sei es der des eigenen Gifts, sei es der der gegnerischen Streitkräfte – ihre Truppen einmarschieren lassen. Die Verteidigung wäre tot. Und nicht nur die Truppen, auch die Zivilbevölkerung, die Männer, die Frauen, die Kinder. Verdorben und gestorben. Alles.«

Gregori kramte in seiner Tasche nach einer Zigarette. Seine Hände zitterten, und er machte keinerlei Anstrengungen, das zu verheimlichen. Er schien sich dessen gar nicht bewußt.

Ich schwang mich zu einem Einwand auf. »Sagen Sie, Dr. Gregori, Sie reden von diesen sogenannten ›ultimativen Waffen‹, als wären wir die einzigen, die sie besäßen. Auch die Russen und die Amerikaner –«

»Auch sie besitzen sie, natürlich. Und wir wissen sogar genau, wo die russischen Laboratorien im Ural liegen. Wir wissen auch, wo die Kanadier diese Waffen produzieren – übrigens waren sie bis vor kurzem auf diesem Gebiet führend –, und es ist uns durchaus kein Geheimnis, daß auch in den Staaten, in Fort Detrick, viertausend Wissenschaftler Tag und Nacht ohne Unterlaß so rastlos an einer Art Blitzprogramm arbeiten, daß in den letzten Jahren eine ganze Reihe von Wissenschaftlern dabei geblieben und achthundert schwer erkrankt sind. Keinem aber ist es bisher gelungen, ein noch tödlicheres Gift zu produzieren. England allein ist es geglückt. Und darum richten sich die Augen der Welt auf uns – auf Mordon.«

»Nicht möglich?« krähte Hardanger trocken dazwischen, aber er verzog keine Miene zu einem Grinsen. »Noch tödlicher als das, was ihr schon habt? Wofür, frage ich mich?«

»Botulin hat seine Mängel«, erklärte Gregori eilig. »Vom militärischen Standpunkt aus gesehen, wollen wir einmal sagen. Man muß es schlucken, einatmen oder sich damit infizieren; es ist nicht kontagiös. Und im übrigen hegen wir den Verdacht, daß man unter Umständen bereits in anderen Ländern ein Vakzin dagegen entwickelt hat. Auf der ganzen Welt aber gibt es kein Gegenmittel gegen den neuesten Virus, den wir in der Lage zu kultivieren sind – einen Virus, der so kontagiös wie ein Buschfeuer ist.

Ein Derivat des Poliovirus – spinale Kinderlähmung, wenn Sie wollen –, aber ein hochentwickeltes Derivat, dessen Potenz millionenfach verstärkt ist, und zwar durch – aber das ist hier nicht wichtig. Sie würden es vermutlich doch nicht verstehen. Wichtig allein ist folgendes: Ganz im Gegensatz zum Botulin ist dieser neue Virus unzerstörbar. Die stärksten Hitze- und die tiefsten Kältegrade beeinträchtigen seine Lebensdauer nicht. Er spricht weder auf Oxydation noch auf Gegengifte an. Seine Lebensdauer scheint unabsehbar, obwohl wir noch immer überzeugt sind oder zumindest hoffen, daß kein Virus in einer seiner Entwicklung und seinem Wachstum feindlichen Umgebung länger als einen Monat zu leben imstande ist. Im Gegensatz zum Botulin indessen ist dieser Virus, wie gesagt, hochgradig kontagiös, und nicht nur das, er ist darüber hinaus genauso infektiös wie das Botulin. Und es ist uns bisher noch nicht gelungen, ein Vakzin dagegen zu entwickeln. Was mich anbelangt, so bin ich überzeugt, daß uns das auch niemals gelingen wird.« Wieder lächelte Gregori, und wieder schien es mir mehr Grimasse als Lächeln. »Nun, wir haben diesem jüngsten Kind unserer Forschung einen höchst unwissenschaftlichen, eben darum aber um so treffenderen Namen gegeben – Satanskäfer. Die entsetzlichste und grauenhafteste Waffe, die die Menschheit jemals erfunden hat und jemals erfinden wird.«

»Und kein Gegengift?« sagte Hardanger. Und diesmal war sein Ton nicht mehr trocken, dafür jedoch seine Lippen. »Nichts – überhaupt kein Gegenmittel?«

»Wir haben die Hoffnung aufgegeben. Erst kürzlich, vor kaum ein paar Tagen, hat Dr. Baxter, wie auch Oberst Weybridge wissen müßte, noch geglaubt, daß wir so weit wären, daß wir es hätten – ein Irrtum – leider. Nein, es ist hoffnungslos.

Für alle Zeiten. Alle unsere Bemühungen und Anstrengungen konzentrieren sich jetzt darauf, ein Derivat von verminderter Lebensdauer zu entwickeln, denn in seiner gegenwärtigen Form ist dieser Virus gar nicht einsatzfähig. Sollten wir aber einen Abkömmling mit zu begrenzender Lebensdauer finden – und die Zerstörung müßte dabei durch Oxydation erfolgen –, dann haben wir auch die wahrhaft ultimative Waffe gefunden. Und wenn dieser Tag einmal kommen sollte, dann können sämtliche Nationen der Welt ihre nuklearen Waffen vernichten. Denn jeder nukleare Angriff, so intensiv er auch sein mag, wird immer Überlebende zurücklassen. Die Amerikaner haben errechnet, daß auch ein russischer Großangriff, bei dem alles, bis auf die letzten Reserven, eingesetzt wird, sie im Höchstfall nur etwa siebzig Millionen Tote kosten kann. Nur! Abgesehen von den paar Millionen, die noch durch Strahlungsschäden hinzukommen mögen. Immerhin bliebe jedoch zumindest die Häfte der Nation erhalten und wäre in ein bis zwei Generationen wieder ein lebensfähiges Volk. Die Nation jedoch, die einem Angriff des Satanskäfers ausgesetzt war, könnte sich nie mehr erheben: Weil es keine Überlebenden gäbe.«

Hardangers Lippen waren zweifellos trocken, ich hatte mich nicht geirrt. Er fuhr mit der Zunge darüber, um das, was er zu sagen hatte, leichter herauszubringen. Das sollte jemand sehen, dachte ich. Hardanger und Angst! Englands Gefängnisse und Zuchthäuser waren voll von Leuten, die dazu nur ungläubig gelächelt hätten.

»Und bis es so weit sein wird«, fragte er tonlos, »bis Sie diese verminderte Virulenz einmal geschafft haben?«

»Ja, bis dahin?« Gregori starrte auf den Zementboden. »Bis dahin? Wie soll ich das erklären? Passen Sie auf: Der Satanskäfer ist in seiner Endform ein staubfeiner Puder. Sagen wir, ich nähme einen Salzlöffel davon und schüttete ihn über das Mordoner Gelände. Was wäre die Folge? Innerhalb einer Stunde wäre alles, was hier kreucht und fleucht, tot. Ganz Wiltshire, noch ehe es Abend wird, ein offenes Grab. In etwa einer Woche, sagen wir, in zehn Tagen meinetwegen, dürfte alles Leben in England erloschen sein. Alles Leben, wohlgemerkt. Die Pest – der schwarze Tod – war nichts dagegen. Und lange, ehe hier der Letzte qualvoll verendet ist, wäre der Satanskäfer – durch Flugzeuge, durch Schiffe, durch Vögel, oder lediglich auch nur durch das Wasser der Nordsee, in Europa. Ich wüßte wahrhaftig nicht, welches Hindernis eine weltweite Ausdehnung aufhalten könnte. Zwei Monate würde ich sagen, bestenfalls zwei Monate.

Stellen Sie sich das vor, Mr. Hardanger, stellen Sie sich das um Gottes willen nur einmal vor, falls Sie dessen fähig sein sollten, was man kaum erwarten kann, weil das einfach über jedes menschliche Vorstellungsvermögen geht. Der Lappe hoch oben in Schweden, der chinesische Bauer auf seinen Reisfeldern im Jangtsetal, der Viehzüchter in Australien, der New Yorker beim Einkaufsbummel über die Fifth Avenue, der Wilde in Tierra del Fuego – tot – sie alle wären tot. Und nur, weil ich einen einzigen, lächerlichen Salzlöffel fallen ließ. Nichts und gar nichts ist imstande, den Satanskäfer aufzuhalten. Es wäre sogar möglich, daß er jedes Leben auf diesem Planeten zum Erlöschen bringt. Wer nun der letzte Überlebende sein würde – ehe auch ihn sein Schicksal ereilt –, das kann ich nicht sagen. Ein einsamer Albatros hoch in den Lüften, eine Handvoll Eskimos tief in der Arktis – ich weiß es nicht. Doch die Wasser der Meere sind in ständiger Bewegung, und der Wind weht ewig: Eines Tages – eines nicht allzufernen Tages – müßten auch sie sterben.«

Mir war jetzt sehr nach einer Zigarette, und ich steckte mir eine an. Einer Reiseagentur, die Exkursionen zum Mond im Programm führt, blieben, wenn dieses Tierchen einmal losgelassen war, zumindest die Werbungskosten erspart.

»Wovor ich zittere«, fuhr Gregori fort, das ist das, was Sie hinter dieser Tür finden werden. Ich bin nicht gerade ein Detektiv, aber um das, was klar und deutlich vor einem steht, zu sehen, braucht man wohl auch keiner zu sein. Wer auch in Mordon eingebrochen sein mag, es war ein Verzweifelter, der *va banque* spielte. Der Zweck rechtfertigt die Mittel – und der einzige Zweck, der solche Mittel rechtfertigen würde, liegt im Virusschrank. Bei den Lagerbeständen des Virusschranks.«

»Was – Virusschrank?« Hardanger zog die buschigen Augenbrauen zusammen. »Könnt ihr diese gottverfluchten Viecher nicht ein bißchen sicherer unterbringen?«

»Die sind sicher«, sagte ich. »Die Zementwände dieses Labors sind durch Stahlplatten verstärkt. Kein Fenster ist da. Der einzige Weg hinein führt durch diese eine Tür. Warum sollten sie also nicht im Schrank stehen?«

»Meinetwegen«, sagte Hardanger, »woher soll ich das schließlich wissen. Aber bitte, Dr. Gregori, ich hatte nicht die Absicht, Sie zu unterbrechen.«

»Das wäre alles, was ich dazu zu sagen habe. Ein Verzweifelter. Einer der es eilig hatte, brandeilig. Und den Schlüssel zum Virusschrank – nur Holz und Glas, nebenbei bemerkt – habe ich hier in meiner Hand. Verstehen Sie? Er mußte das Ding aufbrechen, einschlagen; wer will wissen, was er in seiner Hast alles umgeworfen hat. Und wenn es nur einer der gefährlichsten Behälter war — nur ein einziger — einer, der den Satanskäfer enthielt – drei Stück davon stehen da . . . Eine sehr entfernte

Möglichkeit, gewiß, das gebe ich zu, und trotzdem muß ich Ihnen ganz ehrlich sagen, selbst wenn die Chancen eins zu einer Million stünden, daß es nun ausgerechnet dieser Behälter gewesen sein sollte, der dabei zu Bruch gegangen ist, dann hielte ich es noch immer für ausreichend gerechtfertigt, diese Tür nie mehr zu öffnen. Denn wenn auch nur ein einziger Kubikzentimeter dieser verseuchten Luft entweicht, dann –« Er brach ab und hob hilflos die Hände. »Können wir es verantworten, unter Umständen zum Henker der gesamten Menschheit zu werden? Haben wir das Recht dazu?«

»General Cliveden, was meinen Sie dazu?« fragte Hardanger.

»Ich fürchte, ich muß mich dieser Auffassung anschließen. Versiegeln Sie das Labor.«

»Oberst Weybridge?«

»Ich weiß es nicht. Verdammt, ich weiß es wirklich nicht.« Er riß die Mütze vom Kopf und fuhr sich durch das kurze dunkle Haar. »Oder doch. Ja, ich weiß es. Machen Sie den Laden dicht.«

»Immerhin dürften Sie ja wohl alle drei kompetent sein und wissen, worüber Sie reden«, sagte Hardanger und schob die Unterlippe vor. »Angesichts dieser fachlichen Übereinstimmung wäre es ganz interessant zu hören, wie Cavell darüber denkt.«

»Cavell kommt sich hier allmählich wie in einem Altweiberverein vor, der nur noch Gespenster sieht. Sie sind jetzt alle nur noch von dem Wahn besessen, der Satanskäfer könnte los sein, und kaum mehr fähig klar zu denken. Bleiben wir doch einmal bei den Tatsachen. Dr. Gregoris ganze Angst beruht auf der Annahme, daß jemand eingebrochen ist und die Viren gestohlen hat. Er hält es für möglich, daß einer dieser Behälter dabei zu Bruch gegangen sein könnte – ein unglücklicher Zufall, der eins zu tausend mit einkalkuliert werden muß – und somit, wohlgemerkt eins zu tausend, die gesamte Menschheit bedroht ist, wenn diese Tür sich öffnet. Wenn aber das Gift gestohlen sein sollte, dann stehen die Chancen nicht mehr eins zu tausend gegen die Menschheit, sondern tausend zu eins. Meine Herren, setzen Sie doch um Gottes willen endlich einmal nur für einen Augenblick Ihre Scheuklappen ab. Stellt denn dieser Virus in den Händen eines Unbefugten, der damit tun und lassen kann, was er will, nicht eine unendlich größere Gefahr dar, als die sehr vage Möglichkeit, daß unter Umständen hinter dieser Tür ein zerschlagener Behälter liegt? Die einfache Vernunft muß Ihnen doch sagen, daß wir uns gegen die größere Gefahr zu schützen haben. Also müssen wir unter allen Umständen in diesen Raum. Wie wollen wir denn sonst überhaupt eine Spur des Diebes und

Mörders finden, um dieser weitaus ernsteren Gefahr entgegentreten zu können? Wir müssen hinein, sage ich.

Oder vielmehr, ich muß hinein. Ich werde mich in diesen Gasanzug stürzen und den Hamster mitnehmen. Übersteht er den Ausflug, schön. Wenn nicht, komme ich nicht wieder heraus. Fair genug?«

»Der Teufel hole Ihre verdammte Arroganz«, sagte Cliveden kalt. »Für einen Privatdetektiv sind Sie reichlich anmaßend, Cavell. Sie dürften immerhin berücksichtigen, daß ich der Kommandant von Mordon bin. Die Entscheidung treffe ich.«

»Sie *haben* sie getroffen, General. Heute nicht mehr. Der Sonderdienst hat übernommen – und zwar voll und ganz. Das wissen Sie.«

Hardanger ignorierte uns alle beide. »Auch wenn es nur ein Strohhalm sein sollte –« wandte er sich an Gregori, »sprachen Sie nicht vorhin von einer Entlüftungsanlage, die Sie in Betrieb setzen wollten? Ist dadurch die Luft nicht gereinigt worden?«

»Von jedem Virus, ja. Nicht aber vom Satanskäfer. Dieser Virus ist faktisch unzerstörbar. Und da drin haben wir es mit einem geschlossenen Kreislaufsystem zu tun. Die Luft wird herausgesaugt, gereinigt und wieder zurückgeführt. Bis auf den Satanskäfer. Der läßt sich nicht herauswaschen.«

Alles schwieg. Dann sagte ich in die Stille: »Sagen Sie, Dr. Gregori, wie lange dauert es eigentlich, bis bei diesem Hamster die Wirkung eintritt, falls das Labor mit dem Satanskäfer oder mit dem Botulin verseucht sein sollte?«

»Fünfzehn Sekunden«, gab er präzise Auskunft. »In dreißig Sekunden windet er sich in Krämpfen, in einer Minute ist er tot. Das gilt für den Satanskäfer. Beim Botulin dürfte es eine Kleinigkeit länger dauern.«

»Versuchen Sie erst gar nicht, mich zurückzuhalten«, sagte ich zu Cliveden. »Ich will wissen, was mit dem Hamster passiert. Bleibt er OK, warte ich weitere zehn Minuten ab und komme dann heraus.«

»Wenn Sie herauskommen.« Er wurde allmählich weich. Cliveden war alles andere, nur kein Narr. Er war viel zu klug, um sich das, was ich vorgebracht hatte, nicht durch den Kopf gehen zu lassen, und einiges davon mußte auch ihm einleuchtend gewesen sein.

»Wenn irgend etwas – irgendeiner der Viren, meine ich – gestohlen worden sein sollte«, sagte ich, »dann kann es nur ein Verrückter gewesen sein, der hier eingebrochen hat. Unweit von hier fließt der Kennet, der, wie Sie wissen, in die Themse mündet. Wie wollen Sie wissen, ob dieser Idiot nicht gerade in diesem Moment auf die glorreiche Idee kommt, dieses verfluchte Getier ins Wasser zu schütteln?«

»Und wie soll ich wissen, ob Sie nun auch wirklich nicht wieder herauskommen, wenn dieser Hamster eingeht?« fragte Cliveden verzweifelt. »Du lieber Gott, Cavell, schließlich sind Sie auch nur ein Mensch. Sie wollen freiwillig da drin bleiben und in aller Ruhe verhungern? Erwarten Sie, daß ich Ihnen das abnehme? Verhungern – oder bestenfalls ersticken, wenn der Sauerstoff ausgeht. Machen Sie sich doch nichts vor. Sie kommen garantiert heraus.«

»Also schön, General, angenommen, ich käme. Würde ich dann diesen Gasanzug samt Atemgerät tragen?«

»Das ist anzunehmen«, sagte er kurz angebunden. »Eine andere Möglichkeit ist kaum gegeben. Denn wenn der Raum verseucht sein sollte, bestünde ohne diesen Schutz keine Aussicht mehr für Sie, durch diese Tür zu kommen. Sie wären tot.«

»Na also. Hier entlang, bitte.« Ich ging zur letzten Tür, die wir passiert hatten, voraus. »Diese Tür ist gasdicht«, erklärte ich, »desgleichen die Doppelfenster. Bleiben Sie hier und halten Sie die Tür einen Spalt auf, um die Labortür im Auge behalten zu können. Sobald ich an der Labortür erscheine, müssen Sie mich sehen. Einverstanden?«

»Worüber reden Sie eigentlich?«

»Darüber.« Ich griff in die Jacke, zog die Hanyatti heraus und entsicherte sie. »Die behalten Sie in der Hand. Sollte ich den Gasanzug und das Atemgerät noch immer tragen, wenn sich die Labortür öffnet, dann knallen Sie mich über den Haufen. Bei fünfzehn Fuß und neun Kugeln dürfte das kaum ein Risiko sein. Und dann brauchen Sie nur noch die Korridortür zu schließen, um den Virus im E-Block abzudichten.«

Er nahm mir die Pistole ab – langsam, widerwillig, unsicher. Doch von dieser Unsicherheit lag nichts in seinen Augen und in seiner Stimme, als er sich schließlich zu einer Antwort aufraffte.

»Sie wissen, daß ich davon Gebrauch machen werde, wenn es sein muß?«

»Das ist mir vollkommen klar.« Ich lächelte, obwohl mir nicht danach zumute war. »Nach allem, was ich da vernommen habe, ist mir eine ehrliche Kugel doch noch lieber als der Satanskäfer.«

»Verdammt, Cavell, entschuldigen Sie, daß mir eben der Kragen geplatzt ist. Alle Achtung vor Ihrem Mut und Ihrer Tapferkeit.«

»Vergessen Sie ja nicht, das in meinem Nachruf in der Times zu erwähnen. Wie wäre es, wenn Sie Ihre Leute jetzt bitten würden, mit dieser Fotografiererei an der Tür aufzuhören, Chef?«

Zwanzig Minuten später waren sie fertig, und ich war bereit. Die anderen sahen mich mit jenem typisch zögernden Blick an, der sich immer in die Augen schleicht, wenn man glaubt, eine Abschiedsrede halten zu müssen und nicht die passenden Worte findet. Ein kurzes Nicken – eine halberhobene Hand – und dann verließen sie mich. Sie gingen den Korridor entlang und verschwanden hinter der Tür. Alle – bis auf Cliveden, der in der offenen Tür stehenblieb. Und in irgendeiner obskuren Anwandlung menschlichen Gefühls und Anstands hielt er die Hanyatti sogar so, daß ich sie nicht sehen konnte.

Der Gasanzug war eng und beklemmend, der geschlossene Atemapparat schnitt mir ins Genick, und die hohe Sauerstoffkonzentration trocknete mir den Mund aus. Oder war er ohnehin trocken? Ich weiß es nicht. Die Zigaretten jedenfalls – drei Stück an der Zahl, normalerweise eine Tagesration für mich –, die ich in der letzten halben Stunde weggequalmt hatte, waren auch nicht dazu angetan, meinen Allgemeinbefund zu heben. Ich ziehe es im allgemeinen vor, mich langsam mit der Pfeife zu vergiften. Krampfhaft suchte ich nach einem zwingenden Umstand, der geeignet gewesen wäre, mich davon aufzuhalten, durch diese Tür zu gehen, doch deren gab es so zahlreiche, daß ich mich nicht entscheiden konnte, welchen ich nun nehmen sollte. Sorgfältig prüfte ich noch einmal alles nach – Anzug, Maske, Sauerstoffzylinder. Aber auch damit machte ich mir nur selbst etwas vor, denn sorgfältige Überprüfung alles dessen, was ich da trug, hatte ich auch schon vier an der Zahl hinter mir. Dies war nun die fünfte. Außerdem spürte ich aller Augen auf mir. Und meinen Stolz hatte ich. So begab ich mich denn daran, die Kombination an der schweren Stahltür auszuzählen.

Ein reichlich kompliziertes Unternehmen, auch ohne Gummihandschuhe und Gasmaske. Jetzt, ohne jedes Gefühl in den Fingern, sichtbehindert durch die schräggestellten Brillengläser, doppelt schwierig. Aber genau eine Minute, nachdem ich ans Werk gegangen war, hörte ich den dumpfen Schlag, mit dem die letzte Umdrehung des Einstellrings die starken Elektromagneten einschaltete, die den schweren Zentralverschluß öffneten: Drei volle Umdrehungen des Rundgriffs, und schon öffnete sich langsam die schwere Halb-Tonnen-Tür unter dem vollen Gewicht meiner Schulter.

Ich nahm meinen Käfig, schob mich durch die Tür, prüfte sie auf ihre Gängigkeit und zog sie schnellstens hinter mir zu. Drei Umdrehungen des Innengriffs, und die Panzertür war wieder verschlossen. Eine ganze Reihe Fingerabdrücke hatte ich dabei vermutlich weggewischt, aber an denen ging uns doch nicht viel verloren.

Die mit Gummi abgedichtete Milchglastür, die direkt ins Labor führte, lag auf der anderen Seite des winzigen Vorraums. Ich stand davor. Aber was half hier jedes Hinauszögern? Nichts. Abgesehen davon, daß es mein Leben eventuell noch ein bißchen verlängerte. Und so lehnte ich mich denn auf den Fünfzehn-Zoll-Ellbogengriff, drückte auf, ging hinein und zog die Tür hinter mir zu.

Den Griff nach dem Lichtschalter konnte ich mir schenken. Strahlende, schattenlose Neonillumination empfing mich. Wer immer hier auch eingedrungen sein mochte, er mußte entweder die britische Regierung für eine Firma gehalten haben, die sich einen derartigen Stromverbrauch spielend leisten konnte, oder aber er war so brandeilig gewesen, daß er keinen Gedanken mehr an solche Kleinigkeiten verschwenden konnte.

Und auch ich hatte jetzt keine Zeit, an Lichtschalter und Stromrechnungen zu denken. Weder Zeit noch Lust. Mein einziges und alles andere ausschließendes Interesse galt dem Wohlbefinden meines kleinen Hamsters.

Ich stellte den Käfig auf die nächste Bank, zog das Tuch weg und starrte das kleine Vieh an. Und mehr hypnotisierte Faszination und mehr vollkommene und ausschließliche Konzentration hätte man auch auf einem Pulverfaß für das züngelnde Aufflammen der Zündschnur nicht aufzubringen vermocht.

Fünfzehn Sekunden hatte Gregori gesagt, nur fünfzehn Sekunden. War die Luft dieses Labors durch den tödlichen Virus verseucht, mußte der Hamster in fünfzehn Sekunden reagieren. Ich zählte sie, jede einzelne ein Sterbegeläut in die Ewigkeit. Und da, Schlag fünfzehn, zuckte der Hamster heftig. Doch das war nichts, verglichen mit dem Doppelsalto, mit dem mein Herz sich überschlug und plötzlich meinen gesamten Brustkorb einzunehmen schien, ehe es dann dumpf und dröhnend, den ganzen Körper erfüllend, langsam – unglaublich langsam – weiterschlug. Meine Hände in den Gummihandschuhen waren eiskalt, mein Mund trocken und ausgedörrt wie Wüstensand.

Dreißig Sekunden vertropften. Der Hamster müßte sich bereits in Krämpfen winden, wenn der Satanskäfer los wäre. Er wand sich nicht in Krämpfen – falls Krämpfe sich bei Hamstern nicht dergestalt ausnehmen, daß sie sich auf die Hinterbeine setzen und sich mit ihren winzigen Pfötchen gereizt die Nase reiben.

Fünfundvierzig Sekunden. Eine Minute. Vielleicht hatte Gregori die Virulenz des Virus überschätzt? Vielleicht war dieser Hamster hier von besonders kräftiger und widerstandsfähiger Konstitution? Doch Gregori schien mir durchaus nicht zu der Sorte von Wissenschaftlern zu gehören, die sich Ungenauigkeiten leisteten, und das, was da im Käfig auf den Hinterbeinen hockte, sah mir ganz nach einem sehr munteren Hamster aus. Ich fing an, mein Atemgerät zu benützen. Zum erstenmal, seit ich diesen Raum betreten hatte.

Ich hob den Käfigdeckel hoch und nahm meinen Genossen heraus. Er war munter und puppenlustig, soweit ich das beurteilen konnte, wand sich aus meiner Hand, sprang auf den Gummiboden, startete einen längeren Ausflug bis zum anderen Ende des Labors, um sich dort abermals auf die Hinterbeine zu setzen und sich weiter die Nase zu reiben. Ich kam zu dem Schluß, daß ich das, was der Hamster verkraftete, auch noch verkraften würde. Immerhin standen wir zwei, der Hamster und ich, in einem Kräfteverhältnis von eins zu fünfhundert. Also schnallte ich das Atemgerät auf und zog es herunter. Und dann holte ich erst einmal Luft, tief Luft, eine ganze Lunge voll.

Das war ein Fehler. Ich gebe ja zu, daß man, ob der Aussicht, noch ein Weilchen länger auf dieser schönen Welt verweilen zu können, mit vorsichtigem Schnuppern keinen tiefen Seufzer der Erleichterung zustande bringt, aber genau das hätte ich tun sollen. Jedenfalls hatte ich jetzt vollstes Verständnis dafür, daß der Genosse Hamster hier nichts Besseres zu tun wußte, als sich mit so viel gereizter Intensität die Nase zu reiben. Ein widerlicher Gestank zog mir die Nasenlöcher fast zusammen. Schwefelsäure war nichts dagegen.

Ich hielt mir die Nase zu und setzte mich in Marsch. Innerhalb von dreißig Sekunden hatte ich in einem Durchgang, mitten im Labor, das gefunden, was ich gesucht und nicht zu finden gehofft hatte. Der mitternächtliche Besucher hatte durchaus nicht vergessen, das Licht auszulöschen. Bei der Hetze, mit der er sich hier aus dem Staub gemacht haben mußte, konnte er gar nicht auf die Idee gekommen sein, sich auch noch nach einem Lichtschalter umzusehen. Alles, was ihn in diesem Moment beseelt haben mochte, war der Wunsch, aus diesem Raum hinauszukommen und beide Türen so schnell wie möglich hinter sich zu schließen.

Hardanger konnte seine Suche nach Dr. Baxter aufgeben. Dr. Baxter war hier. Noch immer in seinem weißen Arbeitskittel, lag er auf dem Fußboden. Und genau, wie Clandon, schien er in qualvollen Krämpfen gestorben zu sein. Doch ganz im Gegensatz zu Clandon war das, woran er gestorben war, auf gar keinen Fall Blausäure. Und auch ich wußte nicht, was es gewesen sein konnte. Diese merkwürdig bläuliche Gesichtsverfärbung, die enorme Flüssigkeitsabsonderung aus Nase, Augen und Ohren und vor allem dieser entsetzliche Geruch, das alles ließ sich als Symptom zu keiner mir bekannten Todesursache in Zusammenhang bringen.

Der bloße Anblick war ekelerregend genug, die Idee, sich die Sache aus der Nähe anzusehen, abschreckend, trotzdem zwang ich mich dazu.

Ich berührte ihn nicht. Ich wußte zwar nicht, woran er gestorben war, aber mir war zu dieses Rätsels Lösung ein nicht von der Hand zu weisender Gedanke gekommen, und deshalb ließ ich die Finger davon. Statt dessen beugte ich mich über ihn und examinierte ihn so genau und gründlich, wie das unter den gegebenen Verhältnissen möglich war. Rechts hinterm Ohr entdeckte ich eine kleine Verletzung. Da wo die Haut gerissen war, trat ein wenig Blut heraus, doch zu einer Schwellung war es nicht mehr gekommen. Der Tod war eingetreten, noch ehe sie Zeit gehabt hatte, sich zu entwickeln.

Ein wenig entfernt von ihm, auf dem Fußboden, direkt an der Wand, lagen die Scherben eines dunkelblauen Glases und ein roter Plastikdeckel – Bruchstücke irgendeines Behälters. Doch kein Schild und keine Aufschrift deuteten an, was er enthalten haben mochte.

Kaum ein paar Schritte weiter, war eine mit Gummi abgedichtete Glastür in der Wand. Dahinter lag das, was Wissenschaftler und Techniker als Menagerie bezeichneten. Eine von den vieren, die Mordon besaß. Ich stieß die Tür auf und ging hinein.

Ein riesiger, fensterloser Raum – fast so groß wie das Labor selbst. Hunderte von Käfigen nahmen den gesamten Wandraum ein. Käfige aller Art, geschlossene Spezialkäfige mit eigener Belüftung zum Teil, die meisten jedoch von der üblichen Drahtgitterausgabe. Hunderte von Augen – rote Perlen – starrten mich an. Fünfzehnhundert bis zweitausend Tiere mochten es sein, davon neunzig Prozent Mäuse, schätzungsweise hundert Kaninchen und die gleiche Anzahl Meerschweinchen. Und soweit ich sehen konnte, waren sie alle gesund und munter. Auf jeden Fall von dem, was sich nebenan abgespielt hatte, nicht berührt. Ich schloß die Verbindungstür und ging ins Labor zurück.

Fast zehn Minuten waren um, und nichts war mir passiert. Daß jetzt noch etwas nachkommen sollte, war kaum zu erwarten. Also fing ich meinen Hamster ein, setzte ihn wieder in seinen Käfig, und ich stand bereits an der Tür, als mir einfiel, daß Cliveden draußen stand, bereit, mich zu durchlöchern, falls ich noch immer in diesem Gasanzug steckte. Den Finger am Abzug, würde er vermutlich losdrücken, ohne auch nur wahrzunehmen, daß ich das Atemgerät abgelegt hatte. Und zu verdenken war es ihm nicht. Ich stieg aus dem Gasanzug und öffnete die Tür.

General Cliveden stand mit ausgestrecktem Arm da, die Automatik schußbereit in Augenhöhe auf den Türspalt und mich gerichtet, willens und bereit, mich umzulegen, wenn auch nicht gerade sehr glücklich ob dieser Aussicht. Zu spät, ihn jetzt noch zu warnen, daß die Pistole einen hochempfindlichen Abzug hatte. »Die Luft ist rein«, beeilte ich mich deshalb ihm zuzurufen.

»Sind Sie Ihrer Sache völlig sicher, Cavell?«

»Ich bin einwandfrei noch am Leben«, gab ich gereizt zurück. »Fragen Sie nicht soviel, sondern kommen Sie jetzt lieber rein.« Damit machte ich kehrt und ging ins Labor zurück.

Hardanger war der erste, der durch die Tür kam. »Verdammt, was stinkt denn hier um Himmelswillen so?« platzte er sofort heraus und verzog das Gesicht.

»Botulin!« Oberst Weybridge hatte die Antwort gegeben, und in dem unbarmherzig hellen Licht wirkte sein Gesicht plötzlich grau. »Botulin«, flüsterte er wieder.

»Woher wissen Sie das?« verlangte ich zu erfahren.

»Woher ich das weiß –?« Er starrte auf den Boden. Dann hob er den Kopf und sah mich an. »Wir hatten vor vierzehn Tagen einen Unfall. Ein Techniker.«

»Einen Unfall«, wiederholte ich und nickte nur. »Na, dann sollten Sie den Geruch ja kennen.«

»Aber, was zum Teufel –«, fing Hardanger wieder an.

»Ein Toter«, unterbrach ich. »Ein Botulinopfer. Dr. Baxter.« Keiner sagte ein Wort. Sie sahen mich an, und dann sahen sie sich gegenseitig an, und dann folgten sie mir schweigend dahin, wo Dr. Baxter lag.

Hardanger starrte auf den Toten. »Das also ist Dr. Baxter«, sagte er mit einer Stimme, die nichts verriet. »Wissen Sie das genau, Cavell? Vergessen Sie nicht, daß er gestern um halb sieben ordnungsgemäß durch die Wache gegangen ist.«

»Vielleicht hatte er eine Kombizange«, schlug ich Hardanger als Erklärung vor. »Jedenfalls ist das hier Dr. Baxter, verlassen Sie sich drauf. Irgend jemand hat ihn niedergeschlagen, von der Tür aus einen Botulinbehälter gegen die Wand geknallt und dann blitzartig die Tür zugehauen.«

»Der Unbekannte«, sagte Cliveden heiser, »der große Unbekannte.«

»Oder auch die Unbekannten«, pflichtete ich bei und ging zu Gregori hinüber, der, das Gesicht in die Hände vergraben, an einem Labortisch saß. Weiße, blutlose Flecken zeichneten sich in seinen dunklen, bärtigen Wangen ab, da, wo seine Fingerspitzen sich in die Haut preßten. Seine Hände zitterten. Ich legte ihm die Hand auf die Schulter. »Dr. Gregori. Ich weiß zwar, daß Sie, wie Sie selbst vorhin betonten, weder Polizist noch Soldat sind, man sollte Sie tunlichst mit solchen Geschichten nicht behelligen, aber Sie müssen uns jetzt helfen.«

»Aber selbstverständlich doch«, sagte er erstickt und sah mich dabei aus seinen dunklen Augen, die jetzt voll Wasser standen, an. »Er – er war mir mehr als nur ein Kollege. Was kann ich tun, Mr. Cavell?«

»Der Virusschrank. Bitte überprüfen Sie ihn.«

»Ja, natürlich. Der Virusschrank. Was, um des Himmels willen, habe ich mir eigentlich gedacht?« Immer noch starrte er in fasziniertem Entsetzen auf den Toten. Es war ganz offensichtlich, was er sich gedacht hatte. »Gleich, sofort.«

Er war bereits unterwegs zu dem Glasschrank, zog an der Tür, versuchte es energisch noch einmal und schüttelte dann den Kopf. »Er ist zu. Verschlossen.«

»Den Schlüssel haben Sie doch aber wohl?« sagte ich ungeduldig.

»Den einzigen Schlüssel. Und ohne den konnte niemand an den Schrank. Mit Gewalt höchstens. Und darauf deutet nichts hin.«

»Dr. Gregori! Stellen Sie sich nicht dumm! Was glauben Sie, woran Baxter gestorben ist? An Influenza?«

Nervös, mit unsicheren Fingern, schloß er auf. Niemand sah mehr nach Baxter, alles starrte auf Gregori. Der hatte beide Flügel aufgemacht und griff eben nach einem länglichen Behälter. Er hob den Deckel. Wir warteten. Schweigend blickte er in das rechteckige Ding. Dann ließ er den Kopf sinken, die Schultern sackten ab. Er sah plötzlich alt aus. Alt, müde, geschlagen.

»Weg«, flüsterte er, »sie sind weg. Alle sind sie weg. Alle neun. Sechs enthielten Botulin – ein Glas muß er nach Baxter geworfen haben.«

»Und die anderen«, sagte ich heiser zu dem gebeugten Rükken. »Und die drei anderen?«

»Der Satanskäfer«, stieß er tonlos hervor. »Der Satanskäfer ist weg.«

4

Die Kantine des Mordoner Stabes besaß unter denen, die einen etwas wählerischen Gaumen hatten, einen gewissen Ruf, und der Koch, der unseren Lunch zubereitet hatte, schien in Form gewesen. Unter Umständen hing das auch mit der Anwesenheit von Dr. MacDonald, der wie Gregori zum Labor I gehörte und außerdem Präsident der Messe war, zusammen. Trotzdem war ich der einzige, der heute hier einen gewissen Appetit entwikkelte. Hardanger stocherte nur auf seinem Teller herum, und weder Cliveden noch Weybridge bezeigten einen regeren Appetit.

Die beiden Fingerabdruckexperten waren noch nicht da. Die durften noch weiter hungern. Unterstützt von drei anderen Detektiven, die von Inspektor Wylie nachgeliefert worden waren, hatten sie eineinhalb Stunden innerhalb des Labors gearbeitet und werteten jetzt die Resultate aus. Über den Griff der Stahltür sowie um das Schloß herum mußte jemand mit einem Leinengewebe – einem Taschentuch höchstwahrscheinlich – gefahren sein. Die Möglichkeit, daß ein Außenstehender am Werk gewesen war, konnte also nicht vollends abgetan werden.

Kommissar Martin kam an, als wir mit dem Essen fast fertig waren. Er war die ganze Zeit damit beschäftigt gewesen, die zeitweilig arbeitslosen Wissenschaftler und Techniker des E-Blocks zu vernehmen, und bei weitem noch nicht zu Ende damit. Die Aussage jedes einzelnen über das, was er am vorhergehenden Abend getan hatte, war genauestens zu überprüfen. Martin äußerte sich nicht, wie er mit seiner Arbeit vorankam, und Hardanger schien genau zu wissen, warum er nicht fragte.

Nach dem Lunch begleitete ich Hardanger zur Hauptwache. Der Sergeant vom Dienst gab uns den Namen dessen, der am Abend zuvor Dienst an der Stechuhr gemacht hatte. Kaum ein paar Minuten später war er zur Stelle. Ein blonder, frischer Unteroffizier grüßte zackig.

»Unteroffizier Norris, Sir. Sie haben mich kommen lassen.«

»Stimmt«, sagte Hardanger. »Nehmen Sie Platz. Ich habe Sie hergebeten, um Ihnen zu dem Mord an Dr. Baxter ein paar Fragen zu stellen.«

Die Schocktherapie wirkte besser als alles zeitraubende, vorsichtige Herumreden. Norris, der angesichts der hohen Obrigkeit im Begriff gewesen war, sich etwas zaghaft niederzulassen, fiel plötzlich so schwer in den Stuhl, als versagten seine Beine und stierte Hardanger an. Die entsetzensstarren Augen und der sprachlos offene Mund hätten unter Umständen auch in den Gestaltungsmöglichkeiten eines mittelmäßigen Schauspielers liegen können. Wie schlagartig jedoch das Blut aus seinen Wangen wich, das war eine Sache für sich.

»Mord an Dr. Baxter«, wiederholte er wie vor den Kopf geschlagen. »Dr. Baxter — er ist *tot*?«

»Ermordet«, sagte Hardanger kurz und bündig. »Er ist heute nacht in seinem Laboratorium ermordet worden. Und es steht fest – woher wir das wissen, soll Sie nicht interessieren –, daß Dr. Baxter heute nacht mit keinem Schritt aus Mordon hinausgekommen ist. Sie haben ihn jedoch an der Wache abgefertigt, das heißt, Sie behaupten, ihn abgefertigt zu haben. Das trifft nicht zu, weil es nicht zutreffen kann. Wer gab Ihnen seine Kennmarke, und wer hat Ihnen geheißen, seine Unterschrift zu fälschen. Oder wer hat sie selbst gefälscht? Was hat er Ihnen dafür bezahlt, Norris?«

Der Unteroffizier hatte Hardanger wie gelähmt angestarrt. Was aber ein richtiger Yorkshireman ist, und das war er, den wirft so leicht nichts aus dem Sattel. Er stand langsam auf, sein Gesicht lief rot an.

»Passen Sie auf, Sir«, sagte er sehr sanft. »Ich weiß zwar nicht, wer Sie sind, gewiß aber keiner von der Sorte, die nichts zu sagen hat – Polizeiinspektor oder meinetwegen auch einer von den Military-Intelligence Superschlauen vielleicht. Eins aber kann ich Ihnen versichern, wagen Sie ja nicht, das noch einmal zu sagen, oder ich schlage Ihnen den Schädel ein.«

»Davon bin ich überzeugt.« Hardanger grinste plötzlich und sah mich an. »Unschuldig, was?«

»So gut hätte er das kaum hinbekommen«, stimmte ich zu.

»Das glaube ich auch. Sie müssen schon entschuldigen, Norris, aber ich mußte etwas feststellen, und zwar sehr schnell. Ich habe einen Mord aufzuklären. Und das ist kein erbauliches Geschäft und zwingt manchmal zu Methoden, die auch nicht gerade schön sind.«

»Jawohl, Sir«, sagte Norris unsicher. Er würgte noch ein wenig an dem, was ihm zugemutet worden war. »Dr. Baxter. Ja, wie – ich meine, wer –«

»Davon ist jetzt nicht die Rede«, stoppte Hardanger energisch ab. »Sie haben ihn ausgetragen. In diesem Buch hier. Achtzehn Uhr zweiunddreißig heißt es hier. Stimmt das?«

»Wenn's da steht, dann stimmt's auch, Sir. Der Zeiteintrag läuft automatisch.«

»Und Sie haben ihm seine Kennmarke abgenommen – diese hier?«

Er hielt sie hoch.

»Ja, Sir.«

»Sie haben nicht zufällig mit ihm gesprochen, oder?«

»Doch, Sir, das habe ich.«

»Worüber?«

»Ganz allgemein. Übers Wetter und so, Sir. Er war immer nett zu uns, Sir. Und über seine Erkältung, ja. Es hatte ihn schwer erwischt. Er hustete und war in einem fort dabei, sich die Nase zu putzen.«

»Sie haben ihn einwandfrei klar und deutlich gesehen?«

»Selbstverständlich. Ich bin jetzt seit acht Monaten hier beim Wachkommando, und ich kenne Dr. Baxter so gut wie meine eigene Mutter. Angezogen wie immer – karierter Ulster, Schlapphut, dicke Hornbrille.«

»Können Sie das vor Gericht beschwören? Daß es Dr. Baxter war, meine ich?«

Er zögerte einen Moment und sagte dann: »Ja, das kann ich beschwören. Und meine beiden Kameraden, die mit mir Dienst gemacht haben, waren dabei und haben ihn genauso gesehen. Die können Sie auch vernehmen.«

Das taten wir. Dann gingen wir zum Verwaltungsblock zurück. Unterwegs sagte ich: »Haben Sie wirklich geglaubt, daß Baxter gestern nicht aus dem Bau gegangen ist?«

»Nein«, gab Hardanger zu. »Gegangen ist er, das steht fest. Und dann mit einer Kombizange zurückgekommen. Entweder allein oder mit noch jemandem. Was ihn natürlich nach außen hin schwer belastet; fragt sich nur, wer dahinter stand und sich seiner als Werkzeug bediente.«

»Und die Unterschrift? Halten Sie sie für einwandfrei?«

»Die ist so einwandfrei, wie eine Unterschrift nur sein kann. Niemand bringt genau die gleiche Unterschrift ein zweites Mal zustande. Ich glaube, ich werde mich gleich einmal an den General in London wenden. Eine Totaldurchleuchtung Baxters dürfte manches Interessante zutage fördern. Besonders Verbindungen, die früher einmal bestanden haben könnten.«

»Damit vergeuden Sie lediglich Ihre Zeit. Baxters Position war das heißeste Eisen, das in ganz Europa zu vergeben war – er war Chef des Labor I von Mordon. Und jeder Schritt, den er vom Tag an, da er laufen lernte, getan hat, jedes Wort, das er gesprochen hat, jeder Mensch, mit dem er jemals zusammengekommen ist – all das ist nicht nur einmal, sondern hundertmal überprüft worden. Nein, nein, dieser Fisch war einfach zu groß, um durch die Maschen des Sicherheitsnetzes zu schlüpfen.«

»Das alles hat man von anderen auch schon behauptet. Und wo sitzen sie heute? In Moskau oder im Zuchthaus«, sagte Hardanger verbissen. »Ich jedenfalls rufe London jetzt an. Außerdem muß ich gleich mal hören, ob Wylie inzwischen über den Bedford, mit dem sie auf und davon sind, irgend etwas herausgebracht hat. Und dann wollen wir mal sehen, was Martin und seine beiden Fingerabdruckexperten machen. Kommen Sie mit?«

»Nein. Ich werde mir inzwischen die internen Wachen, die gestern Dienst hatten, nochmal vorknöpfen und dann mal ein bißchen auf eigene Faust durch die Gegend schnuppern.«

Er zuckte die Achseln. »Von mir aus, bitte! Ihnen habe ich ja nichts zu sagen, Cavell. Und –« setzte er noch mißtrauisch hinzu, »wenn aber etwas sein sollte, Cavell, dann hoffe ich doch, daß Sie mich zumindest davon in Kenntnis setzen werden.

»Halten Sie mich für verrückt? Sie glauben doch nicht etwa, ich starte hier einen Ein-Mann-Feldzug, wenn ich weiß, daß einer mit dem Satanskäfer in der Westentasche herumläuft?«

Er nickte, aber ich hatte das Gefühl, er traute dem Frieden nicht so ganz, als er allein weiterging. Ich verbrachte die nächsten sechzig Minuten damit, die sechs internen Posten, die gestern vor Mitternacht Wache geschoben hatten, zu vernehmen, und erfuhr dabei genau das, was ich zu erfahren erwartet hatte — nichts. Alle Mann hoch kannte ich gut — vermutlich war das der eigentliche Grund, warum Hardanger mich so unbedingt in Mordon haben wollte –, und alle waren seit mindestens drei Jahren im Institut. Alle ihre Geschichten stimmten genau überein, und keine davon konnte mir etwas nützen. Auch die genaue Überprüfung der Fenster und des gesamten Daches des E-Blocks, die wir zu dritt vornahmen, ergab nichts und war die reinste Zeitverschwendung.

Von dem Zeitpunkt ab, da Clandon kurz nach elf Uhr von Leutnant Wilkinson aus dem Wachhaus weggegangen war, hatte ihn niemand mehr gesehen, bis sein Leichnam gefunden worden war. Und normalerweise erwartete das auch niemand, denn, wenn er seine Runde einmal beendet hatte, zog er sich gewöhnlich in den kleinen Bungalow zurück, der ihm, kaum hundert Meter vom E-Block entfernt, als Privatwohnung diente. Von dieser Wohnung aus konnte er direkt in den aus Sicherheitsgründen ständig hellerleuchteten verglasten Korridor des E-Blocks hinübersehen. Es gehörte nicht allzuviel Scharfsinn dazu, daraus den Schluß zu folgern, daß ihm irgend etwas nicht geheuer erschienen sein mußte und er deshalb hinübergekommen war. Nur so und nicht anders war seine Anwesenheit genau vor der Labortür zu erklären.

Ich machte mich auf den Weg zum Wachhaus und fragte nach

dem Kontrollbuch, in dem die Namen sämtlicher Besucher, die in Mordon ein- und ausgegangen waren, und deren Anliegen eingetragen waren. Einige Hundert stellte ich fest. Alle jedoch, bis auf wenige, gehörten zum Personal von Mordon und waren regulär angestellt. Besuchergruppen waren keine Seltenheit: Wissenschaftler des *Commonwealth* und der NATO-Länder, gelegentlich ein kleinerer Haufen Militärpolizei, die, im Dienst mancherlei dummen Fragen ausgesetzt, hierher gebracht wurden, um die segensreiche Tätigkeit, die sich an dieser Gesundheitsfront gegen Anthrax, Polio, asiatische Grippe und andere Krankheiten vollzog, selbst in Augenschein zu nehmen. Solchen Besuchergruppen wurde genau das vorgeführt, was die Mordoner Autoritäten vorgeführt zu haben wünschten. Im Endergebnis zogen sie gewöhnlich kaum klüger ab, als sie angekommen waren. Gestern jedoch hatten keinerlei Besichtigungen dieser Art stattgefunden. Nur vierzehn Besucher waren insgesamt dagewesen, und auch die samt und sonders in Angelegenheiten der Belieferung des allgemeinen Mordoner Warenbedarfs. Ich schrieb mir die Namen und die Gründe, um derentwillen sie sich hier eingefunden hatten, ab und ging wieder.

Dann rief ich eine Autoverleihfirma an, bat um einen Wagen für unbegrenzte Zeit und veranlaßte, daß man ihn herausbrachte und vor den Toren von Mordon abstellte. Noch einen Anruf nach Alfringham hatte ich unbedingt zu erledigen, und zwar zum *Waggoner's Rest,* und ich hatte sogar Glück und bekam ein Zimmer. Zuletzt rief ich London an, Mary. Ich hieß sie unsere Sachen packen – einen Koffer für mich und einen für sich selbst – und sich umgehend in den nächsten Zug zu setzen. Von Paddington ging einer, mit dem sie um halb sieben hier sein konnte.

Damit verließ ich die Wache und marschierte ein bißchen durchs Gelände. Die Luft war kalt. Ein naßkalter Novemberwind pfiff durch diese Öde, obgleich es Oktober war. Ich ging deshalb nicht schneller. Langsam wanderte ich am inneren Zaun auf und ab und starrte angelegentlich auf meine Schuhe. Cavell in Gedanken! Dieses Bild hoffte ich dem zufälligen Betrachter zu bieten. Fast eine Stunde verbrachte ich damit, die gleiche Viertelmeile auf und ab zu laufen, und zu guter Letzt fand ich das, wonach ich suchte. Ich glaubte wenigstens, es gefunden zu haben. Bei der nächsten Runde machte ich halt, um meine Schuhbänder festzuziehen, und da war ich meiner Sache sicher.

Hardanger war noch immer im Verwaltungsblock, als ich mich auf die Suche nach ihm begab und ihn schließlich auch fand. Sie brüteten gerade über frisch entwickelten Fingerabdruckbogen. »Na und?« raunzte er mir entgegen, »was Neues?«

»Nix. Und Sie?«

»Keinerlei Fingerabdrücke an Clandons Utensilien – weder an der Brieftasche noch am Zigarettenetui noch an den Streichhölzern, außer seinen eigenen natürlich, versteht sich. Nichts von Bedeutung an den Türen. Aber den Wagen haben wir, den Bedford. Das heißt Inspektor Wylies Leute haben ihn ausfindig gemacht. Heute nachmittag als gestohlen von einem gewissen Hendry gemeldet, einem Spediteur aus Alfringham, der drei von dieser Sorte laufen hat. Gefunden vor etwa einer Stunde von einer Motorradstreife; und zwar draußen im Hailemer Forst. Meine Leute sind schon unterwegs, um eventuelle Fingerabdrücke festzustellen.«

»Womit man seine Zeit totschlägt, ist ja schließlich auch ganz egal.«

»Kann schon sein. Kennen Sie den Forst in Hailem?«

Ich nickte. »Genau zwischen Alfringham und Mordon gabelt sich der Weg zu einer nördlichen Abzweigung. Eineinhalb Meilen weiter etwa. Nur steht das, was dort einmal an Wald war, heute nicht mehr. Keine sechs Dutzend Bäume weit und breit. Villen – Einfamilienhäuser mit Vorgärten und allem Komfort. Anständige Wohngegend. Und diesen Hendry – haben Sie sich den schon etwas genauer angesehen?«

»Habe ich. Nix. Ein honoriger Bürger von der Kategorie, die das Rückgrat Englands darstellt, und nicht nur das, darüber hinaus auch noch ein persönlicher Freund von Inspektor Wylie. Die kegeln im gleichen Verein. Na, und das«, sagte Hardanger ironisch, »hebt ihn ja wohl haushoch über jeden Verdacht.«

»Sie werden ja so bitter, Verehrtester!« Ich deutete mit dem Kopf auf die Bogen. »Aus Labor I, nehme ich an. Saubere Arbeit. Ich möchte doch ganz gern wissen, welche Fingerabdrücke von demjenigen stammen, der der Stelle, an der der Bedford gefunden wurde, am nächsten wohnt.«

Hardanger sah mich mißtrauisch an. »Klarer Fall, was?«

»Und ob. Den können wir gleich abschreiben. Das Beweisobjekt auch noch auf der eigenen Schwelle zu deponieren, hieße ja wohl, sich die Schlinge selbst um den Hals zu legen.«

»Falls man nicht gerade voraussetzt, daß wir so zu denken gewohnt sind. Ein gewisser Chessingham. Kennen Sie ihn?«

»Chemiker. Kenne ich.«

»Na und? Würden Sie die Hand für ihn heben?«

»Nicht für St. Peter persönlich. In dieser Geschichte hier für niemanden. Aber ich wette um ein Monatsgehalt, daß der klar geht.«

»Ich nicht. Nehmen wir ihn uns einmal gründlich vor, dann werden wir ja sehen.«

»Werden wir. Und wie viele von all diesen Fingerabdrücken haben Sie nun identifiziert?«

»Fünfzehn verschiedene sind da. Dreizehn gehen klar. Zwei können wir noch nicht unterbringen.«

Ich überlegte und nickte dann. »Kann hinkommen. Dr. Baxter, Dr. Gregori, Dr. MacDonald, Dr. Hartnell, Chessingham. Die vier Techniker: Verity, Heath, Robinson und Marsh. Das wären neun. Clandon. Einer der Nachtposten. Und Cliveden und Weybridge natürlich. Alle schon überprüft?«

»Was glauben Sie, was wir hier tun?« sagte Hardanger verdrossen.

»Inklusive Cliveden und Weybridge?« Hardanger riß die Augen auf, und Martin starrte mit. »Soll das Ihr Ernst sein, Cavell?«

»Glauben Sie, ich reiße Witze, wenn irgendein Idiot mit dieser Satanspest in der Hosentasche durch die Gegend läuft. Niemand ist hier über jeden Verdacht erhaben — *niemand.*« Er sah mich lange und ohne einen Lidschlag an. Ich ignorierte das. »Und was diese beiden bisher nicht identifizierbaren Fingerabdrücke anbelangt –«

»Ganz Mordon werden wir uns vorknöpfen, bis wir die zwei festgestellt haben«, ergrimmte Hardanger sich.

»Das können Sie sich schenken. Mit neunundneunzigprozentiger Sicherheit stammen sie von Bryson und Chipperfield. Kenne ich alle beide.«

»Würden Sie das vielleicht mal etwas näher erklären?«

»Die zwei zuständigen Leute von der Farm in Alfringham, von der wir ständig Nachschub für die Tierexperimente beziehen. Gewöhnlich kommen sie einmal in der Woche mit neuer Fracht an. Der Mordoner Konsum an Versuchsobjekten ist beachtlich. Und die beiden waren auch gestern hier. Das weiß ich, weil ich das Kontrollbuch eingesehen habe. Und zwar haben sie Nachschub für die sogenannte Menagerie in Labor I abgeliefert.«

»Und Sie kennen sie. Was ist davon zu halten?«

»Jung, tüchtig, fleißig und sehr zuverlässig. Beide wohnen draußen auf der Farm. Beide verheiratet mit netten Frauen. Beide haben ein Kind. Einen Jungen von sechs der eine, der andere ein Mädchen gleichen Alters. Keiner von beiden jedenfalls der Typ, von dem anzunehmen wäre, daß er sich in dunkle Machenschaften einließe.«

»Garantieren Sie für sie?«

»Garantieren! Nicht für den alten Petrus persönlich, das sagte ich doch bereits. Ich garantiere für nichts und niemanden. Wir müssen sie uns halt vornehmen. Wenn Sie wollen, mach ich das.

Ich kenne sie, und das ist immer ganz günstig.«

»Wollen Sie?« sagte Hardanger und spießte mich noch einmal so intensiv wie eben auf. »Soll ich Ihnen Kommissar Martin mitgeben?«

»Mir egal«, versicherte ich. Es war mir nicht egal, aber ich besann mich auf meine Manieren.

»Dann erübrigt sich das in diesem Fall wohl«, sagte Hardanger, und mir ging dabei durch den Kopf, daß er Momente hatte, in denen er ausgesprochen unangenehm sein konnte. »Ich erwarte dann also Ihren Bericht über das, was Sie da vorgefunden haben. Na schön, dann lasse ich Ihnen jetzt einen Wagen kommen.«

»Danke, bin schon versorgt. Autoleihfirma.«

»Wozu?« fragte er stirnrunzelnd. »Polizei- und Armeefahrzeuge sind ja doch wohl jede Menge greifbar hier. Das wissen Sie doch.«

»Ich bin Privatmann und ziehe Privatbeförderung vor.«

Ich fand meinen Wagen vor dem Tor. Und wie die meisten Leihwagen war er älter und hinfälliger, als es seinem Alter entsprach. Aber er fuhr. Und schlecht gefahren war mir augenblicklich sehr viel lieber als gut gelaufen. Mein linkes Bein machte mir, wie immer, wenn ich es länger strapazierte, schwer zu schaffen. Zwei bekannte Londoner Chirurgen hatten mehr als einmal versucht, mich von den Vorteilen einer Amputation zu überzeugen, und geschworen, mich mit einem Ersatzstück zu versorgen, das vom Original nicht nur kaum zu unterscheiden, sondern auch noch dazu garantiert schmerzlos sei. Beide waren sie ganz hingerissen von der Idee, aber es war ja auch nicht ihr, sondern mein Bein, und ich hing nun einmal daran und gedachte es so lange zu behalten, wie es eben ging.

Ich fuhr nach Alfringham, stoppte unterwegs, unterhielt mich fünf Minuten lang mit dem Manager des einzigen Tanzlokals des Städtchens und kam gerade bei Einbruch der Dunkelheit auf der Farm an. Hinter dem Tor parkte ich gleich vor dem ersten der beiden Bungalows, stieg aus und läutete. Nach dem dritten Versuch gab ich es auf und fuhr zum nächsten weiter. Und hier war ich nicht umsonst hergekommen. In den Fenstern war Licht. Ich lehnte mich an die Glocke. Kaum ein paar Sekunden später ging die Tür auf. Ich blinzelte erst einmal in die plötzliche Lichtflut; dann erkannte ich ihn.

»'n Abend, Bryson, wie geht'?« sagte ich. »Sie müssen schon entschuldigen, daß ich Ihnen noch so spät ins Haus falle, aber ich habe leider einen ziemlich triftigen Grund.«

»Mr. Cavell!« Die unmißverständliche Überraschung in seiner

Stimme wurde durch das plötzliche Verstummen aller Stimmen, die aus dem Zimmer gedrungen waren, noch betont. »Daß wir Sie so schnell wiedersehen würden, hätte ich ja nun doch nicht geglaubt. Eigentlich nahm ich an, Sie hätten sich endgültig von Mordon abgesetzt. Wie geht's Ihnen, Sir?«

»Ich hätte Sie gern einmal kurz gesprochen, Bryson. Sie und Chipperfield, aber er ist nicht zu Hause.«

»Der ist hier. Samt seiner Frau. Tradition bei uns, Sir. Wir setzen uns Samstagsabends immer zusammen, entweder hier oder drüben.« Und dann zögerte er einen Moment, genau, wie ich es auch getan hätte, wenn ich mit Freunden bei einem Drink säße und mir plötzlich ein Fremder ins Haus geschneit käme. »Aber bitte, Sir, kommen Sie doch weiter, wir freuen uns, wenn Sie ein Glas mittrinken.«

»Nur ein paar Minuten, Bryson, länger halte ich Sie nicht auf.« Ich folgte ihm in das hellerleuchtete Wohnzimmer. Ein Holzfeuer brannte knisternd im Kamin. Davor, an einem niedrigen Tisch voller Gläser und Flaschen, die Familien Chipperfield und Bryson. Ein trauliches Bild.

Alles erhob sich, als Bryson die Tür hinter mir schloß. Ich kannte sie alle drei: Chipperfield, ein blonder Hüne, genau das Gegenstück zu dem dunklen, gedrungenen Bryson. Die Frauen, jeweils passend dazu, blond und dunkel. Alle beide aber zart, schlank, hübsch, braunäugig und sich sehr ähnlich. Kein Wunder, sie waren Schwestern.

Nachdem wir ein paar Minuten das übliche leere Stroh gedroschen und ich einen Whisky angeboten und ihn um meines Beins willen akzeptiert hatte, sagte Bryson: »Was können wir für Sie tun, Mr. Cavell?«

»Wir sind dabei, das Rätsel um Dr. Baxter aufzuklären«, sagte ich sehr ruhig. »Ich weiß es nicht, aber vielleicht können Sie uns helfen.«

»Dr. Baxter? Aus Labor I?« Bryson sah seinen Schwager an.

»Ted und ich – wir haben ihn gestern noch gesehen. Und uns auch noch ziemlich lange mit ihm unterhalten. Ihm ist doch nichts passiert, Sir?«

»Er ist heute nacht ermordet worden«, sagte ich.

Mrs. Bryson schlug die Hände vor den Mund und unterdrückte einen Entsetzensschrei. Ihre Schwester gab etwas von sich, was sich wie ein »nein – nein« anhörte. Aber ich sah sie alle beide gar nicht. Ich hatte nur noch Augen für Bryson und Chipperfield. Man brauchte kein Detektiv zu sein, um wahrzunehmen, daß ihnen das, was ich ihnen so schonungslos gesagt hatte, ein völlig unerwarteter Schock war.

»Heute nacht, kurz vor zwölf, ist es geschehen. In seinem

Labor. Irgend jemand hat ein tödliches Virusgift nach ihm geworfen. Er muß innerhalb von Minuten tot gewesen sein. Aber es war ein qualvolles Ende. Und dann stieß der unbekannte Täter draußen, vor der Tür, auf Mr. Clandon und beseitigte auch ihn – mit Zyankali.«

Mrs. Bryson stand auf – weiß wie die Wand. Ihre Schwester warf blind die Zigarette ins Feuer und brachte sie hinaus. Und dann hörte ich nur noch, wie es draußen, im Bad, jemandem übel wurde.

»Dr. Baxter und Mr. Clandon tot? Ermordet?« Brysons Gesicht war fast so käsig wie das seiner Frau. »Das glaube ich nicht, nein, das kann nicht wahr sein.« Ich sah ihn an. Oh, doch, er glaubte es schon. Er lauschte nach dem, was sich drüben im Bad zu tun schien, und dann sagte er mit so viel vorwurfsvollem Ärger, wie er ihn bei aller Fassungslosigkeit noch aufzubringen vermochte: »Mußte das sein, Mr. Cavell? Hätten Sie uns das nicht auch allein beibringen können – ohne daß die Frauen dabei sind?«

»Tut mir leid«, sagte ich und gab mir alle Mühe so auszusehen, als täte es mir leid. »Ich bin selbst völlig fertig. Clandon war mein bester Freund.«

»Das haben Sie doch ganz bewußt getan«, trumpfte Chipperfield auf. Im allgemeinen war er ein netter Kerl, aber jetzt war es aus mit seiner Umgänglichkeit. »Unsere Gesichter wollten Sie sehen, nicht wahr, Mr. Cavell. Ob *wir* unter Umständen etwas damit zu tun haben könnten, das wollten Sie doch wissen, stimmt das etwa nicht, Mr. Cavell?«

»Gestern nacht, zwischen elf und zwölf Uhr«, sagte ich präzis, »waren Sie und Ihr Schwager für genau fünf Tänze bei diesem Freitag-Abend-Lämmerhüpfen in Alfringham, genau dort, wo Sie seit Jahr und Tag jeden Freitagabend hinzugehen pflegen. Und falls Sie Wert darauf legen, dann nenne ich Ihnen auch noch sämtliche Tänze, die Sie dort getanzt haben. Aber ich glaube, das erübrigt sich wohl. Entscheidend ist, daß weder Sie noch Ihre Frauen das Lokal während dieser einen Stunde auch nur für einen einzigen Augenblick verlassen haben. Anschließend sind Sie dann in Ihren Wagen gestiegen und kurz nach zwölf Uhr zwanzig wieder hier gelandet. Wir haben aber einwandfrei festgestellt, daß alle beiden Verbrechen zwischen 11.15 und 11.45 Uhr verübt worden sein müssen. Packen Sie also mit Ihren Albernheiten ein, Chipperfield. Auch nicht der leiseste Schatten eines Verdachts fällt auf Sie. Wenn, dann säßen Sie längst hinter Schloß und Riegel, und ich hockte nicht bei Ihnen herum und tränke Ihren Whisky. Und da wir gerade von Whisky reden –«

»Du lieber Gott, Mr. Cavell, entschuldigen Sie. Ich bin ein Idiot, der wieder mal dusselig quatscht.« Die Erleichterung stand ihm im Gesicht geschrieben, als er aufstand, um mein Glas nachzugießen. Daß dabei einiges daneben und auf den Teppich ging, schien er nicht zu merken. »Wenn Sie aber doch wissen, daß wir nichts damit zu tun haben, wie können wir Ihnen denn dann schon helfen?«

»Sie könnten mir zum Beispiel alles berichten, was sich gestern im E-Block getan hat. Alles. Was Sie dort gemacht haben, was Ihnen aufgefallen ist, was Dr. Baxter gesagt und Sie geantwortet haben. Aber vergessen Sie nichts, nicht die belangloseste Kleinigkeit.«

Also legten sie los, abwechselnd, und ich saß da und sah sie mit unverwandter Aufmerksamkeit an und dachte gar nicht daran, auch nur hinzuhören. Ich war so vollauf damit beschäftigt, so zu tun, als ob, daß ich kaum hinsah, als die beiden Frauen zurückkamen, und auf das blasse, verlegene Lächeln, mit dem Mrs. Bryson mich entschuldigend ansah, gar nicht reagierte. Bei der erstbesten Gelegenheit leerte ich meinen Whisky mit Anstand, stand auf und verabschiedete mich. Mrs. Bryson sagte irgend etwas Entschuldigendes über die eigene Albernheit, ich gab ein paar passende Worte zurück, und Bryson sagte: »Daß wir Ihnen im Grund wohl auch nicht weiterhelfen konnten, tut mir leid, Mr. Cavell.«

»Sie haben mir geholfen«, sagte ich. »Polizeiarbeit besteht nun einmal aus dem Sondieren der gegebenen Möglichkeiten, aus entkräften und bestätigen. Und Sie haben mehr entkräftet, als Sie glauben. Mir tut es lediglich leid, daß ich Sie so überfallen mußte. Was das für Sie, die Sie zu Mordon gehören, für ein Schock war, kann ich mir gut vorstellen. Und da wir gerade bei den familiären Banden sind – sagen Sie, wo sind denn eigentlich die Kinder heute?«

»Nicht da. Gottseidank!« sagte Mrs. Chipperfield. »Die beiden haben jetzt Herbstferien, und in den Ferien sind sie immer bei der Großmutter in Kent.«

»Ja, im Augenblick sind sie da wohl auch am besten aufgehoben«, stimmte ich zu, entschuldigte mich noch einmal und sah zu, daß ich ohne allzuviel Palaver an der Haustüre schnell wegkam. Es war jetzt ziemlich dunkel geworden. Ich ging zu meinem Leihwagen, stieg ein und fuhr wieder durchs Tor. Dann bog ich links nach Alfringham ab. Vierhundert Meter weiter etwa fand sich eine anständige Parkmöglichkeit. Ich stellte die Scheinwerfer ab und stieg aus.

Mein Bein tat elend weh, und ich brauchte fast fünfzehn Minuten, um zu Brysons Bungalow zurückzukommen. Die Vorhänge waren zwar zugezogen, aber so einwandfrei, daß ich nicht alles, was ich sehen wollte, auch sehen konnte, nun auch wieder nicht. Mrs. Bryson saß auf der Polsterbank und weinte sich das Herz aus dem Leib. Ihr Mann hatte den Arm um sie gelegt, in der anderen Hand hielt er sein Whiskyglas, ein gut halbvolles. Chipperfield, auch mit einem Glas bewaffnet, starrte brütend ins Feuer. Und Mrs. Chipperfield, der ich genau gegenüberstand, beugte sich im hellen Lampenschein, der ihr helles Haar aufleuchten ließ, über irgend etwas, das sie in der Hand hielt. Was es war, konnte ich nicht sehen. Aber wozu auch? Ich hätte mit hundertprozentiger Sicherheit sagen können, was es war. Still, wie ich gekommen war, verschwand ich wieder, und ich brauchte meine Zeit, um zum Wagen zurückzukommen. Fünfundzwanzig Minuten blieben mir noch, bis der Londoner Zug in Alfringham einlief. Der Zug – und Mary.

Mary Cavell war mein Leben. Acht Wochen war ich erst mit ihr verheiratet, aber ich wußte genau, daß ich es bis ans Ende meiner Tage bleiben würde. Mein Leben lang. Das kann jeder sagen – wie einfach und abgenützt und im Grunde vielleicht sogar ein bißchen billig. Sie sollten sie nur einmal sehen, dann würden Sie anders denken. Dann würden Sie mir alles glauben.

Sie war klein und blond und schön, und sie hatte ganz erstaunlich grüne Augen. Aber das war es nicht. In den Hauptverkehrszeiten, wenn ganz London auf den Beinen schien, brauchte man sich, ohne lange zu suchen, nur einmal kurz umzusehen, um ein halbes Dutzend davon zusammenzubringen – und alle klein, blond, schön. Nein, das war es wirklich nicht. Auch nicht ihr Talent zum Glücklichsein, dem sich niemand zu entziehen vermochte, nicht ihre unwiderstehliche Fröhlichkeit und nicht ihre Lebensfreude, mit der sie das Leben so intensiv wie ein bunter Schmetterling im Sommer genoß. Es war etwas anderes. Ein Strahlen, das von ihr ausging – von ihren Augen, ihrer Stimme, ihrem ganzen Wesen. Ein Strahlen, das alles in seinen Bann zog und sie zu dem einzigen Menschen machte, von dem ich genau wußte, daß er keinen Feind besaß. Und die einzige Definition, die zu liefern ich dazu imstande bin, ist das altmodische und viel mißbrauchte Wort Güte.

Sie war meine Frau, und ich fragte mich noch immer, warum sie mich geheiratet hatte. Jeden, der ihr jemals begegnet war, hätte sie haben können. Nein, mich hatte sie sich ausgesucht. Warum? Weil ich auch einen gebrochenen Flügel aufzuweisen hatte, nehme ich an. Der deutsche Tankwagen, der im Dreck von Caen über mein Bein gerollt war, die Granate, die einst mein Auge so erwischte, daß ich links kaum noch Tag und Nacht zu unterscheiden vermochte und meine Gesichtshälfte dabei auch noch so zerfetzte – und ein Adonis war ich auch bis dato nie –, daß jede Plastikchirurgie daran vergebens war, das alles mußte es wohl gewesen sein, was mich für Mary zur lahmen Ente machte.

Der Zug fuhr ein, und ich sah sie, gleich in meiner Nähe, leichtfüßig aus dem Abteil springen, gefolgt von einem Kavalier mittleren Jahrgangs, angetan mit Melone und Schirm, bepackt mit ihrem Koffer. Prototyp des Ausbeuters und Wucherers von Anno dazumal, der in einstigen Amtsstunden den Ärmsten der Stadt den letzten Cent herausquetschte und Witwen und Waisen erzittern ließ. Ein Kerl, den ich nie gesehen und von dessen Existenz auch Mary bisher wohl nichts geahnt hatte. Aber so wirkte sie nun einmal auf die Menschheit. Die unwahrscheinlichsten Zeitgenossen wurden zahm und stritten sich um die Ehre, etwas für sie tun zu dürfen. Und dieser Wucherer machte mir ganz den Eindruck eines trefflichen Streiters.

Sie lief mir entgegen, und ich wappnete mich innerlich gegen die Schockwirkung auf mich und andere. Marys Begrüßungen waren von keinerlei Hemmungen gemäßigt, und obwohl ich mich an den Anblick hochgezogener Augenbrauen erstaunter Mitreisender bereits zu gewöhnen begonnen hatte, versöhnt damit war ich immer noch nicht ganz. Wir hatten uns heute morgen zum letztenmal gesehen, aber ich hätte genausogut ein lange vermißter und zärtlich geliebter Abkömmling aus dem australischen Busch sein können, der nach einem langen Leben in der Ferne zum erstenmal wieder in die Heimat kommt. Ich war gerade dabei, sie auf festem Boden abzusetzen, als der Zinsgeier mit ihren Koffern heranschnaufte, sich derselben entledigte, aufstrahlend an die Melone griff, kehrt machte, sich umsah und, noch immer strahlend, über einen Gepäckkarren stolperte. Als er sich die Hosenbeine abklopfte, strahlte er noch immer, griff nochmals nach dem Hut und entschwand.

»Du solltest deine Errungenschaften etwas vorsichtiger anlächeln«, redete ich ihr ins Gewissen. »Soll ich für den Rest meines Lebens jetzt nur noch schuften, um die gegen dich geltend gemachten Schadensersatzansprüche zu zahlen? Bei diesem Unterdrücker der arbeitenden Klasse bin ich soeben nochmal mit einem blauen Auge davongekommen. Mit dem hätte ich es für den Rest meiner Tage zu keinem neuen Anzug mehr gebracht.«

»Aber was hast du nur gegen ihn? Er war reizend.« Sie sah zu mir auf, und da, ganz plötzlich, lächelte sie nicht mehr. »Pierre Cavell, du bist müde, irgend etwas stimmt ganz und gar nicht, und dein Bein tut dir weh.«

»Pierre Cavells Gesicht ist eine Maske«, sagte ich. »Ausgeschlossen, jemals zu sagen, was er denkt und empfindet – undurchdringlich sozusagen. Frag, wen du willst.«

»Und Whisky getrunken hast du auch.«

»Wie hätte ich die lange Trennung sonst überstehen sollen?« Ich brachte sie zum Wagen. »Wir wohnen im *Waggoner's Rest.*«

»Klingt wundervoll. Schindeldach, alte Eichen, traulicher Kamin.« Sie zog sich fröstelnd zusammen. »Kalt ist es. Ich kann gar nicht schnell genug hinkommen.«

Wir waren in drei Minuten da. Ich parkte vor einem hochmodernen Serien-Greuel aus Glas und Chrom. Mary sah erst das Greuel an und dann mich. »Und das soll das *Waggoner's Rest* sein?«

»Darf ich dich auf das Neonschild hinweisen. Sanitäre Außenanlagen und Holzwürmer in den Bettpfosten sind aus der Mode. Aber Zentralheizung haben sie garantiert.«

Der Wirt allerdings, augenblicklich als Empfangschef tätig, hätte sich mit seinem roten Knallkopf und den aufgekrempelten Hemdsärmeln in einem Etablissement des achtzehnten Jahrhunderts weitaus besser ausgenommen. Ein umwerfender Bierdunst ging von ihm aus. Er nahm mich mürrisch zur Kenntnis, lächelte Mary zu und beauftragte einen Zehnjährigen – den Sohn des Hauses vermutlich –, uns unser Zimmer zu zeigen. Es war einigermaßen sauber, geräumig und sah in den Hofgarten hinaus – in das, was der brave Engländer sich unter einem kontinentalen Biergarten vorstellt. Wichtiger war mir, daß man von einem der Fenster direkt den gesamten Weg von der Terrasse zum Hof übersehen konnte.

Die Tür war kaum hinter dem Filius zugefallen, als auch Mary schon ankam. »Was macht dein Bein, Pierre? Ehrlich.«

»Nicht viel Gutes.« Ich hatte es längst aufgegeben, ihr etwas vorzumachen. Was mich anbelangte, war sie ein menschlicher Lügendetektor. »Das gibt sich wieder; das gibt sich immer wieder.«

»In den Sessel«, kommandierte sie. »Und hier ist der Schemel. Keinen Schritt mehr für heute.«

»Keinen? Einige, fürchte ich. Traurig, aber unumgänglich notwendig.«

»Und wenn schon«, beharrte sie eigensinnig. »Du wirst ja wohl nicht unbedingt alles selbst machen müssen. Es gibt genug Leute –«

»Diesmal nicht. Ich muß nochmal weg. Zweimal sogar. Einmal hätte ich dich allerdings gern dabei, deshalb habe ich dich herkommen lassen.«

Sie stellte keine Fragen. Sie griff nach dem Telefon und bestellte Whisky für mich und Cherry für sich. Mister Hemdsärmel kam höchstpersönlich, ein wenig außer Atem vom Treppensteigen, damit an. Mary lächelte ihm zu. »Könnten wir das Abendessen hier oben serviert bekommen?«

»Abendessen?« Mister Hemdsärmel schnappte nach Luft. Sein roter Knallkopf wurde noch um eine Schattierung röter. »Auf dem Zimmer? Das Abendessen? Na, Sie gefallen mir. Was glauben Sie eigentlich, wo Sie hier gelandet sind? Im Claridges?« Er brachte den Blick, mit dem er den Himmel beschworen hatte, zur Erde hernieder und sah Mary wieder an. Er öffnete den Mund, schloß ihn wieder, starrte sie weiter an und wußte, daß er ein verlorener Mann war. »Claridges«, wiederholte er automatisch. »Aber meinetwegen, gut, mal sehen, was sich machen läßt. Gegen alle Hausregeln zwar – aber weil Sie's sind, Madam.«

Er ging. »Man sollte dich unter Polizeiaufsicht stellen lassen«, sagte ich. »Gieß mir doch mal einen Whisky ein und gib mir das Telefon 'rüber.«

Ich wählte dreimal hintereinander. Erst London, dann Inspektor Wylie, dann Hardanger. Er war noch immer in Mordon. Er war müde, und er war verärgert, und ich wußte warum. Ein langer Tag – ein endlos langer Tag – der im Grunde nichts eingebracht hatte.

»Cavell?« Er bellte beinah. »Was haben Sie aus den beiden da draußen herausgebracht? Auf der Farm meine ich.«

»Bryson und Chipperfield? Nichts zu wollen. Zweihundert Zeugen sind willens und bereit zu beschwören, daß keiner der beiden das Mordoner Terrain zwischen elf und zwölf im Umkreis von fünf Meilen auch nur betreten hat.«

»Was soll das wieder für ein Blech sein? Zweihundert –«

»Auf'm Schwof waren sie. Irgend etwas bei den anderen verdächtigen Vogeln aus Labor I herausgekommen?«

»Haben Sie etwa erwartet, daß da etwas herauskommen könnte?« gab er so sauer wie eine Zitrone zurück. »Bilden Sie sich etwa ein, der Täter wird auch noch so dusselig gewesen sein, sich nicht mit einem hieb- und stichfesten Alibi zu versorgen? Da hatte jeder sein Alibi – und sein verdammt gutes Alibi. Ich bin noch immer nicht davon überzeugt, daß da nicht doch ein Außenseiter am Werk war.«

»Chessingham und Dr. Hartnell? Wie steht's mit deren Alibis?«

»Wie kommen Sie denn gerade auf die zwei?« krächzte er mißtrauisch.

»Sie interessieren mich halt. Ich wüßte gern, was sie ausgesagt haben, weil ich mir sie heute abend noch vornehmen werde.«

»Ohne mein Einverständnis werden Sie gar nichts, Cavell« und jetzt brüllte er beinah. »Leute, die mir den ganzen Laden durcheinanderbringen –«

»Ich bringe nichts durcheinander. Ich gehe, Hardanger. Was hat der General mir zugesichert? Freie Hand. Stimmt's? Ständig blockiert zu werden – was Sie selbstverständlich tun können – deckt sich nicht mit meiner Auffassung von ›freier Hand‹. Und der General wäre auch nicht dafür.«

Pause. Hardanger schluckte an dem Brocken. Es dauerte eine Weile. Schließlich sagte er gemäßigter: »Sie haben doch vorhin selbst so getan, als hielten Sie Chessingham für klar.«

»Sprechen möchte ich ihn jedenfalls. Er ist nicht nur wach und hält die Augen auf, sondern er steht auch noch gut mit Hartnell. Und um den geht es mir im Grunde. Ein ausgezeichneter Chemiker, jung und finanziell ein leichtsinniger Vogel. Weil er von seinen Mikroben was versteht, bildet er sich ein, genauso einen Riecher für finanzielle Spekulationen zu haben. Vor drei Monaten hat er alles, was er besaß, in eine Nachtfluggesellschaft, die in sämtlichen Zeitungen die Reklametrommel gerührt hat, investiert. Und Pech gehabt. Daraufhin hat er sein Haus schwer belastet. Kurz ehe ich mich von Mordon abgesetzt habe, muß das gewesen sein. Und soweit ich weiß, ist er bei diesem Sanierungsversuch auch ziemlich eingegangen.«

»Verdammt, und damit rücken Sie jetzt erst heraus«, polterte er mich an.

»Das ist mir auch erst heute abend plötzlich wieder eingefallen.«

»Ach nee – plötzlich ist Ihnen das wieder eingefallen –«, Hardanger brach ab, als wäre er am Ersticken. Dann sagte er sinnierend: »Sagen Sie mal, ist das nicht vielleicht doch ein bißchen zu simpel? Einfach auf Hartnell loszugehen? Nur weil er langsam auf den Offenbarungseid zusteuert?«

»Das kann man nicht so ohne weiteres sagen. Wie gesagt, so clever, wie er glaubt, ist er nun auch wieder nicht. Den muß ich mir mal etwas näher ansehen. Ihr Alibi haben sie natürlich alle beide, was?«

»Beide wollen sie zu Hause gewesen sein. Beider Familien sind bereit, das zu beschwören. Aber ich möchte Sie später noch sehen, Cavell.« Na also, dachte ich, warum nicht gleich so. »Ich bin dann im *County* in Alfringham.«

»Und ich im *Waggoner's Rest,* kaum ein paar Minuten weit weg. Könnten Sie nicht bei uns vorbeikommen? Sagen wir, so gegen zehn?«

»Bei uns?«

»Mary ist heute nachmittag nachgekommen.«

»Mary?« Überraschung war herauszuhören, Mißtrauen, das zu verbergen ihm nicht ganz gelang, vor allem aber ehrliche Freude. Einer seiner guten Gründe, um derentwillen er nicht allzuviel für mich übrig hatte, war der, daß ich ihm die beste Sekretärin, die er jemals gehabt hatte, sozusagen weggeschnappt hatte. Drei Jahre hatte sie für ihn gearbeitet. Und wenn jemals jemand von sich behaupten könnte, eines Basilisken behüteter Augapfel zu sein, dann war es Mary.

Er sagte zu. »Also dann um zehn.«

5

Ich brach zum Hailemer Forst auf. Mary saß ungewöhnlich schweigsam neben mir. Beim Abendessen hatte ich ihr den ganzen Salat erzählt – alles. Angst an ihr kannte ich nicht. Jetzt hatte sie Angst. Und wie. Zwei verängstigte Seelen in einem Auto.

Viertel vor acht waren wir bei Chessingham. Ein altmodisches, flachgedecktes Gemäuer mit engbrüstigen Fenstern und imposantem Treppenaufgang, der sich über eine Art Vertiefung schwang, die das Kellergeschoß mit Licht versorgte und sich ausnahm wie ein Burggraben. Alte hohe Bäume rings um das Haus seufzten im kalten Nachtwind, und zu regnen fing es auch noch an. Eine Nacht und eine Stätte, die unserer Gemütsverfassung genau entsprachen.

Chessingham hatte den Wagen gehört und nahm uns oben am Treppenabsatz in Empfang. Er sah blaß und fertig aus. Das besagte nichts. Alles, was zum E-Block gehörte, hatte heute guten Grund, blaß und fertig auszusehen.

»Cavell«, sagte er nur. Und wenn er uns auch nicht gerade herzlichst die Hand schüttelte, so nahm er uns doch höflich und mit allem Anstand in Empfang, trat zurück und hielt uns die Tür auf. »Ich hatte zwar bereits vernommen, daß Sie wieder in Mordon sind, Cavell, daß Sie sich aber auch noch hier heraus bemühen würden, das habe ich denn doch nicht erwartet. Mein Bedarf an Fragereien ist für heute eigentlich gedeckt.«

»Keine Bange, ist nicht so dienstlich«, beruhigte ich. »Sie sehen doch, meine Frau ist mit, und wenn ich die mitnehme, laß ich die Handschellen zu Hause.«

Und dem war so. Er gab sich einen inneren Ruck und Mary die Hand und führte uns in ein altmodisches Wohnzimmer: Schwere Möbel aus der Zeit König Eduards, fließende Samtportieren, Kaminfeuer. Davor zwei Damen in hochlehnigen Armsesseln. Die eine, jung und hübsch, neunzehn oder zwanzig etwa, war mit ihren braunen Augen der weibliche Pendant zu Chessingham: seine Schwester. Die andere offensichtlich seine Mutter. Nur sah diese weitaus älter aus, als ich es vermutet hatte. Bei näherem Hinsehen allerdings stellte sich heraus, daß sie lediglich viel älter wirkte. Ihr Haar war weiß, und ihre Augen hatten jenen eigenartigen Blick, den alte Menschen manchmal haben, wenn sie spüren, daß das Ende eines langen Weges nahe ist. Von schweren Adern gezeichnet, lagen ihre Hände knittrig und pergamenten im Schoß. Keine Greisin. Aber krank – schwer krank und vorzeitig gealtert. Doch sie saß sehr aufrecht da, und in ihren durchsichtigen, fast aristokratischen Zügen zeigte sich ein liebenswürdiges Lächeln.

»Mr. und Mrs. Cavell«, stellte Chessingham vor. »Dem Namen nach dürftet ihr ihn kennen; von ihm war schon des öfteren die Rede hier. Meine Mutter, meine Schwester Stella.«

»Ich freue mich, Sie kennenzulernen«, sagte Mrs. Chessingham. Ihre Stimme hatte jene distanziert lässige Arroganz, die zu einem vikorianischen Wohnzimmer und einer Horde Dienerschaft wundervoll gepaßt hätte. Dabei sah sie Mary an. »Meine Augen sind heute auch nicht mehr das, was sie einmal waren – leider – aber wie schön Sie sind, das sehen sie trotzdem noch. Kommen Sie und setzen Sie sich zu mir, mein Kind. Wie haben Sie das nur fertiggebracht, Mr. Cavell?«

»Sie muß mich wohl verwechselt haben, Madam.«

»So etwas soll vorkommen«, stimmte Mrs. Chessingham zu. In ihren Augen jedoch lag ein schalkhaftes Zwinkern; das hatten auch die Jahre nicht auszulöschen vermocht. »Entsetzlich, was sich heute in Mordon getan hat, Mr. Cavell. Nicht zu fassen. Wir wissen bereits alles.« Sie hielt inne und fuhr dann mit jenem kleinen lächelnden Zwinkern in den Augen fort: »Ich hoffe doch stark, daß Sie Eric nicht gleich verhaften wollen? Der arme Junge hat ja vor lauter Aufregung noch nicht einmal etwas gegessen.«

»Ihr Sohn hat leider das Pech, zum Labor I zu gehören, mehr haben wir ihm nicht vorzuwerfen. Unsere Bemühungen gehen lediglich dahin, ihn aus dem großen Kreis der Ermittlungen zu eliminieren. Jede Verkleinerung dieses Kreises ist ein gewisser Fortschritt für uns.«

»Eliminieren? Ich bitte Sie«, sagte Mrs. Chessingham nicht ohne eine gewisse Härte in der Stimme, »Eric braucht nicht erst eliminiert zu werden. Er hat damit nichts zu tun. Die bloße Idee ist absurd.«

»Selbstverständlich. Das weiß ich, und das wissen Sie, nur Polizeichef Hardanger, der mit der Aufklärung des Falles beauftragt ist, weiß es nicht. Und gleichgültig, wie überflüssig es auch manchmal sein mag, sämtliche Aussagen sind nun einmal nachzuprüfen. Daß ich hier bin und nicht einer seiner Leute, hat mich einige Überredung gekostet.« Mary sah mich groß an, faßte sich aber gleich wieder.

»Und warum lag Ihnen daran, wenn ich fragen darf?« Mir wurde es langsam peinlich, mit ansehen zu müssen, wie der junge

Chessingham in unserer Gegenwart von seiner Mutter bevormundet wurde.

»Weil ich Ihren Sohn kenne, während die Polizei das nicht tut. Das dürfte uns fünfundsiebzig Prozent aller Fragen ersparen. Sonderdienst-Detektive fragen grundsätzlich sehr viel und in einem Fall, wie er hier gegeben ist, nicht immer sonderlich taktvoll, sondern recht rücksichtslos, und ohne sich auch nur ein Blatt vor den Mund zu nehmen.«

»Das bezweifle ich nicht. Genausowenig wie ich bezweifle, daß auch Sie so rücksichtslos wie kaum ein anderer werden können, so der Anlaß dazu gegeben ist. Doch ich bin überzeugt, daß dies heute nicht in Ihrer Absicht liegt.« Mrs. Chessingham seufzte und legte die Hände auf die Sessellehnen. »Nun muß ich Sie aber doch bitten, mich zu entschuldigen! Ich bin alt und nicht gerade wohlauf. Deshalb genieße ich unter einigen anderen Privilegien auch den Vorzug, mein Abendessen im Bett einnehmen zu dürfen.« Lächelnd wandte sie sich an Mary: »Mit Ihnen würde ich mich aber gern noch ein bißchen unterhalten, mein Kind. Sehen Sie, ich habe so wenig Besuch, daß ich dieses Vergnügen so lange wie möglich auskosten möchte. Helfen Sir mir doch bitte über diese schreckliche Treppe, während Stella das Abendessen richtet.«

Alleingelassen, sah Chessingham mich an und sagte: »Entschuldigen Sie, meine Mutter ist –«

»Ihre Mutter ist eine wundervolle Frau«, unterbrach ich sofort, »kein Grund, sich zu entschuldigen.« Sein Gesicht hellte sich ein wenig auf. »Um zu Ihrer Aussage zu kommen, Sie gaben an, die ganze Nacht zu Hause gewesen zu sein. Und Ihre Mutter und Ihre Schwester sind bereit, das zu beschwören?«

»Natürlich würden sie das – ob ich nun zu Hause war oder nicht«, gab er lächelnd zurück.

Dazu nickte ich nur. »Nachdem ich sie kennengelernt habe, sollte mich das auch nicht wundern. Ihre Mutter könnte aussagen, was immer sie aussagen will, man würde ihr glauben. Nicht aber Ihrer Schwester. Dazu ist sie auch zu jung und zu unerfahren; jeder einigermaßen routinierte Kriminalist würde sie innerhalb von fünf Minuten fertigmachen. Wenn Sie also in irgendeiner Weise mit dieser Geschichte etwas zu tun haben sollten, dann halte ich Sie doch für so klug, daß Sie genau wissen werden, daß alles, was Sie angeben, stimmen muß. Können Ihre Angehörigen beschwören, daß Sie die ganze Nacht hier gewesen sind – bis, sagen wir, elf Uhr fünfzehn?«

Chessinghams Miene verdüsterte sich etwas. »Das nicht. Stella ist um halb elf schlafen gegangen. Danach saß ich noch stundenlang oben auf dem Dach.«

»Chessinghams Observatorium? Davon habe ich gehört. Und dafür haben Sie keinerlei Zeugen?«

»Nein.« Er dachte stirnrunzelnd nach. »Ist das denn so wichtig?« Ratlos und ärgerlich schüttelte er den Kopf. »Ich besitze nicht einmal ein lächerliches Fahrrad, und um diese Zeit verkehrt hier draußen nichts mehr, weder ein Bus noch sonst ein Verkehrsmittel. Außerdem hätte ich nie um Viertel nach elf in Mordon sein können, wenn ich bis um halb elf hier war. Es handelt sich immerhin um eineinhalb Meilen.«

»Wissen Sie, wie das Verbrechen sich abgespielt hat?« fragte ich. »Haben Sie davon gehört, daß eine Art Ablenkungsmanöver inszeniert wurde, um jemanden, der durch den Zaun wollte, zu decken? Dieser faule Fisch ist dann in einem in Alfringham gestohlenen Bedford-Laster entkommen.«

»Man ist zwar nicht sehr mitteilsam bei der Polizei, aber gehört habe ich davon. So etwas spricht sich ja immer sehr schnell herum.«

»Und wissen Sie auch, daß sich dieser Bedford etwa hundertfünfzig Meter von hier entfernt gefunden hat?«

»Hundertfünfzig Meter von hier?« Chessingham schien ehrlich bestürzt, starrte dann ins Feuer und brütete vor sich hin. »Schlecht, was?«

»Meinen Sie?«

Er dachte einen Augenblick nach und grinste dann. »So tüchtig, wie Sie glauben, bin ich nicht. Das ist gar nicht schlecht, das ist sogar sehr gut. Erstens, wäre ich der Fahrer gewesen, dann hätte ich den Wagen – wohlgemerkt nach halb elf – erst mal aus Alfringham holen müssen. Zweitens wäre ich dann nicht gerade nach Mordon gefahren, sondern getürmt. Drittens wäre ich kaum so ein Idiot gewesen, ihn vor meiner Haustür abzustellen. Und viertens kann ich gar nicht fahren.«

»Tja, das ist alles recht gut und schlüssig«, gab ich zu, »aber –«

»Halt!« stoppte er mich aufgeregt. »Das kann ich Ihnen sogar noch viel besser beweisen. Ich muß heute verdammt ein Brett vor dem Kopf haben. Kommen Sie mit nach oben in mein Observatorium.«

Ich kam mit. Durch eine Tür im ersten Stock hörte ich gedämpfte Stimmen: Mary und Mrs. Chessingham. Eine Strickleiter führte in eine Art quadratische Hütte mitten auf dem flachen Dach. Eine Seite war mit Furnierholz verkleidet. Vor dem Eingang hing ein Vorhang. Auf der anderen Seite stand ein beachtlich großes Reflektor-Teleskop in einer Plexiglaskuppel.

»Mein einziges Hobby«, sagte Chessingham. Alle nervöse Spannung war jetzt aus seinem Gesicht gewichen. Es zeigte nur noch den üblichen Eifer, mit dem jeder Enthusiast sein Steckenpferd reitet.

»Übrigens bin ich Mitglied der British Astronomical Association Jupiter-Abteilung, und Korrespondent für ein paar astronomische Monatszeitschriften – einige arbeiten ausschließlich mit Amateuren, aber ich kann Ihnen versichern, daß man bei denen, die von diesem Hobby ganz und gar gepackt sind, kaum mehr von Zeitvertreib reden kann. Bis gegen zwei Uhr morgens habe ich hier oben gehockt und an einer Fotoserie für eine Zeitschrift über den Roten Fleck im Jupiter und den Satelliten Io, der seinen eigenen Schatten verdunkelt, gearbeitet.« Ein Stein schien ihm vom Herzen gefallen. Er wurde ganz aufgekratzt. »Hier ist das Schreiben, mit dem man mich dazu beauftragt hat – irgend etwas, was ich ihnen mal zuschickte, muß ihnen schwer imponiert haben.«

Ich warf nur einen flüchtigen Blick auf den Brief. Der war einwandfrei.

»Sechs Serien habe ich gemacht. Eine Aufnahme immer besser als die andere, auch wenn ich mich hier selbst beweihräuchere. Warten Sie, die muß ich Ihnen unbedingt zeigen.« Er verschwand durch den Vorhang, hinter dem ich seine Dunkelkammer vermutete, und erschien mit einem Stapel offensichtlich frisch entwickelter Fotos. Ich nahm sie ihm ab. Aber ich konnte diesen trübseligen grauen Flecken und Streifen, die sich gegen ein noch graueres Grau abhoben, beim besten Willen nichts abgewinnen. »Nicht schlecht, was?«

»Gar nicht schlecht.« Dabei fiel mir etwas ein. Ich überlegte und sagte dann schnell: »Läßt sich an diesen Aufnahmen feststellen, um welche Zeit sie gemacht worden sind?«

»Das ist es ja, weshalb ich Sie hierher geschleift habe. Bringen Sie sie zum Greenwich Observatorium, lassen Sie die genauen Längen- und Breitengrade dieses Hauses bestimmen, und man wird Ihnen auf die Sekunde genau sagen, wann jede dieser Aufnahmen gemacht worden ist. Bitte sehr, nehmen Sie sie mit.«

»Danke, danke.« Ich händigte ihm die Fotos lächelnd wieder aus. »Zeitvergeudung. Ich weiß immer genau, wann ich aufzuhören habe, und bei Ihnen bin ich schon weit darüber hinausgegangen. Meinetwegen schicken Sie sie mit herzlichen Grüßen von mir an die Astronomische Monatszeitschrift.«

Wir fanden Mary und Stella vor dem Kamin. Ein paar landläufige Redensarten, ein höfliches Ablehnen der angebotenen Drinks, und schon waren wir wieder unterwegs. Ich schaltete die Heizung ein, soweit es ging, aber nichts rührte sich. Vermutlich war gar keine da, die einzuschalten gewesen wäre. Es war bitter kalt, und es goß. Ich hoffte still, daß wenigstens der Regen nachließe.

»Was hast du herausgebracht?«

»Wie ich das alles hasse«, sagte sie heftig. »Ich mag es einfach nicht. Dieses widerliche Aushorchen. Lügen, nichts als Lügen – egal, wer es ist, ob nun diese reizende alte Dame oder dieses nette Mädchen. Wenn ich bedenke, daß ich all diese Jahre für den Polizeichef gearbeitet und mir nie etwas dabei gedacht –«

»Ich weiß«, sagte ich, »aber du lieber Gott, wo scharf geschossen wird, muß zurückgeschossen werden. Denk doch an den Doppelmord. Denk an diesen Kerl, der mit diesem Satanszeug in der Tasche herumläuft. Denk an –«

»Du hast recht. Entschuldige. Ich bin halt nicht ganz dafür geschaffen – na ja, lassen wir das. Viel ist es sowieso nicht, was ich da aus ihnen herausgeholt habe. Ein Mädchen haben sie, deshalb war das Essen auch so schnell fertig, als Stella aufstand. Stella ist zu Hause. Ihr Bruder besteht darauf. Er besteht darauf, daß sie sich um ihre Mutter kümmert. Die ist wirklich schwer krank – soweit ich Stella verstanden habe. Es kann so ungefähr jeden Tag zu Ende gehen – obwohl der Arzt überzeugt ist, daß ein ständiger Aufenthalt in wärmerem Klima, in Griechenland oder Spanien eventuell, ihr Leben um zehn Jahre verlängern könnte. Irgendeine gefährliche Herzasthma-Geschichte. Aber sie will halt nicht. Lieber in Wiltshire sterben als in Alicante vegetieren. In diesem Sinne jedenfalls hat sie sich ausgedrückt. Und mehr habe ich leider auch nicht zu bieten.« Genug für mich. Mehr als genug. Ich saß stumm da und überlegte mir gerade, ob der Chirurg, der mir ein neues Bein vorgeschlagen hatte, vielleicht doch nicht ganz so unrecht haben könnte, als Mary abrupt in diese Erwägungen eingriff.

»Und du? Wie weit bist du gekommen?«

Ich berichtete, wie weit ich gekommen war. Als ich zu Ende war, sagte sie: »Du hast doch aber dem Polizeichef erzählt, daß du Chessingham nur sehen wolltest, um ihn über Hartnell auszuholen? Und? Was hast du nun erfahren?«

»Nichts. Von dem war überhaupt nicht die Rede.«

»Ja wie? Warum nicht?«

Ich sagte ihr, warum nicht.

Dr. Hartnell und seine Frau – Kinder hatten sie keine – waren zu Hause. Beide kannten Mary. Aus irgendeinem gesellschaftlichen Anlaß waren wir während der kurzen Zeit, die Mary bei mir in Mordon war, einmal zusammengekommen. Trotzdem dachten sie gar nicht daran, sich etwas vormachen zu lassen. Wen ich auch sprach, alles war nervös und sehr auf der Hut. Und verdenken konnte ich es ihnen wahrhaftig nicht. Mir wäre es schließlich auch nicht anders gegangen, wenn ich den Eindruck gehabt hätte, daß man mir ein paar handfeste Morde aufzuhalsen gedachte.

Wieder ließ ich die alte Platte von der reinen Formalität und den Unannehmlichkeiten einer Befragung durch Hardangers Leute statt meiner ablaufen. Was sie in den frühen Abendstunden getan hatten, interessierte mich nicht. Was sie später getan hätten, verlangte ich zu erfahren.

»Ferngesehen – und zwar ab halb zehn. ›The Golden Cavaliers‹, eine Fernsehverfilmung des erfolgreichen Bühnenstücks, das endlos lange in London auf dem Spielplan gestanden und jetzt gerade abgesetzt worden war.«

»Ach! Haben Sie das gesehen« griff Mary das Stichwort auf. »Ich auch. Pierre war gestern mit Geschäftsfreunden aus, und da habe ich's auch eingestellt. Ausgezeichnet fand ich's.« Und dann diskutierten sie die Sendung eine Weile. Mary hatte den Film gesehen, das wußte ich, und was sie jetzt bezweckte, wußte ich auch. Sie wollte feststellen, ob sie auch wirklich ferngesehen hatten, und das hatten sie zweifellos. »Und wann war das Programm zu Ende?« ließ ich mich nach einer Weile vernehmen.

»Gegen elf.«

»Und dann?«

»Dann haben wir schnell noch etwas gegessen und sind schlafen gegangen.«

»So gegen elf Uhr dreißig?«

»Spätestens.«

»Das genügt mir.« Und das war der Moment, da Mary sich räusperte und ich wie zufällig zu ihr hinübersah. Ihre wie zum Gebet gefalteten Hände lagen lässig im Schoß. Ich wußte, was es hieß. Hartnell log. Und obwohl ich es kaum glauben konnte, mußte es stimmen, wenn Mary dieser Meinung war.

Ich sah nach der Uhr. Um acht Uhr sollte ich angerufen werden, es war acht. Inspektor Wylie war pünktlich. Das Telefon läutete, Hartnell nahm ab und übergab mir den Hörer. »Für Sie, Cavell. Die Polizei, glaube ich.« Ich hielt den Hörer ein wenig vom Ohr ab. Wylie hatte schon von Haus aus eine tragende Stimme, und ich hatte ihn gebeten, möglichst laut und deutlich zu sein. Das war er. »Cavell? Sie hatten mir doch gesagt, wo Sie hin wollten, deshalb habe ich mal versucht, Sie zu erreichen. Brandeilig! Ganz finstere Sache an der Hailem-Kreuzung. Muß unmittelbar mit Mordon zusammenhängen, wenn mich nicht alles täuscht. Sehr verdächtig, muß ich sagen. Können Sie sofort einmal herunterkommen?«

»Sowie ich kann. Wo ist das denn?«

»Ganz in Ihrer Nähe, keine halbe Meile weit von da, wo Sie augenblicklich sind. Geradeaus, dann rechts und am Grünen Mann vorbei. Genau da.«

Ich hing ein, stand auf und überlegte unschlüssig einen Moment. »Das war Inspektor Wylie. Muß irgend etwas los sein an der Hailem-Kreuzung. Hätten Sie etwas dagegen, wenn ich Mary ein paar Minuten bei Ihnen ließe? Scheint schwer zu stinken –«

»Aber selbstverständlich doch.« Nachdem sein Alibi erfolgreich angekommen war, wurde Hartnell fast jovial. »Fahren Sie nur zu, wir werden schon auf Ihre Frau aufpassen.«

Ich stellte den Wagen ein paar hundert Meter weiter ab, holte die Taschenlampe aus dem Handschuhkasten und marschierte dahin zurück, wo ich hergekommen war. Ein rascher Blick durch das helle Fenster überzeugte mich, daß mir aus dieser Richtung keine Überraschungen blühen konnten. Hartnell war dabei, die Gläser zu füllen. Man unterhielt sich so angeregt, wie man das immer zu tun pflegt, wenn alle Ängste überstanden sind. Und daß Mary sie in Stimmung halten würde, dessen war ich sicher. Mrs. Hartnell saß noch immer da, wo sie gesessen hatte, ohne daß sie sich auch nur erhoben hätte, um uns zu begrüßen. Die Beine mußten es sein, die ihr zu schaffen machten. Elastikstrümpfe sind durchaus nicht immer ganz so unsichtbar, wie ihre Hersteller das glauben machen möchten.

Die Garage war zwar mit einem schweren Vorhängeschloß versehen, aber den Schlossermeister, in dessen Lehre ich einen Teil meiner Kenntnisse erworben hatte, hätte das höchstens ein Lächeln gekostet. Mich nicht. Ein Meister dieses ehrbaren Handwerks war ich nicht. Trotzdem hatte ich es in zwei Minuten offen, ohne mich auch nur in die Finger geritzt zu haben. Im Verlauf seines mißglückten Abstechers ins große Börsengeschäft hatte Hartnell seinen Wagen verkaufen müssen und besaß als einziges Beförderungsmittel lediglich noch einen Vesparoller, obwohl er, wie ich genau wußte, täglich per Bus nach Mordon kam. Dieser Roller war in anständigem Zustand und machte den Eindruck, als wäre er erst kürzlich einer Generalreinigung unterzogen worden. Was mich interessierte war allerdings nicht das, was daran blitzte, sondern das, was daran verdreckt war. Ich nahm das Vehikel unter die Lupe, kratzte schließlich etwas angetrockneten Schmutz vom vorderen Kotflügel, ließ den Staub in einen Plastikbeutel rutschen und machte diesen dicht. Dann sah ich mich noch zwei Minuten um und ging wieder.

Ein Blick ins Fenster ergab die gleiche Situation. Friedlich vereint, saß man noch immer um den Kamin, machte in Geselligkeit und trank. Ich zog mich wieder in Richtung Garage zurück; diesmal noch weiter an den dahinterliegenden Werkzeugschuppen. Noch ein Schloß. Hier aber war ich einigermaßen weit vom Schuß und außer Sicht. Ich sah mir das Ding gründlich an. Alles andere kostete mich nur einen Griff und ein Lächeln. Der Schuppen war kaum größer als etwa siebenmal fünf Meter, und ich brauchte keine zehn Sekunden, um das zu finden, was ich wollte. Nicht einmal der Versuch, etwas zu verstecken, war hier unternommen worden. Ich stopfte alles, was ich brauchte, kurzerhand in den nächsten Plastikbeutel, schloß wieder ab und ging zurück zum Wagen. Gleich darauf hielt ich an Hartnells Einfahrt und drückte auf den Klingelknopf. Hartnell erschien.

»Na also, das hat ja nicht sehr lange gedauert, Cavell«, sagte er gutgelaunt, als er mich hineinbrachte. »Was war –« Das Lächeln verging ihm, als er mein Gesicht sah.

»War etwas – stimmt etwas nicht?«

»Ganz und gar nicht«, sagte ich eiskalt. »Es stinkt, Dr. Hartnell. Und es stinkt sogar sehr übel. Ich stelle Ihnen anheim, mir das zu sagen, was es zu sagen gibt.«

»Ich?« Sein Gesicht wurde hart, aber ein Schatten von Angst sprang in seine Augen. »Wovon reden Sie eigentlich? – Verdammt, vielleicht werden Sie etwas deutlicher, Cavell.«

»Reißen Sie die Klappe nicht so weit auf«, sagte ich. »Falls Sie unbegrenzt Zeit haben, ich leider nicht. Und da ich es ablehne, meine Zeit zu verschwenden, muß ich leider auch auf alle höflichen und vornehmen Floskeln verzichten. Um es kurz und bündig zu machen, Sie lügen wie gedruckt, Hartnell.«

»Verdammt, das geht zu weit, Cavell!« Sein Gesicht war blaß geworden; ich sah seine geballten Fäuste und wußte, daß er am liebsten auf mich losgegangen wäre, auch wenn ihm als Mediziner mit vierzig Pfund weniger auf den Rippen hätte einleuchten dürfen, daß das ein nicht gerade vielversprechendes Unternehmen war. »So lasse ich nicht mit mir umspringen.«

»Der Staatsanwalt in Old Bailey wird noch ganz anders mit Ihnen umspringen; nehmen Sie es als kleine Übung zur allmählichen Gewöhnung hin. Wenn Sie ›The Golden Cavaliers‹, wie Sie behaupten, gestern abend gesehen haben wollen, dann müssen Sie Ihren Fernsehapparat auf die Lenkstange Ihres Rollers montiert haben. Die Gendarmeriestreife, die Sie gestern noch spät nachts durch Hailem rollen sah, erwähnte allerdings davon nichts.«

»Cavell, ich kann Ihnen nur versichern, daß ich nicht die leiseste Ahnung habe –«

»Kommen Sie, kommen Sie, mir wird allmählich übel«, sagte ich angewidert. »Lügen sind verzeihlich, Dummheit bei einem Mann Ihres Formats nicht.« Ich sah zu Mary hinüber. »Bitte!

Wie war das mit ›The Golden Cavaliers‹?«

Mary zog unglücklich und widerwillig die Schultern hoch. »Sämtliche Sendungen in Südengland waren gestern abend schwer gestört. Wir hatten drei längere Bildstörungen. Es dauerte deshalb bis zwanzig vor zwölf.«

»Also müssen Sie ein Spezialgerät haben, Hartnell«, warf ich hin, ging zum Zeitungsständer und holte mir das Programm, aber noch ehe ich es öffnen konnte, sagte Mrs. Hartnell verängstigt: »Nicht nötig, Mr. Cavell. Die gestrige Sendung war lediglich eine Wiederholung vom Sonntagnachmittag. Und am Sonntag hatten wir den Film gesehen. Komm Tom, du machst damit wirklich nichts besser, im Gegenteil.«

Hartnell warf seiner Frau einen Blick zu, der keinen Zweifel darüber offenließ, wie miserabel ihm zumute war, dann wandte er sich um, warf sich in einen Stuhl und goß das, was noch in seinem Glas war, in sich hinein. Mir bot er nichts an, aber ich war weit davon entfernt, ihm seinen Mangel an Gastfreundschaft als weiteres Manko auf der langen Liste seiner Schwächen anzukreiden. Der Zeitpunkt, sich in höflicher Gastfreundschaft zu üben, schien mir hier nicht ganz gegeben. Statt dessen sagte er: »Ich war aus gestern abend. Irgend jemand rief mich an und forderte mich auf, nach Alfringham zu kommen.«

»Wer?«

»Das tut nichts zur Sache. Ich habe ihn gar nicht getroffen, denn er war gar nicht da, als ich kam.«

»Dürfte es sich nicht zufällig um unseren lieben Freund und Halsabschneider Tuffnell von der Firma Tuffnell und Hanbury handeln, die unter der Bezeichnung ›Rechtsberatung‹ ihr ehrbares Gewerbe betreibt?«

Er starrte mich an. »Tuffnell – Sie kennen Tuffnell?«

»Die seit grauen Vorzeiten bestehende Firma Tuffnell und Hanbury ist der Polizei aller umliegenden Grafschaften wohlbekannt; sie betreibt, wie gesagt, ihr ehrbares Gewerbe unter dem Firmenschild ›Rechtsberatung‹. Jeder kann sich so nennen. Das Gesetz gibt keinerlei Handhabe, dagegen anzugehen. Daher kann auch behördlicherseits nichts dagegen unternommen werden. Tuffnells einzige Rechtskenntnis resultiert aus den mannigfaltigen Anlässen, um derentwillen er sich vor dem Landgericht zu verantworten hatte, gerichtliche Verfahren, in denen in der Hauptsache von Korruption und Bestechung die Rede war. Eine der größten Geldverleihfirmen weit und breit und die bei weitem als halsabschneiderisch verrufenste.«

»Aber wie kommen Sie nur – wieso tippen Sie gerade auf –?«

»Ich tippe nicht. Ich weiß, daß es Tuffnell war. Nur einer, der Sie völlig in der Hand hat, bringt es fertig, Sie um diese Zeit noch herauszulotsen, und Tuffnell hat Sie in der Hand. Nicht nur mit den hypothekarischen Belastungen Ihres Hauses, sondern auch noch mit einem Wechsel über fünfhundert Pfund.«

»Wer hat Ihnen das gesagt?« fragte Hartnell tonlos.

»Niemand. Dahinter bin ich allein gekommen. Sie glauben doch nicht etwa, daß man in einem Laboratorium, das die höchste Sicherheitsstufe in England hat, tätig sein kann, ohne daß nicht alles, was man tut und läßt, überwacht wird? In Ihrer Vergangenheit kennen wir uns besser aus als Sie selbst, Hartnell, so und nicht anders ist es. Geben Sie schon zu, daß es Tuffnell war.«

Hartnell nickte. »Er bestellte mich für punkt elf Uhr hin. Was half alles Protestieren? Er drohte mir, mich wegen der Hypotheken in die Zange zu nehmen und mich wegen der fünfhundert Pfund vor das Konkursgericht zu zitieren, wenn ich dieser Aufforderung nicht nachkäme.«

Dazu konnte ich nur noch den Kopf schütteln. »Ihr Wissenschaftler seid doch alle egal. Außerhalb eurer vier Laborwände sollte man euch allesamt entmündigen oder einsperren. Wer Geld verleiht, tut dies auf eigenes Risiko und hat keinerlei rechtliche Handhabe. Er war also nicht da?«

»Nein. Ich wartete erst mal eine Viertelstunde und fuhr dann dahin, wo er wohnt – tolles Ding, Villa mit Tennisplatz, swimming pool und allem, was dazu gehört«, sagte Hartnell nicht ganz ohne Bitterkeit. »Ich nahm an, es handle sich vielleicht um ein Versehen, ich dachte, er hätte mich irrtümlich ins Büro bestellt, während er mich zu Hause erwartete. Aber er war nicht da. Kein Mensch war da. So fuhr ich dann wieder zum Büro nach Alfringham zurück, wartete noch eine Weile und machte dann, daß ich wieder nach Hause kam. Gegen Mitternacht dürfte es gewesen sein.«

»Sind Sie wenigstens gesehen worden? Oder haben Sie irgend jemanden getroffen? Gibt es eine Seele, die das bezeugen kann?«

»Niemanden. Keine Seele. Es war spät, und die Straßen waren menschenleer – und eiskalt war es außerdem.« Er hielt inne. »Der Polizeibeamte«, sagte er plötzlich hoffnungsvoll, »ja, der hat mich gesehen.« Bei den letzten Worten schien seine Stimme ins Stocken zu geraten.

»Und wenn«, gab ich zurück, »von Hailem hätten Sie genausogut auch nach Mordon abzweigen können.« Ich seufzte. »Außerdem existiert dieser Polizeibeamte nicht. Sie sind nicht der einzige, der hier lügt. Merken Sie allmählich, wie brenzlig die Sache für Sie ist? Ein Anruf, den wir Ihnen glauben können oder nicht – und keine Spur von demjenigen, der ihn getätigt hat. Sechzehn Meilen waren Sie auf Ihrem Roller unterwegs, plus Wartezeit in einer normalbelebten Kleinstadt – und nicht eine einzige Seele soll Sie dabei gesehen haben. Und obendrein sind Sie so zutiefst verschuldet und in einer so verzweifelten Klemme, daß man von Ihnen so ungefähr alles verlangen kann. Auch einen Einbruch in Mordon, wenn genug dabei herausspringt.« Schweigend nahm er das hin und stand dann müde auf. »Ich bin unschuldig, Cavell, vollkommen unschuldig. Aber ich weiß, was mir blüht, denn so ein Idiot bin ich nun auch wieder nicht. Also dann auf in die – wie nennen Sie das noch? – Untersuchungshaft.«

»Und Sie. Mrs. Hartnell, was halten Sie davon?« fragte ich.

Mrs. Hartnell lächelte mühsam und sagte stockend: »Daß Sie das vorhaben, glaube ich nicht ganz. Ich – ich habe zwar keine Ahnung, wie Polizeioffiziere sich verhalten, wenn sie jemanden wegen Mordverdacht zu verhaften gedenken, aber ganz so, wie sich das hier bei uns abspielt, habe ich es mir doch nicht vorgestellt.«

»Möglicherweise wäre es gescheiter, wenn Sie statt Ihres Mannes in Labor I arbeiten würden«, sagte ich trocken. »Als Alibi steht Ihre Story auf so schwachen Beinen, Hartnell, daß es geradezu lächerlich ist. Kein vernünftiger Mensch würde auch nur einen Augenblick in Erwägung ziehen, Ihnen das alles abzunehmen, aber vielleicht bin ich ein Idiot. Ich nehme es Ihnen ab.«

Hartnell stieß einen Seufzer der Erleichterung von ungewöhnlicher Tiefe und Länge aus. Seine Frau indessen gab in einem etwas zögernden Anfall von Bauernschläue zu bedenken: »Wenn das nur keine Falle ist. Womöglich halten Sie Tom doch für schuldig und beabsichtigen, ihn jetzt nur in Sicherheit zu wiegen?«

»Mrs. Hartnell«, unterbrach ich, »bei allem Wohlwollen muß ich leider feststellen, daß Sie den in der Wildnis von Wiltshire gegebenen Fakten des Daseins mit abgrundtiefer Ahnungslosigkeit gegenüberstehen. Ihr Mann mag zwar annehmen, daß er von niemandem gesehen wurde, aber ich kann Ihnen versichern, daß zwischen halb elf und elf auf dem Weg von Ihrer Wohnung nach Alfringham noch einiges auf den Beinen war. Liebespärchen, schlechten Gewissens heimschleichende Ehemänner, die sich unterwegs noch etwas Mut antrinken mußten, um dem ihrer harrenden Empfang zu begegnen, bejahrte und weniger bejahrte weibliche Blicke hinter nicht ganz geschlossenen Vorhängen. Sie glauben nicht, wie viele Zeugen ich bis morgen mittag mit einem Trupp Detektive auf die Beine brächte – ein volles Dutzend, die Dr. Hartnell zumindest vor der Firma Tuffnell und Genossen warten sahen, wollen wir wetten? Aber das werde ich mir schenken.«

»Tom«, sagte Mrs. Hartnell sanft, »hast du das gehört? Es stimmt, es ist wahr.«

»Jawohl, es ist wahr. Irgend jemand versucht, den Verdacht auf Sie zu lenken, Hartnell, und ich wäre dafür, daß Sie in den nächsten zwei Tagen zu Hause blieben. In Mordon regle ich alles für Sie. Aber Sie werden mit niemandem – wohlgemerkt mit *niemandem* — während dieser Zeit zusammenkommen. Meinetwegen legen Sie sich ins Bett – wenn's sein muß, aber halten Sie bloß den Mund. Ihre Abwesenheit, Ihre Indisposition wird allgemein den Eindruck erwecken, daß wir Sie auf dem Kieker hätten. Kapiert?«

»Vollkommen. Entschuldigen Sie, daß ich mich eben wie ein Idiot benommen habe, Cavell, aber –«

»Die Liebenswürdigkeit selbst war ich auch nicht gerade. Gute Nacht.«

Im Wagen fragte Mary verwundert: »Wo um alles in der Welt ist nur die sprichwörtliche Cavellsche Härte geblieben?«

»Weiß ich nicht. Warum?«

»Du hattest doch nicht nötig, ihm zu sagen, daß er nicht verdächtigt wird. Du hättest ihn, ohne auch nur ein Wort zu sagen, weiter wie bisher arbeiten lassen können. Der ist gar nicht fähig, die Angst, die ihm im Genick sitzt, nicht zu zeigen und somit den wahren Täter glauben zu machen, daß wir ihn in der Zange haben. Und das hätte dir doch genauso in den Kram gepaßt. Aber das hast du nicht fertiggebracht, nicht wahr?«

»Ehe ich geheiratet habe, hätte mir das nicht passieren können. Du bist mein Ruin. Im übrigen würde er, wenn er all das belastende Beweismaterial, das gegen ihn vorliegt kennen würde, restlos die Nerven verlieren.«

Darauf verstummte sie. Sie saß links vor mir, und wer immer auch links von mir sitzt, den sehe ich nun einmal nicht. Ich wußte jedoch genau, daß sie jetzt zu mir aufsah und mich unverwandt anstarrte. Und schließlich sagte: »Das verstehe ich nicht.«

»Hinten im Wagen liegen drei Plastikbeutel. In einem liegt ein bißchen getrockneter roter Lehm. Hartnell fährt ständig mit dem Bus zum Dienst, aber diesen Lehm – ein ganz eigenartiges rötliches Zeug – fand ich unter dem vorderen Kotflügel seines Rollers. Weit und breit gibt es hier nur ein paar Felder, deren Boden von einer solchen Färbung ist. Und diese Felder liegen in der Nähe des Mordoner Haupttors. Im zweiten ist ein Hammer, den ich im Werkzeugschuppen fand – einwandfrei sauber, aber ich wette, daß noch ein paar graue Haare daran kleben, die unserem Kameraden Rollo, der gestern nacht so traurige Erfahrungen damit gemacht hat, gehören dürften. Im dritten eine Isolierzange, blitzblank und sauber, aber ein mikroskopischer Vergleich der Kratzer und Drahtenden dürfte sehr interessante Resultate erzielen.«

»Und das alles hast du gefunden?« flüsterte Mary erstickt.

»Das alles habe ich gefunden. Ein Genie würde ich sagen.«

»Und jetzt sorgst du dich halbtot, nicht wahr?« fragte Mary. Ich gab keine Antwort, sie ließ sich jedoch nicht beirren. »Bei all diesen Indizien glaubst du noch immer, daß er unschuldig ist? Daß jemand zu derartigen Lügen –«

»Hartnell ist unschuldig. An den beiden Morden auf jeden Fall. Das Schloß an seinem Werkzeugschuppen zeigt deutliche Kratzer, wenn man einen Blick für so etwas hat. Irgend jemand hat es gestern nacht aufgeknackt und war in seinem Schuppen.«

»Wozu hast du das Zeug dann überhaupt mitgenommen –«

»Aus zweierlei Gründen. Einmal, weil es auf unserer schönen grünen Insel ein paar Polizeibeamte gibt, die von dem Glauben, daß zwei und zwei nun einmal unweigerlich vier sein muß, so durchdrungen sind, daß sie Hartnell daraufhin am liebsten ohne jede weitere Verhandlung an der nächstbesten alten Eiche aufhängen würden. Der rote Staub, Hammer und Isolierzange plus Paul Reveres Mondscheinfahrt – das alles ist geradezu vernichtend.«

»Aber – aber hast du nicht selbst gesagt, daß du jede Menge Zeugen auftreiben könntest –«

»Leeres Gewäsch. Auch wenn ich ihn einen abgefeimten Lügner nannte, mein Kaliber hat er nicht. In der Nacht sind alle Katzen grau. Und ein Motorradfahrer mit Mantel, Sturzhelm und Brille sieht aus wie jeder andere. Ich wüßte nur wahrhaftig nicht, was es uns einbringen soll, wenn wir Hartnell und seine Frau halbtot ängstigen. Wenn es uns etwas einbrächte, dann hätte ich weiß Gott nicht gezögert. Nicht bei diesem Irren, der mit diesem Satanszeug in der Tasche herumrennt. Außerdem will ich nicht, daß Hartnell Blut und Wasser schwitzt.«

»Was willst du denn damit sagen?«

»Das weiß ich selbst nicht so genau«, gestand ich. »Hartnell würde keiner Fliege etwas zu leide tun, das weiß ich, aber er ist in eine sehr obskure Geschichte verwickelt, in eine ganz üble Sache.«

»Wie kommst du nur darauf? Du hast doch eben selbst noch gesagt, daß er klar geht. Warum –«

»Herrgott, ich hab dir doch gesagt, daß ich es selbst noch nicht weiß«, sagte ich gereizt. »Nenn es Ahnung, nenn es das undefinierbare Gefühl, das im Unterbewußtsein festsitzt und sich noch nicht bis dahin, wo ich es erkennen kann, heraufgearbeitet hat – was immer es sein mag, demjenigen jedenfalls, der Hartnell durch Nacht und Nebel nach Alfringham gehetzt und ihm inzwischen die faulen Eier ins Nest gelegt hat, dürfte es jetzt nicht nur ein wenig, sondern doch reichlich schwül werden, und das ist mein zweiter Grund, warum ich bei meinem Streifzug durch Hartnells Gelände die Beweisobjekte A, B und C mitgehen ließ. Gälte Hartnell offiziell als einwandfrei entlastet oder säße er im Loch, wäre unser Genosse genauestens informiert, wie seine Aktien stehen. Da Hartnell aber nun mysteriös und sehr verdächtig durch Abwesenheit in Mordon glänzt und zu Hause ist, ohne daß von solchen Indizien die Rede ist, tappt er völlig im dunkeln und kennt sich überhaupt nicht mehr aus. Er muß unschlüssig werden. Und Unschlüssigkeit hemmt jede Aktion, und das wiederum ist ein Zeitgewinn. Und wir brauchen alle Zeit, deren wir habhaft werden können.«

»Pierre Cavell, du hast einen niedrigen und verwerflichen Charakter«, sagte Mary langsam und sehr betont, »aber ich glaube, wenn ich selbst unschuldig eines Verbrechens angeklagt wäre und alles stünde gegen mich, dann wünschte ich mir keinen anderen als dich im Ermittlungsverfahren. Umgekehrt allerdings, wäre ich schuldig, und nichts deutete daraufhin, daß ich es bin, dann wäre mir aber auch jeder andere lieber als gerade du. Das hat mein Vater gesagt, und der sollte es wissen. Du wirst ihn finden, den Kerl, ich weiß es, Pierre.«

Ich wünschte nur, daß ich diesen frommen Glauben hätte teilen können. Doch davon konnte gar keine Rede sein. Ich wußte nichts, überhaupt nichts, außer daß weder Hartnell noch seine liebe Gattin von so frommer, blauäugiger Unschuld waren, wie sie es schienen und daß mein Bein verflucht wehtat. Dem weiteren Ablauf dieser Nacht sah ich nicht beglückt entgegen.

Kurz vor zehn landeten wir wieder im *Waggoner's Rest*. Hardanger saß in Gesellschaft eines Unbekannten, der, wie sich gleich herausstellte, Polizeistenograf war, in einer stillen Ecke unten im Foyer. Der Polizeichef studierte irgendeinen Schriftsatz, hob ab und zu den Kopf und blickte verdrossen in die Gegend, doch aller Unmut schwand, als er unser ansichtig wurde — sagen wir, als er Marys ansichtig wurde. Ihr brachte er geradezu väterliche Gefühle entgegen, und er begriff es nicht, wie sie sich an ein Subjekt wie mich wegschmeißen konnte.

Ich ließ ihnen ein paar Minuten zur Begrüßung, sah Mary an und wünschte mir wieder einmal vage wie schon so oft, ein Tonband und eine Kamera bei mir zu haben, um den sanften Tonfall ihrer Stimme und ihr faszinierendes Mienenspiel für einen Tag zu bewahren, an dem mir vielleicht nichts als das von ihr geblieben war. Dann räusperte ich mich diskret, um sie daran zu erinnern, daß ich auch noch da war. Hardanger sah mich an, und sein Lächeln erlosch, als hätte er auf einen inneren Lichtschalter gedrückt.

»Na und Sie, was haben Sie wieder auf Lager?« fragte er.

»Allerhand. Den Hammer, mit dem der Hund gestreichelt wurde, die Isolierzange, mit der der Draht durchschnitten worden ist, und den offensichtlichen Beweis, daß Dr. Hartnells Moped gestern nacht in nächster Nähe von Mordon gewesen sein muß.«

Er zuckte mit keiner Wimper. »Na, dann gehen wir vielleicht mal auf Ihr Zimmer«, sagte er. Wir gingen. Oben angekommen sagte Hardanger zu seinem Begleiter: »Ihren Block, bitte, Johnson«, und zu mir: »Packen Sie aus, Cavell – schön von Anfang an, wenn ich bitten darf.«

Ich packte alles aus und unterschlug lediglich das, was Mary von Chessinghams Angehörigen erfahren hatte.

»Und Sie sind überzeugt davon, daß Hartnell nur etwas in die Schuhe geschoben werden soll?«

»Sieht ganz danach aus.«

»Und daß das auch ein ganz raffinierter Doppeldreh sein könnte, auf die Idee sind Sie noch nicht verfallen? Daß Hartnell selbst dahinter steckt, meine ich?«

»Auch das ist natürlich drin, ich halte es aber für ausgeschlossen. Ich kenne Hartnell. Außerhalb seiner vier Laborwände steht er allen praktischen Dingen des Lebens mit geradezu jämmerlicher Hilflosigkeit gegenüber – nein, von dem Holz, aus dem der rigorose, scharf kalkulierende Gangster ist, von dem ist der wahrhaftig nicht. Und daß er so weit gehen würde, sein eigenes Schloß aufzuknacksen, das glaube ich denn doch nicht. Wie dem auch sei, jedenfalls soll er erst einmal zu Hause bleiben, das habe ich ihm aufgetragen. Wer immer die Ampullen gestohlen hat, wußte auch warum. Inspektor Wylie wartet nur darauf, in Aktion zu treten. Veranlassen Sie, daß er Hartnells Haus durch seine Leute beobachten läßt, damit wir sichergehen, daß er auch bleibt, wo er ist. Er wird kaum auf den wahnsinnigen Einfall gekommen sein, sich die Eier ins Haus zu legen, auch wenn er schuldig sein sollte. Und wenn er sie sonstwo hat, dann kann er momentan nicht dran, und damit wären wir eine Sorge los. Gehen Sie doch diesem gestrigen Mondscheinausflug mal nach, das scheint mir wesentlich.«

»Wird gemacht«, versprach Hardanger. »Haben Sie aus Chessingham etwas über Hartnell herausgequetscht?«

»Nichts von Bedeutung. War mehr oder weniger eigene Witterung. Hartnell war eigentlich der einzige aus dem verdächtigen Haufen, der unter Umständen irgendwelchen dunklen Erpressungsmanövern zugänglich sein konnte. Der springende Punkt dabei ist nur, daß auch noch jemand anderes davon wissen muß. Sogar, daß Tuffnell nicht zu Hause war, muß er gewußt haben. Und das ist *derjenige*, hinter dem wir her sind. Wie kann *er* nur dahintergekommen sein?«

»Wie sind Sie denn dahintergekommen?« fragte Hardanger.

»Sehr einfach, Tuffnell selbst hat mich davon informiert. Ich war vor einigen Monaten einmal vierzehn Tage hier, um Derry bei den Überprüfungsarbeiten an einem Haufen frisch eingestellter Wissenschaftler zu helfen. Und bei dieser Gelegenheit habe ich Tuffnell um die Namen all derer ersucht, die bei ihm in der Kreide stehen. Hartnell ist nur einer aus einem ganzen Dutzend.«

»Haben Sie ihn ›ersucht‹, oder haben Sie das von ihm verlangt?«

»Verlangt.«

»Daß das illegal ist, wissen Sie doch wohl. Mit welcher Begründung?«

»Mit der Begründung, ihn sonst für einige Jährchen hinter Schloß und Riegel zu setzen.«

»Waren Sie so gut informiert?«

»Wozu? Obskure Gestalten wie Tuffnell haben immer einiges zu vertuschen. Demgemäß spurte er. Tuffnell, der könnte über Hartnell geredet haben, ja. Oder auch sein Partner Hanbury.«

»Und die übrige Gefolgschaft? Wie steht es mit der?«

»Ist nicht vorhanden. Nicht mal eine Tipse. Bei dem Geschäft traut man nicht einmal der eigenen Mutter über den Weg. Außer den beiden können nur Cliveden, Weybridge, unter Umständen noch Clandon und ich davon gewußt haben. Und Easton Derry natürlich. Keine Seele sonst hatte Zugang zu den Mordoner Geheimakten. Derry und Clandon sind tot, folglich bleibt nur Cliveden.«

»Absurd. Der war bis nach Mitternacht auf einer Sitzung des Kriegsministeriums. In London.«

»Er könnte immerhin seine Informationen weitergegeben haben. Was ist daran so absurd?« Darauf schien auch Hardanger nichts zu erwidern zu haben, und ich fuhr fort: »Und Weybridge? Wo war der gestern nacht zwischen elf und zwölf?«

»Im Bett.«

»Wer hat Ihnen das gesagt? Er selbst?« Hardanger nickte, und ich bohrte weiter: »Und wer bestätigt uns das?« Hardanger sah mulmig vor sich hin. »Er lebt ganz allein im Offiziersblock. Witwer. Hat nur eine Ordonnanz, die sich um seinen Kram kümmert.«

»Wie praktisch. Was ist bei den anderen herausgekommen?«

»Sieben wären es noch«, sagte Hardanger. »Einer davon,

wie Sie sagten, ein Nachtposten. Ist erst zwei Tage hier – hatte von der Versetzung nichts geahnt. Als Ersatz für einen erkrankten Wachposten vom Regiment abkommandiert. Dr. Gregori war die ganze Nacht zu Hause. Der wohnt etwas außerhalb von Alfringham in einer als gut und teuer bekannten Pension, und ein halbes Dutzend Leute sind vorrätig, die bereit sind, zu beschwören, daß er zumindest bis Mitternacht im Haus war. Damit fällt er flach. Dr. MacDonald war mit Freunden zu Hause, ausgesprochen respektable Leute alle. Sie haben Karten gespielt. Zwei der Techniker, Verity und Heath, waren auf'm Schwof in Alfringham. Die scheinen auch alle beide sauber zu sein. Die anderen zwei, Robinson und Marsh, waren gemeinsam mit ihren Mädchen aus. Kino, Café, dann nach Hause.«

»Und das ist alles?«

»Verdammt alles.«

»Aber was ist mit diesen beiden Technikern und ihren Mädchen?« warf Mary ein. »Robinson und Marsh – die decken sich ja gegenseitig. Und ein Mädchen war doch auch mit im Spiel?«

»Nichts zu wollen«, winkte ich ab. »Wer immer hier am Werk war, ist viel zu gerissen, um mit solchen Selbstversorger-Alibis hausieren zu gehen. Wäre noch eines der beiden Mädchen eine neue Errungenschaft, dann eventuell – vielleicht. Aber seit wir uns die zwei zum letztenmal etwas genauer unter die Lupe genommen haben, hat sich in diesem Liebesleben nichts geändert. Sie sind noch immer mit den beiden beschäftigt, die sie damals auch schon hatten. Harmlose, biedere Kinder aus dem Städtchen. Unser Polizeichef wüßte in genau fünf Minuten alles von ihnen, was er wissen will, und wenn's hoch kommt sogar in zwei.«

»Genau so lange hat's gedauert«, grinste Hardanger. »Die haben nichts damit zu tun. All ihre Sachen sind zwar ans Labor zur Untersuchung gegangen – dieser feine rote Staub kriecht in die kleinsten Ritzen und müßte sie unweigerlich verraten –, aber das ist lediglich Routine, bei der sowieso nichts herauskommen wird. Wollen Sie einen Durchschlag von den Aussagen?«

»Ja, bitte. Und was gedenken Sie als Nächstes zu unternehmen?«

»Was würden Sie als Nächstes zu unternehmen gedenken?« fragte er zurück.

»Ich würde Tuffnell, Hanbury, Cliveden und Weybridge einmal interviewen, ob und zu wem sie sich eventuell über Hartnells finanzielle Verhältnisse geäußert haben. Dann würde ich mich mit Gregori, MacDonald, Hartnell, Chessingham, Cliveden, Weybridge und den vier Technikern einmal unter vier Augen über ihre gesellschaftlichen Beziehungen zu den anderen

Mitgliedern des Vereins unterhalten. Die Frage nach eventuellen gegenseitigen Besuchen ließe sich ja ganz unauffällig anbringen. Und gleichzeitig würde ich unsere Fingerabdruckexperten mit dem Auftrag, soviel Material wie möglich mitzubringen, in die einzelnen Behausungen losschicken. Eine Mühe, die sich unter Umständen lohnen könnte. Fingerabdrücke von X, der behauptet, nie bei Y gewesen zu sein, dürften immerhin ganz interessante Erklärungen zutage fördern.«

»Ausnahmslos? Auch bei General Cliveden und Oberst Weybridge?« fragte Hardanger sauer.

»Wessen Gefühle ich damit verletze, ist mir völlig gleichgültig. Dies ist wahrhaftig nicht der Zeitpunkt, noch lange danach zu fragen, wer sich damit auf den Schlips getreten fühlen könnte.«

»Ein Weitschuß, Cavell, ein sehr weiter Weitschuß«, sagte Hardanger. »Verbrecher, die etwas zu verbergen trachten, insbesondere die Beziehungen, in denen sie zueinander stehen, pflegen sich im allgemeinen nicht gegenseitig zu besuchen.«

»Können Sie es sich leisten, selbst auf einen solchen Weitschuß zu verzichten?«

»Wahrscheinlich nicht«, gab Hardanger zu. »Nee, wahrscheinlich nicht.«

Zwanzig Minuten, nachdem sie mitsamt den Plastikbeuteln abgezogen waren, stieg ich aus dem Fenster und kletterte via Veranda abwärts, begab mich zu meinem Vehikel, das ich in einer Seitenstraße abgestellt hatte, und startete nach London.

6

Es war genau halb drei Uhr morgens, als man mich in die Bibliothek der Westend-Wohnung des Generals führte. Der General empfing mich in einem dunkelroten wattierten Morgenrock und bedeutete mir, Platz zu nehmen. Auch er war noch nicht zu Bett gewesen — der Morgenrock besagte nichts, den trug er stets, wenn er zu Hause war.

Er war groß. Über sechs Fuß, und demgemäß proportioniert. Er hatte die Siebzig überschritten, aber seine Haltung war so aufrecht, sein Gesicht so frisch und seine Augen klar, wie die eines um mindestens dreißig Jahre Jüngeren. Er hatte dichtes, eisengraues Haar, einen wohlgestutzten Schnurrbart von der gleichen Farbe, graue Augen und den schärfsten Verstand, dem ich jemals begegnet war. Und diesen Verstand mußte er wohl eben zum Denken benutzt haben und von den Schlußfolgerungen, die sich ergaben, nicht recht erbaut gewesen sein, das sah ich ihm an.

»Also, Cavell, wie stehen die Aktien?« Seine Stimme war präzis, scharf, befehlsgewohnt. »Schöne Schweinerei, die Sie da angerichtet haben.«

»Jawohl, Sir.« Er war der einzige Mensch auf der Welt, dem ich ein ›Sir‹ zugestand.

»Einer meiner besten Leute, Neil Clandon ist tot. Ein anderer, der ihm wohl in nichts nachstand, Easton Derry, ist wahrscheinlich den gleichen Weg gegangen, obwohl er als vermißt gilt. Und Dr. Baxter, ein großartiger Wissenschaftler und zuverlässiger Patriot — Qualitäten, deren wir dringend bedürfen —, ist auch tot. Wessen Schuld, Cavell?«

»Meine«, sagte ich und blickte dabei eine einladende Whiskyflasche an. »Mir wäre sehr nach einem Drink, Sir.«

»Ich wüßte nicht, wann Ihnen einmal nicht danach wäre«, sagte er sauer und dann eine Schattierung milder: »Macht Ihnen Ihr Bein wieder zu schaffen?«

»Es rührt sich etwas. Tut mir leid, daß ich zu so später Stunde hier einbrechen mußte. Es muß leider sein. Wie wünschen Sie — den Bericht?«

»Kurz und bündig und von Anfang an.«

»Hardanger trat um neun Uhr morgens in Aktion. Setzte Inspektor Martin, verkleidet als Gottweißwer, ein, um meine Loyalität zu prüfen. Ich nehme an, Sir, Sie waren an dieser Programmgestaltung beteiligt. Aber Sie hätten mich wenigstens warnen können.«

»Das habe ich versucht«, sagte er ungeduldig. »Es war zu spät. Die Nachricht von Clandons Tod lief bei Cliveden und Hardanger eher ein als bei mir. Ich versuchte, Sie zu Hause und im Büro anzurufen, aber die Verbindung war gestört.« »Dank Hardangers.« Ich nickte nur. »Immerhin bestand ich die Prüfung. Hardanger war befriedigt und bat mich, nach Mordon zu kommen. Sein Vorschlag angeblich, den Sie widerwillig akzeptierten. Muß allerhand kosten, Hardanger etwas einzureden und ihm dann den Eindruck zu vermitteln, daß er derjenige war, von dem der Vorschlag kam.« — »Sie sagen es. Aber unterschätzen Sie Hardanger ja nicht. Ein ganz ausgezeichneter Polizeimann. Und er wittert nichts? Sind Sie sich dessen ganz sicher?«

»Daß es ein abgekartetes Spiel war? Daß Sie mich vom Sonderdienst nach Mordon lancierten und wieder hinausbrachten? Nein, das vermutet er mit keinem Gedanken. Dafür garantiere ich.«

»Gut, also dann bitte weiter.«

Ich faßte mich kurz und verschwendete keine Worte. Das erste übrigens, worauf sich jeder Agent beim General einzustellen hatte. In zehn Minuten wußte er das, worauf es ihm ankam, und vergaß nichts davon.

»Deckt sich fast Wort für Wort mit Hardangers Berichten, die offiziell zu mir gelangt sind«, bemerkte er.

»Fast«, gab ich zurück. »Gute Polizeimänner konzentrieren sich stets nur auf die tatsächlichen Ermittlungsergebnisse.« — »Und Ihre Schlußfolgerungen, Cavell?«

»Wie steht es um die Ermittlungen, die ich Sie in Kent zu tätigen bat, Sir?«

»Negativ.« Ich goß einigen Whisky nach. Ich brauchte ihn dringend. »Hardanger vermutet, daß Dr. Baxter mit im Spiel war«, sagte ich. »Das dürfte Ihnen allerdings bereits bekannt sein — er hat ja telefonisch eine Überprüfung von Baxter angefordert. Er vermutet, daß Baxter begleitet von einem Komplicen in Mordon einbrach und Raubmord insofern nicht in Frage kommt, als Baxter entweder einer Augenblicksreaktion zufolge oder vorsätzlich umgebracht wurde. Was Hardanger nicht weiß, ist, daß es Dr. Baxter war, der Derry Easton umgehend von dem Verschwinden winziger Mengen seltener und wertvoller Viren verständigte und eine Untersuchung beantragte, und Hardanger weiß genausowenig, daß ich als Folgerung von Baxters Gesuch aus Mordon ausschied, um unter dem Deckmantel des Privatdetektivs in London an der Aufklärung dieser Vorkommnisse weiter zu arbeiten.

Hardangers Rückschlüsse sind falsch. Dr. Baxter konnte nicht in Mordon einbrechen, da er Mordon am bewußten Abend gar nicht verlassen hat. Der große Unbekannte – der vermutlich mit einer wohlorganisierten Bande arbeitet – hatte die Kinder der beiden Farmmanager, Bryson und Chipperfield, entführt. Die Tatsache, daß die Kinder nicht, wie behauptet wurde, bei ihrer Großmutter in Kent sind, ist mir eindeutiger Beweis dafür. Bryson und Chipperfield wurden unter dem Druck, daß es um das Leben ihrer beiden Kinder ginge, gezwungen, das auszuführen, was man von ihnen verlangte. Sie kooperierten. Sie hatten die Holzverschläge mit den Tieren an diesem Nachmittag ins Labor I zu tragen. Alte Aktive – alle beide. Die Wachen wären nie auf die Idee verfallen, in die Verschläge zu sehen. In diesen Verschlägen aber saßen zwei Männer. Einer davon war geschickt als Dr. Baxter maskiert, der andere als jemand, den wir X nennen wollen.

Acht Verschläge wurden heraufgebracht, und Bryson und Chipperfield, die die Gewohnheit hatten, ihre Fracht erst mal draußen abzustellen und sie dann, um die Laborarbeit nicht zu stören, alle auf einmal hineinzubringen, handhabten den Transport auch an diesem Nachmittag wie immer. Und das zeugt natürlich von einer hochdetaillierten Kenntnis des inneren Mordoner Getriebes. Während nun die Verschläge draußen standen, verschwand der als X verkleidete in den angrenzenden Garderobenraum, der von den Wissenschaftlern und Technikern des Labors I benutzt wird. Vermutlich verkroch er sich in einem Spind. Der andere – der imitierte Dr. Baxter – ließ sich in die Menagerie tragen und dort gibt es Dutzende guter Möglichkeiten, sich unsichtbar zu machen. Unsere Ermittlungen ergaben, daß Wissenschaftler und Techniker wie gewöhnlich, so auch an diesem Abend, einzeln nacheinander aus dem Betrieb gingen. Einer von ihnen – der echte X – wartete, bis der Garderobenraum leer war, tauschte dann die Rolle mit seinem dort versteckten Doppelgänger und drückte ihm seine Kennmarke in die Hand. Der falsche X händigte diese an der Hauptwache aus und fälschte die Unterschrift. Es war eine stockdunkle Nacht, unter Hunderten, die aus dem Betrieb strömten, fiel er nicht auf. Das Risiko war nicht groß.

X geht, nachdem die Luft rein ist, ins Labor und hält Baxter mit der Pistole in Schach. Mit größerer Wahrscheinlichkeit allerdings dürfte das bereits von Baxters eigenem Doppelgänger getan worden sein, aber das spielt eigentlich keine Rolle. Baxter verließ das Labor immer als letzter, er war der Verantwortliche, der das Kombinationsschloß einstellte, also war er derjenige, der aus dem Weg geschafft werden mußte. Allmählich setzte sich nun auch der falsche Baxter mit Baxters Ausweis ab.

X kann natürlich nicht einfach die Viren einstecken, Baxter aus dem Weg räumen und verschwinden. Für die Wache ist er bereits gegangen. Er kann also nicht zum zweitenmal passieren. Ehe die letzte Wachrunde um elf nicht vorbei ist, kann er sich nicht rühren. So wartet er denn, nimmt dann die Viren, zieht Baxter erst mit der Pistole eins über den Schädel, wirft die Virusampulle nach dem Bewußtlosen und geht. Er mußte Baxter töten, denn Baxter kannte ihn. Er wußte zwar nicht, wie wir, daß Clandon den E-Block-Korridor mit dem Feldstecher Abend fürAbend beobachtete, aber es ist durchaus möglich, daß er auch das vermutete. Ein Mann wie der übersieht nichts und kalkuliert alles mit ein. Und so muß er sich denn auch darüber im klaren gewesen sein, daß Clandon der einzige war, der seine Pläne zu durchkreuzen imstande war. Daher das Zyankalikonfekt. Nachdem Clandon ihn überraschte, muß er wohl versucht haben, sich herauszureden, und ihn irgendwie dazu gebracht haben, das angebotene Konfekt anzunehmen. Er kannte Clandon offensichtlich gut und Candon kannte ihn.«

Der General strich sich nachdenklich über den Schnurrbart. »Genial – mehr ist dazu nicht zu sagen. Und im wesentlichen dürften Sie recht haben. Nur diese Zyankaligeschichte, die leuchtet mir denn doch nicht ganz ein, bei weiten nicht. Clandon hielt Ausschau nach demjenigen, der die Virusbestände gestohlen hatte, folglich muß er den Verdacht gehabt haben, daß er den Dieb vor sich hatte. Sich in einer solchen Situation noch etwas anbieten zu lassen, ist nicht gut denkbar. Außerdem hatte X eine Pistole bei sich – mit Schalldämpfer, das ist anzunehmen. Warum so kompliziert mit vergiftetem Konfekt, wenn es auch einfacher gegangen wäre?«

»Ich weiß es nicht, Sir.« Am liebsten hätte ich ihn darauf hingewiesen, daß ich auch nicht dabei war.

»Wie kommen Sie zu dieser Schlußfolgerung?«

»Der Hund, Sir. Der hatte sich am Stacheldraht den Hals aufgerissen. Ich vermutete also, daß auch am Draht noch Blutspuren sein müßten. Und richtig. Es kostete mich genau eine Stunde, das zu finden. Am Innendraht. Niemand brach in der Nacht in Mordon ein. Irgend jemand brach aus.«

»Und warum kam Hardanger nicht drauf?«

»Er hatte keinen Grund, das zu vermuten, was ich vermutete. Ich *wußte*, daß Baxter nicht eingebrochen war, und meine Nachforschungen an der Wache ergaben, daß Baxter sich ständig ein Taschentuch vors Gesicht hielt und eine schwere Erkältung mimte. Das genügte mir. Außerdem kamen Hardangers Männer nicht mehr dazu, die Drähte zu inspizieren. Sie nahmen sich erst die Außenseite vor und gingen dann an die Innenseite.«

»Und fanden nichts.«

»Es war nichts zu finden. Ich hatte das Blut abgewischt.«

»Sie sind unmöglich, Cavell.«

»Ja, Sir.« Das tat mir gut, weil es von ihm kam. »Dann mein Abstecher zu Bryson und Chipperfield. Zwei ausgesprochen gute und zuverlässige Leute, die sich bereits um halb sechs Uhr abends so vollaufen lassen, daß sie nicht mehr fähig sind, einzuschenken, ohne daß dabei die Hälfte auf den Teppich geht. Mrs. Bryson, die nie eine Zigarette anrührt und plötzlich wie ein Kaminschlot qualmt — dicke Luft allenthalben, Angst, Verzweiflung — gut überspielt, aber unverkennbar.«

»Verdächtige?«

»General Cliveden und Oberst Weybridge. Cliveden war zwar zum Zeitpunkt der Tat in London und überhaupt seit seiner Amtsübernahme erst zweimal draußen in Mordon, trotzdem spricht zweierlei gegen ihn. Er hat Zugang zu den Geheimakten und dürfte von Hartnells finanziellen Schwierigkeiten gewußt haben. Und dann war es befremdend, daß ein so tapferer Soldat sich zu dem Aufklärungsunternehmen ins Labor nicht freiwillig meldete. Es wäre seine Sache gewesen, nicht die meine — er ist Kapitän von Mordon.«

»›Tapfer und Soldat‹ — die beiden Worte brauchen nicht unbedingt immer synonym zu sein«, sagte der General trocken. »Vergessen Sie nicht, daß er Mediziner ist und nicht unbedingt zum Helden geboren sein muß.«

»Mag sein. Ich vergesse aber auch nicht, daß von der einen Handvoll Viktoriakreuze, die jemals verliehen wurde, zwei an Ärzte der kämpfenden Truppe fielen. Na ja, das tut weiter nichts zur Sache. Die gleichen Argumente treffen auch auf Weybridge zu, wobei noch hinzukommt, daß er innerhalb des Mordoner Geländes wohnt und kein Alibi hat. Und Gregori versteifte sich — aus Gründen, die ich für unzulänglich halte — viel zu sehr darauf, das Labor für alle Zeiten zu versiegeln. Doch die Tatsache, daß er aus seinen Ängsten so durchaus keinen Hehl machte und überdies auch darauf bestand, den einzigen Schlüssel zum Virusschrank zu besitzen, obwohl diese Tür, wie sich herausstellte, mit einem Schlüssel geöffnet wurde, spricht wiederum eigentlich für ihn. Was wissen wir von Gregori, Sir?«

»Alles. Jeden Schritt, den er von dem Tag an, da er laufen lernte, getan hat. Und die Tatsache, daß er Ausländer ist, war Anlaß genug, ihn doppelt so scharf wie jeden Engländer unter die Lupe zu nehmen. So von unserer Seite gesehen. Ehe er zu uns kam, stand er in geheimen Forschungsdiensten der italienischen Regierung in Turin, und Sie werden sich ja denken können, mit wieviel exakter Genauigkeit auch da seine Vergangenheit durchschnüffelt wurde. Gregori ist als Persönlichkeit absolut einwandfrei.«

»Was mir eigentlich jede weitere Lust und Laune nehmen sollte, meine Zeit an ihn zu verschwenden. Das Dumme daran ist nur, daß bei Berücksichtigung aller Unterlagen, die wir von jedem besitzen, an keinen mehr zu tippen ist. Jedenfalls wären das einmal die drei Hauptverdächtigen, und wenn mich nicht alles täuscht, dann fängt auch Hardanger bereits an, sich über den einen oder anderen dieser drei seine Gedanken zu machen.«

»Gedanken, die vermutlich von Ihnen stammen?«

»Ungern, Sir. Hardanger ist ein ausgesprochen gerader und aufrichtiger Kerl, und es geht mir gegen den Strich, hinter seinem Rücken operieren zu müssen. Es fällt mit schwer, ihn durch irgendwelche Äußerungen immer wieder bewußt in die Irre zu führen. Außerdem hat er tatsächlich Köpfchen, und es kostet mich beinahe mehr Zeit, Hardanger zufriedenzustellen, auf daß er mir nicht auf die Sprünge kommt, als die tatsächlich notwendigen Ermittlungsarbeiten durchzuführen.«

»Glauben Sie ja nicht, daß mir das alles eine reine Freude ist«, seufzte der General. »Aber es muß nun einmal sein. Wir haben es hier mit entschlossenen Männern zu tun, die im Dunkeln arbeiten, die exakt denken und —«

»Und gewalttätig sind.«

»Jawohl. Verschwiegenheit, gerissene Schläue, Gewalt. Wir müssen sie mit ihren eigenen Waffen schlagen. Ich brauche dazu die Besten, deren ich habhaft werden kann. Und was Verschwiegenheit, Schläue und Gewalt anbetrifft, so wüßte ich niemanden, der Ihnen etwas vormachen könnte.«

»Als sonderlich schlau habe ich mich allerdings bisher nicht erwiesen.«

»Zugegeben«, pflichtete der General bei. »Andererseits war es nicht sehr fair von mir, Ihnen die Schweinereien in Mordon vorzuwerfen. Die Initiative liegt invariabel immer beim Verbrecher. Das Wesentliche für mich ist, daß Sie ein hervorragender Einzelgänger sind, während Hardanger ein genauso hervorragender Mann des Teams ist. Teamarbeit aber bringt Zersplitterung der Autorität mit sich, Entschärfung der Konzentration, Hemmung der Initiative, Verminderung der Geheimhaltung — und all diese Abschwächungen verringern die Erfolgschancen. Nichtsdestoweniger sind auch Sie auf die Organisation angewiesen: Sie nimmt Ihnen all die Routine- und Vorarbeiten ab, die Sie kaum selbst schaffen würden, sie lenkt Aufmerksamkeit und Mißtrauen von Ihnen ab, und solange Hardanger, bewußt oder unbewußt, den Täter oder die Täter im Sinn der Ermittlungen irreführt —« Der General zuckte die Achsel. »Mehr brauche ich nicht, das ist alles, was ich von ihm will.«

»Davon wird er aber nicht erbaut sein, wenn er dahinter kommt.«

»Wenn er dahinterkommt, Cavell. Das lassen Sie meine Sorge sein. — Sonstige Verdachtspersonen?«

»Die vier Techniker. Kaum. Irgendwann sind sie alle im Lauf des Abends gesehen worden, und da wir voraussetzen müssen, daß der Täter zwischen sechs und elf Uhr im Labor festsaß, scheiden sie eigentlich aus. Soweit es um die beiden Morde geht jedenfalls. Hardanger überprüft augenblicklich mit minuziöser Genauigkeit, ob nicht doch einer von ihnen etwas mit diesem Ablenkungsmanöver zu tun haben könnte — möglich ist natürlich alles, aber tausend andere könnten es genausogut gewesen sein. Außerdem muß die Geschichte nicht unbedingt mit dem Mord in Labor I etwas zu tun haben. Hartnell könnten wir eigentlich in der Liste streichen — sein Alibi ist so hoffnungslos, daß es gar nichts anderes sein kann als echt —, aber trotz alledem habe ich das dumpfe Gefühl, daß da irgend etwas nicht ganz stimmt. Ich muß nochmal zu ihm gehen.

Dann wäre noch Chessingham — ein sehr großes Fragezeichen. Als Assistent der chemischen Forschung kann er mit seinem Gehalt weiß Gott nicht gerade die Welt aus den Angeln heben. Immerhin hat es den Anschein, als könne er sich ein großes Haus inklusive Dienstmädchen leisten und auch noch seine Schwester ausschließlich zur Pflege der Mutter zu Hause behalten. Das Dienstmädchen ist erst seit zwei Monaten da, der Gesundheitszustand seiner Mutter sehr schlecht. Ein ständiger Aufenthalt in wärmerem Klima könnte — ärztlichem Anraten zufolge — ihr Leben um Jahre verlängern. Sie selbst lehnt diesen Vorschlag ab, höchstwahrscheinlich jedoch nur, um ihrem Sohn, von dem sie weiß, daß er es sich nicht leisten kann, das Herz nicht schwerzumachen. Chessingham selbst wäre vermutlich froh, wenn er das Geld hätte, sie wegzuschicken. Das möchte ich sogar mit Bestimmtheit behaupten.. Der Familiensinn scheint sehr ausgeprägt. Hardanger möchte ich lieber aus der Geschichte heraushalten. Würden Sie veranlassen, daß Chessinghams Bankkonto mit allen Ein- und Ausgängen überprüft und seine aus- und eingehende Post zensiert wird; ferner durch behördliche Umfragen feststellen lassen, ob er einen Führerschein besitzt oder eventuell während seiner Militärdienstzeit irgendwelche Fahrzeuge gefahren hat? Wichtig wäre auch zu erfahren, ob er irgendwo in den Büchern der hiesigen Geldverleihfirmen auftaucht. Daß er Tuffnell und Hanbury nicht in Anspruch genommen hat, weiß ich mit Sicherheit, aber es gibt ja von diesen Haien noch ein Dutzend mehr in der Gegend – und Chessingham geht grundsätzlich nicht weit weg von der eigenen Burg; eventuell steht er schriftlich mit einer Londoner Firma in Verbindung.«

»Mehr wollen Sie nicht?« fragte der General mit einem Schuß Ironie.

»Es dürfte sehr wesentlich sein, Sir.«

»Meinen Sie? Und das prachtvolle Alibi, mit dem er ausgestattet ist – die Jupiteraufnahmen – oder was weiß ich, was das für Dinger waren –, die seine Anwesenheit zu Hause auf die Sekunde zu beweisen imstande sind? Glauben Sie etwa nicht daran?«

»Ich bin zwar überzeugt davon, daß diese Aufnahmen genau anzeigen, um welche Zeit sie gemacht wurden, aber ich bin nicht davon überzeugt, daß Chessinghams Anwesenheit dazu unbedingt erforderlich war. Chessingham ist nicht nur ein ausgezeichneter Wissenschaftler, er ist auch ein ungewöhnlich geschickter Bastler. Er hat sich seine Kamera, sein Radio, sein Fernsehgerät selbst gebaut, und er hat sogar sein Reflektorteleskop ganz allein konstruiert, inklusive der handgeschliffenen Linsen. Kein Kunststück für einen Chessingham, seine Kamera mit einem Selbstauslöser, der in bestimmten Intervallen funktioniert, zu versehen. Außerdem könnten dic Aufnahmen während seiner Abwesenheit auch genausogut von irgendwem gemacht worden sein. Nach vorheriger Berechnung der Breiten- und Längengrade könnten die Bilder auch sonstwo aufgenommen worden sein und trotzdem die gleiche Zeitbestimmung ergeben. Chessingham ist ein viel zu schlauer Vogel, um nicht genau zu wissen, welch ein Alibi diese Aufnahmen darstellen – aber nein, er tat, als fiele ihm das überhaupt erst im Lauf des Gesprächs ein. Den Braten sofort fix und fertig hinzustellen, das schien ihm wohl doch nicht geraten.«

»Sie würden St. Peter persönlich nicht trauen, was, Cavell?«

»Eventuell. Das heißt, falls er genügend einwandfreie Zeugen für ein handfestes Alibi beibringt. Hier irgend jemandem den leisesten Schatten eines Zweifels zuzugestehen, Sir, das ist ein Luxus, den ich mir nicht leisten kann. Und Sie wissen es, Sir. Auch Chessingham kann ich diesen leisen Schatten nicht zugestehen; weder ihm noch Hartnell.«

»Hm.« Der General blinzelte mich unter seinen buschigen Augenbrauen an und wich plötzlich vom Thema ab. »Easton Derry verschwand von der Bildfläche, weil er sich nicht zu sehr in die Karten blicken lassen wollte. Und Sie, Cavell? Was verschweigen *Sie* mir alles?«

»Was veranlaßt Sie, das anzunehmen, Sir?«

»Weiß Gott, ich bin ein Narr, Sie überhaupt danach zu fragen. Als wenn Sie mir deshalb auch nur eine Silbe von dem, was Sie mir zu sagen nicht beabsichtigten, sagen würden.« Er goß sich einen Whisky ein und stellte ihn auf dem Kaminsims ab, ohne ihn auch nur anzurühren. »Was steckt dahinter, mein Junge?«

»Erpressung. Erpressung in irgendeiner Form. Unser Freund der die Botulin- und Satanskäferviren kassiert hat und sie in der Hosentasche mit sich herumschleppt, besitzt die raffinierteste Erpresserwaffe der gesamten Geschichte. Wahrscheinlich ist er hinter Geld her – hinter Riesensummen. Und wenn die Regierung ihre Viren zurückbekommen will, so wird sie das ein Vermögen kosten. Dazu kommt noch etwas: Sollte er sich mit der Regierung nicht einigen, wird er die Viren einer ausländischen Macht verkaufen. Wenigstens hoffe ich das. Was ich fürchte ist, daß wir es nicht mit einem Verbrecher, sondern mit einem Verrückten zu tun haben. Erzählen Sie mir bloß nicht, ein krankes Hirn sei nicht imstande, all das zu organisieren – es gibt Verrückte, die großartig sind. Und wenn das zutrifft, dann ist unser Freund einer von der ›Die Menschheit muß den Krieg vernichten, oder der Krieg wird die Menschheit vernichten‹-Brigade. In unserem Fall allerdings auf reduzierter Ebene: ›England muß Mordon vernichten, oder ich werde England vernichten‹. In dieser Tonlage jedenfalls. Wahrscheinlich wird er sich an eine der großen Tageszeitungen wenden, mitteilen, daß er im Besitz der Viren ist, und kundtun, was er damit zu tun gedenkt.«

Der General nahm sein Whiskyglas und starrte mit der absorbierten Konzentration eines Hellsehers, der die Antwort auf seine Fragen in der Kristallkugel zu entdecken sich bemüht, hinein. »Wie kommen Sie darauf? Auf den Brief, meine ich.«

»Er ist dazu gezwungen, Sir. Druck ist der Erpressung innerstes Wesen. Und unser Freund braucht Publicity. Eine entsetzte Bevölkerung – und sie wäre es mit gutem Grund – würde die Regierung so unter Druck setzen, daß sie auf alle seine Bedingungen eingeht – oder aber abdanken müßte.« – »Sagen Sie, Cavell, wo waren Sie heute abend zwischen fünf vor zehn und zehn?« erkundigte er sich abrupt.

»Wo ich war –« Ich sah ihn an – hart, lange, und er gab den Blick genauso zurück – »Das kann ich Ihnen genau sagen, im *Waggoner's Rest,* im Alfringham. In Gesellschaft von Mary, Hardanger und einem Polizeimann in Zivil mit Namen Johnson.«

»Verdammt, ich werde alt oder senil oder beides«, sagte der General ärgerlich, griff nach dem Kaminsims und reichte mir ein Schriftstück. »Lesen Sie selbst, Pierre.« Und dieses ›Pierre‹

machte die Sache sehr verdächtig und übel. Und übel war sie, sehr übel, diese Reuter-Meldung in getippten Großbuchstaben.

Die Menschheit muß den Krieg vernichten oder der Krieg wird die Menschheit vernichten. Es liegt in meiner Hand, die grauenhafteste Vernichtungswaffe, die jemals über die Menschheit gekommen ist und kommen wird, zu zerstören — die bakteriologischen Vernichtungswaffen. Seit vierundzwanzig Stunden befinden sich acht Ampullen Botulismustoxin in meinem Besitz, die ich aus dem Forschungsinstitut Mordon entwendete. Ich bedauere aufrichtig, daß zwei Männer dabei ihr Leben lassen mußten. Was aber sind zwei Menschenleben, wenn das Leben der gesamten Menschheit auf dem Spiel steht?

Der Inhalt jeder dieser Ampullen — richtig angewandt — genügt, um alles Leben in Großbritannien auszulöschen. Ich werde Feuer mit Feuer bekämpfen und das Übel mit seiner eigenen Kraft zerstören.

Mordon muß aufhören zu existieren. Diese Festung des Antichristentums muß dem Erdboden gleichgemacht werden, so daß kein Stein mehr auf dem anderen bleibt. Ich fordere, daß sämtliche Experimente in Mordon umgehend eingestellt und die Gebäude, die nur unchristlichen Zwecken dienen, gesprengt und in Schutt und Asche gelegt werden.

Morgen früh, in den Neun-Uhr-Nachrichten erwarte ich über BBC die Bestätigung meiner Warnung und die Zustimmung zu meinen Forderungen.

Sollte mein Aufruf keine Beachtung finden, dann wäre ich gezwungen, Schritte zu unternehmen, deren Folgen ich nicht auszudenken wage. Doch nichts soll mich daran hindern. Es ist der Wille eines Mächtigeren, daß alle Kriege dieser Welt für immer enden, und ich selbst bin nur ein auserwähltes Instrument.

Auf daß die Menschheit vor der Menschheit bewahrt werde.

Als ich damit zu Ende war, fing ich noch einmal von vorn an und legte das Blatt dann hin. Das war er — der, den wir finden mußten. Keine Seele außerhalb Mordons wußte, daß acht Ampullen gestohlen worden waren. Der General sah mich an. »Was sagen Sie dazu?«

»Ein Verrückter«, sagte ich. »Vollkommen übergeschnappt. Aber die Platte ist nicht schlecht!«

»Cavell, erbarmen Sie sich!« Des Generals Gesicht spannte sich hart, die kalten grauen Augen wurden noch kälter und grauer. »Eine solche Veröffentlichung, und wir können einpacken, wir —«

»Und was erwarten Sie von mir, Sir? Soll ich mich in Sack und Asche an die Klagemauer setzen? Gewiß ist es entsetzlich — aber es war schließlich zu erwarten. Wenn unsere Herzen einmal schweigen, und nur unser Verstand allein reden sollte, dann wäre dieser Zeitpunkt jetzt gekommen.« »Sie haben recht.« Er sagte es nicht, er seufzte es mehr. »Natürlich haben Sie ganz recht, Cavell. Und Ihre Voraussagen waren wieder mal verdammt präzis.«

»Und das kam telefonisch aus Alfringham heute abend zwischen fünf vor zehn und zehn?«

»Nehmen Sie es mir nicht übel, Cavell, ich bin wahrhaftig so weit, daß ich mich allmählich selbst verdächtige. Die Meldung ging an Reuter in London. Wort für Wort langsam diktiert. Die hielten das Ganze für einen schlechten Witz, riefen jedoch für alle Fälle nach Alfringham zurück. Weder von dem Diebstahl noch von den beiden Mordfällen war bisher offiziell etwas bekanntgegeben worden – typisch militärischer Schwachsinn. Seit Stunden weiß ganz Wiltshire von den Morden, und Fleetstreet selbstverständlich auch. Alles, was Reuter herausbrachte, war ein Dementi, aber die Reaktion auf die Rückfrage ließ keinen Zweifel offen, daß sie da ein sehr heißes Eisen angefaßt hatten. Sie werden es nicht für möglich halten, aber sie hingen geschlagene zwei Stunden an der Strippe und argumentierten in allen Tonarten darüber, ob das nun gebracht werden soll oder nicht. Das letzte ›Nein‹, die Entscheidung, keine Verbindung aufzunehmen, kam von ganz oben. Sie wandten sich an Scotland Yard, Scotland Yard wandte sich an mich. Und das war bereits nach Mitternacht. Das hier ist die Originalmeldung. Ein Verrückter glauben Sie?«

»Ein oder zwei Drähte sind garantiert locker. Im übrigen scheint dieser Denkapparat jedoch bestens zu funktionieren. Der weiß genau, wie dienlich die öffentliche Panikstimmung seiner Sache ist, und um der Sache noch mehr Gewicht zu verleihen, tut er so, als hätte er keine Ahnung, daß drei der Ampullen die noch grauenhafteren Viren des Satanskäfers enthalten. Wenn das auch noch bekannt wäre, dann wäre vor lauter Entsetzen, er könnte auch noch aus Versehen an die falsche Ampulle geraten, die Hölle los. Mit allem wären sie einverstanden, solange er sich bereiterklärt, das Zeug zurückzugeben.«

»Immerhin besteht die Möglichkeit, daß er es wirklich nicht weiß.« So zögernd, so unsicher hatte ich den General noch nie erlebt. »Mit Sicherheit läßt sich da gar nichts sagen.« »Doch«, sagte ich. »Ich bin so frei, das zu sagen. Er weiß es. Werden Sie gegen diese Veröffentlichung angehen?« – »Wir würden Zeit gewinnen. Er braucht die kochende Volksseele.«

»Und wie steht es mit den Mordoner Geschehnissen, dem Einbruch, dem Mord?«

»Morgen früh bringt es jede Tageszeitung bis zum letzten Käseblatt. Um die Zeit wird schon alles ausgetragen. Die Wiltshire-Korrespondenten hatten davon schon in den frühen Abendstunden Wind bekommen. Daraufhin war nichts mehr zu machen.«

»Die Reaktion der Öffentlichkeit dürfte sehr interessant sein.« Ich leerte meinen Whisky und erhob mich. »Ich muß zurück, Sir.«

»Und was werden Sie jetzt tun?«

»Das werde ich Ihnen gleich sagen, Sir. An sich sollte ich bei Bryson und Chipperfield ansetzen, aber das scheint mir reine Zeitverschwendung. Vor lauter Angst um das Leben ihrer Kinder werden sie keinen Ton von sich geben. Zudem bin ich überzeugt, daß sie weder denjenigen gesehen haben, der den Auftrag gab, noch diejenigen, die sie hineinschleppten. Ich fange noch einmal bei der Mannschaft vom Labor I an.Bei Cliveden und Weybridge. Dunkle Anrufe, um irgendeine Reaktion zu provozieren. Dann werde ich mir Chessingham, Hartnell, MacDonald, Gregori und die vier Techniker nochmal höchstpersönlich vorknöpfen. – Ohne spitzfindige Raffinessen. Schlicht und einfach Wind machen werde ich – auf den Busch klopfen. Alles, was ich möchte ist, den winzigsten Anhaltspunkt für einen Verdacht finden, und dann gnade Goott demjenigen, der ihn geliefert hat. Ich verfrachte ihn in den nächstbesten Keller und zerlege ihn in seine Bestandteile, bis ich weiß, was ich wissen will.«

»Und falls Sie Pech gehabt und an den Falschen geraten sein sollten?« erkundigte sich der General und fixierte über meine Schulter weg irgendeinen Punkt in der Umgebung. »Dann montiere ich ihn wieder zusammen. So ich kann«, fügte ich achselzuckend hinzu.

»Wir haben nie mit solchen Methoden operiert, Cavell.« – »Wir hatten auch noch nie mit einem Verrückten zu tun, der die Macht hatte, uns alle auszulöschen.«

»Tja, leider ist es so.« Er schüttelte den Kopf. »Und wem werden Sie als erstem Ihre geschätzte Aufmerksamkeit zuwenden?«

»Dr. MacDonald.«

»MacDonald? Warum ausgerechnet MacDonald?«

»Finden Sie es nicht etwas eigenartig, daß er der einzige des gesamten hohen Stabes, der gesamten dramatis personae sozusagen, sein sollte, dessen Alibi von gar keinem Wässerchen getrübt ist? Ich finde es zunächst äußerst interessant. Sollte er etwa vor lauter Bemühungen, den anderen die Steine in den Garten zu werfen, um den Verdacht von sich abzulenken, vergessen haben, aus dem eigenen ein paar wegzuschaffen? Sir, diese unsere Welt ist leider ungewöhnlich dreckig, und Menschen, deren Weste so rein wie Neuschnee scheint, sind mir grundsätzlich verdächtig.«

DerGeneral schwieg und sah mich lange an. Dann blickte er

auf die Uhr. »Sie sollten sich noch ein paar Stunden hinlegen, wenn Sie zurück sind. Sie sollten schlafen.« — »Schlafen kann ich auch noch, wenn wir unsere Viren unter Dach und Fach haben, soviel und solange ich will.«

»Das hält auch der Stärkste nur eine Weile durch, Cavell«, sagte er trocken.

»Aber eine Weile hält er es durch. Und daß es nicht lange dauern wird, darauf gebe ich Ihnen Brief und Siegel. In sechsunddreißig Stunden sind die Viren in Mordon.« — »Sechsunddreißig Stunden.« Stille. Der General dachte nach. »Jedem anderen würde ich ins Gesicht lachen — Ihnen nicht. Meine Erfahrungen mit Ihnen haben mich eines Besseren belehrt. Aber — sechsunddreißig Stunden!« Er schüttelte den Kopf. Er war ein Mann der alten Schule, zu höflich, mir ins Gesicht zu sagen, wofür er mich hielt — für einen Narren, für einen Angeber oder auch für beides. »DieViren, sagten Sie. Und der Mörder?«

»Die Viren sind alles, worauf es mir ankommt. Ob der Mörder dabei selbst über die Klinge springt oder der Polizei wohlbehalten ausgeliefert wird, scheint mir nicht so wichtig. Wie vorsichtig oder wie unvorsichtig er ist, das soll seine Sorge sein.«

»Meine jedenfalls ist die, daß Sie selbst wissen, wie vorsichtig oder unvorsichtig Sie zu sein haben, Cavell. Passen Sie gut auf sich auf — auch wenn es Sie hart ankommen sollte, rechnen Sie damit, daß Sie es mit jemandem zu tun haben könnten, der auch Ihnen überlegen ist.« Seine Hand strich leicht über meine linke Schulter. »Die Hanyatti tragen Sie auch nachts im Bett, was? Von mir haben Sie keine Genehmigung, sie zu gebrauchen, das wissen Sie hoffentlich.«

»Wo werde ich denn, Sir. Damit will ich den Leuten doch nur ein bißchen Angst machen.«

»Herzanfälle laufen bei mir nicht unter ›Angst machen‹, mein Junge. Ich will Sie daran nicht hindern. Was macht Mary?«

»Danke, Sir. Schöne Grüße.«

»AusAlfringham, natürlich.« Er vergaß einen Augenblick, daß ich der einzige seiner Untergebenen war, der vor seinem Scharfschützenblick nicht in die Knie ging, und zielte einen Moment mit zwei Läufen. »Daß ich sonderlich viel dafür übrig hätte, meine Tochter — meine einzige — in derlei finstere Geschichten hineingezerrt zu wissen, könnte ich nicht behaupten.«

»Ich brauchte und ich brauche noch immer jemanden, dem ich vertrauen kann. Und das ist Mary. Sie kennen Ihre Tochter so gut, wie ich sie kenne, sie haßt das Gewerbe, in dem wir nun einmal stecken, aber je mehr sie es haßt, um so schwieriger wird es, sie da herauszuhalten. Und sie ist nun einmal der Meinung, man sollte mich nicht allein aus dem Haus lassen. Nichts hätte sie davon abhalten können, innerhalb von vierundzwanzig Stunden in Alfringham zu sein.«

Der General sah mich einen Moment an und nickte dann resigniert. Dann brachte er mich zut Tür.

7

Dr. MacDonald war Ende vierzig, groß und massig. Er hatte den gewissen wind- und wetterharten Blick, der in gewissen Kreisen des Landadels, die mangels besserer Beschäftigung ihre Zeit noch zu Roß auf der Jagd nach kleinen Füchsen verbringt, des öfteren anzutreffen ist. Er hatte sandfarbenes Haar, sandfarbene Augenbrauen, einen genauso sandfarbenen Schnurrbart, und er hatte das volle, weiche, glatte Gesicht, dessen rötliche Tönung einen Hang zu gutem Essen, gepflegten Weinkellern, einer täglich frischen Klinge zur morgendlichen Rasur und einer beginnenden Herzneurose verriet. In seiner ganzen arroganten fülligen Art war Dr. MacDonald ein recht gutaussehendes und eindrucksvolles Exemplar seiner Gattung. Dies jedoch waren nicht gerade seine besten fünf Minuten. Und von wem, der um sechs Uhr fünfzehn in aller Herrgottsfrühe, schlaftrunken sich die Augen reibend, einen unerwarteten Besucher zu bewillkommnen hat, wollte man das an einem stockdunklen, regnerischen, bitterkalten Oktobertag auch verlangen.

›Bewillkommnen‹ dürfte vielleicht nicht ganz der richtige Ausdruck sein.

»Verflucht, sind Sie verrückt, hier mitten in der Nacht solchen verdammten Krach zu schlagen?« Er fror und zog den Morgenrock enger und versuchte, wenigstens ein Auge weit genug aufzubekommen, um mich in den bleichen diffusen Lichtschwaden, die von der Veranda in die Dunkelheit fielen, zu erkennen. »Cavell! Wollen Sie mir vielleicht erklären, was das heißen soll?«

»Verzeihung, MacDonald«, entschuldigte ich mich um des lieben Friedens willen und hielt ihm auch noch die andere Wange hin. »Eine unchristliche Zeit, Sie haben völlig recht. Aber ich muß Sie sprechen. Es ist sehr dringend.« – »So dringend, daß man deshalb jemanden um diese Zeit aus dem Bett schmeißen muß, ist überhaupt nichts«, wütete er weiter. »Alles was ich zu sagen hatte, habe ich der Polizei bereits gesagt. Und wenn Sie sonst noch etwas wissen wollen, dann bin ich in Mordon zu erreichen. Tut mir leid, Cavell. Gute Nacht! Oder guten Morgen.«

Er trat einen Schritt zurück und schlug mir die Tür ins Gesicht. Ich hatte keine dritte Wange hinzuhalten. Mein linker Fuß war im Türspalt, noch ehe sie zuschnappen konnte. Ich stieß sie auf. Mit Gewalt. Die plötzliche Gewichtsverlagerung tat meinem linken, kaputten Bein nicht gerade wohl, aber das war nichts im Vergleich zu dem, was sie MacDonalds rechtem Ellbogen tat, gegen den die Tür geknallt sein mußte. Er wand sich und begleitete seine Verrenkungen mit Ausdrücken, die der Situation angepaßt waren. Er hatte sein vornehmes Debrett-Näseln zugunsten eines ausgewalzten Schottisch eingepackt. Für das, was er auszudrücken gedachte, weit effektvoller. Es dauerte zehn Minuten, bis er mich bemerkte.

»Raus!« schrie er in einer gelungenen Mischung von Zischen und Brüllen mit wutverzerrtem Gesicht. »Aus meinem Haus – sofort! Sie –« Er startete bei meiner Herkunft, aber ich brachte ihn zum Schweigen.

»Zwei Männer sind tot, MacDonald. Ein Verrückter, der das Leben von zwei Millionen in der Hand hat, läuft frei herum. Das scheint Sie nicht weiter zu belasten. Ich hätte ein paar Fragen und wünsche die Antworten zu hören. Und zwar jetzt.«

»Sie wünschen Sie zu hören? Wer sind denn *Sie* schon, daß Sie etwas zu wünschen hätten.« Die wulstigen Lippen verzogen sich zu einer Grimasse von Hohn und Schmerz, und der Oxford-Sandhurst-Tonfall wurde wieder flüssig. »Was mit Ihnen los ist, Cavell, das wissen wir. Geflogen sind Sie aus Mordon und warum? Weil Sie Ihren großen Mund nicht halten konnten. Ein lächerlicher, sogenannter Privatdetektiv sind Sie, aber wahrscheinlich haben Sie geglaubt, daß hier mehr zu holen ist als bei den schmierigen kleinen Scheidungsaffären, auf die Ihre Fakultät spezialisiert ist. Weiß Gott wie Sie es fertiggebracht haben mögen, sich plötzlich wieder hier einzuschleichen. Seien Sie sich Ihrer Sache ja nicht zu sicher, ehe Sie sich versehen, werden Sie wieder draußen sein. Verlassen Sie sich drauf. Sie haben nicht das Recht, mich etwas zu fragen. Sie sind nicht die Polizei. Wo ist Ihr Dienstausweis? Kann ich ihn mal sehen?« Blanker Hohn stand in seinem Gesicht und seine Stimme troff vor Verachtung. Zu behaupten, daß er sich bemühte, daraus auch nur einen Hehl zu machen, wäre eine Übertreibung. Ich hatte keinen Dienstausweis, den ich ihm hätte zeigen können. Statt dessen zeigte ich ihm die Hanyatti. Und im allgemeinen erfüllte diese Geste ihren Zweck. Geschrei ist gewöhnlich eine Fassade, hinter der nichts steht. Aber sie erfüllte ihren Zweck nicht. Vielleicht steckte doch mehr in ihm, als ich vermutet hatte.

»Du lieber Gott!« Er lachte. Keines jener Lachen, in dem ein Silberglöckchen mitschwingt. Ein unangenehmes Lachen. »Eine Kanone! Ach nee! Um sechs Uhr morgens. Und was kommt dann? Schenken Sie sich diese billigen melodramatischen Mätzchen. Die Telefonnummer, die man für Ihresgleichen braucht, die habe ich, Cavell. Bei Gott. Ein Anruf bei Polizeichef Hardanger, und Sie können einpacken, Sie billiger, kleiner Sherlock Holmes.« Außerhalb seiner beruflichen Belange schien er kein Pedant in Fragen der Genauigkeit. Ich überragte ihn noch um eine Kleinigkeit und stand ihm gewichtsmäßig in nichts nach.

Das Telefon stand neben mir auf dem Tisch. Er machte zwei Schritte darauf zu, und ich einen auf ihn zu. Meine Hanyatti erwischte ihn mit der Schnauze genau unterm Brustbein, und ich wich einen Schritt zurück, als er wie ein Taschenmesser zusammenklappte. Es war brutal, gewalttätig und dem äußeren Anschein nach sogar völlig ungerechtfertigt. Ich hatte wenig dafür übrig. Aber für die Vorstellung, daß ein Verrückter das Sein oder Nichtsein des gesamten Planeten in der Hand hielt, hatte ich noch weniger übrig. Jede Sekunde war kostbar. Später einmal, wenn alles überstanden war, konnte ich mich immer noch dafür entschuldigen. Aber nicht jetzt.

Er rollte ein Stück weg, krampfte beide Hände um die Rippen und keuchte, als er nach Luft schnappen wollte. Dann, kaum eine Minute später, hatte er sich soweit gefangen, daß er taumelnd auf die Beine kam, aber er hielt sich den Magen, und sein Atem kam schnell und flach und vorsichtig, als könne er seinen Sauerstoffbedarf nicht schnell genug nachpumpen. Sein Gesicht war grau und gedunsen, und das, was in den blutunterlaufenen Augen stand, grenzte an Haß. Und verdenken konnte ich es ihm nicht.

»Das ist das Ende Ihrer Laufbahn, Cavell«, stieß er heiser hervor. Er rang noch immer nach Luft. »Diesmal sind Sie etwas zu weit gegangen. Sind ohne jeden Anlaß tätlich geworden und —«

Er nahm den Schwung, mit dem ich ausholte, wahr, schenkte sich den Rest und schlug instinktiv beide Hände vors Gesicht. Und genau da, wo ich eben das harte Eisen gelandet hatte, erwischte ich ihn nun mit der freien Hand, und diesmal blieb er länger unten. Als er aufstand, sah er schwer mitgenommen aus. Haß, blanker Haß stand noch immer in seinen Augen, jetzt jedoch nahm ich noch etwas wahr: Furcht. Ich riß die Hanyatti hoch und ging auf ihn zu. Er wich zurück, rammte rückwärts eine Sitzbank und krachte schwer in die Polster. Angst, ich könnte noch einmal zuschlagen, Wut, Bestürzung standen ihm im Gesicht. Und Haß. Er haßte mich für das, was ich ihm antat, und er haßte sich selbst, weil er wußte, daß ihm nichts anderes übrig bleiben würde, als zu tun, was ich wollte. Nein, weich hatte ich ihn noch nicht, aber ich wußte, daß ich ihn weich kriegen würde, und auch er wußte es.

»Wo waren Sie in der fraglichen Nacht, als Baxter und Clandon ermordet wurden?« fragte ich. Ich stand noch immer und hielt ihm die Hanyatti vor.

»Hardanger hat meine Aussage«, kaute er mürrisch heraus. »Zu Hause. Beim Bridge mit drei Freunden von mir. Und zwar bis Mitternacht.«

»Freunde?«

»Ein pensionierter Kollege, der Arzt des Ortes, der Vikar. Genügt Ihnen das, Cavell?« Sein Mut schien zurückzukehren.

»Ärzte sind Experten für Mord. Und Priester haben den Rock schon des öfteren ausgezogen.« Ich blickte auf meine Schuhe, auf die weiche graue Teppichflucht: Wer hier seine Brillantnadel verlor, brauchte einen Spürhund. »Nicht schlecht, was Sie da liegen haben, Dr. MacDonald. Fünfhundert Pfund dürften kaum hinkommen für diese kleine Sammlung«, konstatierte ich so ganz nebenbei.

»Wie soll ich das auffassen, Cavell, als Feststellung oder als Unverschämtheit?« Dachte ich's mir doch, er wurde mutiger; ich hoffte nur, daß er nicht zu mutig wurde. »Alles schwere Seide an den Fenstern«, registrierte ich weiter. »Stilmöbel, echte Kristallüster. Sehr schönes, großes Haus. Ich wette, daß Sie vom Keller bis zum Dach in diesem Stil eingerichtet sind. In diesem nicht gerade bescheidenen Stil. Wie machen Sie das, MacDonald? Toto – wenn ich fragen darf. Oder sind Sie Lotto-Experte?«

Mir war, als wolle er mir raten, mich doch gefälligst um meinen eigenen Dreck zu kümmern. Ich brachte die Hanyatti wieder etwas höher, nicht viel, nur als keine Anregung, sich eines Besseren zu besinnen. Worauf er zugeknöpft herauspreßte: »Ich bin Junggeselle und habe für niemanden zu sorgen, also kann ich es mir leisten, so zu leben, wie es mir paßt.«

»Beneidenswert. Sagen Sie, Dr. MacDonald, wo waren Sie gestern abend zwischen neun und elf?«

Er stutzte, überlegte: »Zu Hause«, sagte er schließlich.

»Wirklich? Wissen Sie das genau?«

»Natürlich weiß ich das genau«, gab er kurz und patzig zurück. Offensichtlich schien ihm das die sicherste Tour.

»Zeugen?«

»Ich war allein.«

»Die ganze Nacht?«

»Die ganze Nacht. Meine Wirtschafterin kommt jeden Morgen um acht.«

»Das dürfte recht ungünstig für Sie sein. So gar keine Zeugen.«

»Verdammt, möchten Sie mir nicht vielleicht verraten, was das heißen soll?« Er schien ehrlich nicht mitzukommen.

»Das werden Sie noch früh genug erfahren. Sie fahren doch keinen Wagen, Dr. MacDonald, nicht wahr?«

»Zufällig doch, wenn Sie nichts dagegen haben.«

»Aber nach Mordon fahren Sie mit dem Armee-Bus.«

»Das ziehe ich nun einmal vor. Und warum — ist meine Sache.«

»Da haben Sie auch wieder recht. Was für einen Wagen fahren Sie?«

»Einen Sportwagen.«

»Und welchen Typ, wenn ich fragen darf?«

»Einen Bentley Continental.«

»Einen Continental. Einen Sportwagen.« Ich sah ihn des längeren an. Umsonst. Er starrte auf den Teppich. Vielleicht hatte er tatsächlich einen Brillanten dort verloren. »Sie scheinen für gute Wagen die gleiche Vorliebe zu haben wie für gute Teppiche.«

»Ein alter Wagen. Aus zweiter Hand.«

»Wann haben Sie ihn gekauft?«

Er blickte abrupt auf. »Ist das so wichtig? Worauf wollen Sie hinaus, Cavell?«

»Wann haben Sie ihn gekauft?«

»Vor etwa zehn Wochen.« Er suchte den Teppich noch einmal gründlich ab. »Drei Monate dürften es etwa sein.«

»Ein alter Wagen, sagten Sie. Wie alt?«

»Vier Jahre.«

»Vier Jahre. Na, der dürfte dann ja wohl auch nicht so ganz billig gewesen sein. Sagen wir fünftausend Pfund. Wo hatten Sie diese Summe eigentlich her?«

»Sie werden lachen, ich habe nur tausend Pfund bar angezahlt, der Rest läuft über die nächsten drei Jahre auf Wechsel. Die allgemein übliche Art, einen Wagen zu bezahlen, wie Sie vermutlich wissen werden.«

»Ein weitläufiges Kreditsystem, um das Kapital nicht anzugreifen, so heißt es wohl für Sie und Ihresgleichen. Für mich und meinesgleichen heißt das stottern. Darf ich den Kaufvertrag einmal sehen?«

Er brachte ihn an. Ein Blick überzeugte mich, daß er die Wahrheit sagte. »Wie hoch ist Ihr Gehalt, Dr. MacDonald?« — »Etwas über zweitausend. Die Regierung ist nicht sonderlich großzügig.« Ich vermerkte mit Verwunderung, daß er die Tonart gewechselt hatte. Das klang nicht aufgeblasen und nicht unwillig.

»Also dürfte Ihnen nach Abzug der Steuern und Lebenshaltungskosten am Jahresende kaum mehr als ein Tausender bleiben. Dreitausend in drei Jahren. Alles in allem, wie hieraus ersichtlich ist, mit Zinsen und Gebühren viertausendfünfhundert Pfund. Und in welcher Form glauben Sie, diese mathematische Unmöglichkeit zustande zu bringen?«

»Zwei meiner Lebensversicherungen kommen nächstes Jahr zur Auszahlung. Moment, ich kann sie Ihnen vorlegen.«

»Lassen Sie nur. Sagen Sie, MacDonald, warum sind Sie so nervös. Was belastet Sie?«

»Mich belastet nichts.«

»Lügen Sie nicht.«

»Dann lüge ich eben. Na schön. Mich belastet also etwas. Ich bin nervös. Kunststück – Ihre Fragerei muß jeden nervös machen.«

Und damit konnte er sogar recht haben. »Aber ich bitte Sie, MacDonald«, sagte ich, »warum werden Sie nervös?«

»Warum? Das fragte er auch noch?« Er blickte hoch und nahm dann die Suche nach seiner Brillantnadel auf dem Teppich wieder auf. »Das, worauf Ihre Fragen abzielen, paßt mir nicht, Cavell. Das, was Sie mir nachzuweisen suchen, paßt mir nicht. Und ich wüßte nicht, wem es passen würde.«

»Was versuche ich Ihnen nachzuweisen?«

»Ich weiß es nicht.« Er schüttelte den Kopf, aber er sah nicht auf. »Sie versuchen mir nachzuweisen, daß ich über meine Verhältnisse lebe. Dem ist nicht so. Was weiß ich, was Sie mir am Zeug flicken wollen.«

»Darf ich Sie darauf aufmerksam machen, daß Sie etwas kariert aus der Wäsche gucken und daß das, was Sie haben, mit Verlaub eine ausgesprochene Whiskyfahne ist. Sie sehen aus, als hätten Sie eine schwere Sitzung hinter sich und büßten sie nun mit einem handfesten Kater. Wobei ich annehme, daß die Behandlung, die ich Ihnen soeben angedeihen ließ, nicht dazu angetan war, Ihr Wohlbefinden zu steigern. Das Komische daran ist, daß Sie bei uns als ein in Gesellschaft mäßiger Alkoholverbraucher bekannt sind. Kein Säufer also. Aber Sie waren heute nacht allein, und wer selbst in Gesellschaft sehr mäßig ist, ergibt sich normalerweise zu Hause nicht dem stillen Suff. Sie haben aber getrunken – und nicht gerade wenig, Dr. MacDonald. Ich frage mich, warum? Nervosität? Sogar noch ehe Cavell mitsamt seinen beunruhigenden Fragen ankam?«

» Gewöhnlich verabreiche ich mir noch einen sogenannten Schlaftrunk, ehe ich ins Bett gehe.« Noch immer starrte er den Teppich an, weniger um der Brillantnadel willen, vielmehr um sein Gesicht jetzt nicht preiszugeben. »Und das macht mich noch lange nicht zum Säufer. Was ist das schon? Ein Whisky vor dem Zubettgehen.«

»Oder auch zwei«, pflichtete ich bei. »Bei einer guten halben Flasche allerdings, dürfte es sich dann doch nicht mehr um einen Schlaftrunk handeln.« Ich sah mich um. »Wo ist Ihre Küche?«

»Was wollen Sie –«

»Fragen Sie nicht soviel, meine Zeit ist verdammt kostbar.«

»Hier durch.«

Ich ging der angewiesenen Richtung nach und befand mich alsbald in einer dieser fleckenlos reinen Chrommonstrositäten, die sich ausnehmen wie ein Operationssaal, der sich die Sache im letzten Moment anders überlegt hat. Ein weiterer Beweis für üppige Gelder. Und in dem blitzenden Spülstein ein noch weiterer Beweis für Dr. MacDonalds üppigen Schlaftrunk. Eine Whiskyflasche, dreiviertel leer – die abgerissene Verschlußkappe gleich daneben. Ein schmutziger Aschenbecher voll zerquetschter Zigaretten. Mir war, als hörte ich etwas. Ich sah mich um. Mac Donald stand in der Tür.

»Also gut«, sagte er resigniert. »Ich habe getrunken. Zwei oder drei Stunden habe ich mich vollaufen lassen. Schließlich bin ich solche Sachen nicht gewöhnt, Cavell. Ich bin kein Polizist, und ich bin kein Soldat. Zwei unheimliche, grauenhafte Morde.« Er schüttelte sich. Wenn er schauspielerte – dann gekonnt. »Baxter gehörte seit Jahren zu meinen besten Freunden. Und *warum* wurde er ermordet? Wer will wissen, ob der Mörder nicht noch ein Opfer sucht? Und ich *weiß* schließlich, welche Wirkung der Satanskäfer hat. Weiß Gott, Mann, ich hatte genügend Grund, mir Sorgen zu machen, ganz verdammte Sorgen sogar.«

»Das hatten Sie«, pflichtete ich ihm bei. »Und das haben Sie noch – obwohl ich ihm schon ziemlich dicht auf der Pelle bin. Dem Mörder meine ich. Vielleicht ist er jetzt hinter Ihnen her – ein Gedanke, der gar nicht von der Hand zu weisen ist.«

»Sie eiskalter Sadist«, knirschte er durch die Zähne. »Gehen Sie in Gottes Namen endlich, und lassen Sie mir meine Ruhe.«

»Ich bin bereits dabei. Und vergessen Sie nicht, Ihre Türen abzuschließen, Dr. MacDonald.«

»Sie hören noch von mir, Cavell.« Jetzt nachdem ich meinen Abgang angekündigt hatte und die Hanyatti außer Sicht war, wurde er wieder couragiert. »Wollen mal sehen, ob Sie, wenn Sie sich vor dem Kadi wegen Hausfriedensbruch und Tätlichkeit zu verantworten haben, auch noch soviel forschen Schneid aufbringen.«

»Reden Sie doch kein Blech«, sagte ich kurz. »Wer hat Sie angerührt? Ich? Wo haben Sie auch nur einen blauen Flecken? Ihr Wort gegen meins. Mir wäre meins jederzeit mehr wert.« Ich ging. Ich sah den dunklen Umriß der Garage, wo vermutlich der Bentley behaust war, doch ich blickte nicht einmal näher hin. Wozu. Wer einen netten, unauffälligen, gut geschmierten Wagen für dunkle, gut geschmierte Missionen braucht, der rennt nicht herum und pumpt sich ausgerechnet einen Bentley Continental.

Ich stoppte an der nächsten Telefonzelle und tätigte unter dem Vorwand, Gregoris Adresse zu benötigen, zwei unnötige Anrufe.

Erst bei Cliveden, der, wie ich sehr wohl wußte, mir nicht helfen konnte, dann bei Weybridge, der mir helfen konnte und wollte. Beide reagierten höchst sauer ob dieses Ansinnens in grauer Morgendämmerung, doch als ich damit herausrückte, daß es hart auf hart ginge und ich die Auskunft unter allen Umständen bräuchte, weil Aussicht bestünde, den Fall bis morgen abend abgeschlossen zu haben, regten sie sich wieder ab. Beide hatten tausend Fragen, wie weit ich wäre, aber ich ließ kein Sterbenswort verlauten. Und dazu gehörte nicht viel, denn ich hatte nichts verlauten zu lassen — nach keiner Richtung hin.

Sieben Uhr fünfzehn. Ich lehnte mich gegen die Glocke von Dr. Gregoris Haus, besser gesagt des Hauses, in dem er residierte, eine Pension für finanziell nicht gerade Minderbemittelte, die von einer Witwe und ihren beiden Töchtern geführt wurde. Davor stand ein marineblauer Fiat 2100. Gregoris Wagen. Es war noch immer stockdunkel und noch immer kalt und naß. Ich war müde, und mein Bein tat verflucht weh, und meine Konzentration ging langsam flöten.

Die Tür ging auf, und etwas Dickliches, Angegrautes spähte in die Dunkelheit. Mrs. Whithorn, die Dame des Hauses selbst, als immer fröhliche Laisser-faire-laisser-aller-Seele von unwahrscheinlichster Schlamperei bekannt, deren Pension die weit und breit begehrteste war: Ihre Küche war einmalig.

»Um Gottes willen, was ist denn jetzt los— um diese Zeit!« räsonierte sie gutmütig. »Doch nicht etwa schon wieder die Polizei?«

»Leider, Mrs. Whithorn, ich fürchte ja. Cavell ist mein Name. Kann ich Dr. Gregori sprechen?«

»Der Ärmste. Dem haben sie doch schon genug zu schaffen gemacht. Na, dann kommen Sie mal herein. Ich will mal sehen, ob er schon auf ist.«

»Ich finde mich schon selbst zurecht, wenn Sie mir sagen würden, wo sein Zimmer ist, Mrs. Whithorn.«

Sie wand sich noch ein bißchen, bis sie sich schließlich aufraffte und mir sagte, was ich wissen wollte. Durch die große Diele in den Gang, und da hatte ich sie auch schon, die richtige Tür. Sein Name stand daran. Ich klopfte und wartete.

Aber es dauerte nicht lange. Er schien eben aufgestanden zu sein, denn er war noch im Morgenrock, einem abgetragenen, rotbraunen Ding, das er über den Schlafanzug gezogen hatte. Sein dunkles Gesicht mit dem bläulichen Bartschimmer wirkte noch dunkler und stoppeliger als sonst. — Offensichtlich war er nicht dazugekommen, sich zu rasieren.

»Cavell«, sagte er, ohne sonderlich beglückt zu sein — Leute, denen die Polizei in aller Herrgottsfrühe ins Haus geschneit kommt, sind nie sonderlich beglückt —, immerhin war er, ganz im Gegensatz zu Dr. MacDonald, zumindest höflich. »Na, dann kommen Sie mal herein, und nehmen Sie Platz. Sie sehen auch nicht gerade taufrisch aus.«

Ich fühlte mich auch nicht taufrisch. Ich ließ mich in den angebotenen Stuhl sinken und sah mich um. Gregori stand dem Kollegen MacDonald, was die Heimgestaltung anbelangte, weit nach, aber das lag wohl daran, daß er möbliert wohnte. Der Raum, in dem ich saß, war ein kleines Arbeitszimmer — sein Schlafzimmer schien hinter der Verbindungstür zu liegen. Ein fadenscheinig gewordener, aber noch brauchbarer Teppich, ein paar Sessel der gleichen Qualität und Güte, eine Wand voller Bücher, ein schwerer Schreibtisch mit Drehstuhl, Schreibmaschine und jede Menge Papiere, das war's. Im Kamin ein Rest Glut und die weiße flokkige Asche verheizter Buche. Kalt, aber stickig war es hier. Gregori hatte sich der englischen Sucht, Winter wie Sommer sämtliche Fenster aufzureißen, noch nicht gebeugt, und mir kam es vor, als röche es hier ganz eigenartig, schwach, undefinierbar.

»Wenn ich Ihnen irgendwie helfen kann, Mr. Cavell«, kurbelte Gregori meine Mission an.

»Nur Routinefragen, Dr. Gregori«, sagte ich leichthin. »Eine unzivilisierte Zeit, ich weiß, nur leider — sie ist nicht gerade auf unserer Seite — die Zeit.«

»Sie sind noch gar nicht ins Bett gekommen?« fragte er scharfsinnig.

»Noch nicht. Ich war nur unterwegs von einem zum anderen. Leider zu einem Zeitpunkt, für den die meisten nicht viel übrig haben, was meine Beliebtheit nicht gerade ins Unermeßliche steigern dürfte. Ich komme gerade von MacDonald, und ich fürchte, auch der war nicht sonderlich entzückt von dem Einfall, mitten in der Nacht mobil gemacht zu werden.«

»Nein?« sagte Gregori mit aller Vorsicht. »MacDonald auf die Palme zu bringen, dazu gehört eigentlich nicht viel.« — »Kommen Sie gut mit ihm aus? Befreundet eventuell?«

»Ein Kollege mehr oder weniger. Ich schätze seine Arbeit. Warum, Mr. Cavell?«

»Nur so — eine unheilbare Sucht, meine Nase in anderer Leute Angelegenheit zu stecken. Sagen Sie, Dr. Gregori, haben Sie ein Alibi für letzte Nacht?«

»Ja, natürlich doch.« Er sah mich perplex an. »Aber das habe ich Mr. Hardanger doch höchstpersönlich auseinandergesetzt. Von acht bis zwölf war ich auf der Geburtstagsfeier von Mrs. Whithorns Tochter —«

»Verzeihung, Sie haben mich mißverstanden — letzte Nacht — nicht gestern nacht.«

»Aha.« Er sah mich besorgt an. »Es wird doch nicht — es ist doch nicht schon wieder etwas passiert?«

»Nein, nein«, beruhigte ich. »Ja, aber wie steht's, Dr. Gregorie?«

»Heute nacht?« Er lächelte vage und zuckte die Achseln.

»Ein Alibi? Du lieber Gott, wenn ich das gewußt hätte, dann hätte ich mir eins besorgt. Für welche Zeit genau, Mr. Cavell?«

»Sagen wir so zwischen neun Uhr dreißig und zehn Uhr dreißig.«

»Leider nein. Ich fürchte, das ist hoffnungslos, Ich war hier und habe den ganzen Abend an meinem Buch gearbeitet. Eine Art Arbeitstherapie, wenn Sie wollen, Mr. Cavell, nach all dem, was gestern geschehen ist.« Er hielt inne und sagte dann entschuldigend: »Nicht gerade die ganze Nacht, sagen wir von acht bis gegen elf; gleich nach dem Essen habe ich angefangen. Ein produktiver Abend für mich trotz allem — drei ganze Seiten.« Er lächelte wieder, wenn auch nicht mehr so vage wie eben. »Sehen Sie, Mr. Cavell, für die Art von Buch, das ich da schreibe, ist schon eine Seite pro Stunde ein gutes Arbeitstempo.«

»Und worüber schreiben Sie?«

»Über anorganische Chemie.« Er schüttelte den Kopf und setzte mit einem Tropfen Vermouth in der Stimme hinzu: »Schlange stehen werden Sie deshalb kaum vor den Buchhandlungen. Dafür ist der Leserkreis für so ein Spezialgebiet viel zu begrenzt.«

Ich wies nach den Papieren auf dem Schreibtisch. »Das da?«

»Jawohl, das. Einen Versuch habe ich vor Jahr und Tag schon einmal gemacht, aber das ist so endlos lange her, daß ich kaum mehr zu sagen wüßte, wann. Bitte, Mr. Cavell, werfen Sie ruhig einen Blick hinein, wenn es Sie interessiert. Nur dürfte Ihnen das alles nicht viel sagen, fürchte ich. Abgesehen von der an sich recht abstrusen Natur des Stoffes schreibe ich auch noch italienisch. Eine Sprache, die mir naturgemäß am meisten liegt.« Ich dachte nicht daran, ihn wissen zu lassen, daß ich italienisch so gut las, wie ich englisch sprach. Statt dessen bemerkte ich lediglich: »Sie schreiben direkt in die Maschine?«

»Ja, natürlich. Meine Schrift ist die ganz typische Wissenschaftlerklaue — nicht zu entziffern. Moment, da fällt mir etwas ein.« Seine Hand strich nachdenklich über die blauen Stoppeln. »Die Schreibmaschine, die könnte man eventuell gehört haben.«

»Eben«, sagte ich, »daher meine Frage. Halten Sie das für möglich.«

»Ich weiß nicht. Um dieses Umstandes willen sind diese Räume für mich extra ausgesucht worden – um niemanden mit dem Geklapper zu stören. Sie wissen schon, wie das ist. Weder über mir noch nebenan liegen irgendwelche Schlafzimmer. Warten Sie doch mal, ja – ja, nebenan war das Fernsehprogramm an, doch, ich weiß es bestimmt. Wenigstens –« fügte er etwas unsicherer hinzu, »wenigstens bildete ich mir ein, etwas gehört zu haben. Doch, ich glaube schon. Wissen Sie, gleich nebenan liegt nämlich das, was Mrs. Whithorn höchst anspruchsvoll als ihren Musik- und Fernsehsalon zu bezeichnen pflegt, nur findet diese Kunststätte im allgemeinen wenig Anklang. Mrs. Whithorn und ihre Töchter sind die einzigen, die gelegentlich Gebrauch machen, und auch das kommt höchst selten einmal vor. Mir ist aber, als hätte ich etwas gehört. Und ich glaube nicht, daß ich mich täusche. Wollen wir fragen?« Wir fragten. Wir gingen in die Küche, wo Mrs. Whithorn – unterstützt von einer ihrer Töchter – Frühstück für ihre Gäste machte. Siedender Schinkengeruch stieg mir in die Nase. Mein linkes Bein tat mir plötzlich noch mal so weh. Innerhalb einer Minute wußten wir, was wir wissen wollten. Ein alter Spitzenfilm war gelaufen, und Mutter und Töchter hatten das gesamte Programm gesehen. Genau um zehn hatte es angefangen. Ja natürlich hatte man Dr. Gregoris Schreibmaschine einwandfrei im Vorbeigehen und später leise von nebenan klappern gehört. Nicht gerade so laut, daß es störend gewesen wäre, doch einwandfrei klar und deutlich. ›So etwas‹, hatte Mrs. Whithorn noch dazu bemerkt, ›jetzt muß unser armer Professor die Geburtstagsparty von gestern – seit Wochen der erste Abend, an dem er einmal von der Arbeit losgekommen ist – wieder aufholen; etwas mehr Ruhe und Entspannung sollte er wahrhaftig haben.‹ Dr. Gregori war hochbefriedigt und gab sich keinerlei Mühe, daraus auch nur einen Hehl zu machen.

»Ich muß schon sagen, ich bin diesem alten Film, wie gut oder schlecht er auch gewesen sein mag, zu tiefstem Dank verpflichtet und Ihnen, Mrs. Whithorn, nicht minder.« Er lächelte mir zu.

»Sind Sie nun beruhigt, Mr. Cavell?« – »Ich war nie beunruhigt, mein lieber Dr. Gregori, aber das ist nun einmal das Grundlegende jeder erfolgreichen Polizeiarbeit – auch die entferntesten Möglichkeiten erst auszuräumen.«

Dr. Gregori brachte mich bis zur Tür. Es war noch immer dunkel, noch immer kalt, noch immer naß. Der Regen klatschte auf das Straßenpflaster. Ich dachte gerade darüber nach, wie diese Standardermittlungen am besten als bemerkenswerter Erfolg umzufrisieren wären, als Gregori, als hätte er meine Gedanken erraten, plötzlich sagte: »Es läge mir fern, Sie über Dinge ausfragen zu wollen, deren Beantwortung sich mit Ihrem Berufsgeheimnis nicht vereinbaren lassen, Mr. Cavell, aber glauben Sie wirklich, daß Aussicht besteht, Licht in dieses Dunkel zu bringen? Haben Sie den Eindruck, daß Sie weiterkommen?«

»Weitaus besser, als ich es vor zwölf Stunden noch für möglich gehalten hätte. Meine Ermittlungen weisen eindeutig in eine Richtung, von der ich annehmen möchte, daß sie die richtige ist. Ganz einwandfrei. – Wenn wir nicht gegen eine Mauer anzugehen hätten.«

»Keine Mauer ist so unüberwindlich, daß man nicht gegebenenfalls darüber klettern könnte.«

»Das ist richtig. Und nichts, aber auch gar nichts soll uns daran hindern, auch über diese zu kommen.« Ich ließ eine Pause eintreten. »Vielleicht hätte ich Ihnen das nicht sagen dürfen. Aber Sie werden es für sich behalten, das weiß ich.«

Und dessen versicherte er mich nachdrücklichst, als wir uns trennten. Genau eine halbe Meile weiter hielt ich an der nächsten Telefonzelle und wählte nach London durch. »Waren Sie schon im Bett, Cavell?« war das erste, was der General wissen wollte.

»Nein, Sir.«

»Nehmen Sie's nicht tragisch, Cavell, mir geht es nicht besser. Ich war so damit beschäftigt, die Leute mitten in der Nacht aus den Betten zu holen und mich allenthalben unbeliebt zu machen, daß ich gar nicht dazu kam.«

»Nicht so erfolgreich unbeliebt wie ich, Sir.«

»Das will ich Ihnen gern glauben. Und wie stehen die Aktien?«

»Flau, Sir. Nichts von Bedeutung. Und Sie selbst, Sir?«

»Chessingham. Ein Führerschein konnte an keiner zivilen Dienststelle registriert werden– vollkommen zuverlässig ist allerdings auch das nicht. Es wäre immerhin möglich, daß er ihn im Ausland gemacht hat, auch wenn das etwas ungewöhnlich sein dürfte. Was seine Militärdienstzeit anbelangt, so hat sich allerdings herausgestellt, daß er beim Royal Army Service Corps gedient hat – was auch mich stutzig gemacht hat.«

»Das Royal Army Service Corps? Das läßt vermuten, daß er eigentlich einen Führerschein haben müßte. Sind Sie der Sache nachgegangen, Sir.«

»Die einzige Tatsache, die ich über Chessinghams militärische Karriere festzustellen in der Lage war, ist die, daß er beim Militär war«, sagte der General trocken. »Des Kriegsministeriums Mühlen mahlen zu allen Zeiten langsam, nachts aber stehen sie eisern still. Mittags dürften wir vielleicht mehr wissen. Augenblicklich besitzen wir lediglich ein paar recht interessante Zahlen, die uns vor einer halben Stunde von Chessinghams Bank durchgegeben worden sind.«

Er gab mir die Zahlen und hing ein. Und ich kroch müde wieder in mein Vehikel und machte mich auf den Weg zu Chessingham. Fünfzehn Minuten später hielt ich vor seinem Haus. Und jetzt, in dem bleichen diffusen Halblicht der Dämmerung, wirkte der quadratische Kasten mit seinem abgesunkenen Fundament noch düsterer und unheilschwangerer. Aber davon wurden wir auch nicht gescheiter. Und so schleppte ich mich denn noch einmal die ausgetretenen Stufen über den Burggraben hoch und läutete.

Stella Chessingham erschien. Blank und in ihrem geblümten Morgenrock hübsch anzusehen, aber blaß und müde um die Augen herum. Und auch sie schien nicht entzückt von meinem Ersuchen, ihren Bruder sprechen zu dürfen.

»Wollen Sie nicht hereinkommen, Mr. Cavell?« rang sie sich schließlich durch. »Mutter ist noch nicht auf. Und Eric noch beim Frühstück.«

Das war er. Noch mal Eier und Schinken. Mein linkes Bein wurde schwächer denn je. Chessingham stand auf und begrüßte mich nervös: »Guten Morgen, Mr. Cavell.« Ich überhörte das. Ich sah ihn nur kalt und unpersönlich an. Mit einem Blick, wie er überhaupt erst ab Polizeikommissar oder Oberkellner zulässig ist. »Chessingham«, sagte ich, »ich hätte noch einige Fragen. Ich bin aber noch nicht ins Bett gekommen und demgemäß nicht mehr in der Verfassung, auf Ausflüchte einzugehen. Machen Sie also kein langes Gerede, sondern beantworten Sie diese Fragen. Unsere nächtlichen Ermittlungen weisen völlig neue Richtlinien auf, deren wichtigste einwandfrei hierher führt. Ich blickte zu seiner Schwester hinüber. »Miss Chessingham, ich möchte Sie nicht unnötig erschrecken. Ich hielte es für richtiger, wenn Sie uns allein ließen.« Sie riß die Augen auf, biß sich nervös auf die Lippen, nickte und schickte sich an, zu gehen. »Bleib hier, Stella« sagte Chessingham. »Ich wüßte nicht, was ich vor jemandem zu verstecken hätte, schon gar nicht vor meiner Schwester, Mr. Cavell.«

»Ich wäre meiner Sache nicht so sicher«, meine Stimme klang so frostig wie der Blick, mit dem ich sie alle beide ansah. »Es steht Ihnen selbstverständlich frei zu bleiben, nur vergessen Sie bitte nicht, daß ich Sie gewarnt habe.« Beiden saß der Schreck in den Gliedern, sie waren blaß geworden. Was meine Fähigkeit, den Leuten die Hölle heiß zu machen, anbelangt, so wäre ich jederzeit für einen Job bei Interpol qualifiziert.

»Wo waren Sie heute nacht?« Chessingham blinzelte, als hätte er nicht recht verstanden. »Muß ich Ihnen darüber auch Rechenschaft ablegen?«

»Sonst hätte ich Sie nicht danach gefragt. Also bitte, antworten Sie.«

»Ich — ich war zu Hause. Mit Stella und meiner Mutter.«

»Die ganze Nacht?«

»Natürlich.«

»So natürlich ist das nicht. Besucher, irgend jemand, der das bezeugen könnte?«

»Nur Stella und Mutter.«

»Also nur Miss Chessingham. Ihre Mutter dürfte um zehn Uhr im Bett gewesen sein.«

»Ja, richtig. Das hatte ich vergessen.«

»Das überrascht mich durchaus nicht. Im Vergessen sind Sie groß. Sie haben gestern auch total vergessen, mir zu sagen, daß Sie beim Royal Army Service Corps waren.« — »Das Royal Army petit schien ihm vergangen. Ich sah seine Hände nicht, aber eine Service Corps?« Er setzte sich wieder an den Tisch, aber der Ap- unmerkliche Bewegung der Arme verriet mir, daß er sie unter dem Tisch zusammenpreßte. »Ja, das ist richtig. Woher wissen Sie das?«

»Ein niedlicher kleiner Vogel hat's mir zugezwitschert. Und der gleiche kleine Vogel hat mir auch erzählt, daß er Sie ein Armee-Fahrzeug steuern sah.«

Mir blieb keine andere Wahl. Ich klopfte auf den Busch. Die Zeit stand nicht auf unserer Seite. »Sagten Sie nicht, daß Sie nicht fahren können?«

»Ich kann nicht fahren.« Seine unruhigen Augen wanderten zu seiner Schwester und dann zu mir zurück. »Ausgeschlossen, das kann nicht stimmen, irgend jemand muß sich irren.«

»Wenn sich hier jemand irrt, Chessingham, dann sind Sie es, falls Sie es weiterhin ableugnen. Und wenn ich Ihnen bis heute abend vier Zeugen aufmarschieren lasse, die Ihnen unabhängig voneinander bestätigen werden, Sie am Steuer gesehen zu haben. Was dann?«

»Versucht habe ich es vielleicht — möglicherweise ein- oder zweimal, so genau weiß ich das heute auch nicht mehr.« — »Chessingham, Sie fallen mir allmählich auf die Nerven«, sagte ich angeekelt. »Wer soll Ihnen das abnehmen? Sie benehmen sich wie ein Idiot. Lassen Sie endlich dieses alberne Herumreden. Sie können fahren. Geben Sie es zu. Miss Chessingham, Ihr Bruder kann fahren, stimmt das?« — »Lassen Sie Stella in Ruhe.« Chessinghams Stimme war fast schrill, und sein Gesicht hatte alle Farbe verloren. »Ich kann fahren, verdammt ja, meinetwegen. Sie haben recht.«

»Sie hielten sich wohl für ganz besonders schlau und geistreich, als Sie den Lastwagen vorgestern sozusagen vor der eigenen Haustür stehen ließen, was? So viel offensichtliche Dämlichkeit traut die Polizei niemanden zu, was?«

»Ich war nie an diesem Lastwagen.« Chessingham brüllte beinahe. »Ich schwöre es! Ich schwöre, daß ich nie an diesem Lastwagen war. Verdammt, ich habe es mit der Angst zu tun bekommen, als Sie gestern ankamen, ich habe alles nur getan, um meine Unschuld zu beweisen.«

»Ihre Unschuld.« Ich lachte mein übelstes Polizeilachen. »Die Jupiterfotos, die Sie angeblich aufgenommen haben wollen. Wie haben Sie sie aufgenommen? Selbst? Oder hat vielleicht jemand anderes aufs Knöpfchen gedrückt? Ein Selbstauslösersystem eventuell – während Sie in Mordon waren?«

»Um Gottes willen, worüber reden Sie da eigentlich?« wehrte er sich verzweifelt. »Selbstauslöserapparat? Herrgott, Sie können meinetwegen das Haus vom Keller bis zum Speicher durchsuchen –«

Ich winkte ab. »Seien Sie doch nicht so naiv. Das Ding ist doch längst hier irgendwo im Umkreis von fünfzig Meilen eingebuddelt.«

»Mr. Cavell!« Stella Chessingham stand vor mir – zitternd, außer sich. »Das ist ein Irrtum, ein entsetzlicher Irrtum. Eric hat nichts zu tun damit – um was immer es auch gehen mag. Nicht mit dem Mord. Nichts mit alledem. Glauben Sie mir! Ich *weiß* es.«

»Waren *Sie* vorgestern nacht nach halb elf mit ihm zusammen? Waren Sie etwa bei ihm auf dem Dach? Wenn nicht, kleines Fräulein, dann wissen Sie gar nichts.«

»Ich kenne Eric, ich weiß, daß er niemals fähig wäre –« »Charakteranalysen interessieren mich nicht«, sagte ich brüsk. »Wenn Sie aber soviel wissen, dann können Sie mir vielleicht verraten, wie die tausend Pfund, die im Lauf der letzten vier Monate eingezahlt wurden, auf Ihres Bruders Bankkonto kommen? Fünfhundert am 31. Juli, der gleiche Betrag am 3. Oktober. Wie erklären Sie sich das?«

Sie sahen sich an. Angst, die sie nicht mehr zu verbergen suchten, stand in ihren Augen. Chessingham setzte zum Reden an, aber er brachte keinen Ton heraus.

»Das – das – das ist eine abgekartete Sache. Irgend jemand steckt dahinter, der mich fertigmachen will«, stotterte er schließlich.

»Halten Sie den Mund, Chessingham. Wenn Sie etwas zu sagen haben, dann reden Sie gefälligst vernünftig«, sagte ich müde. »Wo kommt das Geld her, Chessingham?«

Chessingham würgte an der Antwort und sah hilfeflehend an die Decke und sagte dann – vielmehr er flüsterte es nur:

»Von Onkel George.«

»Sehr anständig von Onkel George. Und wer ist Onkel George, wenn ich fragen darf?«

»Der Bruder meiner Mutter, das schwarze Schaf der Familie. So jedenfalls sieht alles aus. Er will an dem Verbrechen, dessen man ihn bezichtigte, völlig unschuldig gewesen sein, nur sollen die Indizien so gegen ihn gesprochen haben, daß er ins Ausland geflüchtet ist.«

Ich sah Chessingham nur an. Was er mir da auftischte, war einfach zuviel des Guten nach einer schlaflosen Nacht auf nüchternen Magen. »Was soll das heißen? Verbrechen? Welches Verbrechen?«

»Das weiß ich selbst nicht«, sagte Chessingham völlig verzweifelt. »Wir haben ihn nie im Leben gesehen – nur angerufen hat er zweimal in Mordon. Meine Mutter hat nie ein Wort von ihm erwähnt – wir wußten bis vor kurzem überhaupt nichts von seiner Existenz.«

»Und Sie wußten von der Geschichte?« wandte ich mich an Stella.

»Natürlich wußte ich davon.«

»Ihre Mutter?«

»Um Gottes willen, nein«, sagte Chessingham. »Ich sagte doch bereits, daß sie seine Existenz nie auch nur erwähnte. Wessen man ihn auch beschuldigte, eine üble Geschichte muß es gewesen sein. Alles, was er dazu sagte, war, daß Mutter es ablehnen würde, von seinem ›schmutzigen Geld‹ auch nur einen Cent anzunehmen. Aber wir beide – Stella und ich – möchten sie aus gesundheitlichen Gründen ins Ausland schicken, und ohne dieses Geld wären wir nie in der Lage dazu. Es sollte uns helfen.«

»Ja«, sagte ich höchst unsentimental und grob. »Ins Old Bailey vor den Staatsanwalt, wird es Ihnen helfen, das steht fest. Wo ist Ihre Mutter geboren?«

»In Alfringham«, nahm Stella ihrem Bruder die Antwort ab. Er schien am Ende.

»Ihr Mädchenname?«

»Jane Barclay.«

»Wo ist Ihr Telefon?«

Stella gab Auskunft. Ich ging in die Diele und rief den General in London an. Fast fünfzehn Minuten verstrichen, ehe ich wieder im Frühstückzimmer erschien. Beide hockten noch so versteinert da, wie ich sie verlassen hatte. »Und auf die glänzende Idee, sich vielleicht einmal ins Rathaus, wo man derlei Dinge erfahren kann, zu begeben, ist wohl keiner von Ihnen gekommen?« sagte ich kopfschüttelnd. »Und warum nicht? Soll ich es

Ihnen sagen? Weil Sie alle beide genau wußten, daß Sie sich den Weg sparen konnten, weil Onkel George nie existiert hat. Ihre Mutter hatte nie einen Bruder. Aber damit dürfte ich Ihnen wohl nichts Neues sagen. Kommen Sie, Chessingham, seien Sie vernünftig. Schließlich hatten Sie Zeit genug, sich eine brauchbare Geschichte auszudenken. Eine billigere Erklärung für diese tausend Pfund gibt es doch wohl kaum noch.«

Er brachte überhaupt keinen Ton mehr heraus. Hoffnungslos starrte er erst mich an, dann seine Schwester und schließlich auf den Boden. »Na schön«, sagte ich ermunternd, »es hat ja weiß Gott keine Eile. Zeit und Muße, Ihre Fantasie etwas zu beflügeln, werden Sie jetzt bekommen. Erst möchte ich aber noch einmal Ihre Mutter sehen.«

»Verdammt noch mal, lassen Sie meine Mutter aus dem Spiel.« Chessingham war so ruckartig aufgestanden, daß seine blonde Mähne zurückschlug. »Meine Mutter ist eine alte, kranke Frau — lassen Sie sie in Ruhe, Cavell, hören Sie?«

»Miss Chessingham«, wandte ich mich ungerührt an Stella, »bitte sagen Sie Ihrer Mutter, daß ich in einer Minute oben sein werde.«

Chessingham kam auf mich zu, seine Schwester vertrat ihm den Weg und sah mich an, als wenn sie mich aufspießen wollte. »Eric, bitte, du weißt, Mr. Cavell tut doch, was er will.«

Ich tat, was ich wollte.

Das Interview mit Mrs. Chessingham dauerte lediglich zehn Minuten. Es waren nicht gerade die angenehmsten zehn Minuten meines Lebens.

Als ich hinunterkam, erwartete sie mich in der Diele. Stellas Augen waren zwei braune Teiche in einem kalkweißen Gesicht. »Sie sind im Irrtum, Mr. Cavell, in einem entsetzlichen Irrtum. Eric ist mein Bruder, und ich kenne ihn, ich kenne ihn wirklich. Er ist vollkommen unschuldig an allem, was Sie ihm auch zur Last legen.«

»Er hat jede Möglichkeit, das zu beweisen.« Es gibt immer einmal Augenblicke, in denen ich mich widerlich finde: Das war einer. »Chessingham, ich hielte es für ratsam, einen Koffer zu packen. Wenigstens das Nötigste für ein paar Tage.«

»Sie wollen mich mitnehmen?« fragte er hoffnungslos niedergeschlagen.

»Dazu habe ich weder das Recht noch den Auftrag. Sie werden schon noch abgeholt, verlassen Sie sich drauf. Und kommen Sie nicht auf die absurde Idee, auch noch einen Fluchtversuch zu riskieren. Keine Maus käme durch den Absperrgürtel.«

»Absperrgürtel?« Er starrte mich an. »Soll das heißen, daß Sie das Haus —«

»Glauben Sie etwa, wir legen Wert darauf, daß Sie in die nächstbeste Maschine springen und abrauschen? Wie der liebe alte Onkel George?« Das genügte eigentlich. Ich ließ es dabei bewenden.

Als nächstes standen mir die Hartnells noch bevor – mein letzter Besuch vor dem Frühstück. Auf halbem Weg etwa stoppte ich auf einer verlassenen Waldstraße an einer Telefonzelle und rief mein Hotel an. Nach einigen Bemühungen hatte ich Mary endlich an der Strippe, und nachdem sie mich gefragt hatte, wie es mir ginge, und ich gesagt hatte, bestens, und sie mich daraufhin mehr oder weniger einen aalglatten Schwindler hieß, bat ich sie, Hardanger ins Hotel zu zitieren und Frühstück zu bestellen. Ich käme kurz nach neun.

Und nachdem dies geschehen war, machte ich, daß ich schnurstracks wieder zu meinem Wagen kam. Er stand zwar nur ein paar Meter weit weg, aber es goß noch immer in kalten grauen Strömen. Trotz der Eile hielt ich, die Tür schon in der Hand, inne und sah mir an, was da des Wegs kam. Auf eine Entfernung von kaum hundert Metern sah das, was da auf mich zukam, wie ein bürgerlicher Mensch mit Regenmantel und Hut aus, aber damit war die Ähnlichkeit mit dem normalen Menschen auch bereits zu Ende. Er hüpfte – einen Arm ausgestreckt, um die Balance zu halten – auf einem Bein durch den rauschenden Rinnstein und stieß eine alte Blechbüchse vor sich her. Und das Wasser klatschte nur so durch die Gegend bei jedem kombinierten Sprung und Stoß. Ich sah mir dieses Affentheater eine Weile an, bis mich der Regen langsam aufzuweichen begann. Außerdem war es nicht gerade taktvoll, hier herumzustehen und ihn anzustieren, selbst wenn er einer Anstalt entsprungen schien. Und wer weiß, was ich alles aufführen würde, wenn ich lange genug in der Wiltshire-Öde begraben wäre – womöglich auch Veitstänze. Noch immer mit einem Auge bei den kostenlosen Darbietungen auf der Landstraße, ließ ich mich in den Wagen fallen und zog die Tür zu, und da erst sollte mir klar werden, was es mit dieser Demonstration ausgewachsener Wiltshire-Verblödung auf sich hatte. Sie war lediglich dazu erdacht, mich ein bißchen von dem abzulenken, was sich hinten, auf dem Boden meines Wagens verkrochen hatte.

Als ich durch ein Geräusch aufmerksam wurde und mich umdrehte, war es zu spät, zu spät. Der Totschläger war bereits in Aktion. Mein linker Fuß stand noch auf der falschen Seite der Steuersäule, und der Segen kam von links, von der Seite, auf der ich nichts sehe. Gemessen jedoch an den Sternen, die ich sah, und meinem sofortigen Abrutsch in nachtschwarze Finsternis mußte der ausgeführte Hieb, der mich direkt am Hinterkopf, unterhalb des Ohres erwischte, entweder sehr genau gezielt oder mit beachtlicher Kraft durchgeführt worden sein — oder auch beides.

8

Es wäre nicht richtig zu sagen, daß ich aufwachte. Der Ausdruck trifft nicht ganz zu. Unter Aufwachen versteht man eigentlich einen ziemlich raschen eindeutigen Übergang vom Zustand der Bewußtlosigkeit in den des Bewußtseins. Mein Tasten durch die Zwielichtzone, die zwischen dem einen und dem anderen liegt, war weder rasch noch eindeutig. Einen Augenblick lang war ich mir verschwommen bewußt, daß ich auf etwas Nassem und Hartem lag, im nächsten war ich bereits wieder weg. Und wie lange diese Intervalle zwischen meinen graugetönten lichten Momenten jeweils dauerten, ließ sich nicht feststellen. Und selbst wenn sie sich hätten feststellen lassen, wäre ich viel zu behämmert gewesen, um mich dieser Rückkehr ins Leben dankbar zu erfreuen. Nach und nach wurden sie jedenfalls länger, die lichten Momente, bis die Dunkelheit völlig schwand. Nur war ich mir durchaus nicht sicher, ob das nun ein wünschenswerter Fortschritt war, denn mit zunehmendem Wiedererwachen verstärkte sich auch ein geradezu lähmender Schmerz, der mich vom Schädel bis zur linken Brustseite unbarmherzig in seinen Griff nahm; einen Griff, dessen Druck ein unerbittlicher Kerl mit Bärenkräften fest und fester schraubte. Ich kam mir vor wie ein Korn, das durch die Mühle gegangen war.

Mühsam bekam ich ein Auge auf und verdrehte es so lange, bis ich entdeckte, woher das trübe Licht kam. Aus einem Gitterfenster ganz oben unterm Dach. Es mußte ein Keller sein, einer mit dem gleichen architektonischen Kennzeichen wie der Keller in Chessinghams Haus.

In der Härte des Bodens hatte ich mich nicht getäuscht. Auch nicht in seiner Nässe. Roher, unfertiger Zementboden voll seichter Wasserpfützen. Und wer immer mich hier unten auch deponiert haben mochte, hatte mich mit aller Umsicht in die Mitte der größten davon geworfen.

Ich lag halbseitlich auf dem Rücken, die Arme geradezu lächerlich nach hinten verrenkt. Mir war nicht ganz klar, warum ich mich so verkrampfte, ich sollte aber sofort dahinterkommen, als ich versuchte, dem abzuhelfen. Irgend jemand hatte mich gefesselt und ganze Arbeit geleistet. Dem tauben Gefühl meiner Arme nach zu urteilen, ging ich bestimmt nicht fehl in der Annahme, daß er ganz besonderen Wert auf die Verknotungen gelegt hatte.

Ich machte den Versuch, die Beine anzuziehen und mich aufzusetzen, das ging jedoch nicht so, wie ich mir das gedacht hatte. Sie ließen sich nicht bewegen. Und so machte ich mir denn diese Unbeweglichkeit zunutze und stemmte mich mit dem Oberkörper hoch, wartete, bis die Sterne vor meinen Augen wieder verblaßten, und sah mir dann die Sache näher an. Meine Beine waren nicht nur an den Knöcheln gefesselt, sie waren obendrein auch noch an dem Metallgestänge eines Weinregals, das die ganze Wand einnahm, festgemacht. Und ich war nicht nur gefesselt, ich war auch noch dazu mit PVC, einer Nylonbindung, gefesselt. Hätte ich eine Bestätigung dafür gebraucht, daß hier ein Professioneller am Werk war, das wäre sie gewesen. Nicht einmal ein Gorilla wäre damit fertig geworden. Hier half nur noch eins: Die Kombizange. Finger waren völlig nutzlos. Langsam und vorsichtig — eine schnelle Bewegung, und mein Kopf war ab — sah ich mich um. Ein Keller wie tausend andere und leer, wie er leerer nicht sein konnte: Das Fenster, die geschlossene Tür, das Weinregal und ich. Es hätte schlimmer sein können. Keiner war am Werk mich zu ersäufen, keiner traktierte mich mit Giftgas, keine Giftschlange bedrohte mich, keine Giftspinnen. Ein Keller. Ein simpler Keller und ich. Aber übel genug.

Ich rutschte gegen das Regal und strampelte mit aller Gewalt gegen die Drähte, die mich daran schnürten, aber alles, was ich damit erreichte, war eine Zulage an Schmerzen, mit denen ich ohnehin reichlich eingedeckt war. Ich versuchte meine Hände freizubekommen, ein Beginnen, von dessen Sinnlosigkeit ich, noch ehe ich damit anfing, überzeugt war, und das ich sofort wieder aufgab. Ich fragte mich nur noch, wie lange es dauern konnte, bis ich hier mit Erfolg verhungert oder verdurstet sein mußte. Immer mit der Ruhe, redete ich mir gut zu. Cavell, streng dich an, überleg, wie du am besten aus diesem Schlamassel herauskommst. Also bemühte ich mich, so schwierig sich das bei meinem Schädel auch anließ, einen klaren Gedanken zu fassen. Viel kam dabei nicht heraus. Alles, was ich zu denken imstande schien, war, wie hundeelend ich mich fühlte.

Und genau das war der Moment, da ich die Hanyatti entdeckte. Ich sah einmal hin, schüttelte den Kopf und sah nochmal hin. Jawohl, sie war's, kein Zweifel. Einwandfrei schaute sie aus meiner Jacke heraus. Ich starrte sie an, aber sie blieb, wo sie war, sie verschwand nicht. Ich fragte mich nur, wie dem — oder auch denen — die mich hierher verfrachtet hatten, das passieren konnte. Dann ging mir ein Licht auf. Sie hatten mich gar nicht nach Waffen durchsucht. Polizisten in England tragen keine Pistolen. Und deren war ich mehr oder weniger einer. Ergo konnte ich auch keine Pistole haben.

Ich zog die rechte Schulter hoch, ging mit dem Kopf so tief wie möglich hinunter und drückte gleichzeitig mit dem Gesicht das Revers weg. Beim drittenmal erwischte ich den Kolben mit den Zähnen, doch die abgerundete Oberfläche bot keinen Halt, sie rutschte wieder ab, als ich versuchte, das Ding aus dem Halfter zu ziehen. Viermal wiederholte ich das Experiment, dann gab ich auf. Verrenkungen dieser Art waren schon normalerweise eine Strapaze: Als Zugabe zu den Nachwirkungen der intensiven Behandlung mit dem Totschläger ließen sie den Keller vor meinen Augen verschwimmen. Gleichzeitig verspürte ich bei dieser Gymnastik auch noch rechts in der Brustkorbgegend einen scharfen, stechenden Schmerz. Ich überlegte trübsinnig, ob sich nicht eventuell auch noch ein paar Rippen in meine Lunge gespießt haben konnten. So, wie ich mich augenblicklich fühlte, war alles möglich.

Kleine Erholungspause. Dann krabbelte ich so lange, bis ich endlich auf die Knie kam. Ich verrenkte mich so tief hinunter, daß ich mit dem Kopf beinahe auf den Zementboden kam, aber auch damit brachte ich dieses Schießeisen nicht aus dem Halfter. Nichts rührte sich. Noch einmal probierte ich es, geriet vor lauter Anstrengung aus dem Gleichgewicht und kippte flach aufs Gesicht. Als mein Kopf wieder einigermaßen klar geworden war, wiederholte ich das Experiment, und diesmal rutschte sie tatsächlich heraus und schepperte zu Boden.

Da kniete ich nun in grauem Kellertrübsinn und äugte nach meiner Pistole und traute dem Frieden nicht. Es konnte natürlich auch ein ganz abgefeimter, sadistischer Vogel gewesen sein, der seinen Spaß daran gehabt hatte, das Magazin zu entleeren und das Ding dann wieder in den Halfter zu schieben, möglich war alles. Doch dem war nicht so. Diese humorige Note blieb mir erspart. Der Ladeanzeiger stand auf neun. Das Magazin war voll.

Ich wand mich näher heran, bekam die Hanyatti mit meinen gefesselten Händen zu fassen, entsicherte und brachte sie mühsam, soweit ich das aus meiner verrenkten Stellung schaffte, nach rechts hinüber. Die Jacke behinderte mich, aber mit einigem Fluchen brachte ich das Kunststück schließlich zuwege. Jetzt lag das Ding seitlich in der Richtung, wie ich es brauchte. Ich zog die Knie an und turnte so lange herum, bis ich mit der Mündung auf fünfzehn Zoll Abstand zu den Füßen kam.

Durch die Nylonstränge schießen — ging es mir durch den Kopf. Eine glorreiche Idee, die ich gleich wieder verabschiedete. Das war allerhöchstens etwas für das geschärfte Auge Buffalo

Bills, und auch da hatte ich das Gefühl, daß er seine Scharfschützenkunststücke nie in düsteren Kellerlöchern mit völlig tauben, auf den Rücken gebundenen Händen durchexerziert hatte. Mein linkes Bein wäre dabei allerhöchstens ein gefundenes Fressen für die beiden darauf lauernden Londoner Chirurgen geworden. Die Chancen standen eins zu tausend für sie. Und so entschloß ich mich denn, mich lieber auf das zu konzentrieren, was mich an das Weinregal schnürte.

Ich zielte so gut es ging, und drückte ab. Dreierlei begab sich umgehend und gleichzeitig: Der Rückstoß riß mir fast den Daumen weg, die Detonation ließ meine Trommelfelle beinah platzen, und ein leichter Windzug pfiff, lautlos im Detonationsdonner, über meine Frisur weg und löste in Form einer rikoschettierenden Kugel mein Problem um einen halben Zoll ein für allemal. Und noch ein vierter Punkt wäre zu erwähnen: Ich schoß daneben.

Zwei Sekunden darauf feuerte ich wieder — ohne mir Zeit zu nehmen zu überlegen. Schob oben ebentuell einer Wache, so mußte ihn das, was er soeben vernommen hatte, aus seiner wohlverdienten Ruhe gescheucht und auf die Sprünge gebracht haben, um klarzustellen, wer hier unten sein trautes Heim demolierte. Und nicht nur das. Ich wußte genau, daß ich erst gar nicht anfangen durfte, darüber nachzudenken, ob der Prellschuß nicht unter Umständen diesmal auch einen halben Zoll tiefer zurückpfeifen konnte, weil ich dann gar nicht mehr fähig gewesen wäre, diesen Abzug jemals wieder zu betätigen.

Wieder krachte es, und diesmal war ich sicher, daß mein rechter Daumen endgültig hin war. Wenn schon. Die Drahtbindung jedenfalls war sauber durchtrennt. Buffalo Bill hätte es nicht besser hinbekommen.

Ich rutschte herum, zog mich mühsam an dem Metallgestänge hoch, lehnte mich mit dem linken Ellbogen auf eines der Regalbretter und harrte der Dinge, die eventuell durch die Tür kommen konnten. Wer immer hier nach dem Rechten oder Unrechten zu sehen kam, mußte da durch, aber ein Kerl auf sechs Fuß war immerhin ein leichteres Ziel als ein Draht auf achtzehn Zoll.

Regungslos — abgesehen von meinen zitternden Beinen — stand ich da und lauschte mit dem bißchen Gehör, das mir nach den krachenden Salven noch erhalten geblieben war, angestrengt in die Stille. Nichts rührte sich. Ich riskierte ein paar eilige Sprünge in die Mitte des Kellers und spähte durch das offene Fenster, ob mein Wärter nicht etwa auf die vorsichtig raffinierte Tour reiste. Nichts. Einige solcher Sprünge mehr, und ich war an der Tür und versuchte mit dem Ellbogen an der Klinke. Zu. Verschlossen.

Ich stellte mich mit dem Rücken zur Tür, fummelte mit der Pistolenmündung so lange herum, bis ich das Schloß fand und drückte ab. Beim zweiten Schuß gab die Tür unter meinem Gewicht so blitzartig nach — daß ich nicht einmal vorher nachgesehen hatte, ob das Ding nun nach innen oder außen zu öffnen war, sagt alles, was es über meinen Geisteszustand zu sagen gibt —, daß ich, wie selbst aus der Pistole geschossen, der Länge nach draußen auf den Steinboden schlug. Falls jemand in der hoffnungsvollen Absicht, mich fertigzumachen, meiner hier draußen harrte, so war dies jetzt seine einmalige Chance.

Niemand machte mich fertig, weil keiner darauf lauerte, mich fertigzumachen. Benommen und elend krabbelte ich wieder hoch, entdeckte einen Lichtschalter und knipste ihn mit der Schulter an. Die nackte Birne, die direkt über mir baumelte, gab kein Lebenszeichen von sich. Vielleicht war sie durchgebrannt, vielleicht war die Sicherung hin, möglich. Ich tippte eher darauf, daß überhaupt kein Strom da war. Der ganze leblos trübe Kellermuff sprach von langer Stille und Verödung. Wer immer auch einmal hier residiert haben mochte, mußte seit langem endgültig ausgezogen sein.

Eine ausgetretene Stiege führte in trübes Halbdunkel. Ich nahm mit einem kühnen Sprung die ersten beiden Stufen, wakkelte wie ein absterbender Kreisel und erwischte gerade noch den richtigen Dreh mich hinzusetzen, ehe ich kippte. Einmal unten, erschien es mir das Sicherste, mein Schwergewicht dort zu lassen, wo es war. Den weiteren Aufstieg bewerkstelligte ich von rückwärts auf dem Hosenboden.

Auch die Vorkellertür war zu, aber es war ja schließlich nicht meine, und fünf Schuß steckten noch in der Hanyatti. Diesmal stolperte ich beim ersten bereits in die Diele. Sie war hoch, lang und schmal, etwa das, was Immobilienhändler euphemistisch als Fülle gediegener Holzarbeit zu bezeichnen pflegen. Gräßliche schwarze Eichenbalken, wo immer man hinsah. Türen rechts und links, beide zu. Eine Glastür am anderen Ende, die Tür neben mir schien auf die Rückseite dieses verlassenen Hauses zu führen. Eine Treppe über mir, ein unebener Parkettboden, durch dessen Staubschicht eine Wirrnis von Fußspuren von meinem Standort bis zur Glastür liefen, unter mir. Immerhin schien die Luft rein, und das war einwandfrei dieser Stätte bester Zug. Ich wußte jetzt, daß ich allein war. Nur für wie lange ich allein bleiben würde, das wußte ich nicht. Es schien mir nicht ratsam, auch nur eine Sekunde ungenutzt verstreichen zu lassen.

Um die Fußspuren zur Glastür nicht zu verwischen, versuchte

ich es gleich an meiner Tür. Zur Abwechslung war sie unverschlossen. Dahinter lag ein weiterer Gang, der in den Küchenbereich zu führen schien. Ein weitläufiges altmodisches Haus.

Ich machte mich auf den Weg, riß unterwegs Schränke und Schubladen auf und sah ein, daß es nur Zeitverschwendung war. Nichts von überstürzter Flucht, alles wies daraufhin, daß die einstigen Herren von Haus und Hof sich die Zeit genommen hatten, ordnungsgemäß mit Sack und Pack auszuziehen, ohne auch nur eine Sicherheitsnadel liegen zu lassen, die meinen Entfesselungszwecken sowieso nicht dienlich gewesen wäre.

Die äußerste Küchentür war unverschlossen. Ich machte sie auf und stand — das bedurfte allerdings noch einiger Sprünge mehr — im Regen, der unvermindert weiter rann. Ich sah mich um. Nichts, was genauere Rückschlüsse zuließ, wo ich mich befand. Ein großer, verwilderter Garten, zehn Fuß hohe Hecken, die seit Jahr und Tag keine Baumschere mehr gesehen hatten, Nadelbäume und Zypressen, seufzend und vor Nässe triefend, unter einem grauen, weinenden Himmel. Wildnis.

Zwei Holzhütten gehörten noch in die Szenerie, die eine war vermutlich die Garage, die andere kaum halb so groß. Ich nahm Kurs auf die kleinere. Nicht, daß sie mir anziehender erschienen wäre, sondern einfach, weil sie näher lag. Die Tür hing schief in den Angeln, die jämmerlich quietschten, als ich mich an das morsche Holz lehnte.

Ein Schuppen, der offensichtlich einmal als Werkstatt gedient hatte. Unter dem verrotten Fenster stand eine massive Werkbank mit einem rostigen Schraubstock — stehengelassen, wie er gebraucht worden war. Falls er noch nicht völlig eingerostet war und sich drehen ließ und sich unter Umständen auch noch ein Schneidwerkzeug zum Dazwischenklemmen finden sollte, ein nützliches Gerät. Leider war dergleichen nicht zu sehen. Nichts war hier zu sehen, weder schneidende noch sonstige Werkzeuge. Hier wie auch drüben im Haus hatten die scheidenden Bewohner beim Zusammensuchen ihrer Habseligkeiten jedenfalls ganze Arbeit geleistet. Die Wände waren gähnend leer.

Eins hatten sie stehenlassen, und auch das nur, weil es Abfall war: Eine Kiste voller Spaltholz und Kram. Mit Hilfe eines Holzscheits brachte ich das Ding hoch und kippte es um. Mit dem Scheit stocherte ich den Inhalt durch: Abfall, Blechkram, verbogene Nägel, verrostete Schrauben und schließlich ein sehr altes und sehr rostiges Metall-Sägeblatt.

Es dauerte zehn Minuten, bis ich das Ding im Schraubstock hatte. Die Gefühllosigkeit meiner Hände hatte inzwischen Lähmungserscheinungen angenommen. Weiterer zehn Minuten bedurfte es, um die Nylonstränge meiner Handgelenke zu durchsägen. Natürlich hätte ich es schneller schaffen können, aber schließlich hatte ich ja hinten keine Augen und sah nicht, was ich tat, also war Vorsicht geboten. Meine Hände waren so leblos, daß ich aus Versehen, ohne es zu merken, auch eine Arterie erwischen konnte. Und das hätte mir gerade noch gefehlt.

Sie waren nicht erfreulich anzusehen, meine Hände, als ich sie nach vollbrachtem Werk examinierte – angeschwollen zur doppelten Größe, blaurot, blutig gescheuert an der Innenseite der Gelenke, aufgerissen und zerschnitten an sämtlichen Fingern. Als ich die roten Blutspuren auf dem rostigen Sägeblatt entdeckte, hoffte ich nur noch still, daß ich mir nicht auch noch eine Blutvergiftung zugezogen hatte.

Fluchend saß ich fünf Minuten auf der Kiste, bis die roten Striemen allmählich zu verschwinden begannen und die Blutzirkulation mit tausend feinen unerträglichen Nadelstichen wieder in Gang war. Endlich war ich dann in der Lage, das Sägeblatt selbst zu halten, durchschnitt die Nylonstränge an meinen Knöcheln und ließ mein blumiges Repertoire gängiger Kraftausdrükke gleich noch einmal vom Stapel, bis sich auch hier der gleiche wohltuende Prozeß vollzogen hatte. Dann zog ich das Hemd aus der Hose und inspizierte meine rechte Seite. Aber ich konnte das Hemd gar nicht schnell genug wieder in den Gürtel packen. Jede eingehende Untersuchung hätte mich höchstens doppelt so elend gemacht, als ich es ohnehin war. Alles, was die dicke Blutkruste nicht gnädig zudeckte – und sie deckte fast die ganze Seite zu –, war grotesk verschwollen und begann bereits in sämtlichen Regenbogenfarben zu schillern. Wer immer mich zu diesem Fußballtraining erkoren hatte, dachte ich sauer, hätte sich, so er an die linke Seite geraten wäre, an der Hanyatti sämtliche Zehen gebrochen. Es war ihm erspart geblieben. Und es war besser so.

Ohne ernstlich anzunehmen, daß ich sie gebrauchen würde, verließ ich mit der Pistole in der Hand den Werkzeugschuppen. Das Haus interessierte mich nicht mehr. Die Fußabdrücke – mehr war dort nicht zu finden, das wußte ich nun, und die waren eine Angelegenheit für Hardangers Experten. Von der vorderen Front ging unter tropfenden Bäumen eine Zufahrtsstraße ab. Ich hinkte den unkrautüberwucherten Kiesweg entlang, ohne zu wissen, wohin er führte.

Kaum ein paar Schritte weiter, blieb ich stehen und fing an nachzudenken – soweit das bei meiner ramponierten geistigen Verfassung noch möglich war. Wer immer mich hier festgesetzt hatte, konnte dies – obwohl ich eigentlich eher vom Gegenteil überzeugt war, in der Absicht getan haben, mich ganz offiziell eine Weile von der Szene verschwinden zu lassen. Wenn nicht, dann konnte er sich es nicht leisten, meinen Wagen einfach stehenzulassen, sondern war gezwungen gewesen, ihn wegzubringen. Wohin? Dahin, wo auch Cavell versteckt worden war, klar. Was konnte logischer und simpler sein? Ich machte kehrt und ging zur Garage zurück.

Da war er, der Wagen. Ich sank müde in den Sitz, döste zwei Minuten vor mich hin, kroch genauso müde wieder hinaus. War es sein Plus, daß niemand dahinterkam, daß ich aus dem Spiel war, so war es mein Plus, daß er nicht dahinterkam, daß ich wieder mit im Spiel war. Warum dem so sein sollte, war mir im Augenblick nicht ganz klar, und ich versuchte auch gar nicht erst, mich zu des Rätsels Lösung durchzuarbeiten. Mein Denkapparat war vor lauter Schwäche und Müdigkeit und dem, was ich da an Hieben bezogen hatte, so benommen, daß ich von jedem zusammenhängenden, folgerichtigen Gedankengang weit entfernt war. Alles, was ich vage mehr fühlte als wußte, war, daß das irgendwie ein Vorteil für mich sein konnte, und bei der Verfassung, in der ich mich befand und den mäßigen Fortschritten, die ich zu verzeichnen hatte, mußte ich jeden nützen. Dieser Wagen war ein vernichtendes Aushängeschild. Ich machte mich zu Fuß auf den Weg.

Die Zufahrt führte auf eine Straße, die nicht mehr als ein lausiger, verschlammter Feldweg voller Wasserlachen war. Ich hielt mich rechts, aus dem einfachen Grund, weil es links steil bergauf ging, und kam nach zwanzig Minuten zu einer zweiten Straße. Ein Straßenschild verhieß: ›Netley Common: 2 Meilen‹. Netley Common also. Das lag an der Hauptverkehrsstraße London — Alfringham, rund zehn Meilen von Alfringham entfernt. Also hatte man mich gute sechs Meilen vom Ort des Überfalls an der Telefonzelle weitergebracht. Warum, war mir selbst nicht ganz klar. Wahrscheinlich, weil es sonst im Umkreis von sechs Meilen nirgends ein leeres Haus mit Keller gab.

Ich brauchte über eine Stunde für diese zwei Meilen, und das lag nicht nur an meinem Zustand, sondern zum Teil daran, daß ich bei jedem herankommenden Wagen oder Fahrrad in die Büsche sprang. Netley Common selbst ließ ich links liegen und marschierte querfeldein durch eine menschenleere Öde — bar jeden Lebenszeichens an diesem bitteren, ereignisreichen Oktobermorgen —, bis ich endlich auf der Hauptstraße landete und erledigt in eine Mulde hinter dem Gebüsch sank. Ich kam mir vor wie eine wasserdurchtränkte Stoffpuppe, die aus allen Nähten zu platzen drohte. Nicht einmal meinen lädierten Brustkasten spürte ich noch, so erschöpft war ich. Ich fror bis ins innerste Knochenmark und zitterte wie eine Marionette in der Hand eines wildgewordenen Puppenspielers. Ich wurde alt.

Zwanzig Minuten später war ich noch viel älter geworden. Der

Verkehr im ländlichen Wiltshire erreichte auch in seinen besten Zeiten gewiß keinen Piccadillystandard, heute jedoch schien er völlig zu ruhen oder seinen freien Tag zu haben. Drei ganze Wagen und ein Bus waren vorbeigerollt, und ich hatte sie vorbeirollen lassen, weil sie entweder fast oder ganz voll besetzt gewesen waren. Wonach ich Ausschau hielt, war ein Lastwagen, in dem nur ein Fahrer saß, und wenn es der nicht sein konnte, dann zumindest ein Personenwagen, möglichst ohne Begleitmannschaft. Obwohl ich mir, ehrlich gesagt, nicht vorzustellen vermochte, wie ein einsamer Mann hinterm Steuer auf dieses heruntergekommene Häufchen menschlichen Elends am Straßenrand reagieren würde.

Im nächsten Vehikel, das ankam, saßen zwei Männer, doch auch das ließ mich nicht länger zögern. Noch ehe ich die Uniform überhaupt sah, wußte ich schon, was es mit diesem großen, schwarzen Wolseley auf sich hatte, der da langsam herankam und hielt. Ein Sergeant sprang heraus und half mir auf die Beine – sichtlich erleichtert, ob meines Anblicks. Und er hatte auch zum Glück ganz das Format und die Kraft, Gewichte zu schleppen. Ich überließ ihm das meinige zum größten Teil.

»Mr. Cavell?« Er sah mich noch einmal genauer an. »Sind Sie es, Mr. Cavell?«

Ich nickte. Daß mich die letzten Stunden verändert hatten, wußte ich, das allerdings hatte ich denn doch nicht erwartet.

»Na, Gottseidank, daß wir Sie haben. Seit zwei Stunden sind ein halbes Dutzend Polizeiwagen und weiß Gott wie viele Militärfahrzeuge auf der Suche nach Ihnen.« Er verfrachtete mich mit aller Behutsamkeit auf den Rücksitz. »Und jetzt machen Sie es sich da hinten so bequem wie möglich, Sir.«

»Worauf Sie sich verlassen können«, gab ich zurück und verstaute meine triefende, verdreckte Figur in einer Ecke. »Ich fürchte nur, dieser Sitz wird nie mehr das werden, was er einmal war, Sergeant.«

»Darüber lassen Sie sich mal keine grauen Haare wachsen, Sir, da, wo der herkommt, gibt's noch jede Menge von der gleichen Sorte«, grinste er, kletterte neben den Kollegen des Polizeibezirks und griff nach dem Mikrophon, während der Wagen langsam anfuhr. »Ihre Frau erwartet Sie auf dem Polizeirevier bei Inspektor Wylie.«

»Moment«, sagte ich eilig. »Nur kein Riesentheater um Cavells Auferstehung von den Toten, um Gottes willen nicht, Sergeant. Sowenig Aufhebens wie möglich. Und bringen Sie mich bloß nirgends hin, wo ich sofort erkannt werde. Wissen Sie nicht irgendeine verschwiegene Klause, in der Sie mich absetzen könnten?«

Er drehte sich ruckartig um und starrte mich an. »Da komme ich nicht ganz mit, Sir?«

Ich war drauf und dran, ihm zu sagen, daß es mir scheißegal sei, ob er mitkäme oder nicht, aber das wäre wiederum auch nicht fair gewesen. Also sagte ich nur: »Sergeant, es ist nun mal erforderlich, glauben Sie's mir. Zumindest habe ich so das Gefühl, als ob. Wissen Sie denn keine stille Ecke hier, in der man unterkriechen könnte?«

»Hm.« Er studierte. »Schwierig, Mr. Cavell, sehr schwierig –«

»Mein Bunker, Sergeant«, rückte der Fahrer heraus. »Jane ist ja bei ihrer Mutter, das wissen Sie doch. Da könnte Mr. Cavell doch erst mal hin.«

»Liegt das ruhig, hat das Telefon, und ist das in der Nähe von Alfringham?« erkundigte ich mich.

»Alles da, Sir.«

»Bestens. Vielen Dank. Sergeant, sprechen Sie mit dem Inspektor. Allein bitte. Er soll meine Frau nehmen und sich schnellstens zu mir begeben und Hardanger auch gleich mitbringen, falls er greifbar sein sollte. Und, sagen Sie, Sergeant, hätten Sie nicht unter Umständen auch einen Arzt auf dem Revier, einen, der nicht allzuviel quasselt?«

»Machen wir, Sir.« Er drehte sich um und sah mich etwas genauer an. »Einen Arzt?«

Ich nickte und schlug die Jacke zurück. Der Regen hatte alles, was ich anhatte, durchweicht, und mein Hemd bot einen unerfreulichen bräunlichrot verfärbten Anblick. Der Sergeant sah nur kurz hin, drehte sich dann wieder um und sagte sehr ruhig zum Fahrer, »also dann, mein Sohn, tu deinen Gefühlen keinen Zwang an und drück auf die Tube. Aber laß ja die Finger von der verfluchten Sirene.«

Dann griff er zum Mikrophon und fing an zu reden – leise, aber eindringlich.

»Und ich denke nicht daran, in dieses verfluchte Krankenhaus zu gehen, und damit basta«, erklärte ich sauer. Ein paar Schinkenbrote und ein anständiger Whisky hatten micht wieder üppig und unverschämt gemacht. »Verehrtester Doktor, daran ist nun einmal gar nichts zu ändern, tut mir leid.«

»Mir auch.« Der Arzt, der sich in dem Polizeibungalow über mein Bett beugte, war ein sauber, methodisch und präzis arbeitender Mann mit einer sauberen, methodischen, präzisen Stimme. »Zwingen kann ich Sie leider nicht, obwohl ich das sehr bedauere. Aber ich würde, wenn ich könnte, denn Sie sind kränker, als Sie glauben, und bedürfen dringendst einer Röntgenuntersuchung und klinischer Pflege. Zwei Rippen sind zumindest verbogen und die dritte definitiv gebrochen. Und wie die Sache von innen aussieht, kann ich natürlich so nicht sagen. Röntgenaugen habe ich auch nicht.«

»Machen Sie sich mal keinen Kummer, Herr Doktor«, sagte ich munter, »so wie Sie mich verpackt und bandagiert haben, kann da nichts mehr schief durch die Lunge oder quer durch mein Fell gehen.«

»Falls Sie nicht gerade den unwiderstehlichen Drang zu Turnübungen oder dergleichen haben sollten, an sich nicht. Aber wir brauchen hier die verschiedenen Möglichkeiten Ihres verfrühten und selbstverschuldeten Ablebens wohl nicht weiter zu erörtern. Näherliegend wäre eine Lungenentzündung. Frakturen plus alldem, was Sie da an Nässe und Kälte und Erschöpfung hinter sich haben, sind für so etwas die ideale Brutstätte. Eine unangenehme Kombination – Lungenentzündung und Rippenbrüche. Auf den Friedhöfen der Umgebung liegen jede Menge Leute, die Ihnen das aus eigener, trüber Erfahrung bestätigen könnten.«

»Daß ich nicht lache«, sagte ich sauer.

Das ignorierte er und blickte Mary an, die still und blaß auf der gegenüberliegenden Bettkante saß. »Kontrollieren Sie bitte Atmung, Puls und Temperatur stündlich, Mrs. Cavell. Und falls das Fieber steigen sollte oder Atembeschwerden auftreten, dann rufen Sie mich sofort an. Meine Nummer haben Sie ja. Und noch etwas, was ich Ihnen – und auch Ihnen, meine Herren –« er nickte Hardanger und Wylie zu, »sehr ans Herz legen möchte: Falls Mr. Cavell sich innerhalb der nächsten zweiundsiebzig Stunden auch nur aus diesem Bett rühren sollte, muß ich jede Verantwortung ablehnen.«

Damit nahm er seine Tasche und ging. Als die Tür hinter ihm zugefallen war, schwang ich die Beine aus dem Bett und fing an, mir ein frisches Hemd anzuziehen. Das tat mir nicht gerade gut, aber auch nicht so weh, wie ich es erwartet hatte. Weder Mary noch Hardanger sagten einen Ton dazu, und als Wylie voller Erstaunen wahrnahm, daß keinerlei Einwendungen erhoben wurden, fühlte er sich dazu veranlaßt zu sagen: »Sagen Sie, Cavell, wollen Sie sich mit Gewalt umbringen? Sie haben doch gehört, was der Arzt Ihnen eben noch gesagt hat? Und Sie, Hardanger, Sie lassen das auch noch wortlos zu?«

»Den können Sie nicht ganz für voll nehmen. Wie Sie sehen, macht nicht einmal seine Frau auch nur einen Versuch, ihm etwas zu sagen. Wissen Sie, Wylie, es gibt einige Dinge im Leben, die vollkommene Zeitverschwendung sind, und eins dieser Dinge ist, auch nur den Versuch zu machen, Cavell zu bewegen, Vernunft anzunehmen.« Er funkelte mich an. »Gescheiter als wir alle wollten Sie mal wieder sein, was? Allein den Spürhund spielen, was? Und was ist dabei herausgekommen? Sehen Sie sich diese Schweinerei an, jawohl, Schweinerei — im wahrsten Sinne des Wortes. Sehen Sie es sich nur an. Und was haben wir davon profitiert? Einen Dreck. Wann werden Sie endlich einmal zu Verstand kommen und einsehen, daß man überhaupt nur etwas in vernünftiger Zusammenarbeit erreichen kann? Ihre gottverfluchten d'Artagnan-Methoden, Cavell, der Teufel soll sie holen. System, verdammt nochmal, Methode, Routine, Kooperation — nur so — und ganz allein so — gehts, wenn es gilt, ein Kapitalverbrechen aufzuklären. Und das wissen Sie verdammt so gut wie ich.«

»Ja, ich weiß«, stimmte ich gottergeben zu. »Geduldige, rührige, erfahrene Leute, die zäh und verbissen das tun, was ihnen von einer geduldigen, rührigen, erfahrenen Obrigkeit genau aufs Wort vorgeschrieben wird. Dieser Meinung bin ich selbstverständlich auch. Nur nicht gerade hier und jetzt. Mit Geduld können wir hier einpacken. Geduld braucht Zeit, und die haben wir nicht. Haben Sie veranlaßt, daß das Haus bewaffnet bewacht wird und daß Ihre Kriminalhengste sich um die Fußspuren kümmern?«

Er nickte. »Schießen Sie mal los mit Ihrer Story. Zeit haben wir wahrhaftig keine zu verlieren.«

»Umgehend. Sobald Sie mir verraten haben, warum Sie mich erstens nicht restlos zur Sau machen, weil Sie Ihre kostbare Zeit damit verschwenden mußten, mich suchen zu lassen, und warum Sie zweitens nicht versuchten, mich ins Bett zu kommandieren. Wo stinkt's Hardanger?«

»Die Presse hat die Story«, sagte er schlicht. »In Bausch und Bogen: Einbruch, Morde, Diebstahl der Satanskäferviren. Und Letzteres haben wir nun doch nicht erwartet. Großes Geschrei. Rote Schlagzeilen allenthalben.« Er wies auf den Stoß Zeitungen, die er neben sich auf dem Fußboden liegen hatte. »Da, wollen Sie sich diesen Mist selbst ansehen?«

»Danke, danke. Um noch mehr Zeit zu vertrödeln. Kann ich mir auch so vorstellen. Aber das ist ja wohl noch nicht alles, was Ihnen auf der Seele liegt.«

»Sie sagen es. Der General hat angerufen — wollte Sie sprechen — unbedingt. Vor einer halben Stunde ungefähr. Ein Brief in sechsfacher Vervielfältigung ging heut per Sonderboten in den sechs größten Redaktionen der Fleet Street ein. Unser lieber Freund hat folgendes zu melden: Seine Warnung sei ignoriert worden. Keinerlei Erklärung dazu sei in den Neun-Uhr-Nachrichten über B. B. C. erfolgt. Die Mauern von Mordon stünden noch immer, und dergleichen Blech mehr. Innerhalb der nächsten sechs Stunden könne man sich auf eine Demonstration gefaßt machen, die erstens unter Beweis stellen werde, daß er die Viren habe und zweitens willens sei, diese zu gebrauchen.«

»Und die Zeitungen wollen das bringen?«

»Wort für Wort. Erst einmal haben sich sämtliche Herausgeber zusammengeschlossen und sind an den Sonderdienst von Scotland Yard herangetreten. Der Sonderbeauftragte hat sich an den Innenminister gewandt, und ich nehme an, daß daraufhin schnellstens eine Sitzung anberaumt wurde, bei der es zu einer Entschließung gekommen sein muß, über deren Inhalt bisher noch nichts verlautbar geworden ist. Jedenfalls steht immerhin zu vermuten, daß die Presse der Regierung nahegelegt hat, sich endlich den berühmten inneren Ruck zu geben, weil ja schließlich nach altem Brauch sie es ist, die Dienerin des Volkes ist und nicht vice versa. Ferner nehme ich an, daß man darauf hingewiesen hat, daß die Nation zumindest ein Recht habe, von dem Damoklesschwert, das über ihr hängt, etwas zu erfahren. Außerdem dürfte man vernehmlich darauf gepocht haben, daß hier allergrößte Vorsicht geboten ist, weil nämlich der winzigste falsche Schritt das gesamte Kabinett über Nacht hochgehen lassen könne. Und das, mein Lieber, gibt Schlagzeilen, wie wir sie seit dem Invasionstag nicht mehr hatten. Schätzungsweise dürften sie jetzt gerade draußen sein, die Londoner Abendblätter.«

»Na also, dann rollt er ja, der Ball«, gab ich mein bißchen Senf dazu und beobachtete Mary, die sich inzwischen meiner Invalidität erbarmt hatte und sich um meine Manschettenknöpfe bemühte. Geschunden und verbunden wie ich war, kam ich allein damit nicht ganz zurecht. Sie sah mich nicht an. Ihr Gesicht war ausdruckslos und verriet nichts von dem, was in ihr vorging. »Zumindest bringt das mal 'ne kleine Abwechslung ins Konversationsrepertoire der britischen Öffentlichkeit. Zeit, daß sie auch mal was anderes zu diskutieren kriegen als nur ihren ewigen Fußball, und was das Fernsehen an Erschütterndem gebracht hat. Mehr bewegt doch die Gemüter nicht – höchstens noch die letzte *Rock and roll*-Sensation«, grinste ich und nahm meinen Bericht über die Ereignisse der letzten Nacht wieder auf, wobei ich lediglich meinen Abstecher nach London unter den Tisch fallen ließ.

»Interessant«, sagte Hardanger unheilschwanger, als ich damit zu Ende war, »außerordentlich interessant. Wollen Sie mir vielleicht weismachen, daß Sie so mitten in der Nacht plötzlich wach wurden und – ohne Mary auch nur etwas zu sagen, losgezogen sind, um ganz Wiltshire verrückt zu machen?«

»Genau das. Nach der bewährten alten Methode, die nun einmal nicht zu schlagen ist: Hol sie aus den Betten und schnapp sie dann, wenn sie am verdöstesten und völlig unvorbereitet sind, und du bist bereits halb da, wo du hinwillst. Und im übrigen brauchte ich nicht erst aufzuwachen, weil ich nämlich gar nicht schlafen gegangen bin. Ihnen habe ich wohlweislich nichts davon verkündet, weil ich doch genau weiß, wie sehr Ihnen das wieder mal gegen den Strich und Ihre gesamten Prinzipien gegangen wäre, und weil anzunehmen war, daß Sie alle Hebel in Bewegung setzen würden, mich an meinem Tun zu hindern.«

»Und wenn ich sie in Bewegung gesetzt hätte, dann wären Sie jetzt wenigstens noch im Besitz eines ganzen und unbeschädigten Rippensatzes.«

»Und wenn Sie mich gehindert hätten, dann wäre unsere Liste jetzt nicht bis auf fünf zusammengeschrumpft. Ganz nebenbei habe ich übrigens bei allen einfließen lassen, daß wir des Rätsels Lösung sehr nahe sind, und siehe da, einer davon hat Manschetten bekommen und versucht, mich für eine Weile unschädlich zu machen.«

»Nehmen Sie das an?«

»Eine verdammt naheliegende Annahme. Oder haben Sie eine bessere? Ich würde vorschlagen, wir kassieren Chessingham erst einmal, und zwar sofort. Der hat jedenfalls einiges auf dem Kerbholz, und —«

»Was ich übrigens noch sagen wollte, Sie haben den General gestern nacht noch angerufen?«

»Ja.« Ich hätte jetzt schamrot werden müssen, aber ich dachte nicht daran. »Irgendeiner Genehmigung zu diesem nächtlichen Streifzug bedurfte es doch wohl, und von Ihnen war sie kaum zu erwarten. Das wissen Sie so wohl wie ich.«

»Welch ein kluges Kind Sie doch sind, Cavell!«

Falls er annahm, daß ich log, so bekundete er das mit keiner Miene. »Chessinghams Militärlaufbahn hatten Sie ihn zu überprüfen gebeten. Scheint Fahrer beim Royal Army Service Corps gewesen zu sein, der Knabe.«

»Na bitte, da haben wir es ja. Wollen Sie ihn daraufhin auf Numero Sicher setzen?«

»Ja. Und seine Schwester?«

»Der ist nicht mehr nachzusagen, als daß sie halt die eigene Familie deckt. Und die Mutter geht einwandfrei klar. Das steht fest.«

»So. Blieben also noch die vier anderen, die Sie sich heute morgen vorgenommen haben. Was halten Sie von denen? Auch alle unbeschriebene Blätter?«

»Was heißt das schon. Da wäre schon einmal Weybridge — nehmen Sie meinetwegen nur mal den. Die einzig feststehende Tatsache, die wir bisher von ihm wissen, ist, daß er keinerlei Zugang zu den Geheimakten hat und demgemäß auch nicht in der Lage sein konnte, Hartnell die Daumenschrauben anzusetzen und ihn zur Mithilfe zu zwingen.«

»Gestern abend sagten Sie jedenfalls noch, daß Hartnell klar gehe.«

»Mit Vorbehalt, wohlgemerkt. Bleiben wir bei unserem ach so tapferen Oberst. Warum hat er sich eigentlich — genau wie auch sein ebenso tapferer Kommandant — nicht freiwillig erboten, statt meiner ins Labor zu gehen? Sollte er etwa gewußt haben, welche Tierchen dort herumflattern? Und außerdem ist er nach wie vor der einzige, der für die Zeit, in der der Mord geschah, kein Alibi besitzt.«

»Erbarmen Sie sich, Cavell! Sie wollen doch damit nicht etwa sagen, daß ich Weybridge festsetzen soll? Was glauben Sie, was wir mit den beiden — mit Weybridge wie auch mit Cliveden — für ein Theater hatten, als unsere Leute da waren, um die Fingerabdrücke in den Wohnungen festzustellen. Cliveden hatte nichts Besseres zu tun, als sofort den Sonderbeauftragten anzurufen.«

»Und den Marsch geblasen bekommen, was?«

»Auf die vornehme Tour. Aber dem liegen wir schwer im Magen.«

»Dafür können wir uns was kaufen. Irgendwas herausgekommen dabei?«

»Nu mal langsam, Cavell, immer langsam. Wofür halten Sie uns eigentlich? Es ist noch nicht einmal ein Uhr. Ein paar Stunden brauchen die ja schließlich auch, um das Material auszuwerten. Und Weybridge festsetzen? Nee, mein Lieber, das geht zu weit, das *kann* ich nicht. Was glauben Sie, was die mir beim Kriegsministerium erzählen?«

»Wenn dieser Vogel erst einmal anfängt, mit den Viren herumzuspielen, dann dürfte es innerhalb von vierundzwanzig Stunden kaum mehr ein Kriegsministerium geben, das Ihnen noch etwas erzählen könnte. Auf Gefühle können wir augenblicklich keinerlei Rücksichten nehmen. Sie brauchen ihn ja nicht gleich einzulochen. Setzen Sie ihn zu Hause fest. Hausarrest meinetwegen, oder wie immer Sie das nennen. War sonst noch was los?«

»Tausenderlei — und nirgends was dahinter«, sagte Hardanger verbissen. »Aber der Hammer und die Kombizange sind tatsächlich die Werkzeuge, mit denen der Einbruch verübt wurde — was wir ohnehin wußten. Keinerlei brauchbare Fingerabdrücke im Bedford, genausowenig wie in der Telefonzelle, aus der der Anruf nach London kam. Die Bücher Ihres speziellen Freundes Tuffnell und Genossen haben wir inzwischen so eingehend studiert, daß wir uns jetzt in dem Saftladen besser auskennen als die. Wir könnten das Gespann innerhalb einer Woche hinter

Schloß und Riegel setzen, aber was soll's. Dr. Hartnell jedenfalls ist der einzige aus Labor I, der dort in der Kreide steht. Die Londoner Polizei ist schwer hinter dem Jungen her, der die Briefe an die Fleet Street geschrieben hat, aber womit wir unsere Zeit vertrödeln, ist ja schließlich ganz egal. Jeder auf seine Weise, wir so und die so. Kommissar Martin hat den geschlagenen Vormittag den ganzen Labor-I-Haufen, immer einen nach dem anderen, vorgehabt, um die gesellschaftlichen Beziehungen dieser Herrschaften zu sondieren. Und alles, was dabei zutage gekommen ist, sind die freundschaftlichen Besuche von Haus zu Haus zwischen Dr. Hartnell und Chessingham. Aber so schlau sind wir auch vorher schon gewesen. Jetzt durchleuchten wir erst einmal jede Bewegung der einzelnen Verdachtspersonen innerhalb des letzten Jahres. Und außerdem grasen wir jetzt auch noch die gesamte Einwohnerschaft im Drei-Meilen-Umkreis von Mordon ab, um festzustellen, ob denen in der Mordnacht nicht etwas Verdächtiges aufgefallen ist. Irgend etwas müßte ja wohl einmal auftauchen. Verdammt, wenn man das Netz weit genug spannt und die Maschen klein genug sind, dann ist erfahrungsgemäß bisher noch immer etwas darin hängengeblieben. Wäre ja gelacht.«

»In ein paar Wochen bestimmt. Oder auch in ein paar Monaten. Nur hat unser Genosse leider angekündigt, daß er sich bereits in den nächsten Stunden zu rühren gedenkt. Hardanger, Herrgott nochmal, wir können doch nicht auf den berühmten Zufall warten. Mit Ihrer Organisation, so massiv und wohldurchdacht sie auch sein mag, ist hier doch nichts mehr zu wollen. Und uns in aller Ruhe zurückzulehnen und wie Sherlock Holmes gelassen die Meerschaumpfeife anzustecken, scheint für unseren Fall auch nicht gerade die geeignete Methode. Uns bleibt gar nichts anderes übrig, als eine Reaktion zu provozieren.«

»Das haben Sie ja bereits ausreichend exerziert«, sagte Hardanger sauer, »und wie sehen Sie aus? Langt Ihnen das noch immer nicht? Was wollen Sie noch für Reaktionen?«

»Überprüfen Sie als Auftakt erst einmal die sämtlichen finanziellen Transaktionen aller Verdächtigen, alles, was an Bankeinzahlungen im letzten Jahr getätigt worden ist – aber vergessen Sie auch Weybridge und Cliveden nicht. Und lassen Sie niemanden im Zweifel über diese Ermittlungen. Und dann lassen Sie Haussuchungen durchführen von der Polizei. Bei allen. Lassen Sie überall auch den letzten verrosteten Nagel registrieren. Umgekrempelt müssen die Häuser werden. Damit werden Sie nicht nur demjenigen, hinter dem wir her sind, ein bißchen einheizen, sondern es könnte auch noch obendrein etwas dabei herauskommen.«

»Wenn wir so weit gehen wollen«, warf Wylie ein, »dann könnten wir sie alle auch gleich samt und sonders festsetzen. Der sicherste Weg übrigens, unseren Kumpanen erstmal außer Funktion zu setzen.«

»Irrtum, Inspektor, hoffnungslos. Kann sein, daß wir es mit einem Verrückten zu tun haben, aber dann mit einem genialen Verrückten. Das hat der doch längst mit einkalkuliert. Der hat 'ne ganze Organisation hinter sich. Kein Mensch aus Mordon konnte heute früh diese Briefe in London ausliefern. Der konnte die Viren, nachdem er sie einmal hatte, garantiert nicht schnell genug wieder loswerden, darauf können Sie meinetwegen Ihre Pension verwetten.«

»Nun denn«, sagte Hardanger höchst widerwillig, »dann fangen wir halt mal an, ein bißchen Schaum zu schlagen. Verflucht, wenn ich nur wüßte, wo ich die ganzen Leute dafür eigentlich hernehmen soll —«

»Blasen Sie diese Fragerei von Haus zu Haus wieder ab. Das bringt uns sowieso nichts ein.«

Hardanger nickte, wenn auch wenig begeistert. Und dann hing er sich ans Telefon und führte ein längeres Gespräch, während ich meine Garderobe vervollständigte. Als er wieder aufgelegt hatte, sah er sich um und sagte: »Wissen Sie, Cavell, ich habe wahrhaftig keine Lust, mir Fransen an die Schnauze zu reden, bringen Sie sich von mir aus um. Aber an Mary könnten Sie zumindest ein bißchen denken.«

»Das tue ich unentwegt. Ich denke unentwegt daran, daß unser unbekannter Menschenfreund mit dem, was er in der Hand hat, Dummheiten machen könnte — und dann gute Nacht, Mary, gute Nacht uns allen.«

Und dies schien mir ein recht wirkungsvoller Abschluß der Debatte. Nach einer Weile fing Wylie jedoch wieder an. »Ich möchte wirklich gern wissen, ob die nun Mordon tatsächlich schließen, wenn unser Menschheitswohltäter sich zu einer Kostprobe entschließen sollte?«

»Schließen? Irrtum, mein Lieber, dem Erdboden gleichgemacht haben möchte es unser Freund gern. Na, wie dem auch sei, vorerst ist die Lage zwar hoffnungslos, aber noch lange nicht ernst.«

»Ihre Ansicht«, grollte Hardanger mich an. »Und was gedachten Sie nun weiterhin zu tun — falls Sie so liebenswürdig sein wollen, mich davon zu informieren«, setzte er voll gallenbitterer Ironie hinzu.

»Das werde ich Ihnen sofort verraten. Sie werden lachen, aber ich werde in Kostüm und Maske als Inspektor Gibson von der Metropolitan Police auftreten«, instruierte ich ihn und fuhr dabei über meine vernarbte Gesichtshälfte. »Bißchen was aus

Marys Döschen und ihrer Assistenz, und nichts davon wird mehr zu sehen sein. Hornbrille, Schnurrbart, grauer Anzug — und schon ist Cavell ein anderer Mensch.«

»Und wer, wenn ich fragen darf, liefert Ihnen die dazugehörigen Ausweise?« erkundigte sich Hardanger voller Mißtrauen. »Ich etwa?«

»Nicht nötig. Die habe ich für den Fall eines Falles sowieso immer bei mir.« Ich ignorierte den Blick, mit dem er mich bedachte, und fuhr unbeirrt fort: »Und dann werde ich unserem Freund MacDonald noch einen weiteren Besuch abstatten. In seiner Abwesenheit. Der gute Dr. MacDonald kann es sich nämlich leisten, von seinem bescheidenen Gehalt wie ein mittelprächtiger östlicher Potentat zu leben — mit allem Zubehör, abgesehen von einem Harem, und wer weiß, ob er den nicht auch noch unterhält und ihn lediglich aus Gründen der Diskretion nach außerhalb verlegt hat. Außerdem säuft er, vor lauter Angst, daß die Viren losgelassen werden und sein kostbares Leben gefährden könnten, wie ein Loch. Und das glaube ich ihm nun doch nicht so ganz. Daher werde ich so frei sein und ihn noch einmal besuchen.«

»Das können Sie sich schenken«, sagte Hardanger mit einigem Nachdruck. »An den ist nicht zu tippen. Ausführlichste, beste Personalberichte. Damit habe ich mich erst heute morgen noch eingehend befaßt. Ganze zwanzig Minuten lang.«

»Weiß ich. Kenne ich auch. Nur hatten leider einige von den großen Stars der *Old Bailey*-Elite auch ein reines und fleckenloses Vorleben auf dem Papier zu verzeichnen, bis die Justiz anfing, sich mit ihnen zu befassen.«

»Ein allenthalben auch hier sehr angesehener Mann«, gab Wylie seinen Senf dazu. »Bißchen versnobt zwar, verkehrt standesbewußt nur in den besten Kreisen, erfreut sich aber allgemeiner Beliebtheit.«

»Und noch etwas zu Ihrer gefälligen Kenntnisnahme, was Sie nicht gelesen haben können, Cavell«, schaltete Hardanger sich wieder ein, »von seinem Kriegsdienst nämlich ist kaum etwas erwähnt. Zufällig aber ist der kommandierende Oberst, zu dessen Regiment MacDonald die letzten zwei Kriegsjahre gehörte, ein persönlicher Freund von mir. Den rief ich an und stellte fest, daß MacDonald, was seine militärische Karriere anbelangt, von geradezu erstaunlich persönlicher Zurückhaltung gewesen ist. Wußten Sie eigentlich, daß er 1940 in Belgien als Leutnant mit einem Verdienstorden ausgezeichnet wurde und als Oberstleutnant eines Panzerregiments mit einem Ordensband, das so lang wie Ihr Arm sein dürfte, ausgeschieden ist?«

»Das ist mir neu. Und da komme ich auch nicht ganz mit«, gab ich zu. »Ehrlich gesagt, mir schien er mehr von der Sorte, die gern den starken Mann markiert und mit ihren Heldentaten – falls solche zu verzeichnen wären – keineswegs schamhaft zurückhaltend ist. Sieh mal an! Und mich wollte er glauben machen, daß er Angst habe. Vor mir hat er sich nicht gerade bemüht, in Tapferkeit und Mut zu machen. Warum? Weil er genau wußte, daß er mir seinen nächtlich stillen Suff irgendwie plausibel zu machen hatte, und dies mit persönlicher Angst und Nervosität am einleuchtendsten zu begründen glaubte. Im Hinblick auf das, was ich da soeben vernommen habe, scheint mir dem aber gar nicht so zu sein. Merkwürdig, sehr merkwürdig. Und was mir noch merkwürdiger erscheint, ist die Tatsache, daß das alles so gar nicht aktenkundig geworden ist. Easton Derry forderte solche Unterlagen doch immer an. Daß er eine solche Lükke in einer Personalakte übersehen haben sollte, kommt mir sehr unwahrscheinlich vor.«

»Dazu kann ich natürlich auch nichts sagen«, gab Hardanger zu. »Soviel aber steht zumindest fest – ein Mann derartigen Formats wird sich kaum auf solche dunkle Machenschaften einlassen – wenn meine Informationen zutreffen sollten.«

»Sagen Sie, Hardanger, diesen Oberst, von dem Sie die Geschichte bezogen haben – könnten Sie veranlassen, daß er sich sofort in Marsch setzt hierher?«

Hardanger sah mich kühl und abwägend an. »Halten Sie etwa den ganzen MacDonald nicht für echt – für einen Strohmann, der ihn hier mimt?«

»Das könnte ich im Moment selbst nicht sagen. Auf jeden Fall müssen wir uns seine Akten noch mal vornehmen und feststellen, ob Derry sie auch wirklich bearbeitet hat.«

Ich wandte mich zum Gehen. Hardanger sah sich meine Handflächen und meine Finger an, aus deren Rissen, die ich mir an dieser Säge zugezogen hatte, noch immer Blut trat. »Konnten Sie sich das denn nicht verdammt wenigstens verbinden lassen? Menschenkind, wollen Sie auch eine Blutvergiftung als Gratiszugabe?« schnauzte er.

»Haben Sie schon mal versucht mit verbundenen Pfoten mit einer Pistole zu hantieren?« gab ich sauer zurück.

»Dann ziehen Sie gefälligst Handschuhe an. Mann, das ist ja geradezu lächerlich.«

»Das ist genauso lästig. Wie soll ich denn damit in den Abzugbügel kommen?«

»Dann nehmen Sie Gummihandschuhe«, fuhr er mich ungeduldig an. »Plastik.«

»Das ist eine Idee«, gab ich zu. Damit bräuchte ich dann wenigstens meine zerschundenen Pfoten nicht zur Schau zu stellen. »Und dann starrte ich ihn plötzlich an, ohne ihn zu sehen und sank langsam aufs Bett. »Gummihandschuhe!« flüsterte ich vor mich hin.

Nur das sagte ich und verstummte. Niemand sagte ein Wort. »Gummihandschuhe«, sagte ich wieder, aber das, was ich da führte, war mehr ein Selbstgespräch. »Um die Kratzer und Risse schön zuzudecken. Und warum keine Gummistrümpfe, verdammt, warum nicht?« Als ich aufsah, fing ich, halb geistesabwesend, gerade noch einen Blick Hardangers an Wylies Adresse auf, der sehr beredt fragte, ob man den Arzt nicht eventuell doch etwas zu früh weggehen lassen habe. Aber Mary kam mir sofort zu Hilfe.

Ich spürte, wie sich ihre Hand auf meinen Arm legte, und sah sie an. Entsetzen über eine plötzlich zur Gewißheit gewordene Erkenntnis stand in ihrem unbewegten Gesicht und den großen grünen Augen.

»Mordon«, flüsterte sie, »die Felder um Mordon. Stechginster, lauter Stechginster. Und sie hatte Elastikstrümpfe an, Pierre. *Elastikstrümpfe.*«

»Also was, zum Donnerwetter, ist —« fuhr Hardanger dazwischen.

Ich ließ ihn nicht ausreden. »Inspektor Wylie, wie lange brauchen Sie, um einen Haftbefehl zubekommen? Mord. Beihilfe zum Mord.«

»Kein Problem«, sagte er hart und klopfte auf die Brusttasche. »Alles da. Drei Stück. Fix und fertig, gestempelt und unterschrieben. Wie Sie soeben treffend bemerkten, gibt es Zeiten, in denen sich die Vorschriften nicht immer bis aufs I-Tüpfelchen durchführen lassen. Füllen wir also aus. Mord?«

»Beihilfe.«

»Und der Name«, verlangte Hardanger. Er schien sich noch immer nicht ganz sicher, ob er nicht doch lieber nach dem Arzt telefonieren sollte.

»Dr. Roger Hartnell«, sagte ich.

9

»Was sagen Sie da?« Dr. Roger Hartnells junges Gesicht sah plötzlich alt und verfallen aus. Er blickte erst uns an und dann seine Frau und dann wieder uns. »Beihilfe zum Mord? Mann, worüber reden Sie denn da um Himmels willen?«

»Fragen Sie nicht so dumm. Sie wissen ganz genau, wovon hier die Rede ist«, sagte Wylie ruhig. Es war sein Bezirk, und er demgemäß derjenige, der den Haftbefehl zu verlesen hatte und die Arrestierung durchführte. »Dr. Hartnell, ich muß Sie darauf aufmerksam machen, daß alles, was Sie jetzt aussagen, in einem späteren Verfahren gegen Sie geltend gemacht werden kann. Ein volles Geständnis würde natürlich beiden Teilen helfen, Ihnen wie auch uns, das ist richtig, aber auch der Untersuchungsgefangene hat seine Rechte. Es steht Ihnen ein Anwalt zu, und vielleicht wollen Sie den in Anspruch nehmen, ehe Sie reden.« Anwalt! Der würde die Klappe auch ohne Anwalt aufmachen, und zwar gleich, noch ehe wir dieses Haus verließen. Und Hardanger und Wylie und ich wußten es.

»Wäre vielleicht einer von Ihnen so freundlich, uns erst einmal zu erklären, was dieser ganze Unsinn hier zu bedeuten haben soll?« sagte Mrs. Hartnell kühl. Die starre Feindseligkeit, die von ihr ausging, die verkrampften Hände, all das sprach eine deutlichere Sprache, als ihre wohlerzogene kühl anmaßende Verständnislosigkeit es zu überspielen imstande war.

»Aber gern«, sagte Wylie. »Dr. Hartnell, Sie sagten doch gestern bei Mr. Cavell aus —« Wylie deutete mit einer Handbewegung auf mich, und Hartnell riß die Augen auf.

»Cavell? Das ist nicht Cavell!«

»Meine Visage hat mir nicht mehr gefallen«, sagte ich, »wollen Sie mir das verdenken? Lassen Sie den Inspektor zu Ende reden, Hartnell.«

»— daß Sie in der fraglichen Nacht noch sehr spät unterwegs waren, um Mr. Tuffnell aufzusuchen. Eingehende Ermittlungen haben uns eine ganze Reihe Zeugen finden lassen, die Sie in der angegebenen Richtung hätten sehen müssen. Keiner dieser Leute hat Sie gesehen, soweit Punkt eins.« Ein ausgezeichneter Punkt sogar — wenn auch blanke Fiktion: Nachgegangen waren wir der Sache, aber, wie zu erwarten, war auch nicht ein einziger Zeuge aufzutreiben gewesen, der für oder gegen Hartnells Behauptung auszusagen in der Lage gewesen wäre.

»Zu Punkt zwei«, fuhr Wylie fort, »Straßenschmutz wurde am vorderen Kotflügel Ihres Rollers festgestellt, eine Art rötlichen Lehms, wie er weit und breit nur im Umkreis von Mordon zu finden ist. Wir nehmen an, daß Sie in den frühen Abendstunden noch mal unterwegs waren, um die Lage zu peilen. Ihre Maschine wird augenblicklich zu einer genauen Untersuchung ins Polizeilabor gebracht. Zu Punkt –«

»Mein Roller?« Hartnell sah aus, als wenn die Decke über ihm eingestürzt wäre. »Mordon. Ich schwöre –«

»Punkt drei. In der gleichen Nacht noch fuhren Sie dann mit Ihrer Frau auf diesem Roller in die Nähe von Chessinghams Haus. Sie waren drauf und dran, sich bei Mr. Cavell selbst zu verraten – ein Polizist sollte Sie angeblich auf ihrer Fahrt nach Alfringham gesehen haben –, und dann fiel Ihnen im allerletzten Moment noch ein, daß er dann ja auch Ihre Frau auf dem Rücksitz gesehen haben mußte. Spuren Ihrer Reifen wurden im Gebüsch, kaum zwanzig Meter von dem stehengelassenen Bedford festgestellt. Unvorsichtig, Dr. Hartnell, sehr unvorsichtig. Ich stelle fest, daß Sie dagegen keinerlei Protestgeschrei erheben.« Wie hätte er auch. Die Spuren hatten wir gerade vor zwanzig Minuten erst festgestellt.

»Punkt vier und fünf. Ein Hammer wurde gebraucht, um den Wachhund zu betäuben, eine Kombizange, um den Zaun zu durchschneiden. Beides wurde gestern abend in Ihrem Werkzeugschuppen gefunden. Auch von Mr. Cavell.«

»Sie Subjekt, Sie widerliches – herumspionieren –« Seine mühsame Selbstbeherrschung krachte zusammen. Mit wutverzerrtem Gesicht, bereit, auf mich loszugehen, kam er auf mich zu. Er kam nicht weit. Massiv rückten Hardanger und Wylie von beiden Seiten heran und klemmten ihn fest. Das steigerte seinen hilflosen Wutanfall nur noch. »Hereingebeten haben wir Sie auch noch, Sie Schwein, uns um Ihre Frau gekümmert. Ich –« Seine Stimme, die sich eben noch beinah überschlagen hatte, fiel ab, wurde langsam, tonlos, brach ab. Als er wieder anhub, kam es mir vor, als spräche ein völlig anderer. »Der Hammer, mit dem der Hund erledigt wurde? Die Kombizange? Hier? In meinem Haus? Hier soll dieses Zeug gefunden worden sein? Wie ist das möglich?«

Er hätte nicht fassungsloser sein können, wenn er soeben vernommen hätte, daß der verstorbene Senator McCarthy sein Leben lang ein überzeugter Kommunist gewesen sei. »Sie können einfach nicht hier gefunden worden sein. Wovon reden sie, Jane?« Die blanke Verzweiflung stand ihm im Gesicht.

»Wir reden von Mord«, sagte Wylie hart und trocken. »Und daß von Ihnen etwas zu dessen Aufklärung beigetragen werden würde, war sowieso nicht zu erwarten. Also dann kommen Sie mit. Beide.«

»Das muß ein Irrtum sein — ein entsetzlicher Irrtum. Ich verstehe das alles nicht. Das kann nicht sein.« Er starrte uns an, wie ein gehetztes Tier, das keinen Ausweg mehr sieht. »Das muß sich aufklären, alles wird sich aufklären, bestimmt. Und wenn Sie schon jemanden mitnehmen müssen, dann mich, aber zerren Sie bitte meine Frau da nicht auch noch mit hinein.«

»Und warum nicht?« sagte ich. »Ihnen hat es doch offensichtlich vorgestern nacht auch nichts weiter ausgemacht, sie mit hineinzuzerren.«

»Ich weiß überhaupt nicht, worüber Sie eigentlich reden?« sagte er müde.

»Und Sie, Mrs. Hartnell, was haben Sie dazu zu sagen?« erkundigte ich mich. »Zum Beispiel im Hinblick auf die Tatsache, daß Ihr Arzt Sie vor nicht länger als kaum drei Wochen noch für einwandfrei gesund gehalten hat?«

»Was soll das heißen?« wollte sie wissen. Sie hatte sich weitaus besser in der Kontrolle als ihr Mann. »Worauf wollen Sie da hinaus?«

»Auf die feststehende Tatsache, daß Sie sich erst gestern ein Paar Elastikstrümpfe in einer Drogerie in Alfringham gekauft haben. Ein widerliches Zeug, dieser Stechginster um Mordon herum, was? Und dunkel war es auch noch, als Sie losrannten, nachdem Sie die Leute aus ihrem Streifenwagen gelotst hatten. Sie müssen ganz schön was abbekommen haben, nicht wahr, Mrs. Hartnell? Und weil Polizeibeamte nun einmal von Haus aus ein mißtrauischer Haufen sind, besonders, wenn es um Mord geht, deckt man so etwas halt am besten zu, so ist es doch, Mrs. Hartnell, stimmt's?«

»Aber das ist ja doch einfach lächerlich«, sagte sie tonlos und mechanisch. »Wie können Sie sich nur unterstehen —«

»Sie vergeuden unsere Zeit, *Madame!*« Hardanger hatte bisher geschwiegen. Es war das erstemal, daß er scharf und autoritativ eingriff. »Draußen steht eine Beamtin von uns. Soll ich sie kommen lassen?« Stille. »Schön, dann schlage ich vor, wir fahren jetzt zum Revier.«

»Kann ich noch einmal mit Dr. Hartnell reden?« fragte ich. »Unter vier Augen.«

Hardanger und Wylie sahen sich an. Es war eine reine Formsache. Ich hatte ihr Einverständnis dazu längst, aber sie mußten gedeckt bleiben, wenn es zur Verhandlung kam.

»Warum?« verlangte Hardanger.

»Wir kennen einander recht gut, und ich wüßte nicht, wann Dr. Hartnell und ich jemals nicht miteinander ausgekommen wären. Und Sie wissen ja, unsere Zeit drängt. Eventuell wäre er bereit, mir etwas mehr zu sagen.«

»Ihnen?« Zu schreien und gleichzeitig auch noch eine gewisse Ironie in dieses Geschrei zu legen, ist bestimmt nicht so einfach, aber Hartnell brachte es fertig. »Nie – bei Gott nicht.«

»Wir sind sogar ganz verflucht im Gedränge«, nickte Hardanger nachdrücklich. »Na, dann meinetwegen, Cavell, zehn Minuten.« Er bedeutete Mrs. Hartnell hinauszugehen. Sie sah ihren Mann noch einmal unentschlossen an und ging schließlich zögernd, gefolgt von Hardanger und Wylie. Hartnell machte Anstalten, sich anzuschließen. Ich blockierte ihn.

»Lassen Sie mich vorbei.« Seine Stimme klang wie ein leises, stimmloses Zischen. »Leuten Ihres Kalibers habe ich nichts zu sagen.« Und dann folgte noch eine kurze Beschreibung dessen, was er unter Leuten meines Kalibers verstand. Als ich unbeeindruckt davon stehen blieb, holte er aus. So ungeschickt, daß auch ein blinder Achtzigjähriger noch in der Lage gewesen wäre, den Schlag zu parieren oder ihm auszuweichen. Daraufhin zeigte ich ihm meine Pistole, und das schien eine gewisse Sinneswandlung zu bewirken.

»Haben Sie einen Keller im Haus?« wollte ich wissen.

»Einen Keller. Ja wir –« Er brach ab. Sein Gesicht verzerrte sich und bekam wieder jenen üblen Ausdruck, den ich vorhin schon einmal an ihm wahrgenommen hatte. »Falls Sie mich –«

Und jetzt holte ich in einer gelungenen Imitation seines eigenen tappsigen Versuch aus und stoppte seine zur Abwehr erhobene Rechte mit der Hanyatti gerade in der Preislage, die ihre Energie lähmte, riß seinen linken Arm nach hinten und ließ ihn vor mir her durch den rückwärtigen Ausgang in den Keller marschieren. Dort angekommen schloß ich die Tür und beförderte ihn unsanft auf eine Holzbank. Da hockte er erst einmal, rieb sich den Kopf und sah dann zu mir auf.

»Bilden Sie sich etwa ein, ich wüßte nicht, daß das ein ganz abgekartetes Spiel ist«, meuterte er heiser. »Als wenn Hardanger und Wylie nicht gewußt hätten, was Sie da mit mir vorhaben!«

»Hardanger und Wylie können nicht so, wie sie gern möchten«, sagte ich kaltlächelnd. »Sie sind durch gesetzliche Vorschriften zum Verhör Verdächtiger und durch den Gedanken an ihre Karriere und ihre Pension gehandikapt. Ich weiß von solchen Hemmungen nichts. Ich bin Privatmann.«

»Und Sie glauben, damit davonzukommen? Wie haben Sie sich das vorgestellt – etwa, daß ich das, ohne ein Wort darüber zu verlieren, hinnehmen werde?«

»Daß Sie dazu noch in der Lage sein werden, wenn ich einmal hier fertig bin, bezweifle ich«, dämmte ich ihn ungerührt. »In genau fünfzehn Minuten werde ich die Wahrheit aus Ihnen herausgebracht haben, ohne daß Sie auch nur einen blauen Flecken davontragen. Auf dem Gebiet bin ich Experte, Hartnell. Ich habe eines dreiwöchigen erfolgreichen Praktikum in belgischen Verhören absolviert. Der Angeklagte war ich. Und ich kenne keine Rücksichtnahme, Hartnell, machen Sie sich darauf gefaßt.«

Er sah mich an. Er schien sich einzureden, daß wir hier nicht in Belgien seien, aber ihm wurde mulmig. Hartnell war nicht zum Helden geboren.

»Vielleicht versuchen wir es erst einmal auf die vernünftige Tour. Vielleicht genügt es auch, wenn ich Sie ganz kurz einmal daran erinnere, daß ein Verrückter mit dem Satanskäfer frei durch die Gegend läuft und damit droht, unsere schöne grüne Insel zu Versuchszwecken zu benutzen, falls wir uns nicht bereit erklären, auf seine Bedingungen einzugehen. Seine erste Demonstration wäre in genau einer Stunde fällig.«

»Was sagen Sie da?« Ihm schien noch mulmiger zu werden. Ich packte aus, was ich von Hardanger erfahren hatte, und fuhr dann fort: »Und wenn dieser wildgewordene Idiot womöglich ganze Landstriche vernichtet, dann Gnade uns Gott, das nimmt das Volk nicht so ohne weiteres hin. O nein, man wird nach einem Sündenbock schreien, und diesem öffentlichen Druck wird auch ein Sündenbock geliefert werden müssen. Geht Ihnen das ein, Hartnell? So töricht, das nicht kommen zu sehen, werden Sie doch wohl kaum sein. Und was wäre die Folgerung? Ihre Frau mit der Schlinge um den Hals, während der Scharfrichter die Falltür öffnet – das Absacken, der Ruck, das Knacken der Wirbelsäule, die trampelnden Reflexbewegungen – sehen Sie sie vor sich, Hartnell – Ihre Jane? Wissen Sie auch, was Sie ihr da antun? Sie ist zu jung, um schon zu sterben, Hartnell. Und der Tod durch den Strang ist ein grauenhafter – und noch immer die gesetzliche Strafe bei Mord oder Beihilfe zum Mord aus Geldgier und Gewinnsucht.«

Er starrte mich an. Das heulende Elend saß ihm in den Augen – und Haß. Grau schien sein Gesicht jetzt im trüben Kellermuff. Schweiß glänzte auf seiner Stirn.

Ich setzte den Hebel wieder an. »Ihnen ist klar, daß Sie alles, was Sie mir hier sagen, jederzeit widerrufen können? Ohne Zeugen ist jedes Geständnis wertlos.« Ich sah ihn an und wartete. »Sie stecken da ganz verflucht tief mit drin, Hartnell, was?«

Er nickte. Er starrte auf den Boden.

»Wer ist der Mörder? Wer steckt dahinter?«

»Ich weiß es nicht. Gott sei mein Zeuge, ich weiß es nicht. Irgend jemand, ein Mann, rief mich an und bot mir Geld für dieses Ablenkungsmanöver. Jane und ich sollten die Geschichte durchführen. Ich hielt ihn für verrückt — zumindest hatte ich sehr das Gefühl, daß an der ganzen Geschichte etwas faul ist . . . ich lehnte ab. Am nächsten Tag kamen per Post zweihundert Pfund mit dem Vermerk, daß weitere dreihundert im Anrollen wären, wenn ich auf diesen Vorschlag einginge. Vierzehn Tage vergingen, da rief er mich wieder an.«

»Und seine Stimme? Haben Sie seine Stimme nicht erkannt?«

»Tief — erstickt, als wenn er das Mundstück verstopft hätte. Nein, ich habe keine Ahnung, wer das gewesen sein könnte.«

»Und was hat er gesagt?«

»Genau das, was er auch schon geschrieben hatte. Weitere dreihundert, wenn ich mich auf den Handel einließe.«

»Und?«

»Ich ließ mich darauf ein.« Er sah noch immer zu Boden. »Ich hatte das Geld schon angegriffen.«

»Sind diese dreihundert Pfund schon da?«

»Noch nicht.«

»Was hatten Sie von den zweihundert ausgegeben?«

»Etwas über vierzig.«

»Und der Rest? Kann ich ihn sehen?«

»Der ist nicht hier. Nicht im Haus jedenfalls. Vergraben. Als Sie gestern gingen, habe ich ihn weggebracht.«

»In welchen Werten — in welchen Scheinen, meine ich?«

»In Fünfern.«

»Aha. Interessant Dr. Hartnell, wirklich sehr interessant.« Ich ging zur Bank hinüber, nahm ihn bei den Haaren, riß ihm den Kopf nach hinten und stieß ihm die Pistole in die Magengrube, und dann, als ich ihn keuchen hörte, brachte ich sie hoch und drückte sie ihm zwischen die Zähne. Zehn Sekunden stand ich so da, während seine entsetzensstarren Augen an mir klebten. Mir wurde leicht übel.

»Hartnell«, sagte ich, »eine Chance stand Ihnen zu. Mehr haben Sie nicht zu erwarten. Jetzt muß ich leider zu anderen Methoden greifen. Sie sind ein Schwein, ein elendes, verlogenes Schwein. Oder haben Sie sich eingebildet, daß ich Ihnen diesen Quatsch abnehme. Bilden Sie sich etwa ein, daß ein geradezu genial funktionierendes Gehirn, wie es das ist, das hinter all dem steht, das Risiko auf sich nehmen wird, sich von einem lächerlichen Würstchen, wie Sie es sind, all seine wohldurchdachten Pläne durchkreuzen zu lassen? Sie glauben doch wohl selbst nicht daran, daß der Ihnen auch noch per Telefon seine Vorschläge unterbreiten wird, um damit Gefahr zu laufen, daß Sie zur Polizei rennen und damit alles, was in Mordon in einer Uniform steckt, mobilisieren? Bilden Sie sich ein, daß ein Kerl wie der sich für Sie an die Telefonstrippe hängt, bei der er jederzeit damit rechnen muß, daß die Vermittlung, die gerade ihren Kaffee schlürft und im Moment nichts Besseres zu tun hat, jedes Wort mithören kann? Sind Sie denn wirklich so naiv, daß Sie angenommen haben, ich würde Ihnen derartige Kindermärchen abnehmen? Hartnell, Sie glauben doch nicht im Ernst, daß ein genialer Organisator sein raffiniert ausgeklügeltes Spiel ganz allein von Ihrer Geldgier abhängig machen wird, davon, daß Sie in letzter Sekunde doch noch nach dem ausgehangenen Köder schnappen werden? Und dann wird er Sie auch noch in Fünfern beliefern, ausgerechnet in Fünfern, die erstens am leichtesten zurückzuverfolgen sind und zweitens, wenn nicht gerade die Ihren, so doch mindestens die Fingerabdrücke des Auszahlers tragen können. Erwarten Sie von mir, daß ich mir von Ihnen weismachen lasse, daß er gerade Ihnen fünfhundert Pfund für einen Job bieten wird, für den er in London so viele Experten, wie er braucht, finden kann, die zudem auch noch um das Zehnfache billiger zu haben wären? Und dann wollen Sie das Geld auch noch im Wald vergraben haben – jawohl, um dann morgens, wenn Sie auf polizeiliches Geheiß genötigt wären, es wieder auszugraben, mit dummem Gesicht dazustehen, weil Sie die Stelle absolut nicht mehr finden können, was? All diesen absurden Blödsinn soll ich Ihnen abnehmen, Hartnell?« Ich trat zurück und ließ die Pistole, die noch immer zwischen seinen Zähnen steckte, sinken. »Oder wollen wir beide das Geld ausgraben gehen?«

Er war am Ende. »Cavell«, stöhnte er, »ich bin fertig, restlos fertig. Ich stecke bis zum Hals in Schulden. Ich bin mit zweitausend Pfund belastet, und kein Mensch weit und breit gibt mir auch nur noch einen Heller.«

»Verschonen Sie mich mit dieser Platte, Hartnell. Kommen Sie mir bloß nicht mit Ihrem heulenden Elend. Es interessiert mich nicht.«

»Tuffnell rückte mir unbarmherzig auf die Pelle«, nahm er sein persönliches Trauerspiel wieder auf und vermied es dabei, mich anzusehen. »Ich bin Messeoffizier in Mordon. In der Kasse fehlen über sechshundert Pfund. Und irgend jemand ist dahinter gekommen und drohte mich anzuzeigen, wenn ich nicht spurte. Ich spurte.«

Ich legte die Pistole aus der Hand. Die Wahrheit klingt bei weitem nicht immer so glockenrein, wie unschuldige Gemüter glauben mögen, aber Hartnell war viel zu geschlagen, um noch irgendwelche Verdunkelungsversuche zu machen. »Und Sie haben keine Ahnung, wer hinter all dem stehen könnte?«

»Nein. Und ich schwöre, ich weiß weder etwas von dem Hammer noch von der Kombizange, noch wie der rote Lehm an meinen Roller gekommen ist.«

Mein Bein machte mir so verdammt zu schaffen, daß man mir einen Polizeiwagen samt Fahrer zur Verfügung gestellt hatte, aber auch unter diesen Umständen war die Fahrt zu MacDonald keine reine Freude für mich. Die Zeit verrann unerbittlich, und alles, was ich sah, war eine Wand. Sämtliche Zeitungen mußten heute abend voll von den letzten Mordoner Geschehnissen sein: Zwei Wissenschaftler unter Mordverdacht verhaftet – die endgültige Klärung des Virendiebstahls lediglich noch eine Frage von Stunden. Selbst wenn die wahren Täter damit in Sicherheit gewiegt wurden, uns brachte das auch nicht viel weiter. Wie Blinde tasteten wir uns durch mitternächtlichen Nebel. Und nirgends eine Spur, nicht eine. Hardanger suchte inzwischen intensiv nach allen Leuten, die unter Umständen Zugang zu den Messebüchern gehabt haben konnten. Da konnte er lange suchen. Einige Hundert hatten Einsicht und Zugang zu dieser Buchführung, überlegte ich verbittert.

Die Haushälterin MacDonalds, Mrs. Turpin, nahm mich in Empfang. Mrs. Turpin war etwa Mitte dreißig und nicht nur ganz passabel, sondern auch sehr hübsch. Auch wenn sie augenblicklich als treue Dienerin ihres Herrn innerlich kochte, weil sie hier ohnmächtig mit ansehen mußte, wie brutale Hände in den ihr anvertrauten Gütern hausten.

Als ich mich mit der falschen Dienstmarke auswies, bemerkte sie nur bitter, daß es auf einen Schnüffler mehr oder weniger jetzt auch nicht mehr ankäme.

Und von Polizei in Zivil schien es auch tatsächlich hier nur so zu wimmeln. Ich gab mich dem Sergeanten von Dienst, Carlisle, zu erkennen.

»Schon irgend etwas gefunden, Sergeant?«

»Schwer zu sagen, Sir. Seit 'ner Stunde wühlen wir hier herum, aber bis jetzt ist mir eigentlich noch nichts in die Finger gefallen, was mir nicht ganz koscher vorgekommen wäre. Aber er lebt gar nicht schlecht, dieser Dr. MacDonald, das muß ich schon sagen. Einer von meinen Leuten hier, ein gewisser Chambell, der selbst den Kunst- und Kulturfimmel hat und was davon versteht, behauptet, daß einiges von diesem ganzen Kram hier 'ne ganz schöne Stange gekostet haben muß. Und dann diese Dunkelkammer da oben am Speicher – die sollten Sie mal sehen! Ausgestattet mit den letzten Finessen, von denen ich auch nicht wissen möchte, was sie gekostet haben.«

»Dunkelkammer? Ach! Interessant. Mir völlig neu, daß MacDonald ein so begeisterter Fotograf sein soll.«

»Das wissen Sie nicht? Ach du lieber Gott, der ist doch einer der besten Amateure, den wir haben. Präsident des Alfringhamer Fotoclubs. Gleich neben seinem Studio können Sie seine sämtlichen Preise bewundern. Na, und ein Geheimnis macht er ja auch weiß Gott nicht daraus.«

Ich überließ ihm und seinen Leuten die weiteren Wühlarbeiten und stieg nach oben. Was die nicht fanden, würde ich schwerlich selbst finden. Und verdammt, nein, Carlisle hatte nicht übertrieben. Dr. MacDonald schien nicht nur ein Rechengenie, er schien auch noch ein Fotogenie. Die Kamera jedenfalls schien er so geübt wie die sonstigen materiellen Belange seines Daseins zu handhaben. Trotzdem hielt ich mich hier oben nicht allzulange auf. Hoffnungslos für mich und das, was ich suchte. Man konnte auch einen Londoner Sachverständigen von der Polizei kommen lassen, um selbst hier ja nichts zu übersehen, aber du lieber Gott, was sollte schon dabei herauskommen. Nichts. Eine Chance, die eins zu tausend stand. Achselzuckend stieg ich wieder hinunter, um mir Mrs. Turpin vorzunehmen.

»Daß ich Ihnen nun all diese Ungelegenheiten machen muß, tut mir wirklich leid, Mrs. Turpin«, eröffnete ich das Gespräch mit meinem charmantesten Lächeln. »Routine, um die man nun einmal nicht herumkommt. Aber, ich muß schon sagen, hier zu wohnen und zu wirken, muß eigentlich ein Vergnügen sein.«

»Sparen Sie sich Ihr Fünf-Uhr-Tee-Geplauder. Wenn Sie etwas zu fragen haben, dann fragen Sie bitte, aber lassen Sie dieses Herumreden.«

Das war eine sehr deutliche Abfuhr meiner diplomatischen Bemühungen. »Wie lange sind Sie eigentlich schon bei Dr. MacDonald?«

»Vier Jahre. Seitdem er in Mordon ist. Ein Gentleman, wie man ihn lange suchen kann. Warum fragen Sie?«

»Er hat immerhin beachtliche Werte in seiner Wohnung. Wenn man sich hier so umsieht — Teppiche — Bilder. Seit wann hat er eigentlich diese Sachen?«

»Ich bin doch wohl nicht gezwungen, Ihre Fragen zu beantworten.« Aha, eine von der besonders zugänglichen und hilfsbereiten Sorte!

»Nein«, gab ich zu, »das nicht. Besonders dann nicht, wenn Sie gesteigerten Wert darauf legen, Dr. MacDonald möglichst viele Schwierigkeiten zu machen.«

Das wirkte. Sie warf mir einen nicht gerade liebenswürdigen Blick zu, beantwortete meine Fragen aber. Die Hälfte all dessen, was hier so herumstand, hatte er demzufolge bereits vor vier Jahren mitgebracht. Der Rest war nach und nach hinzugekommen. Mrs. Turpin gehörte zu jener Sorte Frauen, die sich der nichtigsten alltäglichen Belanglosigkeiten mit geradezu optischer Genauigkeit zu erinnern vermögen, und so konnte sie denn jedes ehemaligen Neuzugangs Tag und Stunde und womöglich auch noch die genauen Wetterverhältnisse angeben. Was sie sagte, stimmte und bedurfte keiner Bestätigung. Sich damit aufzuhalten, wäre die reinste Zeitverschwendung gewesen, soviel stand fest.

Ein Plus für MacDonald. Keine plötzliche Wohlstandsschwemme in den letzten Wochen und Monaten. Diese Pracht war nicht von heute und gestern, sondern sukzessive seit Jahren Stück für Stück erworben. Woher ihm die Gelder zugeflogen sein mochten, war eine andere Frage, die mich augenblicklich nicht so sehr interessierte. Schließlich war er ja tatsächlich Junggeselle, der für niemanden zu sorgen hatte. Das erklärte manches – wenn auch nicht alles.

Ich ging ins Wohnzimmer. Carlisle schien gerade mit ein paar dicken Akten auf der Suche nach mir gewesen zu sein. Jetzt kam er auf mich zu. »Wir sind da gerade in Dr. MacDonalds Arbeitszimmer und nehmen natürlich alles auf. Aber wenn Sie sich das hier vielleicht einmal etwas genauer ansehen würden – sieht mir ganz nach offiziellem Schriftwechsel aus. Vielleicht interessiert es Sie.«

Es interessierte mich. Nicht jedoch so, wie ich es erwartet hatte. Je eingehender ich mich mit diesem MacDonald beschäftigte, desto harmloser schien er zu werden. Die Akte enthielt seine Korrespondenz mit Kollegen, medizinischen Instituten und Gesundheitsorganisationen aus ganz Europa, in der Hauptsache eigene Durchschläge und Antwortschreiben der Weltgesundheitsorganisation. Und nach allem, was diesem Schriftwechsel zu entnehmen war, bestand kein Zweifel, daß MacDonald auf seinem Gebiet eine anerkannte Autorität und Koryphäe war. Fast die Hälfte all dieser Briefe war nach Paris, nach Stockholm, nach Bonn und Rom an Institutionen, die der Weltgesundheitsorganisation angegliedert waren, gegangen und von dort auch beantwortet. Nichts Verdächtiges, nichts, was in irgendeiner Weise im Sinn internationaler Zusammenarbeit nicht auch vertretbar gewesen wäre – und in fast allen Fällen auch noch von Dr. Baxter gegengezeichnet; eine weitere Garantie dafür, daß hier alles seine Richtigkeit hatte. Zudem ging in Mordon sowieso jeder Brief durch die Zensur, und obwohl daraus ein Staatsgeheimnis gemacht wurde, wußte jeder Wissenschaftler Bescheid. Ich ging die Akte flüchtig noch mal durch und legte sie dann beiseite, als das Telefon läutete.

Es war Hardanger. Er klang recht bedrückt. Und die frohe Botschaft, die er auf Lager hatte, bedrückte auch mich. Ein Anruf nach Alfringham habe zur Auflage gemacht, daß sämtliche

Ermittlungen für vierundzwanzig Stunden einzustellen seien, andernfalls Pierre Cavell, dessen Verschwinden inzwischen entdeckt worden war, damit rechnen könne, daß ihm etwas recht Unerfreuliches zustoßen würde. Beweis, daß man wisse, wer Cavell sei, würde postwendend geliefert, falls bis sechs Uhr nicht alles gestoppt wäre.

Doch dieser erste Absatz war es gar nicht, der mir die Laune verdarb. »Na und?« gab ich zurück. »Auf dergleichen waren wir doch schon gefaßt. Bei allem, was ich Ihnen da in grauer Morgendämmerung unter die Nase gerieben habe, mußten Sie doch wohl annehmen, daß ich mich ein bißchen zu erfolgreich betätige.«

»Bilden Sie sich nur keine Schwachheiten ein, mein Lieber«, dämpfte Hardanger in seinem üblichen Polterton. »Sie sind auch nichts weiter als eine ganz billige Schachfigur. Denn dieser Anruf erging nicht etwa an die Polizei, sondern an Ihre Frau im *Waggoner's Rest,* wobei ihr schlicht mitgeteilt wurde, daß sie, falls der General seine Hörner nicht einzöge — sein voller Name, seine Adresse und sein Rang wurden übrigens genannt —, bei der nächsten Morgenpost mit ein paar Ohren rechnen könne. Auch wenn sie gerade erst ein paar Monate verheiratet sei, die Ohren ihres eigenen Mannes zu erkennen, würde sie immerhin gewiß schon imstande sein.«

Mein Gefieder sträubte sich, aber nicht etwa so wie beim Haareschneiden. »Hardanger«, sagte ich bedächtig, »mir fällt dreierlei auf. Wer weiß denn schon, daß wir verheiratet sind? Ein ganz kleiner Kreis doch nur. Und die Anzahl derer, die wissen, daß Mary die Tochter des Generals ist, dürfte noch geringer sein. Aber diejenigen, die des Generals Persönlichkeit und seine wahre Identität kennen, sind, abgesehen von uns beiden, doch an einer Hand abzuzählen. Und jetzt frage ich mich nur, wie in Gottes Namen kann irgend so ein dunkles Subjekt dieses Landes wissen, wie der General heißt?«

»Wem sagen Sie das?« sagte er gewichtig. »Das ist doch wohl die übelste Entwicklung dieser ganzen Chose. Nicht nur, daß dieser Kerl den General kennt, nein, er weiß auch noch, daß Mary sein einziges Kind und sein Augapfel ist, der einzige Mensch auf dieser Welt, mit dem man ihn unter Druck setzen könnte. Und sie würde ihn unter Druck setzen, verlassen Sie sich drauf. Welche Frau kümmert sich noch um die abstrakten Ideale der Gerechtigkeit, wenn es um das Leben ihres Mannes geht? Die ganze Geschichte stinkt einfach, Cavell.«

»Zum Himmel stinkt sie«, stimmte ich bedächtig zu. »Nach Verrat — und zwar nach Verrat aus den allerhöchsten Kreisen.«

»Ich wäre dafür, daß wir das nicht auch noch telefonisch erörtern«, sagte Hardanger eilig.

»Lassen wir es. Haben Sie schon versucht herauszubekommen, woher das kam? Der Anruf meine ich?«

»Noch nicht. Aber womit wir unsere Zeit vergeuden, ist ja schließlich schon ganz egal.«

Er hing ein, und ich stand da und stierte auf das verstummte Telefon. Der General war ein persönlicher Beauftragter des Ministerpräsidenten und des Innenministers. Seine Person war bei den Chefs der Spionage und Abwehr bekannt — natürlich. Der Sonderbeauftragte, Hardanger selbst, der Kommandant und der Sicherheitschef von Mordon — aus — damit endete die Liste derer, die ihn zu identifizieren wußten. Ein häßlicher Gedanke. Vage ging es mir durch den Kopf, wie beglückend die nächsten Stunden für General Cliveden werden mochten, denn es bedurfte keiner telepathischen Kräfte, um zu wissen, wohin Hardanger stürzen würde, sobald er diesen Hörer aufgelegt hatte. Nur er kannte den Namen des Generals in dem Kreis aller Verdächtigen. Vielleicht hätte ich ihm doch ein wenig mehr Aufmerksamkeit zuwenden sollen.

Ein Schatten verdunkelte die offene Tür. Ich sah auf. Drei uniformierte Figuren standen auf dem Treppenabsatz, und eine davon, der Sergeant in der Mitte, hatte schon die Hand an der Glocke und ließ sie wieder sinken, als er mich sah.

»Ich suche Inspektor Gibson. Ist er vielleicht hier?«

»Gibson?« Es dauerte einen Moment, bis ich geschaltet hatte und mich besann, wer das war. »Das bin ich, Sergeant.«

»Wir hätten da etwas für Sie, Sir«, sagte er und deutete auf den Umschlag, den er in der Hand hielt. »Allerdings muß ich Sie bitten, sich auszuweisen.«

Das tat ich. Dann nahm ich den großen Umschlag in Empfang. »Sie werden verzeihen, Sir, aber ich habe Befehl, diese Sachen hier nicht aus den Augen zu lassen. Sie kämen aus der Registratur von Mr. Clandon, wurde mir von Polizeichef Hardanger gesagt, und ich nehme an, daß es sich um ganz vertrauliches Material handelt.«

»Selbstverständlich doch, Sergeant.« Gefolgt von den drei Mann, marschierte ich gelassen an der beleidigten Miene von Mrs. Turpin vorbei, die auch noch auf der Szene erschienen war, ins Wohnzimmer. Ich forderte sie auf zu gehen. Funkelnden Auges kam sie der Aufforderung nach.

Dann brach ich das Siegel auf und öffnete den Umschlag. Er enthielt eine Reservesiegelmarke, um den Umschlag nach Kenntnisnahme des Inhalts ordnungsgemäß wieder versiegeln zu können, und einen Bericht über die politische und persönliche Unbedenklichkeit Dr. MacDonalds. Natürlich hatte ich damals, als ich den verschwundenen Easton Derry in Mordon ablöste, auch diesen Schriftsatz gelesen, aber was hatte er mich schon interessiert. Damals hatte ich keinen Grund. Heute hatte ich einen.

Erst kamen einmal sieben Seiten allgemeines Gewäsch. Trotzdem las ich mir auch das alles dreimal durch, um ja nichts zu übersehen. Krampfhaft – mit einer Intensität, die dem Eifer eines Senators McCarthy, wenn es galt einen Roten aufzuspüren, in nichts nachstand – suchte ich nach der winzigsten Unregelmäßigkeit, die mir als Hinweis auf einen Anhaltspunkt hätte dienen können, daß hier irgend etwas faul war. Doch nichts zeigte sich. Lediglich die ungemein karge Information über seine Armeelaufbahn, die auch Hardanger bereits aufgefallen war, gab Anlaß zu einem gewissen Befremden. Verwunderlich insofern, als Easton Derry, der diese Sache bearbeitet haben mußte, doch weiß Gott alle Informationsquellen offengestanden hatten. Doch nichts, nichts anderes als eine dürftige Bemerkung, ganz am Schluß einer Seite, deutete darauf hin, daß MacDonald 1938 als Soldat eingetreten und seine Karriere 1945 als Oberstleutnant einer Panzerdivision in Italien abgeschlossen hatte. Die folgende Seite begann sofort mit dem Jahr 1946, in dem er als Chemiker in die Dienste der Regierung in Nordostengland getreten war. Schon möglich, daß das alles in dieser Form von Easton Derry zusammengestellt worden war – oder aber auch nicht.

Ungeachtet des entsetzten Blickes des beobachtenden Sergeants bog ich mit dem Federmesser die Steifdecke, die die Seiten an der oberen Ecke zusammenhielt, auf. Darunter fand sich eine dünne Drahtklammer, wie sie bei jedem gebräuchlichen handelsüblichen Hefter anfällt. Ich bog die beiden Enden auf, bis sie genau im rechten Winkel standen, nahm die Seiten heraus und prüfte sie einzeln. Nicht ein Blatt wies Durchlöcherungen auf, die von mehrmaligem Heften herrühren konnten. Eine einzige Heftspur war zu sehen und nicht mehr. Wenn irgend jemand diesen Bericht geöffnet haben sollte, um ihm ein Blatt zu entnehmen, so mußte er ihn mit ungewöhnlicher Sorgfalt wieder zusammenmontiert haben. Demnach sah es ganz so aus, als habe nie jemand auch nur den Versuch gemacht, hier krumme Touren anzuwenden.

Ich sah auf. Carlisle, der Sergeant in Zivil, stand da und hielt mir weitere Akten und Papiere hin. »Das könnte Sie unter Umständen interessieren, Sir. Ich weiß es nicht, aber es wäre möglich.«

»Moment.« Ich brachte die Bogen wieder in die Klammer, drückte sie zusammen, schob das Schriftstück in den Aktenumschlag, versiegelte ihn ordnungsgemäß und übergab ihn dem Sergeant, der, nach erledigtem Auftrag, mit den zwei anderen, die er im Gefolge hatte, wieder abzog. »Und was bringen Sie mir da?« wandte ich mich an Carlisle.

»Fotos, Sir.«

»Fotos? Wie kommen Sie denn auf die Idee, daß ich mich ausgerechnet für Fotos interessieren sollte, Sergeant?«

»Durch den Umstand, daß wir sie in einer verschlossenen Stahlkassette entdeckt haben. Und auch diese Kassette war ganz unten im Schreibtischfach unter Verschluß. Und diese Sachen hier halte ich für ganz private Korrespondenz. Die lagen auch noch mit dabei.«

»War es schwierig, die Kassette aufzubekommen?«

»Nicht bei dem Trumm von Metallsäge, das ich in solchen Fällen benutze, Sir.«

»Im übrigen wären wir jetzt soweit, Inspektor. Alles ist registriert und falls ich meine unmaßgebliche Meinung dazu äußern darf, dann glaube ich kaum, daß die Liste Sie interessieren wird.«

»Alles durchfurcht? Auch das Kellergeschoß?«

»Den mistigsten Kohlenkeller, der mir jemals untergekommen ist«, grinste er. »Kaum zu glauben, bei all diesem Glanz und persönlichen Geschmack hätte ich eher angenommen, daß Mr. MacDonald auch seine Kohlen noch da aufzubewahren pflegt, wo sie nicht so dreckig werden.«

Und nach diesem persönlichen Kommentar überließ er mich seinem Fund und ging. Vier Alben waren es. Drei davon typisch von der Sorte, wie sie in Millionen britischen Haushaltungen anzutreffen ist: In die Sonne blinzelndes Familienleben. Alt und vergilbt, stammten diese Aufnahmen samt und sonders aus MacDonalds sonniger Jugend in den zwanziger und dreißiger Jahren. Das vierte war neueren Ursprungs. Ein Geschenk in Anerkennung langjähriger hervorragender Dienste im Rahmen der Weltgesundheitsorganisation kündete die Widmung der Kollegen auf der Innenseite des Umschlags. Fünfzig Bilder etwa, die allesamt Dr. MacDonald in allen möglichen europäischen Großstädten im Kreis von Kollegen zeigten. Hauptsächlich eigentlich in Frankreich, in Italien und Skandinavien. Ganz gelegentlich auch einmal ein anderes Land dazwischen. Chronologisch, mit Ort, und Zeitangaben geordnet. Die letzte Aufnahme stammte aus Helsinki und war kaum sechs Monate alt.

Mich interessierten allerdings weniger die Bilder, die das Album enthielt, sondern vielmehr dasjenige, das es nicht enthielt. Der geordneten Bildfolge nach, mußte es vor achtzehn Monaten gemacht worden sein. Die Angaben dazu waren durch horizontale Striche in der gleichen weißen Tusche, in der die gesamte Beschriftung durchgeführt war, unkenntlich gemacht worden. Ich machte Licht und besah mir den Fall eingehend. Fraglos mußte der Name des Ortes mit T angefangen haben. Was danach kam, war schwer zu sagen. Ein O konnte es sein, ein D eventuell. Ein O mußte es sein. Keine Stadt derWelt fing mit TD an. Der Rest war völlig unlerserlich. TO ... Sechs, eventuell sieben Buchstaben. Aber auch nicht eine Unterlänge ragte über den Strich, und das schloß sämtliche Städte, die ein p, ein j, ein g und weitere Konsonanten dieser Art enthielten von vornherein aus.

Ich studierte. Welche größeren europäischen Städte begannen mit TO und hatten sechs bis sieben Buchstaben aufzuweisen? Nicht so sonderlich viele. Jedenfalls nicht solche von der Größenordnung, in der die Weltgesundheitsorganisation ihre Tagungen abzuhalten pflegte. Torquay — schlecht, Unterlängen fielen aus. Totnes — zu klein. In Europa? Tornio in Schweden, Tonder in Dänemark — beide relativ unbedeutend. Toledo — zumindest nicht gerade ein Dorf. Nur war MacDonald nie in Spanien. Tournai in Belgien oder eventuell Toulon in Frankreich — das kam der Sache wohl am nächsten. Tournai? Toulon? Ich sinnierte einen Moment, dann griff ich nach den Briefen.

Zirka dreißig bis vierzig an der Zahl durften es sein. Ein schwach duftendes Bündel mit blauem Bändchen. Das Allerletzte, was ich in MacDonalds gesamter Habe zu finden erwartet hatte. Und nicht nur das Allerletzte, sondern auch das Nutzloseste vom Nutzlosen. Ich war bereit, um mein nächstes Gehalt zu wetten: Liebesbriefe! Großer Gott — mir stand wahrhaftig augenblicklich nicht der Sinn danach, mich indiskreterweise auch noch an des guten Doktors jugendlichen Erinnerungen zu erbauen, aber ich hätte auch Homer im Originaltext gelesen, wenn ich das Gefühl gehabt hätte, daß dabei etwas herauskommen könnte. Also zog ich die Schleife auf.

Genau fünf Minuten später hing ich am Telefon und sprach mit dem General.

»Ich will unbedingt eine gewisse Mme. Yvette Peugeot, die 1945/46 im Pasteur Institut in Paris beschäftigt war, interviewen. Nein, nicht erst nächste Woche und auch nicht morgen, sondern heute. Heute nachmittag. Können Sie das arrangieren, Sir?«

»Arrangieren kann ich alles, Cavell,« sagte der General schlicht. »Vor kaum zwei Stunden hat uns der Premier alle verfügbaren Hilfsmittel zur Verfügung gestellt. Der ist fuchsteufelswild. Und wie wichtig ist Ihnen dieser Ausflug?«

»Lebenswichtig unter Umständen, Sir. Aber das eben ist es, was ich noch feststellen muß. Diese Frau scheint etwa neun Monate während und nach dem Krieg in sehr intimen Beziehungen zu unserem Freund MacDonald gestanden zu haben. Und das ist genau der Abschnitt seines Lebens, über den wir keinerlei Unterlagen haben. Falls diese Frau noch am Leben und auffindbar sein sollte, könnte sie diese Lücke eventuell schließen.«

»Und das ist alles?« Seine Enttäuschung war dem Tonfall deutlich zu entnehmen. »Und die Briefe selbst?«

»Einige davon habe ich mir zu Gemüte geführt. Harmlos im Grunde, wenn auch nicht gerade von der Sorte, auf deren Veröffentlichung vor einem Gericht ich gesteigerten Wert legen würde, wenn ich der Verfasser wäre.«

»Bißchen wenig, um was damit anzufangen, Cavell?«

»Ich hab nur so'n dumpfes Gefühl, Sir. Mehr als das vielleicht. Es wäre möglich, daß aus dem Sicherheitsbericht über MacDonald eine Seite entfernt worden ist. Die Daten dieser Briefe stimmen mit dieser fehlenden Seite genau überein — wenn sie fehlen sollte. Und wenn dem so ist, dann würde ich der Geschichte doch gern auf den Grund gehen.«

»Fehlen?« Seine Stimme knatterte geradezu durch den Draht. »Wie kann eine Seite aus einem Sicherheitsbericht fehlen. Wer könnte — wer hatte Zugang zu den Akten?«

»Easton, Clandon, ich selbst — Cliveden und Weybridge.«

»Stimmt genau. General Cliveden.« Lastende Stille. »Sagen Sie, Cavell, diese kürzliche Drohung, Mary sozusagen Ihren Kopf auf dem Tablett zu überreichen: General Cliveden ist der einzige Mensch in Mordon, der weiß, wer ich bin und in welchen Beziehungen ich zu Mary stehe. Er ist einer von den beiden, die Zugang zu den Akten haben. Hielten Sie es nicht für angebracht, sich mal auf Cliveden zu konzentrieren?«

»Lassen Sie das Hardangers Sache sein, Sir. Ich möchte Mme. Peugeot sprechen.«

»Na schön. Bleiben Sie am Apparat.« Ich blieb. Ein paar Minuten später war er wieder da. »Fahren Sie nach Mordon. Ein Hubschrauber wird Sie zum Flugplatz Stanton bringen. Dort steht ein zweisitziger Düsennachtjäger. Vierzig Minuten von Stanton bis Paris. Geht das in Ordnung?«

»Ausgezeichnet, Sir. Ich fürchte nur, ich habe keinen Paß bei mir.«

»Brauchen Sie nicht. Falls die Dame noch lebt und in Paris ist, wird sie Sie auf dem Flugplatz in Orly erwarten. Dafür sorge ich. Wir sehen uns, wenn Sie zurück sind — ich starte in dreißig Minuten nach Alfringham.«

Ich hing ein und wandte mich, die Briefe in der Hand, zum Gehen, und da entdeckte ich Mrs. Turpin in der offenen Tür. Ihr Gesicht war ausdruckslos. Nur ihre Augen wanderten von den meinen zu den Briefen und wieder zurück zu den meinen. Und dann drehte sie sich um und verschwand. Ich aber hätte verdammt gern gewußt, wie lange sie dort gestanden und mir zugehört hatte.

Der General war ein Mann von Wort. Der Hubschrauber stand bereits in Mordon. Die Düsenmaschine brauchte von Stanton bis Orly genau fünfunddreißig Minuten. Und Madame Peugeot, in Begleitung eines Pariser Polizeioffiziers, saß bereits in einem Privatraum und erwartete mich. Die Drähte hatten blitzartig funktioniert. Doch es sollte sich gleich herausstellen, daß es kein Problem gewesen war, Mme. Peugeot - jetzt Madame Halle - ausfindig zu machen. Sie arbeitete noch immer da, wo sie dereinst im Mai, als ihre Beziehungen zu MacDonald noch blühten, auch gearbeitet hatte: Im Pasteur Institut. Und sie hatte sich bereitwillig zum Flugplatz bringen lassen, als die Polizei ihr die Dringlichkeit klargemacht hatte.

Sie war dunkel, rundlich – eine hübsche Vierzigerin mit Augen, die gern lächelten. Im Moment jedoch war sie gehemmt und unsicher und ein bißchen verängstigt, wie jeder, an dem die Polizei ein plötzliches Interesse bekundet.

Der französische Polizeioffizier übernahm die Vorstellung. Ich hielt mich nicht bei langen Vorreden auf. »Wir wären Ihnen sehr dankbar, Madame, wenn Sie uns mit ein paar Informationen über einen Engländer, dessen Bekanntschaft Sie in den vierziger Jahren – genauer 1945/46 – gemacht haben, helfen würden. Es handelt sich um einen gewissen Dr. Alexander MacDonald.«

»Dr. MacDonald? Alex?« Sie lachte auf. »Der würde ja hochgehen, wenn er gehört hätte, daß man ihn hier Engländer nennt. Oder sagen wir, er wäre hochgegangen. Damals, in diesen längst verflossenen Zeiten, als ich ihn noch kannte, war er genau das, was man einen geradezu fanatischen schottischen – wie sagen Sie doch noch?«

»Nationalisten?«

»Ganz recht. Was man einen schottischen Nationalisten nennt, ›Nieder mit England, hoch die alte franko-schottische Allianz‹ war sein glühendes Motto. Trotzdem muß man ihm lassen, daß er sich, bei allem Haß gegen den alten Erzfeind, im letzten Krieg tapfer für ihn geschlagen hat.« Sie brach plötzlich ab und sah mich an, als traute sie dem Frieden nicht recht. »Er – er wird doch nicht etwa gestorben sein?«

»Nein, Madame, er ist so gesund und munter wie Sie.«

»Aber Krach hat er. Krach mit der Polizei.« Sie war sehr hell und schaltete schnell. Sogar den geringfügigen Unterton in meiner Stimme hatte sie sofort erfaßt.

»Ich fürchte, Sie könnten recht haben, Madame. Wie und wann fand diese erste Begegnung statt?«

»Das war ungefähr zwei bis drei Monate vor Kriegsende – in Europa jedenfalls. Und Oberst MacDonald, das war er seinerzeit, war damals beauftragt, eine Munitions- und chemische Fabrik in St. Denis, die lange in deutschen Händen gewesen war, zu besichtigen. Ich war zu der Zeit – weiß Gott nicht aus eigenem Antrieb – in der Forschungsabteilung tätig. Natürlich hatte ich keine Ahnung, daß der Oberst selbst ein hervorragender Chemiker war, und unternahm es also, ihm die einzelnen chemischen Prozesse und Produktionsverfahren zu erläutern, bis ich dann am Ende meines Rundgangs feststellen mußte, daß er davon weit mehr als ich verstand.« Sie lächelte. »Ich glaube, ich hatte es ihm angetan. Nun ja – und er mir nicht minder.«

Dazu konnte ich nur nicken. Im Hinblick auf die flammenden Ergüsse schien mir das sehr zutreffend.

»Er blieb dann ein paar Monate in der Umgebung von Paris stationiert«, fuhr sie fort. »Und ich weiß zwar nicht so genau, welcher Art seine Aufgabengebiete hier waren, aber in der Hauptsache waren sie wohl technisch ausgerichtet. Damals waren wir ständig zusammen, jede freie Stunde.« Sie zuckte die Achseln. »Wie lange ist das alles her, du lieber Gott, wie eine andere Welt kommt mir das heute vor. Dann mußte er nach England zurück, um seine Entlassungsformalitäten nach Kriegsende zu erledigen, war innerhalb von einer Woche wieder in Paris und versuchte, hier als Chemiker unterzukommen. Das war ausgeschlossen. Schließlich trat er dann irgendeine Stelle bei der britischen Regierung auf dem Forschungssektor an.«

»Und ist Ihnen vielleicht jemals irgend etwas Dunkles, nicht so ganz Astreines über ihn zu Ohren gekommen?« fragte ich ohne alle Umschweife.

»Nie. Sonst wäre ich niemals mit ihm befreundet gewesen.« Und dieses sehr entschiedene ›Nie‹ stand so völlig im Einklang mit ihrer fraulichen Würde, daß ich es nicht bezweifelte. Mit einemmal hatte ich das dumpfe Gefühl, daß der General recht behalten würde. Mir war plötzlich, als verschwendete ich hier lediglich meine kostbare Zeit, von der ich mich verbittert fragte, ob sie überhaupt noch etwas wert war, auf der Jagd nach einem Phantom. Ich sah mich bereits mit eingezogenem Schwanz in Mordon ankommen.

»Nichts«, bohrte ich trotzdem weiter. »Gar nichts – denken Sie doch einmal nach, Madame.«

»Wollen Sie mich beleidigen?« gab sie sehr ruhig zurück.

»Verzeihung«, konnte ich da nur sagen und die Taktik wechseln.

»Eine etwas indiskrete Frage, Madame, haben Sie ihn eigentlich geliebt?«

Sie sah mich an und sagte dann gelassen: »Ich glaube annehmen zu dürfen, daß es nicht gerade Dr. MacDonald war, der Sie zu mir geschickt hat. Also müssen Sie durch Briefe auf meine Existenz gestoßen sein. Damit dürfte sich die Antwort auf Ihre Frage wohl erübrigen.«

»Und er? Glauben Sie, daß er Sie geliebt hat?«

»Ich weiß es sogar. Auf jeden Fall hat er mich gebeten, seine Frau zu werden, und das nicht nur einmal, sondern mindestens zehnmal. Und das dürfte doch wohl Beweis genug sein, nicht wahr?«

»Aber Sie haben ihn nicht geheiratet. Sie haben sogar jeden Kontakt zueinander verloren. Und da Sie sich liebten und er Sie doch gebeten hatte, seine Frau zu werden, darf ich dann fragen, warum Sie nein gesagt haben. An Ihnen hat es doch gelegen?«

»Aus dem gleichen Grund aus dem unsere Freundschaft schließlich auseinanderging. Zum Teil vielleicht, weil er, trotz aller Liebesbeteuerungen, mit unheilbarer Vorliebe *à la carte* lebte, in der Hauptsache jedoch um grundlegender Differenzen willen. Damals waren wir alle beide noch zu jung und zu unreif, um nicht nur das Herz, sondern gelegentlich auch mal den Kopf sprechen zu lassen.«

»Differenzen? Darf ich fragen, welcher Art diese Differenzen waren, Madame Halle?«

»Sie können aber sehr beharrlich sein. Ist das so wichtig?« Sie seufzte. »Wahrscheinlich – sonst würden Sie es nicht wissen wollen. Um eine Antwort komme ich wohl doch nicht herum. Und ein Geheimnis ist es auch nicht – auch wenn es im Grund lächerlich und kindisch sein mag.«

»Trotzdem würde ich es gern hören.«

»Davon bin ich überzeugt. Frankreich war nach dem Krieg, wie Sie sich erinnern werden, ein politisches Chaos voller Parteien, deren politische Tendenzen gar nicht extremer nach rechts und links auseinanderklaffen konnten. Ich bin eine gute Katholikin und demgemäß nach rechts orientiert. Ein in der Wolle gefärbter Tory, wie Sie es vielleicht ausdrücken würden.« Sie lächelte Verzeihung heischend. »Was kann man da machen? Dr. MacDonald lehnte meine politische Einstellung so restlos ab, kommt vor. Wenn man jung ist, nimmt man die Politik ungemein wichtig.«

»Dr. MacDonald teilte also Ihre konservativen Ansichten nicht?«

»Konservativ?« Sie lachte amüsiert auf. »Konservativ sagten Sie! Ob Alex nun wirklich ein echter schottischer Nationalist war, das kann ich nicht sagen. Daß es aber außerhalb des Kremls nie einen unbeugsameren, zutiefst überzeugteren Kommunisten gab, das weiß ich bestimmt. Er war nicht zu ertragen.«

Genau eine Stunde und zehn Minuten später trat ich ins Foyer des *Waggoner's Rest* in Alfringham.

10

Ich hatte von Stanton aus angerufen. Der General und Polizeichef Hardanger erwarteten mich bereits. Und obwohl es noch früh am Abend war, hatte auch der General schon die Reste dessen vor sich, was einmal ein beachtlicher Whisky gewesen sein mußte. Seit ich ihn kannte, hatte ich ihn vor neun Uhr abends nie den ersten Drink nehmen sehen. Sein Gesicht war blaß und abgespannt. Zum erstenmal hatte ich das Gefühl, daß man ihm sein Alter ansah, obwohl ich nicht zu sagen vermocht hätte, woran das lag. An den leicht gebeugten Schultern, vielleicht an der undefinierbaren Müdigkeit. Etwas merkwürdig Erschütterndes war um ihn. Die resignierte Tragik eines Starken, der plötzlich erkennen muß, daß ihm die Bürde, die seine breiten Schultern tragen, zu schwer geworden war.

Hardanger sah nicht viel besser aus.

Ich begrüßte sie beide, kassierte einen Whisky vom Genossen Hemdsärmel, der sich in geziemender Distanz und außer Hörweite befand, und streckte dankbar die Beine von mir. »Und wo ist Mary?« fragte ich.

»Bei Stella Chessingham und ihrer Mutter«, sagte Hardanger. »Beim Flügelflicken. Ihr essigsaurer Freund hinter der Theke ist eben erst zurückgekommen. Er hat sie rausgefahren. Sie mußte unbedingt hin, um zu trösten. Und daß die beiden nach Chessinghams Verhaftung trostbedürftig sind, gab ich schon zu, war aber trotzdem nicht ganz einverstanden mit diesem Trip. Aber sie hört ja nicht. Sie kennen Ihre Frau ja, Cavell. Und Sie Ihre Tochter, Sir.«

»Das hätte sie sich schenken können«, sagte ich. »Überflüssig. Chessingham ist so unschuldig wie ein Säugling im Steckkissen. Und das habe ich seiner Mutter bereits um acht Uhr morgens gesagt. Ich mußte es ihr sagen. Sie ist schwer krank, der Schock hätte sie umbringen können — und daß die es, sofort nachdem der Polizeiwagen mit Chessingham abgerauscht war, ihrer Tochter brühwarm mitgeteilt hat, steht doch wohl fest. Die brauchen weder Trost noch Zuspruch.«

»Was?« Hardanger beugte sich erbost vor und zerquetschte vor lauter Erbitterung fast das Glas, das er in der Hand hielt. »Was sagen Sie da, Cavell? Unschuldig? Daß ich nicht lache. Für seine Mitschuld spricht doch wohl verdammt genug —«

»Das einzige, was gegen ihn spricht, ist die Tatsache, daß er – verständlich genug – seinen Führerschein abgeleugnet hat und daß der Mörder ihm unter falschen Namen Geld zugehen ließ, um ihn verdächtig zu machen. Um Zeit zu gewinnen. Alles immer wieder um Zeit zu gewinnen. Fragen Sie mich nicht warum, ich weiß selbst nicht, warum dieser Kerl nun so unbedingt versessen darauf ist, Zeit zu schinden. Aber das ist es nun einmal, worauf er es immer wieder anlegt, wenn er den Verdacht auf einen anderen zu lenken sucht. Darin ist er so einmalig gerissen, daß es ihm tatsächlich gelungen ist, so ungefähr jeden verdächtig zu machen. Wozu kassierte er mich heute morgen? Um Zeit zu gewinnen. Seit Monaten – Anfang Juli ging das erste Geld auf Chessinghams Konto ein – wußte er bereits genau, daß es notwendig werden würde, Zeit zu gewinnen. Warum? Warum Zeit gewinnen?«

»Und mich halten Sie zum Narren«, fluchte Hardanger. »Einen Wind haben Sie gemacht –«

»Ich habe Ihnen den Fall mit allen Tatsachen erzählt, so, wie ich ihn vorfand.« Ich dachte nicht daran, ihn zu besänftigen. »Hätten Sie ihn etwa verhaftet, wenn ich Ihnen gesagt hätte, daß er unschuldig ist? Nie. Das wissen Sie wohl genausogut wie ich. So aber haben Sie ihn festgesetzt, und damit haben wir Zeit gewonnen, weil der Mörder oder auch die Mörder dies den Abendzeitungen entnehmen und überzeugt sein werden, daß wir jetzt auf der falschen Spur sind.«

»Jetzt warte ich nur noch darauf, daß Sie damit herausrücken, daß auch Hartnell samt Frau auf diese Tour fertiggemacht worden sind«, knirschte er.

»Was Hammer, Kombizange und Straßendreck am Motorroller anbelangt – auf jeden Fall. Das lassen Sie sich von mir gesagt sein. Im übrigen sind sie dessen schuldig, wessen man sie anklagt. Aber kein Gericht wird sie deshalb verurteilen. Ein Mann, der erpreßt und gezwungen wird, seine Frau zu veranlassen, sich auf die Straße zu stellen und mit ihrem Geschrei einen Streifenwagen anzuhalten – dafür sieht unser verdammtes Strafrecht nichts vor. Alles, was dabei herauskommen wird, sind ein paar Jährchen wegen Unterschlagung, die sie ihm aufbrummen werden – falls die Armee ihn deshalb unter Anklage stellt, was ich noch bezweifeln möchte. Aber auch seine Verhaftung läßt uns Zeit gewinnen. Was Hammer und Zange in Hartnells Schuppen anbelangt, so war das lediglich einmal eine andere Masche des Mörders, Zeit zu schinden. Daß wir allerdings auf diesen Dreh nicht hereingefallen sind, daß wissen sie nicht. Eins zu null für uns.«

Hardanger wandte sich an den General. »Wußten Sie, daß Cavell hinter meinem Rücken arbeitet, Sir?«

Der General runzelte die Stirn. »Immer mit der Ruhe, Hardanger, so war es auch wieder nicht. Was heißt — wußten Sie — verdammt, *wer* hat mich denn überredet, Cavell in diese Geschichte einzuschalten? Sie, wenn ich mich nicht irre! Aber ich muß schon zugeben, er arbeitet mal wieder mit reichlich unorthodoxen Methoden. Apropos Cavell — Was Neues aus Paris über unseren Freund MacDonald?«

Ich antwortete nicht gleich. Er schien mir so merkwürdig indifferent, so, als wäre er im Grunde mit viel wichtigerem beschäftigt. Deshalb sagte ich genauso nebenbei: »Hängt davon ab, was Sie interessant nennen, Sir. Jedenfalls bin ich jetzt in der Lage, Ihnen den Namen einer der Leute zu nennen, die hinter all dem stehen. Dr. Alexander MacDonald. Und ferner ist er seit fünfzehn Jahren ganz zweifellos einer der Spitzenagenten kommunistischer Spionage. Wenn das reicht.« Das saß. Sie waren bestimmt die letzten, die etwas erschüttern konnte, aber das hatte gefunkt. Genau für eine Sekunde. Dann starrten sie sich erst gegenseitig an und hinterher mich. In einer Minute hatte ich berichtet, was zu berichten war. Hardanger brachte nur noch ein »O mein Gott« heraus und machte sich eiligst davon, um einen Einsatzwagen zu holen.

»Haben Sie den Polizeifunkwagen draußen gesehen?« fragte der General.

Ich nickte.

»Wir sind in ständiger Verbindung mit der Regierung und mit Scotland Yard.« Er fischte zwei Schriftstücke aus einer Innentasche. »Das erste davon bekam ich vor zwei Stunden, das andere vor kaum zehn Minuten.« Ich sah mir die Dinger schnell an und stellte dabei fest, daß die allgemein geläufige Redensart betreffs des in den Adern zu Eis erstarrten Bluts im menschlichen Erlebnisbereich durchaus ihre Berechtigung hat. Mir wurde unerklärlich kalt und eisig, und ich war froh, daß Hardanger, nachdem er getan hatte, was zu tun gewesen war, mit drei Whiskys wieder ankam. Jetzt wurde mir klar, weshalb sie beide so restlos fertig und erledigt ausgesehen hatten, als ich hereingekommen war. Jetzt war mir klar, und jetzt begriff ich sogar, warum mein Ausflug nach Paris ihnen relativ nebensächlich geworden war. Die erste Mitteilung war etwa gleichzeitig an Reuter und AP durchgegeben worden und relativ kurz. Der blumige Stil war nicht zu verkennen. Sie lautete: *Die Mauern der Stätte des Antichristentums stehen noch immer. Meine Forderungen wurden ignoriert. Die Verantwortung liegt allein bei euch. Ich habe eine Virusampulle an eine einfache Zeitbombe befestigt, die heute nach-*

mittag, drei Uhr fünfundvierzig, in Lower Hampton, Norfolk, hochgehen wird. Der Wind steht WSW. Sollte die Zerstörung von Mordon nicht bis heute um Mitternacht vollendet sein, so sehe ich mich gezwungen, morgen eine weitere Ampulle zur Explosion zu bringen, und zwar genau im Herzen von London. Ein Blutbad, das so einzigartig sein wird, wie es die Welt noch nie erlebt hat. Die Wahl habt ihr.

»Lower Hampton ist ein Dorf von etwa einhundertfünfzig Leuten, sechs Meilen von der Küste entfernt«, sagte der General. »Der Hinweis auf den Wind besagt, daß der Virus nur vier Meilen Land infizieren und dann auf die See hinausgetragen wird. Wenn er sich nicht dreht, der Wind. – Das kam heute nachmittag zwei Uhr fünfundvierzig. Sämtliche in der Gegend vorhandenen Streifenwagen wurden nach Lower Hampton und Umgebung beordert, und alles, was greifbar war, nach dem Westen evakuiert.« Er brach ab und starrte auf den Tisch. »Leider haben wir es da unten mit einer landwirtschaftlich anständigen Gegend zu tun, und es sind verdammt viele Höfe da und nur wenige Wagen. Alle rechtzeitig zu erreichen, war nicht möglich, fürchte ich. Und daß wir schnellstens versucht haben, auch die Bombe noch ausfindig zu machen, ist wohl klar. Aber du lieber Gott, das war ein so aussichtsloses Unternehmen, wie die berühmte Nadel im Heuhaufen zu finden. Genau um drei Uhr fünfundvierzig knallte es. Rauch und Flammen stachen aus dem Dach eines verlassenen kleinen Anwesens. Der Sergeant und die beiden Konstabler, die die Geschichte beobachtet hatten, machten, daß sie in ihren Wagen kamen und drückten nur noch aufs Gas – das werden Sie sich wohl vorstellen können.«

Mir war der Mund so trocken wie Asche, und ich griff nur noch nach dem Whiskyglas und kippte den halben Whisky in mich hinein, um die Asche wegzuspülen. Der General fuhr fort: »Um vier Uhr zwanzig startete ein R.A.F. Bomber – ein Aufklärer – von einem Flugplatz in Ostengland und überflog das Gebiet. Der Pilot hatte zwar Befehl, nicht unter zehntausend Fuß zu gehen, bei der klaren Sicht jedoch und den Kameras, die sie heutzutage haben, war es weiter kein Problem, eine genaue Aufklärung zu fliegen. Das gesamte betroffene Gebiet wurde fotografiert. Aus zehntausend Fuß Höhe sind ja so ein paar Meilen Erdoberfläche schnell aufgenommen – genau eine halbe Stunde nach dem Start landete der Bomber bereits wieder. Die Bilder waren innerhalb von Minuten entwickelt und durch einen Experten überprüft. Die Ergebnisse können Sie sich hier in diesem zweiten Schrieb ansehen.« Der war noch kürzer als der erste. Er lautete: *Über einer keilförmigen Landschaft, deren Spitze die kleine Ortschaft Little*

Hampton und deren Fuß zweieinhalb Meilen Küste darstellen, sind keinerlei Lebenszeichen zu entdecken, weder um die Wohnhäuser noch um die Scheunen noch auf den Feldern. Drei- bis vierhundert Stück totes Vieh wurden schätzungsweise auf den Feldern gesichtet. Drei Schafherden — offensichtlich auch tot. Mindestens sieben menschliche Leichen konnten identifiziert werden. Charakteristisch verrenkte Stellung qualvoller Todesagonie bei Mensch und Tier. Detaillierter Bericht folgt.

Darauf schluckte ich die zweite Hälfte meines Whiskys. Pures Soda hätte mir kaum anders geschmeckt und etwa die gleiche Wirkung gehabt. »Und jetzt?« fragte ich. »Was will sie jetzt unternehmen, die Regierung?«

»Ich weiß es nicht«, sagte der General tonlos. »Und die wissen es noch weniger. Man beabsichtigt, bis um zehn Uhr abends zu einer Entscheidung zu kommen — und wenn sie das hören werden, was Sie zu berichten haben, wird man sich vermutlich noch schneller dazu durchringen. Das ändert nämlich die ganze Sachlage total. Wir glaubten es mit einem wildgewordenen Verrückten zu tun zu haben — so brillant sein Gehirn auch funktioniert. Statt dessen scheint es sich um ein kommunistisches Komplott zu handeln, das darauf angelegt ist, die stärkste Waffe, die Großbritannien — oder welches Land auch immer — jemals in der Hand gehabt hat, zu vernichten. Vielleicht soll dies auch nur der Anfang vom Ende für ganz England sein. Was weiß denn ich, verdammt nochmal. Die Idee kam mir auch gerade erst, und ich bin noch nicht dazugekommen, darüber nachzudenken. Wollen die dem Westen etwa demonstrieren, daß sie jederzeit in der Lage sind, uns so restlos zu schlagen, daß wir gar nicht mehr dazu kommen, zurückzuschlagen? Das heißt, wenn Mordon samt seinen Viren ausgelöscht ist. Ich kann's nicht sagen, und Gott allein mag's wissen. Ein Verrückter in diesem Spiel wäre mir weitaus lieber. Und wer sagt uns denn im übrigen, daß Ihre Informationen auch tatsächlich stimmen?«

»Das festzustellen, gibt es nur einen Weg, Sir.« Ich stand auf. »Der Streifenwagen steht draußen. Starten wir zu unserem interessanten Plauderstündchen mit MacDonald?«

Wir waren in genau acht Minuten in Mordon und bekamen an der Wache zu hören, daß Dr. MacDonald bereits vor zwei Stunden gegangen war. Weitere acht Minuten später stoppten wir vor seiner Haustür. Nichts schien sich im Haus zu rühren. Alles wirkte verlassen und dunkel. An und für sich hätte Mrs. Turpin, die Haushälterin, noch da sein müssen. Sie war aber nicht mehr da. Und auch MacDonald war fort. — Nicht nur für eine Nacht, sondern für immer. Unser Vogel war ausgeflogen.

Und nicht einmal die Tür hatte er verschlossen, als er gegangen war. So eilig hatte er es gehabt. Wir gingen in die Diele, machten Licht und sahen uns im Erdgeschoß um. Kein Feuer — keine Heizung schien an — kein Geruch nach Küche und Abendessen — kein Zigarettenrauch in der Luft — nichts. Wer immer sich hier aus dem Staub gemacht hatte, war nicht durchs Hoffenster gestiegen, sondern ordnungsgemäß durch den Vordereingang gegangen. Und das war eine gute Weile her. Ich fühlte mich plötzlich alt und krank und müde. Und idiotisch. Mir war plötzlich klar, warum sich dieser Aufbruch so in aller Eile vollzogen hatte.

Ohne Zeit zu verlieren, nahmen wir uns das Haus, vom Speicher angefangen, noch einmal vor. Der ganze kostspielige Fotoaufwand stand noch da, wie er dagestanden hatte, nur sah ich ihn diesmal mit ganz anderen Augen. Selbst ein Idiot wie ich, Pierre Cavell, mußte mal auf den Trichter kommen, wenn er Zeit genug hatte und förmlich darauf gestoßen wurde. Auch im Schlafzimmer fanden sich keinerlei Spuren hastigen Aufbruchs. Das war befremdend. Wer auf eine Reise geht, ohne die Absicht zu haben, zurückzukommen, versorgt sich normalerweise wenigstens mit dem Nötigsten — wie brandeilig er es auch immer haben mag. Rasierzeug, Zahnbürste — alles da. MacDonalds alter Oberst würde ja sehr erbaut sein, wenn er ankam und kein MacDonald zu identifizieren mehr vorhanden war. Wir hatten zwar andere Sorgen, aber das ging mir trotzdem durch den Kopf.

Noch rätselhafter kam uns die Küche vor. Mrs. Turpin, soviel hatte ich in Erfahrung gebracht, pflegte um sechs Uhr dreißig, wenn Dr. MacDonald vom Dienst kam, zu verschwinden und ihm sein Abendessen fix und fertig hinzustellen. Er hatte die Gewohnheit, sich selbst zu versorgen und den Abwasch für Mrs. Turpin stehenzulassen. Nichts jedoch deutete darauf hin, daß hier gekocht worden war. Nichts war warmgestellt, nichts stand auf dem Herd, und der elektrische Ofen war so ausgekühlt, daß er seit Stunden nicht in Betrieb gewesen sein konnte. »Die letzten Leute von der Hausdurchsuchung sind spätestens gegen halb vier abgezogen«, sagte ich. »Kein Grund und Anlaß, daß Mrs. Turpin nicht wie üblich hätte kochen sollen — und MacDonald scheint mir durchaus der Typ, der höchst ungemütlich werden kann, wenn er nicht seine gewohnte Ordnung vorfindet. Sie hat aber nicht gekocht. Warum?«

»Weil sie genau wußte, daß er keinerlei Hunger verspüren würde«, sagte Hardanger gewichtig. »Irgendwie muß diese Dame heute Wind bekommen und genau gewußt haben, daß ihm nicht mehr danach sein würde, sich noch länger in dieser Gegend aufzuhalten, wenn sie ihn davon verständigte, was sie da spitzbekommen hatte. Was dafür spricht, daß sie mit ihm unter einer Decke gesteckt oder zumindest von seinen Machenschaften gewußt haben muß.«

»Ohrfeigen könnte ich mich!« ging ich hoch. »Dieses Weibsbild, dieses dreimal verfluchte. Die muß gehört haben, daß ich dem General am Telefon sagte, daß ich nach Paris muß. Wer weiß, wie lange sie in der Tür gestanden und mich mit den Briefen in der Hand beobachtet hat. Links von mir stand sie natürlich, und auf der Seite sehe ich ja nichts. Das muß ihr aufgefallen sein und mein Hinken, und das muß sie ihm telefonisch geflüstert haben. Ohrfeigen könnte ich mich für meine eigene Dämlichkeit«, wütete ich. »Daß ich nicht gleich darauf kam, verdammt nochmal. Wir sollten sie uns umgehend vornehmen. Falls wir sie zu Hause erwischen – was abzuwarten bleibt.«

Hardanger klemmte sich ans Telefon, während der General mir in MacDonalds Arbeitszimmer folgte. Ich ging sofort zu dem riesigen altmodischen Schreibtisch, in dem MacDonalds Korrespondenz samt den Fotoalben entdeckt worden waren. Er war verschlossen. »Moment, Sir«, sagte ich zum General, »ich bin gleich wieder da.«

Nichts, was mir irgendwie brauchbar erschien, fand sich in der Garage. Aber gleich dahinter stand ein Werkzeugschuppen. Ich ließ die Taschenlampe aufleuchten und sah mich um. Gartengeräte, Bauplatten, ein Haufen leerer Zementsäcke, eine Arbeitsbank, ein Fahrrad. Kein Klauenhammer, wonach ich nämlich Ausschau hielt. Aber ich griff nach dem Nächstbesten, einem ziemlich massiven Beil.

Damit ging ich zurück, und gerade, als ich auf den Schreibtisch zuging, kam auch Hardanger an.

»Wollen Sie etwa den Schreibtisch hier zu Kleinholz machen?«

»Falls MacDonald das nicht passen wollte, muß er es sagen.« Damit machte ich kurzen Prozeß, schlug zweimal zu, und schon war das Ding offen. Die Alben und seine Korrespondenz mit der Weltgesundheitsorganisation waren noch da. Ich nahm das Album mit der fehlenden Aufnahme und zeigte die Sache dem General.

»Eine Aufnahme, auf deren Existenz unser teurer Freund MacDonald keinen Wert gelegt haben muß«, sagte ich. »Und ich habe nicht nur das vage Gefühl, sondern ich weiß irgendwie, daß es wichtig wäre, dahinterzukommen, warum. Sehen Sie sich doch diese durchgestrichene Bildunterschrift mal an. Sechs Buchstaben etwa – und anfangen tut das Ganze mit TO. Ich krieg's nicht raus. Bei anderem Papier oder mit zwei verschiedenen Tintenarten wäre das für die Jungen im Labor kein Problem. Aber weiß auf weiß — auf diesem porösen Löschpapier? Verdammt, das ist schlecht.«

»Ausgeschlossen.« Hardanger schielte mich argwöhnisch an. »Und warum sollte das von so eminenter Wichtigkeit sein?«

»Wenn ich das wüßte, pfiffe ich auf die Unterschrift. Haben Sie unsere charmante Mrs. Turpin erreicht?«

»Meldet sich nicht. Sie lebt allein. Witwe, wie die hiesige Polizei sagte, nachdem ich mich umsonst bemüht hatte. Ein Polizeioffizier ist schon unterwegs zu ihr, aber der wird nichts ausrichten können. Alles ist verständigt, sie wird bereits gesucht.«

»Das wird uns sehr viel nützen«, sagte ich sauer und blätterte schnell die Antwortschreiben, die aus allen möglichen Ecken Europas eingegangen waren, durch. Ich wußte genau, was ich suchte und hatte innerhalb von zwei Minuten ein halbes Dutzend Schreiben eines Dr. John Weissmann aus Wien aus dem Haufen gezogen. Die hielt ich den beiden hin. »Beweisstück A für den Old Bailey, wenn MacDonald zum Galgen in Marsch gesetzt wird.«

Der General sah mich an — müde, alt, leer. »Wovon reden Sie da eigentlich?« fragte Hardanger verständnislos.

Ich schwieg und sah den General an. Der sagte nur gelassen: »Ich glaube, wir können's verantworten, mein Junge. Hardanger wird's verstehen. Und bei ihm ist es gut aufgehoben.«

Hardanger blickte von mir auf die Schriftstücke und dann zurück zu mir. »Was werde ich verstehen? Zeit wär's, daß ich hier manches verstehe. Verdammt, ich hatte doch gleich von Anfang an das Gefühl, daß ich hier irgendwo im Düstern tappe. Und Sie haben ja auch ganz verdächtig schnell angebissen, als ich ich Ihnen diesen Job anbot.«

»Tut mir leid«, sagte ich. »War nicht anders zu machen. Sie wissen, daß ich mich nach dem Krieg überall herumgetrieben und wieder abgesetzt habe oder auch abgesetzt worden bin — so da waren Armee, Polizei, Sonderdienst, Rauschgiftdezernat, wieder Sonderdienst, Sicherheitschef in Mordon und schließlich Privatdetektiv. Scheinstellungen alles. Seit sechzehn Jahren arbeite ich einzig und allein, und zwar pausenlos, nur für den General. Und jedesmal, wenn ich irgendwo flog, zog er an den Drähten.«

»Das überrascht mich gar nicht einmal so«, meinte Hardanger betont ob dieser Eröffnungen. Und ich war ehrlich froh, daß er die Geschichte von dieser Seite nahm und keinen Wind machte. »Gedacht habe ich mir mein Teil sowieso!«

»Deshalb sind Sie ja auch Polizeichef«, brummte der General vor sich hin.

»Wie dem auch sei, etwa vor einem Jahr fing mein Vorgänger, Easton Derry, an, Lunte zu riechen. Lassen wir die Details jetzt beiseite; er kam auf jeden Fall zu dem Schluß, daß geheimste bakteriologische Forschungspräparate aus Mordon verschwanden. Und sein Verdacht wurde zur Gewißheit, als Dr. Baxter ihm eines Tages unter vier Augen mitteilte, daß er *genau* wisse, daß gewisse Materialien abhanden gekommen seien.«

»Dr. Baxter?« Hardanger sah mich verblüfft an.

»Jawohl. Dr. Baxter. Auch das tut mir leid, gewiß — aber ich habe Ihnen doch so deutlich wie möglich zu verstehen gegeben, sich nicht erst mit ihm aufzuhalten. Baxter sagte damals zu Derry, daß es sich zwar nicht um geheimste Präparate handle, die aus Labor I zu bringen, sei unmöglich, immerhin aber um Dinge von großer Wichtigkeit. Von erheblicher Wichtigkeit! England ist in der Weltproduktion mikrobiologischer Waffen gegen Mensch, Tier und Pflanzenbereich führend. Davon steht zwar nichts in den Parlamentsbeschlüssen, aber es steht fest, daß unsere Wissenschaftler in Mordon Bakterien, die Pest, Typhus, Pocken, Tularämie, pestähnliche Nagetierseuchen und pflanzenvernichtende Seuchen hervorrufen, zu ihrer tödlichsten Form entwickelt haben. Nützliche Kleinigkeiten für jeden lokalisierten oder weltweiten Krieg.«

»Und was soll das alles mit Dr. MacDonald zu tun haben?« unterbrach Hardanger mich.

»Das werden Sie gleich hören. Vor mehr als zwei Jahren fingen unsere Agenten an, sich für das neu errichtete Lenin-Museum am Stadtrand von Warschau zu interessieren. Ein Museum, das nie eröffnet wurde — und nie eröffnet werden wird. Ein mikrobiologisches Forschungsinstitut gleich Mordon. Einem unserer Agenten, einem eingetragenen Mitglied der Partei, gelang es, hineinzukommen und die interessante Entdeckung zu machen, daß die Polen genau die Viren entwickelten, die in Mordon bereits vollendet waren. Ein Hinweis, der sehr zu denken gab. Easton Derry fing an, der Sache nachzugehen. Dabei machte er leider zwei Fehler: Er riskierte zuviel, ohne uns, auf eigene Faust und ließ sich unvorsichtigerweise in die Karten sehen. Wie, das wissen wir selbst nicht. Möglicherweise hat er sogar den Bock zum Gärtner gemacht und denjenigen, der den mysteriösen Schmuggel betrieb, auch noch ins Vertrauen gezogen. MacDonald schon mal mit Sicherheit — und daß nun gleich zwei Geheimagenten gleichzeitig operieren sollten, ist nicht anzunehmen. Jedenfalls bekam jemand Wind, daß Easton Derry unter Umständen etwas zu neugierig werden könnte. Und so verschwand er denn von der Bildfläche. Darauf zog der General seine Drähte. Ich stieg beim Sonderdienst aus und in Mordon als Sicherheitschef ein. Das erste, was ich tat, war einen Köder auszulegen. Einen Stahlbehälter mit der Aufschrift Botulin/Stärke

I. Und diesen Köder brachte ich im Virenschrank eines Nebengelasses von Labor I unter. Er verschwand am gleichen Tag. Wir hatten einen UKW-Empfänger am Tor installiert, denn dieser Behälter enthielt kein Toxin, sondern einen batteriegespeisten cm-Wellen-Transistorsender. Und wer immer sich damit bis auf zweihundert Meter den Toren Mordons näherte, war geliefert. Es geht Ihnen doch wohl ein«, setzte ich trocken hinzu, »daß niemand, der sich einen Botulinbehälter klammheimlich unter den Nagel reißt, sich auch noch seines Inhalts vergewissern wird, indem er ihn aufmacht. Wir schnappten niemanden. Und es war kaum schwer zu erraten, warum. Bei Dunkelheit hatte sich jemand an eine abgelegene Stelle des Zauns gemacht und den Behälter mit einem kühnen Wurf — mehr als zehn Meter breit ist ja die Gesamtkonstruktion nicht — in die angrenzenden Felder befördert. Nicht etwa, weil ihnen der Inhalt verdächtig erschien, sondern ganz einfach, weil man gewohnt war, so zu Werke zu gehen. — Sie wissen ja, wie häufig auch einmal Stichproben an Leuten, die Mordon verlassen, gemacht werden. Um acht Uhr hatten wir sämtliche Flugplätze Londons, Southend und Lydd, und was so um den Kanal herum liegt, mit UKW-Geräten ausgestattet und —«

»Ich möchte bezweifeln, daß der Sender nicht schon beim Aufschlag zum Teufel gegangen ist«, protestierte Hardanger.

»Wo denken Sie hin. Die amerikanische Firma, die diese Dinger fabriziert, wäre zutiefst erschüttert, wenn sie das hören würde. Die sind bruchsicher — selbst wenn sie von einer handfesten Marinekanone in die Gegend gefeuert werden. Na, jedenfalls passierte dann doch noch etwas — spät nachts — es rührte sich etwas auf unserem Empfänger — und zwar kamen die Sendezeichen vom Londoner Flugplatz. Und wie nicht anders zu erwarten, kamen sie von einem Gentleman, der in eine Maschine nach Warschau kletterte. Wir kassierten ihn, und er erzählte uns, daß er in seiner Eigenschaft als Kurier alle vierzehn Tage einmal von Warschau herüberkäme, um von einer Südlondoner Adresse Post abzuholen. Wer immer der Absender sei, wüßte er nicht zu sagen.«

»Das hat er Ihnen so ohne weiteres gesagt? Na, ich kann mir gut vorstellen, wie *freiwillig* er das ausgespuckt hat!«

»Da sind Sie auf dem Holzweg, mein Bester. Wir haben ihn lediglich darauf aufmerksam gemacht — er war naturalisierter Brite, Ex-Tscheche —, daß Spionage ein Kapitalverbrechen sei und er bei zugesicherter Straffreiheit Kronzeuge zu spielen habe. Und das begriff er denn auch, und sehr schnell sogar. Wir wollten seinen Kontaktmann aus Mordon festnageln. Also wurde ich im Rahmen der Aktion in Mordon an die Luft gesetzt und war seit drei Wochen mit dem Aufspüren dieser verfluchten Adresse und ihrer gesamten Umgebung beschäftigt. Wir konnten niemanden anderen damit beglücken, weil nämlich ich der einzige bin, der sämtliche Wissenschaftler und Techniker von Mordon kennt und zu identifizieren in der Lage ist. Aber leider, leider, bisher hatten wir Pech — abgesehen von der Tatsache, daß Dr. Baxter meldete, daß in Mordon Ruhe herrsche und die Diebstähle aufgehört hatten. Das also hatten wir schon mal gestoppt — zeitweilig wenigstens.

Das war aber laut Baxter und unserem polnischen Berichterstatter nicht das einzige Leck in der ganzen Chose. Wir hatten in Erfahrung gebracht, daß das Lenin-Museum Viren entwickelte, die zwar nicht in Mordon gestohlen, jedoch dort produziert und entwickelt worden waren. Offensichtlich war jemand da, der die Warschauer mit den nötigen Tips und Anweisungen belieferte. Und soeben ist uns nun ein Licht aufgegangen.« Ich tippte auf die Wiener Briefe. »Durchaus kein neues System, aber kaum dahinterzukommen. Mikrofotografie.«

»Daher also auch die ganze kostspielige Fotoausrüstung da oben?« fragte der General so leise, als spräche er zu sich selbst.

»Jawohl, darum. Wir haben zwar einen Fotoexperten aus London hierher beordert, der sich diesen Zauber mal näher ansehen sollte, aber das ist kaum mehr notwendig. Sehen Sie sich diese Briefe von Dr. Weissmann an. In jedem werden Sie feststellen, daß ein i-Punkt oder auch ein Satzpunkt im ersten Absatz fehlt. Weissmann tippte eine Mitteilung, reduzierte sie durch Mikrofotografie zu einem Pünktchen und setzte sie auf ein i oder an ein Satzende. Und alles, was MacDonald zu tun hatte, war, dieses Pünktchen abzuheben und es zu vergrößern. Und er selbst führte seine Korrespondenz mit Weissmann natürlich auf die gleiche Weise. Und dies alles nicht gerade für Kleingeld.« Ich sah mich in der häuslichen Pracht um. »Ein Vermögen hat er damit im Lauf der Jahre verdient — und das auch noch steuerfrei!«

Alles schwieg, und dann nickte der General. »Dem dürfte wohl so sein. MacDonald jedenfalls wird uns keinen Kummer mehr machen.« Er sah mich an und grinste ohne jeden Humor.

»Wenn es darum geht, die Stalltür zuzumachen, nachdem der Gaul geklaut ist, gibt es kaum jemanden, der uns das Wasser reichen könnte, was? Und falls Sie noch Bedarf haben sollten, dann wüßte ich noch eine Tür, die ich Ihnen jetzt liebendgern und nachträglich zumachen will. Die durchgestrichene Unterschrift in diesem Album.«

»Toulon? Tournai?«

»Weder – noch.« Er nahm den hinteren Einbanddeckel vor.

»Diese Sachen sind eine Spezialanfertigung für gewisse Mitglieder der Weltgesundheitsorganisation von einer Firma namens Gucci Zanolette, Via Settembre, Genua. Und das durchstrichene Wort lautet Turin — auf gut italienisch — *Torino.*«

»Turin.« Ein einziges Wort. Mich traf es wie ein Vorschlaghammer. Es hatte etwa die gleiche Wirkung. Ich ließ mich in einen Stuhl fallen, weil ich plötzlich das Gefühl hatte, mich hinsetzen zu müssen, und nachdem die erste Betäubung langsam nachließ, gelang es mir tatsächlich, ein paar minder abgestumpfte Gehirnzellen aus ihrem Koma wieder in Gang zu bringen und anzufangen, zu denken. Nicht gerade sonderlich produktiv, gemessen an dem, was man normalerweise darunter versteht. Ich war nach meiner anstrengenden Morgengymnastik – weichgeklopft und durchgeregnet – samt Mangel an Schlaf und Essen weit von dem, was ich unter meinen besten Momenten verstand, entfernt. Aber langsam und mühsam kramte ich aus den vernebelten Abstellkammern meines Gehirns doch ein paar Tatsachen vor, und wie immer ich sie auch zusammensetzte, sie ergaben stets das gleiche Mosaik. Zwei und zwei war und blieb vier.

Ich stand schwerfällig auf. »Ja, es ist, wie Sie sagen, Sir. Und Sie wissen gar nicht, wie Sie den Nagel auf den Kopf getroffen haben.«

»Ist Ihnen etwas, Cavell?« erkundigte sich der General sehr besorgt.

»Ich bin zwar ein Wrack, Sir, aber meine Gehirnzellen arbeiten noch im Rahmen ihrer begrenzten Kapazität. Jedenfalls bilde ich mir das ein. Und das werden wir gleich feststellen.«

Mit gezückter Taschenlampe machte ich kehrt und ging aus dem Zimmer. Der General und Hardanger blieben erstmal unentschlossen zurück, kamen mir aber dann doch nach. Ich vermutete zwar, daß sie hinter meinem Rücken alle Abstufungen besorgter Blicke wechselten, aber das ließ mich völlig kalt.

In der Garage und im Schuppen war ich bereits. Diesen Weg konnte ich mir schenken. Irgendwo im Gebüsch, ging es mir wenig beglückt durch den Kopf – es goß noch immer. Unten in der Diele machte ich Licht und wollte gerade auf die Hintertür zu, als ich die Treppe, die zum Keller führte, entdeckte. Dunkel erinnerte ich mich, daß Sergeant Carlisle heute nachmittag, als sie hier alles auf den Kopf gestellt hatten, auch von diesem Keller gesprochen hatte. Ich stieg hinunter, öffnete die Kellertür und machte Licht. Dann trat ich beiseite und ließ den General und Hardanger an mir vorbei.

Ich sah den General an. »Es ist genau so, wie Sie eben sagten, Sie, der wird uns nichts mehr zu schaffen machen.« Was zumindest eine Übertreibung war. MacDonald sollte uns noch einiges zu schaffen machen – dem Polizeiarzt, dem Beerdigungsinstitut und demjenigen, der ihn von dem Seil, an dem er hing, loszuschneiden hatte. Wie er da mit den Füßen über dem Boden neben dem umgekippten Stuhl baumelte, erschien er mir wie ein Schreckensbild entsetzlicher Alpträume: hervorquellende Augen voll angstvoller Todesqual, bläulich angelaufen, die aufgequollene Zunge zwischen schwärzlich verfärbten Lippen. Ein Anblick – gräßliche und gemein.

»Großer Gott.« Des Generals Stimme war ein tonloses Flüstern.

»MacDonald.« Er starrte die baumelnde Figur an und sagte dann langsam. »Er muß gewußt haben, daß seine Zeit abgelaufen war.«

Ich schüttelte den Kopf. »Die Entscheidung hat ihm ein anderer abgenommen.«

»Ein anderer –« Hardanger examinierte den Toten eingehend. Er verzog keine Miene. »Seine Hände sind frei, seine Füße sind frei. Er war bei Bewußtsein, als sich die Schlinge zuzog. Dieser Stuhl hier stammt aus der Küche. Und da wollen Sie noch behaupten –«

»Er wurde ermordet. Sehen Sie sich doch nur den aufgewühlten Kohlenstaub neben dem Stuhl an und all das, was hier sonst noch an Brocken herumliegt. Und dann hier, bitte, Blut und die Striemen an der Innenseite der Daumen.«

»Es wäre immerhin denkbar, daß er im letzten Moment Angst vor der eigenen Courage bekam und sich aus der Schlinge zu ziehen suchte. Auch so etwas soll vorkommen und gar nicht so selten. Sowie ihm die Luft ausging, muß er nach dem Seil über seinem Kopf gegriffen und sich hochgezogen haben, um das Gewicht abzufangen, bis ihm dann wohl die Arme erlahmten. Das könnte die Druckstellen erklären.«

»Die wurden durch den Draht oder die Schnüre verursacht, mit denen seine Daumen zusammengebunden waren«, sagte ich. »Der ist mit vorgehaltener Pistole hierher in Marsch gesetzt und dann gezwungen worden, sich auf den Boden zu legen. Eventuell sogar mit verbundenen Augen, das weiß ich nicht, aber ich nehme es an. Wer immer ihn umgebracht hat, zog dieses Seil hier durch den Ring, legte ihm die Schlinge um den Hals und fing an zu ziehen, noch ehe MacDonald sich rühren konnte. Daher dieser Verhau allenthalben. MacDonald muß wie ein Irrer versucht haben, auf die Beine zu kommen, als sich der Druck um seinen Hals verstärkte. Und gefesselt, wie er war, kann ihm das nur mit Assistenz des eigenen Henkers geglückt sein. Aber auch das war nur ein Aufschub, denn der Henker, der den Strick hielt, zog weiter. Sehen Sie denn nicht, das er sich bei all seinen verzweifelten Anstrengungen, wenigstens die Hände freizubekommen, die Daumen fast ausgerissen hat? Nach und nach kam er auf die Zehenspitzen, aber kein Mensch kann sich ewig auf den Zehenspitzen halten. Als er tot war, holte unser Genosse, der das Zungenende in der Hand gehalten hatte, einen Stuhl und brachte MacDonald damit vorschriftsmäßig über den Boden — MacDonald war ja nicht gerade ein Leichtgewicht. Und als er ihn dann schließlich festgemacht hatte, schnitt er die Schnüre um seine Daumen auf, warf den Stuhl um und gab der ganzen Geschichte den Anschein von Selbstmord. Zeit gewinnen – jawohl, da wäre er mal wieder, unser alter Freund, der um jeden Preis Zeit zu schinden sucht. Wenn es ihm gelang, uns glauben zu machen, daß MacDonald selbst Hand an sich legte, weil er spürte, wie sich das Netz allmählich um ihn zusammenzog, dann mußten wir ihn für die entscheidende Figur halten, für den König im Spiel. So hoffte er. Aber er war seiner Sache nicht sicher.«

»Das ist lediglich eine Vermutung«, sagte Hardanger.

»Nein. Können Sie sich vorstellen, daß ein so eiserner Kerl wie MacDonald, der nicht nur als Offizier mit tausend Orden und Ehrenzeichen dekoriert, sechs Jahre lang bei einem Panzerregiment gekämpft hat, sondern auch noch jahrelang bar aller Nerven als Spionageagent tätig war, Selbstmord verübt, wenn es brenzlig wird? Sich geschlagen geben? O nein, das war ein Begriff, den er höchstwahrscheinlich gar nicht kannte. MacDonald ist einwandfrei und feststehend ermordet worden – was er zweifellos auch wohl verdient hat. Der springende Punkt dabei ist jedoch die Tatsache, daß er nicht *nur* daran glauben mußte, auf daß unser Freund uns noch ein paar faule Fische mehr servieren kann, um Zeit zu gewinnen: Nein, er war *fällig,* und unser Genosse glaubte schlau, das Unangenehme mit dem Nützlichen zu verbinden und uns mit einem vorgetäuschten Selbstmord weiter auf der Stelle treten zu lassen. Was bisher nur Vermutung war, Hardanger, das ist jetzt Gewißheit geworden.«

»MacDonald mußte sterben?« Hardanger legte eine gedankenvolle Pause ein und studierte mich unverwandt. Dann sagte er abrupt: »Sie scheinen Ihrer Sache ganz verdammt sicher zu sein.«

»Vollkommen sicher. Ich weiß es.« Ich griff nach der Schaufel und begann, von den Kohlen etwas wegzuschaufeln. Gut ein paar Tonnen mußten es sein, die sich hier an der Kellerwand bis hoch zur Decke hinauf türmten, und ich war jedweder Anstrengung, die übers Zähneputzen hinausging, abgeneigt. Es war jedoch nicht so schlimm, wie es aussah. Mit jeder Schippe, die ich von unten herausholte, krachte eine ganze Ladung von oben herunter.

»Und was hoffen Sie, dortselbst zu finden, wenn ich fragen darf?« erkundigte sich Hardanger voll Sarkasmus. »Noch eine Leiche vielleicht?«

»Sie sagen es. Genauer gesagt, die verstorbene Mrs. Turpin ist es, die ich hier zu finden hoffe. Die Tatsache, daß sie eilends MacDonald das, was sie vernommen hatte, steckte und obendrein nicht einmal mehr gekocht hat, weil sie genau wußte, daß seines Bleibens hier nicht länger war, läßt eindeutig darauf schließen, daß sie genau im Bild war, was hier gespielt wurde, und mit von der Partie war. Was MacDonald wußte, wußte auch Mrs. Turpin. Ergo wäre es sinnlos gewesen, ihn zu beseitigen, ohne nicht auch Mrs. Turpin zum Verstummen zu bringen. Also mußte auch sie daran glauben. – Aber wo immer das geschehen sein mag, hier unten bestimmt nicht.«

Und so stiegen wir denn wieder nach oben. Und während der General sich zu einem längeren Gespräch an das Sprechgerät im Streifenwagen begab, der uns von Alfringham hierher gefolgt war, starteten Hardanger und ich, unterstützt von den beiden Polizeifahrern und einigen Taschenlampen, in das umliegende Gartenland. Keine ganz einfache Sache. Der gute Doktor, der es so wohl verstanden hatte, sich ein behagliches Heim zu schaffen, hatte auch genausogut gewußt, sich für das, was sich hier in aller Stille tat, seine Ruhe zu sichern, und sich mit einem ausgedehnten Park von einigen Morgen umgeben, dessen enorme Buchenhecke selbst einem Panzer ein Hindernis gewesen wäre. Es war dunkel und sehr kalt und völlig windstill, und der Regen fiel schwer und senkrecht durch das dürre Laub der triefenden Bäume in die durchweichte Erde. Alles wie geschaffen, um eine Leiche zu suchen, dachte ich trübsinnig: In einem ausgedehnten Park und einer Nacht wie heute – düster und verregnet – kann man lange suchen. Die Buchenhecke war irgendwann einmal im vorigen Monat geschnitten worden, und der Abfall lag weit hinten in einer Ecke auf einem Haufen. Unter diesem Haufen fanden wir Mrs. Turpin. Nicht sehr tief vergraben, lediglich mit Laub und Zweigen gut gegen jede Sicht abgedeckt. Daneben lag der Hammer, den ich im Werkzeugschuppen so vergeblich gesucht hatte, und es bedurfte lediglich eines Blicks auf den Hinterkopf, um zu wissen, warum der Hammer hier lag. Und hätte ich dreimal raten dürfen, dann hätte ich gesagt, daß derjenige, der versucht hatte, meine Rippen zu zerkleinern, ihn auch gegen Mrs. Turpins Hinterkopf geschwungen haben mußte. Meine Rippen wie auch der Kopf der Toten zeugten einmütig von der brutalen und unsinnigen Kraft eines krankhaft bösartigen Gehirns.

Wieder im Trockenen zapfte ich MacDonalds Whiskybestände

an. Selbst würde er sie kaum mehr brauchen. Er hatte doch so betont hervorgehoben, daß er keinerlei Angehörige besaß und somit also niemanden, dem er ihn hinterlassen konnte. Sollte der Whisky verkommen? Das konnte ich nicht mit ansehen. Wir brauchten ihn dringend. Ich versorgte uns mit einem recht herzhaften Schluck, ein Glas für Hardanger, eins für mich und zwei für die Fahrer, und falls Hardangers Beamtenherz ob dieses Vergehens an fremdem Eigentum und der Zuwiderhandlung gegen die bestehenden Vorschriften, Polizisten im Dienst nicht zu Alkoholgenuß zu verleiten, schmerzhaft zusammenzuckte, dann behielt er das für sich und ließ sich nichts anmerken. Er erledigte seinen Whisky schneller als wir alle. Die zwei Fahrer waren gerade im Begriff zu gehen, als der General kam. Er schien gealtert, jede Minute, die er von hier abwesend war, schien ein ganzes Lebensjahr zu sein. Die scharfen Falten um Mund und Nase traten schärfer hervor denn je.

»Sie haben sie gefunden?« fragte er.

»Wir haben sie gefunden«, bestätigte Hardanger. »Tot, wie Cavell das prophezeit hat. Ermordet.«

»Wenn schon!« Der General schüttelte sich plötzlich, als liefe ihm eine Gänsehaut über den Rücken, und griff nach der Stärkung aus MacDonalds Beständen. »Sie ist nur eine. Und morgen um diese Zeit – weiß Gott, wie viele Tausend es dann sein werden. Dieser Verrückte hat uns eine neue Mitteilung zukommen lassen. Die üblichen biblischen Wendungen: *Noch immer stehen die Mauern von Mordon, nichts deutet auf ihre Vernichtung, und somit rückt die Stunde näher und näher und so weiter.* Und wenn mit der Demolierung Mordons nicht bis Mitternacht begonnen worden ist, will er genau um vier Uhr morgens im Herzen von London, unmittelbar in der Nähe der Oxford Street, eine Botulintoxin-Ampulle zerschlagen.«

Daraufhin brauchten wir erstmal einen Whiskynachschub. Hardanger sagte: »Das ist kein Irrer, Sir.«

»Nein.« Der General rieb sich müde die Stirn. »Ich habe denen gesagt, was Cavell inzwischen festgestellt hat und was wir annehmen. Das hat die reinste Panikstimmung ausgelöst. Wissen Sie, daß die ersten Zeitungen schon draußen sind – vor sechs Uhr. Das ist noch nie dagewesen – aber es ist so. Die Zeitungen scheinen das Entsetzen des Volks genau widerzuspiegeln, und flehen — oder verlangen —, daß die Regierung nachgibt, denn zu der Zeit, da sie in Druck kamen, glaubten doch alle noch, es mit einem Wahnsinnigen zu tun zu haben. Die ersten Meldungen über die Vernichtung des kleinen Abschnitts in Ostengland kommen gerade im Radio und Fernsehen. Alles ist völlig kopflos. Wer immer auch hinter all dem steht, er ist ein genialer Satan: Noch ein paar Stunden, und er hat die gesamte Nation auf den Knien. Es ist sein erschreckendes Tempo, diese kurze Frist zwischen Drohung und Vollstreckung, die allenthalben diesen Terror auslöst. Besonders, da jedes Käseblatt, jede Nachrichtensendung immer wieder aufs neue ausposaunt, daß dieser Irre den Unterschied zwischen dem Botulintoxin und dem Satanskäfer nicht kennt und unter Umständen beim nächstenmal auch an die falsche Ampulle geraten könnte.«

»Nun ja«, sagte ich, um etwas zu sagen. »Wenigstens werden jetzt alle, die ständig gewinselt haben, daß dieses Leben unter dem Damoklesschwert nuklearer Vernichtung kaum mehr lebenswert sei, zur Besinnung kommen und feststellen, daß es durchaus noch seine gewissen Reize hat. Glauben Sie, daß die Regierung nachgeben wird?«

»Das kann ich nicht sagen«, gab der General zu. »Ich fürchte, ich habe mich in der Beurteilung des Premiers schwer getäuscht. Ich hielt ihn für einen Schwächling, wie er im Buch steht. Aber jetzt bin ich mir darüber gar nicht mehr so klar. Seine Haltung hat sich ganz erstaunlich gefestigt. Vielleicht will er die Scharte seiner ersten angsterfüllten Reaktion wieder wettmachen. Vielleicht sieht er hier seine Chance, sich in den Geschichtsbüchern unsterblich zu machen.«

»Vielleicht sitzt er auch da wie wir, vielleicht säuft er sich auch einen an«, sagte ich.

»Vielleicht. Augenblicklich debattiert er jedenfalls mit dem Kabinett. Und er bleibt dabei, daß er auf gar keinen Fall nachzugeben gedenkt, wenn es sich um einen kommunistischen Anschlag handeln sollte. Denn, wenn der Osten dahintersteht, dann können wir es uns nicht leisten, Mordon abzubauen, selbst wenn das den Tod ungezählter Menschen bedeuten sollte. Diese Forderung zu erfüllen, wäre im Endeffekt der Tod aller. Und ich halte diese Einstellung für die einzig mögliche und bin ganz seiner Meinung, wenn er sich bereit erklärt, eher ganz London zu evakuieren, als nachzugeben.«

»Was? London evakuieren?« sagte Hardanger als hätte er nicht recht gehört. »Zehn Millionen Menschen in zehn Stunden. Sagenhaft! Der ist doch wohl verrückt. Ausgeschlossen.«

»Na, so absurd ist das nun auch wieder nicht. – Gottlob. Wir haben einen windstillen Abend, laut Wetterbericht ist eine windstille Nacht zu erwarten, und es regnet stark. Ein von oben kommender Virus muß durch den Regen niedergeschlagen werden, da seine Affinität zu Wasser weitaus stärker ist als zur Luft. Und die Experten bezweifeln, daß der Virus bei regnerisch windstillen Wetterverhältnissen sich weiter als ein paar hundert Meter von seinem Auslösepunkt ausdehnen kann. Falls es notwendig werden sollte, beabsichtigt man, das gesamte Gebiet zwischen Euston Road und der Themse, von der Portland Street und Regent Street im Westen bis zur Gray's Inn Road im Osten menschenleer zu machen.«

»Und das wäre sogar durchaus möglich«, gab auch Hardanger zu. »Eine Gegend, die nachts praktisch sowieso leergefegt und verlassen ist, ein ausgesprochenes Geschäfts- und Büroviertel. Aber dieser Virus! Verdammt, er wird die Themse infizieren – das Trinkwasser womöglich verunreinigen. Und was soll dann werden – sollen wir den Leuten etwa verbieten, noch einen Tropfen Wasser zu trinken – oder sich zu waschen, bis die zwölfstündige Oxydationsperiode um ist?«

»Davon war die Rede, falls das Wasser nicht vorher abgedeckt gelagert wird. Mein Gott, was soll das alles bloß noch werden? So verdammt hilflos bin ich mir im ganzen Leben noch nicht vorgekommen. Daß wir der Geschichte aber auch so völlig machtlos gegenüberstehen. Wenn wir auch nur die leiseste Ahnung, die geringste Spur eines Verdachts hätten, wer hinter all dem steht – verdammt, ich würde mich auf dem Absatz umdrehen und Cavell in Gottes Namen allein weitermachen lassen.«

Ich machte mein Glas leer und stellte es hin. »Ist das Ihr Ernst, Sir?«

»Was heißt das?« Er hatte in das Glas gestarrt. Jetzt hob er den Kopf und blickte mich wie gebannt aus müden grauen Augen an. »Wie meinen Sie das, Cavell? Soll das heißen, daß Sie irgendwo einen Lichtschimmer in diesem Dunkel sehen?«

»Nicht nur einen Lichtschimmer, Sir. Ich weiß es, ich weiß, wer es ist.«

Hinsichtlich dessen, was man normalerweise an Reaktion erwartet, war der General eine Enttäuschung. Immer. Nie hielt er die Luft an, nie fielen ihm die Augen aus dem Kopf, nie kam die sonst so unvermeidliche A- und O-Salve. »Die Hälfte meines Königsreichs, Pierre«, murmelte er nur. »Wer?«

»Den letzten Beweis muß ich noch haben«, sagte ich. »Den letzten – dann kann ich es sagen. Ins Gesicht gestarrt hat es uns förmlich, und wir waren blind und taub. Mir jedenfalls hat es ins Gesicht gestarrt. Und Hardanger. Und von so etwas hängt nun die Sicherheit des ganzen Landes ab. Polizeibeamte, Detektive wollen wir sein! Verdammt, wenn's darauf ankommt, dann sind wir nicht einmal imstande, die Löcher im Schweizer Käse zu sehen.« Ich sah Hardanger an. »Wir haben doch gerade eine immerhin recht umfassende Durchsuchung dieses Gartens hinter uns, stimmt's?«

»Stimmt. Na und?«

»Kaum einen Fußbreit Boden haben wir übersehen«, bohrte ich weiter.

»Verdammt, ja, machen Sie es nicht so spannend«, meuterte Hardanger.

»Sind Ihnen irgendwo vielleicht irgendwelche Spuren von neuerlichen Bauarbeiten aufgefallen? Gartenhäuschen? Mauern? Fischteiche? Oder sonstiges, was hier zu Dekorationszwecken entstanden wäre? Irgend etwas?«

Er sah mich so wachsam wie ein Schießhund an und schüttelte den Kopf. Ich wurde langsam verrückt. »Nichts dergleichen.«

»Und wozu dann eigentlich der Zement aus den leeren Zementsäcken, die wir draußen im Werkzeugschuppen haben liegen sehen? Wo ist der hingekommen? Verschwunden kann er doch wohl nicht sein. Und die paar Bauplatten? Restbestände einer höchstwahrscheinlich beachtlichen Menge. Wenn unser lieber MacDonald mit der Bauerei zwecks Gartengestaltung nichts im Sinn hatte – wo soll er sich dann damit betätigt haben? Im Speisezimmer etwa – im Schlafzimmer vielleicht?«

»Rücken Sie schon heraus mit dem, was Sie auf Lager haben, Cavell.«

»Ich werde etwas viel Besseres tun. Ich werde es Ihnen vorführen.«

Damit ließ ich sie sitzen und ging in den Werkzeugschuppen und kramte nach Brecheisen und Kreuzhacke herum. Nichts dergleichen fand sich. Das Brauchbarste war noch ein kleiner Vorschlaghammer. Der mußte und würde es tun. Einen Eimer griff ich mir auch noch gleich. Damit ausgerüstet erschien ich wieder in der Küche, wo der General und Hardanger meines Erscheinens harrten. Ich ließ den Eimer am Ausguß vollaufen und ging dann in den Keller voraus. Hardanger, die Nähe des Toten offensichtlich völlig vergessend, polterte los: »Sagen Sie mal, Cavell, was beabsichtigen Sie eigentlich hier zu demonstrieren? Wie man Briketts herstellt?«

Oben in der Diele läutete das Telefon. Automatisch sahen wir uns alle an. Dr. MacDonalds Anrufe konnten unter Umständen sehr interessant sein. Hardanger machte sich auf den Weg. »Na, dann will ich das mal abnehmen, mal hören, wer da was will.«

Wir hörten ihn reden und rufen. Er rief nach mir. Ich stieg die Treppe hinauf. Hinter mir hörte ich die Schritte des Generals.

Hardanger übergab mir den Hörer. »Für Sie. Wollte seinen Namen nicht nennen. Will Sie unbedingt persönlich sprechen.« Ich nahm den Hörer. »Cavell hier.«

»Also doch. Cavell wieder am Werk. Dann hat sie also nicht gelogen, die junge Dame.« Die Worte kamen als tiefes, dunkles, heiseres Flüstern durch den Draht. »Stoppen Sie ab, Cavell, sagen Sie dem General, er soll alles abstoppen – wenn Sie diese junge Dame hier jemals lebend wiedersehen wollen.« Die neuen Kunststofferzeugnisse sind ausgesprochen stabil, der Hörer splitterte nicht in meiner Hand. Aber er war nahe dran. Mein Herz vollführte einen langsamen Salto und landete dann mit einem dumpfen Schlag auf dem Rücken. Ich riß mich am Riemen und sagte ruhig: »Was zum Donnerwetter soll dieses Gerede?«

»Ich sprach von der schönen Mrs. Cavell. Sie steht neben mir. Sie möchte Sie sprechen.«

Es wurde still in der Leitung. Dann eine Stimme, Marys Stimme: »Pierre? Oh Gott, Pierre, es tut mir ja so leid —« Hier brach die Stimme ab – ein Stöhnen, ein Aufschrei – Stille. Wieder das dunkle Flüstern: »Stellen Sie alles ein, Cavell.« Es knackte in der Leitung. Der Hörer war aufgelegt worden. Ich tat desgleichen. Ein scharfes Stakkato knatterte auf, als ich ihn in die Gabel legte. Meine Hand war so ruhig, als hätte ich gerade einen kleinen Anfall von Schüttelfrost.

Schreck, Furcht oder auch beides mußten mein Gesicht zu einem normalen Ausdruck versteinert haben, oder aber es war nur das starre Make-up, das Gemütsbewegungen nicht durchdringen ließ. Was es auch gewesen sein mochte, sie waren nicht dahintergekommen, daß irgend etwas nicht stimmte, denn der General sagte lediglich mit zulässiger Neugierde: »Wer war das denn?«

»Ich weiß es nicht.» Ich schwieg und setzte dann mechanisch hinzu. »Sie haben Mary.«

Der General hatte die Hand schon auf der Türklinke liegen gehabt. Jetzt sank diese Hand mit einer lächerlich langsamen Bewegung zurück – mit einer Bewegung, die fast zehn Sekunden dauerte, während irgend etwas in seinem Gesicht erlosch. Hardanger fluchte etwas vor sich hin, etwas, das nicht druckreif ist: Sein Gesicht war versteinert. Keiner wollte das, was ich soeben gesagt hatte, nochmal hören, keiner hatte den leisesten Zweifel, wen ich gemeint hatte.

»Die Ermittlungsarbeiten sollen wir einstellen«, fuhr ich mit derselben hölzernen Stimme fort. »Oder Mary stirbt. Sie haben sie, und das stimmt. Sie hat ein paar Worte gesagt und dann geschrien. Und das klang nicht gut, verdammt noch mal.«

Hardanger sagte völlig erledigt und fast verzweifelt: »Wie ist er nur dahintergekommen, daß Sie ausgebrochen sind? Daß er überhaupt auf die Idee kam? Wie –«

»Sehr einfach: MacDonald«, unterbrach ich ihn. »Er wußte es — Mrs. Turpin hatte es ihm gesagt —, und der Mörder muß es von MacDonald erfahren haben.« Ich starrte fast blind in des Generals Gesicht – in ein noch immer unbewegtes Gesicht, aus dem alles Leben und alles Beseelende entwichen schien, und dann fuhr ich fort: »Wenn Mary etwas zustößt, dann ist es meine Schuld. Meine eigene gesetzwidrige Idiotie und Nachlässigkeit.«

Der General sah mich an. »Was nun, mein Junge?« Die Stimme war müde, deprimiert und paßte zu der trüben Leere, die jetzt anstelle des einstigen soldatischen Feuers in seinen Augen lag. »Sie wissen doch, daß sie Ihre Frau umbringen werden? Leute wie diese töten immer.«

»Wir verschwenden unsere Zeit hier«, sagte ich heiser. »Alles was ich brauche, sind noch zwei Minuten. Dann weiß ich, was los ist.«

Ich rannte wieder in den Keller zurück, griff nach dem Eimer Wasser und ließ das Wasser zur Hälfte an die gegenüberliegende Wand klatschen. Als Reinigungsaktion ein nutzloses Bemühen, ohne jede Wirkung an der Kohlenstaub- und Dreckpatina vieler Jahre. Und dann nahm ich den Eimer noch einmal und goß alles, was noch drin war über die Rückwand, an der sich die Kohlen, ehe ich hier ein paar Abtragarbeiten geleistet hatte, bis obenhin getürmt hatten. Der General und Hardanger sahen diesem Treiben noch immer verständnislos zu. Das Wasser schwappte gegen die Wand, rann in die Kohlen und ließ die Wand so einwandfrei und frisch und sauber zurück, wie sie vor wenigen Wochen erst errichtet worden war. Hardanger stierte erst die Wand und dann mich und dann wieder die Wand an.

»Oh verflucht!« sagte er nur. »Na, da muß ich mich ja wohl entschuldigen, Cavell. Deshalb also türmten sich die Kohlen hier so hoch – um alles schön zuzudecken, was in letzter Zeit hier gebaut worden ist, sieh mal an.«

Ich verlor keine Zeit mit Redereien. Zeit war ein Artikel, der uns vollkommen ausgegangen war. Statt dessen nahm ich den Hammer und schwang ihn gegen die oberen Baustoffplatten – der untere Teil war solide zementiert. Einmal nur holte ich aus. Mir war dabei, als hätte mir jemand ein Stilett zwischen die Rippen gestoßen. Sollte der Arzt recht gehabt haben, sollten meine Rippen vielleicht doch nicht mehr ganz so fest verankert sein, wie das von Natur aus vorgesehen war? Ohne Kommentar reichte ich Hardanger den Hammer und setzte mich schachmatt auf den umgekippten Eimer.

Hardanger holte mit Genuß aus. Trotz aller undurchdringlichen Gelassenheit, mit der er keine Miene verzog, war er durch und durch geladen. Und mit all der Kraft und grimmigen Entschlossenheit, deren er fähig war, ging er jetzt auf die Mauer los, als sei sie der Inbegriff aller Übel der Welt. Dem hielt keine Wand stand. Beim dritten Schlag gaben die Baustoffplatten krachend nach, und innerhalb von dreißig Sekunden hatte er ein etwa zwei Fuß breites Loch herausgehauen. Er hielt inne, sah mich an, und ich erhob mich wie der Hundertjährige, der zu sein ich augenblicklich das Gefühl hatte, und ließ die Taschenlampe aufleuchten. Gemeinsam spähten wir in das Loch.

Zwischen der eingezogenen und der eigentlichen Kellerwand lag ein Hohlraum von etwa zwei Fuß, und auf dem Boden lag bedeckt von Staub, Mörtel und Baustoffresten das, was einmal ein Mann gewesen sein mußte. Zerschlagen, verrenkt, entstellt, aber unbezweifelbar ein Mensch oder dessen traurige Überreste.

»Wissen Sie, wer das ist, Cavell?« verlangte Hardanger verdächtig ruhig zu erfahren.

»Ich kenne ihn. Easton Derry. Mein Vorgänger als Sicherheitschef in Mordon.«

»Easton Derry?« Der General war von der gleichen unnatürlich beherrschten Ruhe wie Hardanger. »Wie wollen Sie das sagen? Sein Gesicht ist nicht mehr zu erkennen.«

»Er ist es. An dem Ring, den er links trägt, ist ein blauer Bergkristall. Easton Derry trug einen solchen blauen Stein. Es ist Easton Derry.«

»Und was – was hat ihn so zugerichtet?« Der General starrte auf den halbnackten Körper. »Ein Autounfall? Ein – ein wildes Tier?« Eine endlose Minute starrte er stumm auf den Toten. Dann richtete er sich auf und sah mich an. Alter und Müdigkeit traten schärfer heraus denn je, aber die hellen Augen waren von einer eisigen Ruhe. »Ein Mensch hat ihn so zugerichtet. Er wurde zu Tode gefoltert.«

»Er wurde zu Tode gefoltert«, sagte ich.

»Und wissen Sie, wer es war?« erinnerte Hardanger mich an das, was ich gesagt hatte.

»Ich weiß, wer es getan hat.«

Hardanger holte ein Formblatt und einen Füller aus der Tasche und wartete. Ich sagte: »Lassen Sie nur, Hardanger, das werden Sie kaum brauchen. Nicht, wenn ich ihn zuerst in die Finger bekomme. Wenn nicht, dann schreiben Sie den Haftbefehl auf den Namen Dr. Giovanni Gregori aus. Er nennt sich Dr. Giovanni Gregori. Der wahre Dr. Gregori ist tot.«

11

Acht Minuten später stoppte der große Polizei-Jaguar hart vor Chessinghams Haus, und zum drittenmal innerhalb von vierundzwanzig Stunden stieg ich die ausgetretenen Stufen über dem Burggraben hoch und läutete. Der General war dicht hinter mir. Hardanger war im Funkwagen geblieben und gab an etwa ein Dutzend umliegender Grafschaften Gregoris Steckbrief und die Kennzeichen seines Wagens durch mit dem Befehl, ihn, wo er auch gesichtet würde, zu verfolgen – ohne ihn festzunehmen. Es ging um Mary. Wir hatten das Gefühl, daß er sie schonen würde, solange ihn nicht die Verzweiflung packte, und dieses letzte bißchen Hoffnung auf Leben waren wir ihr schuldig.

»Mr. Cavell!« Die Begrüßung, die Stella Chessingham mir angedeihen ließ, hatte keinerlei Ähnlichkeit mit der in grauer Morgenstunde des gleichen Tages. Die Augen glänzten wieder, und die Angst stand ihr nicht mehr ins Gesicht geschrieben. Sie war froh, mich zu sehen, und entschuldigte sich eifrig: »Sie haben es mir doch nicht übelgenommen, daß ich heute morgen – ach, Mr. Cavell, was meine Mutter mir erzählt hat, nachdem sie ihn abgeholt hatten, das stimmt doch wohl, ja?«

»Wort für Wort, Miss Chessingham.« Ich bemühte mich zu lächeln, aber bei meiner Verfassung und den Nachwehen des hastig heruntergeschrubbten Make-ups vor dem Aufbruch aus MacDonalds Villa war ich froh, daß ich den kläglichen Versuch, den ich unternahm, nicht sehen konnte. Was die respektiven Positionen betraf, so hatten sie sich inzwischen um zirka neunzig Grad verschoben. Jetzt saß mir die Angst im Nacken. »Es mußte sein, Miss Chessingham, so leid es mir selbst getan hat. Übrigens wird Ihr Bruder heute abend auch schon wieder entlassen. Haben Sie meine Frau heute nachmittag gesehen?«

»Ja, freilich – und wir waren ganz gerührt, daß sie kam. Wollen Sie und Ihr – Ihr Freund denn nicht hereinkommen und Mutter begrüßen. Sie würde sich bestimmt freuen.«

Ich schüttelte nur den Kopf. »Um welche Zeit ist meine Frau von Ihnen fortgegangen?«

»So gegen halb sechs dürfte es wohl gewesen sein. Es fing schon an, dunkel zu werden, und – es ist ihr doch nichts passiert?« Die letzten Worte flüsterte sie nur noch.

»Sie ist entführt worden und wird jetzt vom Mörder als Geisel festgehalten.«

»Um Gottes willen! Das kann doch wohl nicht wahr sein, Mr. Cavell?«

»Sagen Sie mir lieber, wie sie von hier wegkam?«

»Entführt? Ihre Frau entführt?« Sie starrte mich aus riesengroßen Augen an. »Aber warum sollte man denn —«

»Jetzt fragen Sie doch um Himmels willen nicht so viel, sondern beantworten Sie mir das, was ich wissen muß«, fuhr ich sie an. Meine Geduld war erschöpft.

»Mit einem Wagen«, flüsterte sie. »Ein Wagen kam an, um sie abzuholen. Der Kerl hat behauptet er käme in Ihrem Auftrag und Sie bräuchten Mrs. Cavell ganz dringend ...« Immer tonloser, immer langsamer wurde ihre Stimme, während ihr der Zusammenhang aufging.

»Und wie sah er aus? Was für einen Wagen hatte er?«

»Mittleren Alters«, sie stockte. »Dunkel war er, ja. Und einen blauen Wagen hatte er. Hinten saß auch noch einer. Aber was das für ein Wagen war, weiß ich nicht. Ein ausländischer jedenfalls – einer mit Linkssteuerung. Hat sie –«

»Gregorie und sein Fiat?« flüsterte der General mir zu. »Herrgott, wie kann er denn nur dahintergekommen sein, daß sie hier gewesen ist?«

»Sehr einfach. Indem er nach dem Telefonhörer gegriffen hat«, sagte ich verbittert. »Er wußte doch, wo wir wohnen, und brauchte nur nach ihr zu fragen. Und der dusselige Fettwanst hinter der Theke hat natürlich jede gewünschte Auskunft gegeben – wahrscheinlich auch, daß er sie selbst erst noch vor ein paar Stunden zu Chessingham gebracht hat. Na, und das lag ja auf Gregoris Weg, also stoppte er und versuchte sein Glück. Dabei hatte er alles zu gewinnen und nichts zu verlieren.«

Wir verabschiedeten uns nicht einmal. Wir rasten nur noch die Stufen hinunter, fingen Hardanger auf dem Weg vom Funkwagen zum Jaguar ab und schmissen ihn fast hinein. »Los, nach Alfringham«, sagte ich hastig. »Der Fiat, verdammt, also doch. Daß er das riskieren würde, hätte ich nicht –«

»Denkste –« kaute Hardanger durch die Zähne. »Gerade kam es durch. Stehengelassen hat er ihn, und zwar in irgendeiner Seitenstraße in Graylin, keine drei Meilen von hier und keine zwanzig Fuß weit weg vom dortigen Polizeirevier. Der Mann von Dienst vernahm die Meldung, sah auf, und siehe da – der Fiat – da steht er schon.«

»Leer, natürlich.«

»Was sonst. Glauben Sie, er läßt ihn stehen, wenn er keinen anderen hat? Alles ist bereits verständigt. Sämtliche Reviere und

Streifen sind schon auf der Suche nach geklauten Wagen. Und höchstwahrscheinlich wird er sowieso in diesem kleinen Kaff, in diesem Grayling weggekommen sein. Aber das werden wir gleich haben.«

Wir hatten es sehr bald, und zwar kamen wir selbst dahinter. Kaum, daß wir zwei Minuten später in Grayling einfuhren, wurden wir auch schon von einer wild wedelnden Aktentasche gestoppt. Was da auf der Landstraße herumsprang, schien ein wildgewordener Indianer. Wir hielten. Hardanger kurbelte die Scheibe herunter.

»Das ist doch wohl nicht zu fassen.« Der Aktentaschenbewaffnete überschlug sich fast vor Aufregung. »Wenigstens sind Sie jetzt da, na Gottseidank. Das Letzte – eine Unverschämtheit, wie sie noch nie dagewesen ist. Und das bei hellerlichtem Tag –«

»Was ist los?« fuhr Hardanger unvermittelt in die Kanonade.

»Weg – mein Wagen ist weg. Und das um diese Zeit, verdammt. Weg – hin – gestohlen. Und dabei hatte ich nur kurz hier im Haus zu tun –«

»Wie lange waren Sie weg?«

»Was? Wie lange? Ja, verflucht, was –«

»Antworten Sie!« schnauzte Hardanger.

»Vierzig Minuten etwa. Aber was —«

»Was war das für ein Wagen?«

»Ein Vanden Plas Princess 3-Liter.« Er jaulte fast vor Wut. »Neu – nagelneu. Türkis. Gerade drei Wochen alt –«

»Beruhigen Sie sich«, sagte Hardanger kurz. Unser Jaguar rollte schon wieder an. »Den kriegen wir schon wieder.« Damit drehte er dem Verdutzten vor der Nase das Fenster hoch und gab dem Sergeant die Meldung durch.

»Alfringham. Dann die Straße nach London. Und blasen Sie den Fiat ab. Ein türkisfarbener Vanden Plas Princess 3-Liter. An alle Stationen. Feststellen — verfolgen — aber unauffällig.

»Blaugrün«, korrigierte der General. »Menschenskind, sagen Sie blaugrün, und nicht türkis. Schließlich haben Sie ja hier ein paar biedere Landpolizisten und nicht deren Frauen vor sich. Türkis! Die müssen ja erst im Lexikon nachschlagen, was das sein soll.«

»Das ganze Theater hat mit MacDonald angefangen«, sagte ich. Der starke Wagen zischte über den nassen Asphalt, vorbei an den bei jeder Umdrehung der Räder enteilenden, in nachtschwarze Finsternis zurückfliegenden triefenden Bäumen. Es war leichter zu reden, als stumm, den eigenen Ängsten ausgeliefert, dazusitzen und langsam verrückt zu werden. Außerdem hatten sie sich alle beide, der General wie auch Hardanger, lange genug gedulden müssen. »Wir alle wissen genau, was MacDonald wollte, und wir wissen auch, daß es ihm dabei nicht nur um die kommunistischen Ideale ging. O nein, dafür stand er den Schönheiten und Annehmlichkeiten dieses Lebens viel zu aufgeschlossen gegenüber – der gute MacDonald. Obwohl es zweifellos feststeht, daß es wohl auch einmal eine Zeit gab, da er wirklich ein durch-und-durch-in-der-Wolle-gefärbter Idealist gewesen sein muß. Ich hatte durchaus nicht den Eindruck, daß Madame Halle zu der Sorte gehört, die sich etwas vormachen ließe – und ich wüßte nicht, wie seine Beziehungen zum Osten sich sonst angebahnt haben könnten. Im Lauf der Jahre jedenfalls muß er einen Haufen Geld gemacht haben. Bitte – Sie brauchen sich ja nur bei ihm in der Wohnung umzusehen. Nur schmiß er klugerweise nicht auffällig und plötzlich damit herum, sondern wußte es weise und durchaus im Rahmen des zu Rechtfertigenden auszugeben.«

»Und der Bentley Continental?« warf Hardanger ein. »Glauben Sie, daß er den für einen Pappenstiel bekommen hat?«

»Da hatte er sich mit einer wasserdichten Deckung gesichert. Aber zugegeben, langsam wurde er üppig und konnte wohl doch nicht mehr genug kriegen. Der muß in den letzten Monaten so viel abkassiert haben, daß ihm der Segen langsam Löcher in die Taschen brannte.«

»Mit Überstunden, um seine Genossen in Wien mit Informationen und Material zu beliefern?« fragte der General.

»Das nicht gerade. Aber er hat Gregori erpreßt.«

»Augenblick mal«, murmelte der General müde aus seiner Ecke, »da kann ich Ihnen jetzt geistig wirklich nicht mehr ganz folgen.«

»Kein Problem«, sagte ich. »Gregori – der Mann, den wir alle als Gregori kennen – hatte zweierlei: Einen wunderschönen Plan und ganz verdammtes Pech. Wie Sie sich alle noch erinnern werden, wurde aus Gregoris Ankunft hier in England nicht gerade ein Staatsgeheimnis gemacht. Ganz im Gegenteil, sie löste eine kleine internationale Krise aus. Die Italianos platzten fast vor Wut, daß einer ihrer Spitzenchemiker dem eigenen Land den Rücken kehren sollte, um für England tätig zu werden. Und irgend jemand – einer der nicht nur ein hergelaufener Schmalspurchemiker war, sondern schon einiges von der Sache verstand und dem berühmten Gregori sehr ähnlich sah, las von dieser Abberufung und sah in dieser Abreise die große Chance seines Lebens. Und er traf seine Vorkehrungen.«

»Dann wurde also der wahre Gregori ermordet?« fragte Hardanger.

»Das steht außer Frage. Der Gregori, der sich mit seiner gesamten Habe im Kofferraum und auf dem Rücksitz seines Fiats nach England aufmachte, war nicht der Gregori, der hier ankam. Dem Original-Gregori muß unterwegs ein recht tragischer Unfall zugestoßen sein, und sein hochstapelndes Double, das zweifellos der vorhandenen Ähnlichkeit wohlüberlegt noch ein wenig nachgeholfen hatte, kam komplett mit allem Zubehör – mit Anzügen und Paß und Fotos und allem Drum und Dran in England an. So weit – so gut.

Nun aber sein Pech. Abgesehen von seinen Veröffentlichungen und seinen Arbeiten war der Originalprofessor in England gänzlich unbekannt – als Person. In ganz England konnte es unter Umständen einen unter Millionen geben, der ihn kannte. Und ausgerechnet dieser eine mußte nun genau da arbeiten, wo auch er arbeitete – in seinem eigenen Laboratorium. MacDonald. Gregori wußte das nicht. Aber MacDonald wußte es – und er wußte auch, daß der angekommene Gregori lediglich ein Strohmann war. Sie dürfen nicht vergessen, daß MacDonald immerhin der hiesige maßgebliche Mann der Weltgesundheitsorganisation gewesen ist, und ich möchte wetten, daß Gregori in Italien die gleiche Position innehatte.«

»Womit das fehlende Foto im Album einwandfrei erklärt wäre«, setzte der General langsam hinzu.

»Jawohl. Zweifellos zeigte es die beiden – MacDonald und den richtigen Gregori – kollegial Arm in Arm. In Turin. Jedenfalls – vermutlich, nachdem er sich die Sache noch ein bis zwei Tage durch den Kopf hatte gehen lassen — eröffnete MacDonald dem nachgemachten Gregori, daß er ihm auf die Schliche gekommen sei. Was darauf folgte, läßt sich denken. Gregori wird wohl eine Pistole aus der Tasche gezogen und MacDonald erklärt haben, daß er dann leider nicht umhin könne, ihn zum Schweigen zu bringen. Und unser guter MacDonald, der ja auch nicht gerade auf den Kopf gefallen war, wird daraufhin seinerseits seiner Tasche ein Papierchen entnommen und versichert haben, daß auch er leider nicht umhingekonnt habe, seine Bank oder auch die Polizei zu beauftragen, im Falle seines Ablebens einen hinterlegten, versiegelten Umschlag zu öffnen. Einen Umschlag, der einige recht interessante Ausführungen zur Person eines gewissen Dr. Gregori enthielt. Worauf Gregori sein Schießeisen wohl wieder einsteckte und einen Handel abschloß – einen einseitigen Handel. Er mußte zahlen — monatlich — soundsoviel. Vergessen Sie nicht, daß MacDonald jetzt in der Lage war, ihn jederzeit wegen Raubmordes anzuzeigen.«

»Nee, das geht mir nicht ein«, unterbrach Hardanger trocken. »Wie stellen Sie sich das vor? Glauben Sie etwa, der General würde gleich zwei Leute auf einmal ins gleiche Projekt stecken – sagen wir, zum Beispiel in Warschau? Männer, die einander nicht nur fremd sind, sondern sich gegenseitig auch noch das Wasser abzugraben suchen. Nee, Cavell, nee, nee, da habe ich ja nun doch eine etwas bessere Meinung von der östlichen Intelligenz als Sie.«

»Ja, da muß ich Hardanger rechtgeben«, ließ sich auch der General vernehmen.

»Und ich auch«, beruhigte ich sie alle beide. »Alles, was ich bisher dazu sagte, war, daß MacDonald für die Sowjets gearbeitet hat, daß Gregori oder dieses ganze Affentheater um den Satanskäfer etwas mit dem Osten zu tun haben, das habe ich nie behauptet. Diesen Schluß haben Sie beide gezogen.«

Hardanger beugte sich vor und sah mich witternd an. »Dann – dann wären Sie also der Meinung, daß Gregori nach allem doch nur ein wildgewordener Verrückter ist?«

»Wenn Sie das noch immer glauben sollten, mein Bester, dann wird es allmählich Zeit, daß Sie mal länger Urlaub machen. O nein, Gregori wollte die Viren, und das mit gutem Grund, und ich lege meine Hand dafür ins Feuer, daß er MacDonald auch gesagt hat, warum. Dessen Mitarbeit mußte er sich ja versichern. Wenn er ihm nämlich zu verstehen gegeben hätte, daß er bloß mit den Botulinviren zu verschwinden gedächte, dann bezweifle ich, daß MacDonald in das Geschäft eingestiegen wäre. Bei einem Angebot von – na, sagen wir – zehntausend Pfund aber, wußte er genau, daß ein Kerl wie MacDonald sich sehr schnell eines Besseren besinnen würde.«

Wir waren jetzt fast in Alfringham. Aber der große Jaguar jagte auch mit beinah der doppelten zulässigen Geschwindigkeit durch den immer dünner werdenden Abendverkehr und schaffte sich mit der Sirene freie Fahrt, wo immer es belebter zuging. Der Fahrer war Hardangers größte Klasse – der beste seiner Londoner Mannschaft, und der wußte genau, was er aus sich und auch aus dem Wagen herausholen konnte, ohne uns alle samt und sonders unter die Erde zu befördern.

»Halten Sie!« unterbrach Hardanger mich. »Da, bei dem Verkehrsschutzmann.« Wir näherten uns sehr schnell der einzigen Alfringhamer Ampel, die offensichtlich noch nach der alten Väter Weise mit Handbetrieb bei dem, was man in Alfringham unter Hauptverkehrszeiten verstand, geschaltet wurde. Weiß und gummiglänzend im trüben Schein der verregneten Straßenbeleuchtung wirkte der Verkehrspolizist am Kontrollkasten, der an einem Laternenpfahl hing. Der Wagen hielt. Hardanger drehte die Scheibe herunter und winkte den Mann heran.

»Polizeichef Hardanger, London«, warf er hin. »Haben Sie

heute abend einen blaugrünen Vanden Plas Princess hier vorbeikommen sehen? Vor einer knappen Stunde etwa?«

»Den hab ich gesehen, Sir, ja tatsächlich. Der kam mit Tempo hier angerauscht und überfuhr das Rotlicht. Ich pfiff und brachte ihn zum Stehen, als er schon über die Gegenampel weg war. Und dann erkundigte ich mich natürlich, was er sich dabei gedacht habe, und darauf erklärte er, seine Hinterreifen hätten vorhin, bei dem Versuch zu bremsen, blockiert, und jetzt habe er natürlich Bedenken gehabt, noch mal so hart auf die Bremse zu steigen, weil seine Tochter hinten im Wagen läge und schliefe und durch den plötzlichen Ruck womöglich vorgeschleudert werden und was abbekommen könnte. Ich sah nach, und da lag sie wirklich und schlief. Und wie. Nicht einmal von unserem Gerede war sie wachgeworden. Neben ihr saß übrigens noch einer. Ein Mann. Was sollte ich tun — ich ließ es halt bei einer Verwarnung bewenden und schickte ihn weiter . . .« Er brach ab. Schon beim letzten Satz war er langsam und langsamer geworden.

»Großartig!« brüllte Hardanger, »was Sie nicht sagen! Mann, sind Sie denn so blind, daß Sie nicht einmal unterscheiden können, wenn jemand schläft und wenn jemand mit der Pistole in den Rippen gezwungen wird, so zu tun als ob. Geschlafen hat sie! Daß ich nicht lache. Sie Trottel, Sie verdammter. Und das will Polizist sein. Daß Sie das gewesen sind, dafür werde ich sorgen.«

»Jawohl, Sir.« Starr, ohne etwas zu sehen, blickte der versteinert stramm stehende Verkehrspolizist über das Verdeck des Jaguars, Abbild des klassischen Paradepostens, der noch mit den Händen an der Hosennaht zusammenbricht. »Es tut mir leid, Sir«.

»In welche Richtung hat er sich abgesetzt?« verlangte Hardanger.

»Richtung London, Sir«, sagte der zum Zinnsoldaten Erstarrte.

»Es dürfte vermutlich weit gefehlt sein, auch noch anzunehmen, daß Sie die Wagennummer notiert haben, nehme ich an«, meckerte Hardanger voll triefendem Sarkasmus.

»X-OW 973, Sir.«

»Was!«

»X-OW 973.«

»Nicht zu fassen. Na, dann betrachten Sie sich wieder als eingestellt«, grollte Hardanger. Er drehte das Fenster hoch, und schon waren wir wieder unterwegs, während der Sergeant leise ins Handmikrofon redete. Hardanger sah uns an. »Bißchen sehr haarig für das arme Schwein. Na ja, wenn er clever genug gewesen wäre zu merken, was los ist, dann würde er höchstwahrscheinlich jetzt bereits da oben auf einer Harfe klimpern statt hier unten auf den Ampelknöpfen. Tja, na denn, Cavell, entschuldigen Sie die Unterbrechung.«

»Macht nichts«, winkte ich ab. Ich war für jede Unterbrechung dankbar, für alles ungefähr, was mich von dem Gedanken an Mary mit des Mörders Pistole in den Rippen ablenkte. »MacDonald – ja, bei dem waren wir wohl gerade. Geldgierig – aber dabei doch ein ganz durchtriebenes Exemplar. Ganz verdammt durchtrieben – aber das mußte er ja wohl auch sein, sonst hätte er sich kaum bis heute so erfolgreich für die östliche Abwehr betätigen können. Er wußte ganz genau, daß der Botulindiebstahl – von seiner Absicht, auch noch den Satanskäfer mitgehen zu lassen, hat Gregori bestimmt nicht gesprochen – einigen Aktenstaub aufwirbeln würde und intensivste Durchleuchtungen der einzelnen Verdachtspersonen zur Folge haben mußte. Und er dürfte sogar vermutet haben, daß die eigene Spionagetätigkeit auch eine erneute Durchschnüfflungswelle für alle anderen auslösen würde. Daß jede Kleinigkeit seines Lebens in diesen Geheimakten registriert war, wußte er und war sich durchaus im klaren darüber, daß die eine oder andere Angabe – besonders das, was sich auf seine unmittelbare Nachkriegstätigkeit bezog – rigorosen Methoden nicht standhalten konnte. Die Geheimakten aber hütete Easton Derry, der Sicherheitschef. Und so erklärte er Gregori, daß er gar nicht daran dächte mitzumachen, solange er nicht Einblick in diese Akten genommen habe. MacDonald verspürte keinerlei Verlangen, das Opfer polizeilicher Nachforschungen zu werden.«

»Und deshalb also liegt Easton Derry — oder das, was noch von ihm übriggeblieben ist, nun in diesem Keller«, sagte der General ruhig.

»Eben deshalb. Und was jetzt kommt, sind zwar reine Vermutungen, aber Vermutungen, die sich mit aller Wahrscheinlichkeit mit der Wahrheit decken dürften. Abgesehen von den Personalakten, die MacDonald verlangte, wollte auch Gregori etwas – die Kombination von Labor I, die Panzertürkombination, die nur Derry und Dr. Baxter kannten. Und ich nehme an, daß man übereinkam, Derry, unter dem Vorwand, ihm dringend etwas mitteilen zu müssen, in MacDonalds Haus zu lotsen. Derry kam. Und als er durch die Tür trat, war er theoretisch bereits ein toter Mann. Für die praktische Durchführung sorgte Gregori, der ihn mit der Pistole in der Hand erwartete. Erst einmal nahmen sie ihm die Schlüssel ab, die Schlüssel zu den Safes, in denen Derry bei sich zu Hause die Geheimakten unter Verschluß hielt. Als Sicherheitschef von Mordon hatte er diese Schlüssel ständig bei sich zu tragen. Dann versuchten sie wohl die Einstellung der

Kombination aus ihm herauszuquetschen – zumindest Gregori. MacDonald dürfte meines Erachtens zwar hiervon gewußt und womöglich auch einiges gesehen haben, jedoch kaum direkt beteiligt gewesen sein. Und Gregori, auch wenn ich ihn nicht gerade für verrückt halte, ein Psychopath muß er auf jeden Fall gewesen sein – ein ganz blutrünstiger Sadist zumindest. Sehen Sie sich nur an, was er mit Derry gemacht hat, sehen Sie sich den Hinterkopf von Mrs. Turpin an, ganz zu schweigen von meinen eigenen Rippen und der Methode, MacDonald ins Jenseits zu befördern: ihm bei vollem Bewußtsein die Schlinge um den Hals zu legen.«

»Um sich mit den eigenen Waffen zu schlagen«, ließ sich Hardanger düster dazu vernehmen. »Er muß Derry so sinnlos gequält und gefoltert haben, daß er starb, noch ehe er den Mund aufmachen konnte. Aber was dieser Ersatz-Gregori für ein Vogel ist, dürfte ja wohl kaum schwierig sein herauszubekommen. Ein Subjekt solcher Methoden und dieses Steckbriefs muß in den diesbezüglichen Karteien bereits registriert sein. Fingerabdrücke und Beschreibung – und Sie werden sehen, Interpol in Paris hat ihn innerhalb von sechzig Minuten garantiert identifiziert.« Er lehnte sich vor und gab dem Sergeant neue Instruktionen.

»Ja«, bestätigte ich, »das dürfte wohl kaum auf Schwierigkeiten stoßen, ist aber im Moment nicht so wichtig. Nachdem er Derry nun aber umgebracht hatte, noch ehe er zum Reden gekommen war, mußte Gregori einen anderen Weg ins Labor ausfindig machen. Erst einmal durchsuchten sie natürlich Derrys Haus, und ich gehe jede Wette ein, daß sie auch seine Privatsachen durchwühlt haben. Dabei muß ihnen ein Foto in die Finger gefallen sein — ein Bild, das Derry als Trauzeugen einer Hochzeit zeigte. Meiner Hochzeit. Und auf diesem Foto ist selbstverständlich auch der General. Deshalb haben sie erst einmal mich und jetzt Mary kassiert. Sie wußten Bescheid. Nun ja – sie schlossen das Safe auf, entnahmen MacDonalds Akten die prekäre Seite und sahen sich bei dieser günstigen Gelegenheit auch gleich alle anderen Akten gut an. Und so gelangten sie dann zu der wertvollen Kenntnis von Hartnells finanziellem Dilemma und beschlossen, ihn unter Druck zu setzen, den Ausbruch aus Mordon mit dem bewußten Ablenkungsmanöver zu decken. Denn nachdem der Plan, die Einstellungsziffern aus Derry herauszubekommen, nun einmal mißlungen war, mußten sie sich ja etwas Neues ausdenken, um an die Viren zu gelangen.«

»Ausbruch?« wiederholte Hardanger kopfschüttelnd. »Einbruch wollten Sie wohl sagen.«

»Den Ausbruch – auch wenn Sie es nicht für möglich halten.«

Und während Hardanger im Halbdunkel lehnte und mich ansah, als hielte er mich für übergeschnappt, entwickelte ich abermals die Theorie, die ich bereits in grauer Morgendämmerung dem General plausibel gemacht hatte: Zwei Mann in Tragkörben eingeschmuggelt — einer als Verbrecher X verkleidet, der andere als Baxter; beide verlassen zur normalen Zeit, ordnungsgemäß ausgewiesen, das Haus, während der eigentliche X, den wir suchen, im Labor bleibt und erst nach vollbrachter Tat mit den Viren durch den Drahtzaun ausbricht.

»Interessant, sehr interessant«, sagte Hardanger fachlich zwar zutiefst beeindruckt, nicht jedoch ohne Ironie. »Und mir haben Sie weisgemacht, Easton Derry habe zu sehr auf eigene Faust operiert. Verdammt, ich habe so das Gefühl, als hätten Sie mich mit Wonne auf den Holzweg geführt, was?«

»Das war gar nicht nötig«, gab ich zurück. »Sie liefen von ganz allein. Parallel in meiner Richtung.« Ich suchte nach einer brauchbaren Erklärung dazu, fand aber keine. »Die Durchbruchsidee stammt schon einmal von Ihnen. Sie waren auch derjenige, dem zuerst auffiel, daß an MacDonalds Akten etwas faul sein mußte.«

Im Lautsprecher krachte es plötzlich. Der Eigentümer des Vanden Plas, ein Arzt auf Krankenbesuch, war aufs Polizeirevier gegangen, nachdem wir ihn hatten stehenlassen, und hatte seiner Meldung die interessante Tatsache hinzugefügt, daß sein Tank beinahe leer gewesen sei. Hardanger gab den beiden vorn Anweisung, die Augen nach der nächsten Tankstelle aufzuhalten und nahm das Thema dann wieder auf. »Also dann mal weiter im Text.« Meine letzten Ausführungen hatten ihn erst zur Hälfte besänftigt, und verdenken konnte ich es ihm nicht, daß er sauer war.

»Tja, was gibt es da noch viel zu sagen? Gregori stellte nicht nur fest, daß Hartnell bei Tuffnell, dem Zinsgeier, in der Kreide saß, sondern darüber hinaus auch noch, als Verwalter der Messegelder, den Messefonds angegriffen hatte. Fragen Sie mich nicht, wie er dahintergekommen sein kann. Und danach –«

»Das kann ich Ihnen genau sagen«, fiel Hardanger ein. »Leider, wie üblich, zu spät«, setzte er hinzu, und ich merkte, wie sehr ihm das stank. »MacDonald war Messepräsident und kam natürlich sofort, nachdem nun einmal festgestellt worden war, daß Hartnell finanziell in der Klemme saß, auf die glorreiche Idee, sich die Bücher anzusehen. Als Präsident stand ihm natürlich auch die Buchführung offen.«

»Da haben wir es, jawohl«, stimmte ich zu, nicht weniger erschüttert über die eigene Dummheit wie Hardanger. »Und dabei wußte ich auch noch, daß er Präsident war. Verdammt, ein

Hinweis, der einem doch geradezu ins Auge springt! Cavell, du wirst alt! Daraufhin hatte Gregori Hartnell natürlich vollkommen in der Hand und, bestens informiert durch seine Personalakte, stand für ihn fest, daß auch Hartnell als Verdachtsperson unter die Lupe genommen werden würde. So brachte er denn noch ein paar Knoten mehr in die Geschichte, indem er alles, was zum Ausbruch benutzt worden war, Hammer und Zange, bei Hartnell deponierte und ihm obendrein auch noch den Mordoner Lehm an seinen Roller schmierte. Wenn er es nicht selbst war, dann zumindest einer seiner Helfershelfer. Fauler Fisch Numero eins. Fauler Fisch Numero zwei — als mysteriöser Onkel George fungierend, ließ er schon Wochen vor dem Verbrechen laufend Zahlungen auf Chessinghams Konto eingehen. Bankkonten sind ja für gewöhnlich so mit das erste, wofür sich die Polizei im Zuge ihrer Ermittlungen zu interessieren pflegt, das wußte er sehr wohl.«

»Faule Fische und nichts als faule Fische«, stöhnte Hardanger verbittert, »immer wieder diese gottverfluchten faulen Fische. Warum?«

»Um Zeit zu gewinnen. Darauf komme ich gleich noch.«

Der General sah mich an. »Und die beiden Morde und der Virendiebstahl, wie steht's damit? Stimmt Ihre These?«

Ich schüttelte den Kopf. »Nicht ganz. Da habe ich einen Kunstfehler hineingebracht.«

Noch immer sah der General mich an. Schweigend und doch sehr beredt. »Meine Annahme ging dahin, daß einer der Wissenschaftler aus Labor I beide tötete, Dr. Baxter sowohl wie auch Clandon. Darauf wies alles unfehlbar hin. Ich irrte mich. Ich mußte mich irren. Wir haben überprüft und nochmal überprüft, und jeder einzelne Wissenschaftler und Techniker aus diesem Labor hatte ein hieb- und stichfestes Alibi für die Mordnacht. Hieb- und stichfest insofern, als es der Wahrheit entsprach. Die beiden Männer wurden eingeschleppt, schön – möglich, daß es auch drei waren, ich weiß es nicht. Was wir aber wissen, ist, daß Gregori eine beachtliche Organisation hinter sich hatte. Sagen wir also drei. Und nur *einer*, und zwar derjenige, der Baxters Rolle zu spielen hatte, verließ zur normalen Zeit das Haus. Die anderen blieben, bis auf unseren X, der blieb nicht. Bei Dienstschluß ging er gleichfalls und kam ordnungsgemäß zu Hause an, um sich selbst mit einem hübschen kleinen Alibi zu versorgen. X war, und das steht mit ziemlicher Sicherheit fest, Gregori – MacDonald war lediglich stiller Teilhaber bei dem Geschäft. Und Gregori mag eventuell sogar die Viren mitgenommen haben. Eine Annahme, die zutreffen kann, aber nicht zutreffen muß – wahrscheinlich nicht, weil das Risiko einer Stichprobe wohl doch zu groß gewesen sein dürfte. Wie dem auch sei, eine Botulinampulle und das Zyankalikonfekt ließ er zurück. Sie werden sich entsinnen, daß wir alle von der Erklärung, daß Clandon von einem ihm doch immerhin recht verdächtig vorkommenden nächtlichen Besucher bereitwillig Konfekt angenommen haben sollte, nicht sonderlich befriedigt waren.«

»Wozu Botulin? Warum das Konfekt? Beides erübrigte sich doch im Grunde?« gab der General zu bedenken.

»Nicht, wie Gregori die Sache sah. Er ordnete an, Baxter erst einmal mit einer Art Holzhammernarkose fertigzumachen und dann, ehe die Labortür ins Schloß fiel, noch die Ampulle zu zerschlagen. Einmal draußen, agierte einer der beiden als Ablenkungsfigur für Clandon, der den Korridor von seinem Haus aus beobachtet hatte und mit der Pistole in der Hand angestürzt kam. Während Clandon seinem Gegenüber nun die Pistole vorhielt, tauchte hinter seinem Rücken die Verstärkung auf, entriß ihm die Pistole und stopfte ihm dann, wahrscheinlich mit Assistenz des Kollegen, das Konfekt in den Mund. Gott allein mag wissen, was Clandon sich dabei gedacht haben mag. Er war tot, ehe er feststellen konnte, was es war.«

»Der Feind«, murmelte der General, »der erbarmungslose Feind.«

»Und all das sollte den Eindruck vermitteln, daß der Täter sowohl Baxter wie auch Clandon bekannt war. Das funktionierte ja auch. Der dritte faule Fisch – und einer, der uns in die völlig falsche Richtung lenkte. Zeit gewinnen, immer nur Zeit gewinnen. Gregori ist ein Genie der Verschleierungstaktik. Auch mich hat er mit diesem ersten Anruf, der abends um zehn in London erfolgte, ganz erfolgreich auf den Arm genommen. Er rief an. Fauler Fisch Numero Gottweißwieviel.«

»Gregori rief an?« Hardanger sah mich scharf an. »Er hatte ein Alibi für die Zeit, und Sie selbst haben sich dieses Alibis angenommen. An seinem Buch oder irgend etwas gesessen und getippt.«

»Cavell ist nicht zu schlagen, wenn es um verspätete Einsichten geht«, sagte ich sauer. »Das Maschinengeklappere kam zweifellos aus seinem Zimmer. Eine Bandaufnahme, die er anstellte, ehe er sich via Erdgeschoßfenster verdünnisierte. Als ich morgens, in aller Herrgottsfrühe hinkam, hing noch ein ganz eigenartiger Geruch im Raum, und im Kamin lag ein Häufchen weißer Asche. Die Überbleibsel eines Tonbands.«

»Hergott, ich frage mich nur, warum all diese faulen Fische —« fing Hardanger erneut an zu fluchen, als ihn die Stimme des Sergeants von vorn verstummen ließ.

»Eine Tankstelle, Sir.«

»Halten Sie«, kommandierte Hardanger. »Stellen Sie fest, was hier los gewesen ist.«

Wir fuhren in die Tankstelle ein. Der Fahrer drückte auf die Sirene. Ein Geheul um Tote zu erwecken, nur den Tankwart erweckte es nicht. Der Sergeant verlor keine Zeit. Innerhalb von fünf Sekunden, nachdem der Wagen eingefahren war und stand, war er in dem hellerleuchteten Büro, augenblicks wieder draußen und blitzartig hinter der Tankstelle verschwunden. Und das reichte mir. Ich schoß hinaus, und Hardanger war mir auf den Fersen.

Wir fanden den Tankwart in einer Garage hinter der Tankstelle. Sach- und fachgerecht gefesselt und geknebelt von einem, der sich über die Kosten des Tesafilms keinerlei Gedanken gemacht zu haben schien. Die gleiche kunstfertige Hand hatte wohl auch seinen Hinterkopf mit einem harten Gegenstand bearbeitet. Davon jedoch fing der Tankwart gerade an, sich wieder zu erholen, genauer gesagt, er war bereits wieder bei Bewußtsein, als wir bei ihm anlangten. Eine handfeste Ausgabe mittleren Jahrgangs. Das, was normalerweise eine gesunde, rote Gesichtsfarbe sein mußte, hatte sich jetzt, bei all den Anstrengungen, sich selbst zu befreien, zu einem dunklen Blaurot vertieft.

Wir schnitten die Klebstreifen um Fuß und Handgelenke durch und rissen ihm das Zeug nicht gerade überaus zart vom Gesicht, ehe wir ihn aufsetzten. Und dann ließ er erst einmal einige bildhafte Betrachtungen zu der gegebenen Situation vom Stapel, und das mußten wir ihm, bei aller Eile, zugestehen. Erst nach ein paar Sekunden schnitt Hardanger diese Kundgebung mit Kommandostimme ab.

»Jetzt reicht's. Das Schwein, das Sie hier fertiggemacht hat, ist ein Mörder auf der Flucht. Wir sind Polizeioffiziere. Jede Sekunde, die Sie herumsitzen und fluchen, steigert seine Chancen zu entkommen. Schildern Sie den Vorfall. Aber kurz und bündig, bitte.«

Der Tankwart wackelte mit dem Kopf. Man brauchte kein Arzt zu sein, um zu sehen, daß er noch völlig groggy war. Aber er riß sich zusammen: »Ein Kerl, dunkel, so zwischen dreißig und vierzig etwa, kam an und wollte tanken. Halb sieben war's. Er –«

»Halb sieben«, unterbrach ich. »Vor zwanzig Minuten erst? Wissen Sie das genau?«

»Bestimmt sogar«, bekam ich zur Antwort. »Der Sprit muß ihm so ungefähr zwei bis drei Meilen von hier ausgegangen sein, und er muß es ganz verflucht eilig gehabt haben, denn er war noch völlig außer Atem. Zehn Liter wollte er in einer Kanne mitnehmen, und als ich mich umdrehte, um mich nach einem brauchbaren Pott umzusehen, da hatte er mir auch schon was über den Schädel geknallt. Als ich dann wieder zu mir kam, lag ich in der Garage – so, wie Sie mich eben hier vorgefunden haben, aber ich ließ mir nichts anmerken und machte auf toten Hund. Noch ein Kerl war dabei, der so'n kleines Mädchen mit 'ner großen Pistole in Schach hielt – blond war sie. Und der andere, der Dreckskerl, der mich hier versorgt hatte, der war gerade dabei, den Wagen meines Alten rückwärts aus der Garage zu fahren. Und –«

»Kennummer – Farbe des Wagens?« fuhr Hardanger ungeduldig dazwischen. Beides wurde ihm genannt. »Sie bleiben jetzt hier, verstanden«, kommandierte Hardanger weiter. »Laufen Sie nicht herum. Sie haben ganz schön was abbekommen. Ich werde die Alfringhamer Polizei sofort per Funk verständigen. Der Wagen wird gleich hier sein.« Zehn Sekunden später hatten wir den verdutzten Tankwärter samt seinem dicken Kopf stehenlassen und lagen bereits wieder auf der Landstraße.

»Zwanzig Minuten«, sagte ich, mit halbem Ohr auf das, was der Sergeant eilig und leise ins Telefon redete, hörend. »Sie müssen ganz schön Zeit verloren haben. Einmal mußten sie den Karren ja von der Straße schieben, um uns hinters Licht zu führen, und dann hatten sie auch noch den weiten Weg zur Tankstelle zu machen. Zwanzig Minuten.«

»Die kaufen wir uns jetzt«, sagte Hardanger optimistisch. »Mindestens ein halbes Dutzend Streifenwagen sind hier innerhalb der nächsten dreißig Meilen unterwegs, und die kennen diese Strecke aus dem ff – wie sie überhaupt nur ortsansässige Polizisten kennen können. Und wenn sich davon einer mal an Gregori angehängt hat, schüttelt der ihn nie wieder ab.«

»Lassen Sie die Straßen sperren. Geben Sie durch, daß man den Wagen unter allen Umständen stoppen soll.«

»Sind Sie total verrückt geworden?« fuhr Hardanger mich an. »Sie haben wohl den Verstand verloren, Cavell? Wollen Sie Ihre Frau mit Gewalt umbringen? Sie wissen doch genau, wofür er sie benutzt, verdammt noch mal. Als Schild, mit dem er sich deckt. So, wie die Dinge jetzt liegen, ist sie noch immer sicher. Seitdem er MacDonalds Haus verlassen hat, ist ihm noch kein Polizeibeamter über den Weg gelaufen – abgesehen von dem Verkehrsschutzmann. Der muß doch jetzt so halb und halb glauben, wir hätten die Suche aufgegeben.«

»Straßensperren«, beharrte ich eigensinnig. »Setzen Sie jetzt Straßensperren ein. Wohin sollen die Wagen ihn denn verfolgen? Bis ins Herz von London etwa? Da, wo er seine verfluchte Ampulle knacken will? Einmal in London, verlieren sie ihn doch, sie müssen ihn ja verlieren. Verdammt, sehen Sie denn nicht ein, daß er jetzt unbedingt irgendwo festgehalten werden *muß*? Wenn wir den auf London loslassen –«

»Aber Sie waren ja selbst einverstanden, daß –«

»Ehe ich wußte, daß er tatsächlich nach London unterwegs ist.«

»General«, flehte Hardanger, »können Sie ihn nicht zur Vernunft bringen –«

»Sie ist mein einziges Kind, Hardanger, und man sollte einem alten Mann nicht zumuten, über Leben und Tod des einzigen Kindes zu entscheiden«, sagte der General tonlos. »Sie wissen so gut wie jeder andere, was Mary mir bedeutet.« Er schwieg. Dann sagte er so ruhig wie bisher: »Ich stimme mit Cavell überein. Bitte, tun Sie, was er vorschlägt.«

Hardanger würgte an dem Brocken, aber er beugte sich vor, um den Sergeant zu instruieren. Als auch das geschehen war, sagte der General still: »Wir können ja doch nur abwarten, vielleicht füllen Sie inzwischen die letzten Lücken dieses Puzzlespiels noch aus, mein Junge. Ich bin nicht mehr in der Verfassung, es selbst zu tun. Zum Beispiel die Frage, die auch der Polizeichef immer wieder aufwirft. Die faulen Fische, all diese verdammten faulen Fische. Warum?«

»Um Zeit zu gewinnen.« Ich war weiß Gott auch nicht in der Verfassung für Rätselspiele, aber mit dem bißchen klaren Verstand, das mir noch geblieben war, sah ich den tieferen Sinn dieser Bitte sehr wohl und ging darauf ein, dankbar für alles, was uns von dem vor uns herfahrenden Wagen ablenkte, von der Frau, die einem grausamen und unerbittlichen Sadisten ausgeliefert war, dankbar für alles, was unsere quälenden Ängste zu lindern imstande war und die unerträgliche Spannung, die uns geistig und körperlich fast zu zerbrechen drohte, ein wenig milderte. Tastend, den Zusammenhang mühsam suchend, nahm ich den Faden wieder aufnahm. »Unser spezieller Freund, der da vor uns fährt, mußte Zeit gewinnen. Je mehr falschen Fingerzeigen wir folgten, in je mehr Sackgassen wir stolperten – und deren gab es genug –, desto länger mußte es dauern, bis wir dahin gelangten, wo der Boden wirklich heiß wurde. Er überschätzte uns, und doch kamen wir schneller voran, als er es erwartet hatte – vergessen Sie nicht, daß es kaum vierzig Stunden her sind, daß dieses Verbrechen entdeckt worden ist. Aber er wußte genau, daß wir früher oder später an der Stelle bohren würden, die er fürchtete – bei Mac Donald. Und er wußte auch, daß er sich MacDonalds eines Tages, früher oder später, zu entledigen hatte. Je später, desto besser, denn innerhalb weniger Stunden nach MacDonalds Tod mußte auch der versiegelte Umschlag geöffnet werden, und dann – dessen war er sich klar – würden wir ihn wie ein Expreß überfahren. Was immer auch Gregoris Absichten waren – er zog es offensichtlich vor, sie durchzuführen, solange er noch als angesehenes Mitglied der Alfringhamer Gesellschaft galt und nicht als gesuchter Mörder auf der Flucht vor der britischen Polizei.«

»Tja, es ist nicht so einfach, die Regierung und die Nation zu bedrohen und zu erpressen, wenn einem der kalte Atem des Gesetzes bereits ins Genick weht«, stimmte der General ein. Seine Beherrschung, seine eiserne Ruhe waren fast übermenschlich. »Aber warum mußte MacDonald sterben?«

»Aus zweierlei Gründen. Erstens kannte er Gregoris endgültige Ziele, und das konnte seine, Gregoris, Pläne, falls MacDonald den Mund aufmachte, restlos ruinieren. Und zweitens, weil auch Mrs. Turpin eine Gefahr darstellte. MacDonald war ein verdammt zäher Bursche — es konnte sein, daß er dicht hielt, selbst, wenn ihn die Polizei dazwischen nahm, – schließlich, obzwar er sich bestimmt von allem, was mit Mord und Totschlag zu tun gehabt, distanziert hatte, daß er selbst tief genug im Schlamassel. Sie aber hätte ihn zum Reden gebracht, und wenn nicht, dann hätte sie aller Voraussicht nach wohl den Mund selbst aufgetan. Madame Halle gab mir in Paris zu verstehen, daß MacDonald ein ewiger Abenteurer der Liebe war, und wer nun einmal gern *à la carte* lebt, der läßt von dieser Gewohnheit ungern ab. Nicht vor achtzig jedenfalls. Mrs. Turpin war eine gutaussehende Frau, und ihre ganze Art, sich umgehend als MacDonalds Beschützerin aufzuwerfen, sagt alles. Sie liebte ihn. Ob er das erwiderte, kann ich nicht sagen, und es spielt auch keine Rolle. Wenn indessen etwas schiefgegangen wäre, dann wäre sie diejenige gewesen, die MacDonald gezwungen hätte, den Kronzeugen zu spielen und Gregori dem Henker auszuliefern. Seine Zeugenaussage wäre meines Erachtens von solcher Bedeutung – von einer solch entscheidenden Bedeutung – gewesen, daß entweder sie oder MacDonald oder auch alle beide davon überzeugt gewesen waren, daß MacDonald schlimmstenfalls mit einer leichten Strafe davonkommen müsse. Und wären erst einmal alle Hoffnungen auf Gregoris Geld endgültig dahin gewesen, dann glaube ich kaum, daß unser Freund MacDonald auch nur noch einen Moment gezögert hätte, den Kronzeugen zu spielen. War das, was er zu sagen hatte, wichtig genug, dann konnte er unter Umständen sogar mit einem Generalpardon rechnen. Wohingegen er sonst Gefahr lief, als Helfershelfer zum Mord aus persönlicher Gewinnsucht mit angeklagt zu werden. Ein Vergehen, das in diesem Land noch immer mit dem Gang zum Richtblock geahndet wird. Und hätte er wirklich gezögert, dann hätte Mrs. Turpin für ihn entschieden.

Meine Vermutung – es ist nur eine Vermutung, aber das wird sich in Mordon genau feststellen lassen, geht dahin, daß Mrs. Turpin MacDonald umgehend, nachdem ich das Haus verlassen hatte, angerufen haben muß und Gregori das Gespräch entweder gehört oder anderweitig erfahren haben dürfte, was inzwischen geschehen war. Wahrscheinlich begleitete er MacDonald heim, um zu sehen, wie die Aktien stünden – und das war schnell passiert. Der Verdacht fiel auf MacDonald, und dieser Umstand konnte für Gregori höchst fatal werden. Um das zu verhindern, war Gregori gezwungen, den Spieß umzudrehen.«

»Haut alles haargenau hin, was?« sagte Hardanger, ohne auch nur eine Miene zu verziehen. Er war noch weit entfernt davon, endgültig zu vergeben und vergessen.

»Jawohl. Das Netz ist zusammengezogen und geschlossen. Das einzige Malheur dabei ist nur, daß der Fisch entkommen ist und der Rest uns nichts nützt. Nur eins wissen wir jetzt genau: Das ganze Gefasel von Mordons Zerstörung können wir abschreiben. Wäre nämlich das sein Plan gewesen, dann hätte auch ein MacDonald mit allem Gerede weder etwas dafür noch dagegen tun können – das ganze Land weiß davon. Was immer es auch sei – es liegt auf einer breiteren und weitaus bedeutenderen Ebene; eine Angelegenheit, die vielleicht – bestimmt sogar – schiefgegangen wäre, wenn wir rechtzeitig Wind davon bekommen hätten.

»Zum Beispiel?« fragte Hardanger.

»Das sollen Sie mir sagen. Mein Bedarf an diesem Ratespiel ist für heute gedeckt.« Und er war gedeckt. Ich war nur noch willens den Mund aufzumachen, wenn es absolut sein mußte. Zurückgelehnt in die weichen warmen Polster, spürte ich nun doch allmählich die Reaktion. Der anästhesierende Effekt raschen Denkens und Handelns begann nachzulassen, und je mehr er nachließ, desto älter und verbrauchter fühlte ich mich. Und elender. Auch das noch. Ich dachte an den weitverbreiteten Glauben, daß der Mensch nie gleichzeitig mehrere, sondern immer nur einen Schmerz zu spüren imstande sei, und ich fragte mich, welcher völlig fehl informierte Vollidiot dies in die Welt gesetzt haben mochte. Was war es eigentlich, was mich am meisten peinigte? Mein Schädel, oder mein Fuß oder meine Rippen? Schließlich gab ich den Rippen um Haaresbreite vor meinem geschundenen Haupt den Vorrang. Wir rauschten mit neunzig Sachen über die kurvenfreie, nasse Strecke, aber der Mann am Steuer fuhr so weich und routiniert, daß ich trotz meiner Sorgen und Ängste um Mary gerade am Eindösen gewesen sein mußte, als der Lautsprecher vorn wieder zu krachen anfing.

Erst das Kennwort – dann kam die Meldung. »Grauer Humber der angegebenen Beschreibung – Nummer nicht festgestellt – ist soeben von der Strecke nach London in eine B-Straße abgebogen, um die Flemington-Kreuzung zu vermeiden – zweieinhalb Meilen östlich von Crutchley. Ich verfolge weiter.«

»Flemington-Kreuzung!« Der Stimme des Sergeants, ein Alfringhamer, war einige Aufregung zu entnehmen. »Das ist bestens, der ist auf einem Umweg, der ihn nirgends hinbringt als nach Flemington und nach drei weiteren Meilen genau wieder auf die Hauptstraße nach London zurück.«

»Und wie weit sind wir noch von diesem – na, wie hieß das Kaff doch noch – Crutchley entfernt?« wollte Hardanger wissen.

»Dicht dran, Sir. Vier Meilen.«

»Also neun bis zehn Meilen bis zur Kreuzung, bei der Gregori wieder auf die Hauptstraße kommen muß. Und diese Nebenstraße, auf der er jetzt ist – wie sieht die aus? Wie lange dürfte er brauchen?«

»So fünf bis sechs Meilen, Sir. Ziemlich verzinkt, lauter Kurven. Etwa zehn Minuten, wenn er was riskiert und auf dem Gas bleibt. Kurven und Biegungen noch und noch.«

»Glauben Sie, daß Sie es in zehn Minuten schaffen?« erkundigte Hardanger sich beim Fahrer.«

»Ich weiß nicht, Sir.« Er zögerte. »Ich kenne die Straße nicht.«

»Aber ich«, versicherte der Sergeant zuversichtlich. »Er schafft's.«

Und er schaffte es. Der Regen goß noch immer senkrecht herunter, die nassen Straßen waren rutschig, gerade Strecken eine Seltenheit, und ich glaube, wir alle fügten in dieser Nacht unserem bereits vorhandenen Quantum grauer Haare einige hinzu, aber er schaffte es. Schneller sogar noch als notwendig. Den ständig einlaufenden Meldungen des Streifenwagens, der sich an Gregori gehängt hatte, war einwandfrei zu entnehmen, daß der Mann am Steuer alles andere, nur nicht gerade ein versierter Autofahrer war.

Unser Wagen verlangsamte sein Tempo und hielt. Quer über die Straße nach Flemington geparkt, blockierten wir die gesamte Ausfahrt zur Hauptstraße. Alles stieg eilends aus, während der Sergeant die starken Suchlichter in die Richtung drehte, aus der Gregoris gestohlener Humber aufkreuzen mußte. Dann gingen wir im strömenden Regen hinter dem Jaguar in Deckung. Vorsichtshalber in zehn Fuß Abstand. Bei diesem elenden Sauwetter konnte schon eine beschlagene Windschutzscheibe oder auch ein defekter Scheibenwischer jedes heranrauschenden Fahrers Sicht so behindern, daß er unvermeidlich in den Jaguar brummen mußte. Besonders dann, wenn es sich um einen ausgesprochenen

Stümper handelte, wie den eingehenden Meldungen zu entnehmen war.

Ich sah mich erst mal gründlich in der Gegend um. Für einen Überfall so unwahrscheinlich geeignet, daß auch ein Dick Turpin nichts Besseres hätte ausfindig machen können. Genau die Spitze und eine Seite des rechten Winkels der T-Kreuzung standen dichtbewachsen mit Buchengehölz. Die dritte Seite des T, strahlend beleuchtet von den noch immer brennenden Scheinwerfern des Jaguars, war offenes Weideland, auf dem weit und breit nichts zu sehen war als ein baumumsäumter Bauernhof mit den dazugehörigen Scheunen und Stallungen. Das Wohnhaus lag etwa zweihundert Meter weit weg, die nächste Scheune kaum hundert. Aus einem der Fenster fiel matt ein regendurchtränkter, diffuser Lichtstrahl, soviel konnte ich ausmachen.

Genau neben der Straße nach Flemington lief ein tiefer Graben. Ich zog bereits in Erwägung, ob es nicht eventuell zweckmäßig wäre, sich dahin zu postieren, einen anständigen Steinbrocken zu nehmen und den durch die Fahrerscheibe zu schmettern, um so zumindest fünfzig Prozent aller Gefahrenmomente aus der Welt zu schaffen. Das Bedenkliche daran war leider, daß auch Mary bei diesem Unternehmen gleich mit aus der Welt geschafft werden konnte. Die Tatsache, daß sie, als sie durch Alfringham gekommen waren, nicht vorn, sondern hinten gesessen hatte war längst keine Garantie dafür, daß dem noch immer so war. Also beschloß ich, da zu bleiben, wo ich war.

Und dann schien er heranzukommen. Durch das Klatschen weißlicher Regengüsse auf dem Asphalt und das schwere Trommeln auf dem Wagendach vernahmen wir plötzlich das stetig näherkommende Geräusch eines Motors – unsinnig hochgetrieben und weit entfernt von jedem kunstgerechten Schalten. Sekunden später fiel bereits die erste Lichtgarbe auf die Fahrbahn, die gestauten Strahlenbündel flackerten gespenstisch durch die Buchenstämme und die fahlen Regengüsse. Und wir alle gingen samt und sonders hinter dem Jaguar in die Knie. Ich zog die Hanyatti heraus und entsicherte.

Und dann, ganz plötzlich, begleitet von dem grätigen Krächzen des Getriebes und dem Aufheulen des auf Touren kommenden Motors, kam der Wagen um die letzte Kurve und direkt auf uns zu. Noch etwa hundertfünfzig Meter weit weg von unserem Standort, konnten wir bereits die Geschwindigkeitsbeschleunigung ausmachen, nachdem er die Kurve genommen hatte: Dann ein abrupter Ausfall des Motorengeräusches, unmittelbar gefolgt von dem nicht zu mißdeutenden Aufjaulen blockierender Reifen auf nasser Straße.

Gedeckt durch den Jaguar, sah ich die Scheinwerferstrahlen

von einer Seite zur anderen schwingen, während der Fahrer sich verzweifelt bemühte, den Wagen unter Kontrolle zu bringen, und lauerte instinktiv auf das zu erwartende splitternde Krachen und den unvermeidlichen Stoß des in den quer auf der Straße liegenden Jaguar brummenden Wagens.

Aber das Krachen blieb aus, und der Stoß kam nicht. Absolut nicht seiner Fahrtechnik, lediglich einem sagenhaften Dusel zuzuschreiben, gelang es dem Fahrer gerade noch, den nach links abgerutschten Wagen kaum fünf Fuß vor dem Jaguar mitten auf der Straße zum Stehen zu bringen. Ich stand auf und ging, völlig geblendet von den starken Scheinwerfern des Humbers, mit fast zugekniffenen Augen auf die Seitenfront des Jaguars zu. Und so scharf ausgeleuchtet ich auch war, so bezweifle ich doch, daß die Insassen des Humbers mich zu sehen imstande waren. Das starke Suchlicht aus dem Dach des Jaguars knallte direkt in Gregoris Windschutzscheibe.

Ich bin weiß Gott keine *Anni Oakly with the gun,* aber auf eine Entfernung von zehn Fuß und bei einem Ziel in der Größe eines Suppentellers, schaffe ich es bei schlechtesten Bedingungen. Zwei schnelle Schüsse, und die Scheinwerfer des Humbers klirrten und starben. Gefolgt von den anderen, ging ich rund um den Jaguar herum, als auch schon ein zweiter Wagen – der Gregoris Wagen verfolgende Streifenwagen – hinter dem Humber zum Stehen kam. Und ich war kaum bis an die Nase des Jaguars gekommen, als rechts und links die Türen des Humbers weit aufflogen und zwei Männer eiligst hinausstolperten. Und für eine Sekunde – für nur eine einzige – hatte ich das Spiel noch einmal in der Hand. Alle beide hätte ich sie über den Haufen schießen können, wie sie da standen, und die Tatsache, daß dies hinterrücks hätte erfolgen müssen, hätte mein Gewissen kaum belastet. Statt dessen stand ich da wie ein Idiot und zögerte und bekam die Pistole nicht schnell genug hoch, und schon war sie dahin, diese eine Sekunde, und mit ihr meine allerletzte Chance. Denn schon war auch Mary mit einer Gewalt, die sie aufstöhnen ließ, aus dem Wagen gezerrt und mit einem brutalen Ruck vor Gregori gerissen worden, dessen Pistole jetzt direkt über ihre linke Schulter weg auf mich gerichtet war. Der zweite der Genossen war ein breitschultriges, vierschrötiges, hartgesottenes Subjekt südlicher Herkunft mit einer Pistole von der Güte eines abgesägten Kanonenrohrs in der haarigen Faust. In der linken, stellte ich fest. Und es war auch ein Linkshänder gewesen, der die Kombizange gehandhabt hatte, um den Zaun von Mordon zu durchschneiden. Das also mußte er sein, der Mörder beider, der Mörder von Baxter und Clandon. Denn, daß er dieses Gewerbes war, stand außer Frage für mich. Wenn man einmal genug von dieser Sorte gesehen hat, dann kennt man sie augenblicklich wieder. Selbst wenn sie noch so normal und völlig harmlos aussehen wie tausend andere auch. In den tiefsten Tiefen ihrer Augen glimmt der Funke leeren Wahnsinns. Nichts, das ihnen eigen wäre, vielmehr etwas, das ihnen nicht eigen ist. Und das hier war einer von dieser Sorte. Und Gregori? Noch einer? Es war der gleiche Gregori, den ich von jeher kannte, groß und dunkel und haarig und ein wenig spöttisch wie immer und doch wiederum ein völlig anderer. Er trug die Brille nicht mehr.

»Cavell.« Die Stimme war sanft und farblos; konversationell beinah. »Seit Wochen hatte ich die Möglichkeit, Sie einfach aus dem Weg zu räumen. Ich hätte sie wahrnehmen sollen. Nachlässigkeit! Dabei kenne ich Sie seit langem. Und man hat mich sogar gewarnt. Ich wollte nicht hören.«

»Der Genosse«, sagte ich nur. Meine eigene Pistole hing bleiern hinunter. Ich starrte in den Lauf in der haarigen linken Hand. Er zielte direkt in mein rechtes Auge. »Linkshänder. Der Mörder von Baxter und Clandon.«

»Stimmt auffallend.« Gregoris Griff um Mary festigte sich noch. Wie eine Puppe, die man durch den Dreck gezogen hatte, sah sie aus. Über ihrem rechten Auge schien sich eine Beule zu bilden. Ich tippte auf einen Ausbruchversuch, als ihnen der Sprit ausgegangen war und sie zur Tankstelle unterwegs gewesen waren. Aber sehr verängstigt schien sie mir nicht. Und falls sie es war, dann ließ sie es sich nicht anmerken. »Ich war wahrhaftig gewarnt. Henriques, mein — ah — mein Adjutant. Ja, er zeichnet verantwortlich für ein paar sauber durchgeführte kleine Unfälle, stimmt's, Henriques? Einschließlich dieses kleinen Mißgeschicks, das Ihnen selbst passiert ist, Cavell.«

Ich nickte. Das leuchtete mir ein. Henriques, der Vollstrecker. Ich sah in das harte, bittere Gesicht, in die leeren Augen und wußte, daß Gregori die Wahrheit sprach. Nicht, daß dies Gregori auch nur einen Deut unschuldiger gemacht hätte, nein, das nicht, verständlicher aber. Meister dieser Zunft — wie Gregori einer war – ließen stets die Finger von der physischen Seite ihres Gewerbes.

Gregori hatte einen raschen Blick nach den beiden Polizeioffizieren, die aus dem Streifenwagen gestiegen waren, geworfen und kommandierte Henriques mit einer schnellen Kopfbewegung in die Richtung. Der reagierte wortlos und schwang seine Kanone herum, dahin, wo die beiden sofort haltmachten. Ich hob die Pistole und ging einen Schritt auf Gregori zu.

»Lassen Sie das«, sagte Gregori ruhig und preßte dabei den Lauf seiner Pistole so hart in Marys Rippen, daß sie aufstöhnte. »Es soll mir nicht darauf ankommen, abzudrücken.« Noch einen

Schritt wagte ich mich vor. Wir standen uns jetzt auf vier Fuß gegenüber. »Sie werden ihr nichts tun. Und wenn, dann lege ich Sie um. Dafür sollten Sie mich kennen. Gott allein mag wissen, um welchen Einsatz Sie spielen, aber gemessen an der Planung und den Morden, die Sie investiert haben, muß es ein grandioses Projekt sein, wenn es all diesen Aufwand rechtfertigen soll. Was immer es auch ist, Sie haben es noch nicht erreicht, und Sie werden es nicht einfach wegwerfen, indem Sie meine Frau erschießen, nicht wahr, Gregori?«

»Pierre – hol mich weg von diesem Scheusal – egal, was auch geschieht«, stammelte Mary hilflos.

»Er wird dir nichts tun, Mary«, sagte ich ruhig. »Er wird es nicht wagen. Und er weiß es.«

»Sieh da, Cavell, der kleine Psychologe«, spöttelte Gregori, als stünde er in einem modernen Konversationsstück auf der Bühne. Und plötzlich, völlig unerwartet, lehnte er sich an den Wagen und schleuderte Mary mit aller Kraft zu mir hinüber. Ich stemmte mich so gut es ging gegen den Anprall, wich aber trotzdem taumelnd ein Stück zurück, und bis wir uns wieder gefangen hatten, hielt auch Gregori meiner hochgerissenen Pistole in der ausgestreckten Hand etwas entgegen: eine Glasampulle mit blau versiegeltem Kopf. In der anderen lag der Stahlbehälter, dem er sie entnommen hatte. Ich sah in Gregoris regungsloses Gesicht, ich sah auf die Ampulle, und dann fühlte ich plötzlich wie die Hanyatti in meiner Hand langsam feucht und klebrig wurde.

Ich sah mich um und sah sie alle an – den General und Hardanger, die beide mit gezogenen schweren Pistolen hinter mir standen –, die beiden Polizisten, und dann wandte ich den Kopf wieder nach vorn, dahin, wo die beiden von Henriques in Schach gehaltenen Polizeioffiziere standen. Und dann sagte ich langsam und klar und deutlich: »Keiner unternimmt mehr etwas. Diese Ampulle in Gregoris Hand enthält den Satanskäfer. Sie alle haben heute die Zeitung gelesen. Sie wissen, was geschieht, wenn dieses Glas zerbricht.«

Sie alle wußten es. Twisttanzende, vom Veitstanz befallene Wachsfiguren standen mir vor Augen. Wie lange konnte es dauern, bis alles Leben in Großbritannien erlosch, wenn diese höchstentwickelte Poliopest über uns kam? Was hatte Gregori gestern noch gesagt? Es fiel mir nicht ein. Darauf kam es wohl auch nicht mehr an.

»Sehr richtig«, sagte Gregori gelassen. »Das rote Siegel für den Botulinvirus, das blaue für den Satanskäfer. Cavells Spiel um das Leben seiner Frau war eben nicht ganz frei von Bluff. Ich würde Sie jedoch bitten, mir zu glauben, daß ich nicht bluffe.

Heute nacht noch hoffe ich das zu erreichen, worauf ich alles gesetzt habe, woran mein Herz hängt.« Schweigend sah er uns der Reihe nach mit seinen im Schein der Suchlichter leer glänzenden Augen an. »Wenn ich nicht unbehindert von hier fortkomme, wird es mir kaum gelingen, das, was ich mir in den Kopf gesetzt habe, zu erreichen, und dann verspüre ich durchaus nicht mehr den Wunsch, mein Leben noch zu verlängern. Und ich beschwöre Sie alle, wie Sie hier stehen, mir zu glauben, daß dies mein heiligster Ernst ist.«

Ich glaubte es ihm aufs Wort. Blanker Wahnsinn glänzte ihm aus den Augen. »Und Ihr Adjutant?« warf ich ein. »Henriques? Was hält der von Ihrer gleichmütigen Einstellung seinem Leben gegenüber?«

»Ich war es, der ihm das Leben dreimal gerettet hat. Einmal vor dem Ertrinken, zweimal vor dem elektrischen Stuhl. Über sein Leben verfüge ich, wie es mir beliebt. Das versteht er. Außerdem ist er taubstumm.«

»Sie sind wahnsinnig«, sagte ich heiser. »Gestern noch haben Sie uns erklärt, daß nichts und gar nichts die stetige Ausdehnung dieses Virus aufhalten könne, weder Feuer noch Eis, weder das Meer noch die Berge.«

»Und das dürfte im wesentlichen auch genau zutreffen. Aber wenn ich zu gehen habe, was kümmert es mich dann, ob mich der Rest der Menschheit begleitet.«

»Aber –« ich stockte. »Großer Gott, Gregori, kein normaler Mensch, nicht einmal das verbrecherischste Ungeheuer der gesamten Kriminalgeschichte, würde jemals auf den Gedanken verfallen, so etwas – um Himmels willen, Mann, das kann doch nicht Ihr Ernst sein!«

»Vielleicht bin ich nicht normal.«

Und das bezweifelte ich nicht. Nicht in diesem Augenblick. Angsterfüllt, fasziniert geradezu, beobachtete ich ihn – wie sorglos er mit dem Stückchen Glas umging – wie schnell er sich bückte und es auf den nassen Boden unter seine linke Schuhsohle schob. Der Absatz grub sich in den Matsch. Flüchtig ging es mir durch den Kopf, ob es nicht zu schaffen wäre, ihn mit ein paar anständigen Schlägen mit der Hanyatti nach rückwärts zu kippen und so seinen Fuß von der Ampulle zu bringen, doch so blitzartig diese Erleuchtung aufflammte, so schnell war sie erloschen. Ein Wahnsinniger konnte so leichtfertig mit dem Leben seiner Mitmenschen umgehen, mir stand diese Rechtfertigung nicht zu. Selbst wenn die Chancen, statt zum Retter zum Henker der Menschheit zu werden, eins zu einer Million stünden, das konnte ich nicht verantworten.

»Ich habe diese Ampullen im Labor getestet – leere, versteht sich –« fuhr Gregori beiläufig fort, »und ich habe dabei festgestellt, daß ein Gewicht von siebeneinhalb Pfund ausreicht, sie zu zersplittern. Vorsichtshalber habe ich mich für alle Fälle mit konzentriertem Zyankalitabletten für Henriques und mich eingedeckt. Wie wir durch Tierexperimente wissen, ist es weitaus qualvoller, am Satanskäfer einzugehen als an Botulin. Es dauert länger. Sie werden also jetzt schön einer nach dem anderen antreten und mir Ihre Schießeisen auf Armeslänge, wie sich das gehört, mit dem Kolben vornweg abliefern. Und Sie werden dabei außerordentlich vorsichtig sein, damit mich auch nichts aus dem Gleichgewicht bringt und ich nicht gezwungen bin, mein Gewicht auf den linken Fuß zu verlagern. Cavell, Sie fangen an.«

Ich drehte die Pistole um und überreichte sie ihm langsam und vorschriftsmäßig, und ich muß sagen, ich paßte höllisch auf, ihn ja nicht zum Wackeln zu bringen. Unsere komplette Niederlage, die Tatsache, daß es diesem Mörder, dem der Wahnsinn aus den Augen glänzte, doch noch gelingen sollte, alles Übel das er im Sinn hatte und um das er mit allen Mitteln verzweifelt kämpfte, doch noch zu vollbringen, war im Augenblick völlig unwichtig geworden. Wichtig allein war und blieb, daß ihn nichts aus dem Gleichgewicht brachte.

Einer nach dem anderen händigten wir unsere Pistolen aus. Als die letzte abgeliefert war, ließ er uns in einer Reihe antreten, während der Taubstumme uns im Vorbeigehen schnell und geübt nach weiteren Waffen durchsuchte. Er fand keine. Dann erst, und keine Sekunde früher, nahm Gregori vorsichtig seinen Fuß von der Ampulle, bückte sich und ließ sie wieder in die Stahlhülle gleiten.

»Ich glaube, wir kommen jetzt auch mit den konventionellen Waffen aus«, sagte er breit und behaglich. »Die Gefahr, daß einem ein kleines Versehen mit – sagen wir mit permanenter Wirkung – unterläuft, ist dabei weniger gegeben.« Damit griff er nach zwei Pistolen, die Henriques alle auf einen Haufen auf die Motorhaube des Humbers geworfen hatte, und überzeugte sich noch einmal, ob sie auch entsichert waren. Sie waren entsichert. Er nickte Henriques zu und redete schnell auf ihn ein. Ein gräßlicher Anblick – diese übertriebenen Lippenbewegungen, denen nicht ein Laut entkam. Die Methode des Lippenlesens ist mir nicht unbekannt, dem jedoch war nichts zu entnehmen. Wahrscheinlich war das, was er sprach, weder französisch noch italienisch, sondern eine völlig fremde Sprache. Henriques jedenfalls hatte verstanden, was ihm geheißen. Er nickte dazu und sah uns dann mit einem merkwürdig erwartungsvollen Blick an. Ein Blick, der mir gar nicht gefiel. Wie er mir insgesamt zutiefst mißfiel, dieser Henriques – ein übles, unerfreuliches Stück Mensch. Gregori wies mit einer seiner Pistolen nach einem der Männer aus dem Streifenwagen.

»Runter mit den Uniformen«, kommandierte er. »Los, los.«

Die beiden sahen sich an. »Nicht ums Verrecken«, stieß einer durch die Zähne.

»Das könnte Ihnen gleich blühen, Sie Idiot«, fuhr ich ihn an. »Merken Sie noch immer nicht, mit was für einer Kategorie wir es hier zu tun haben? Ziehen Sie die Klamotten aus, los.«

»Ich denke nicht daran. Nicht von denen und von niemandem lasse ich mich dazu zwingen«, meuterte er renitent.

»Das ist ein Befehl, verstanden!« brüllte Hardanger nervös. »Verdammt, wenn Sie erst mal ein Stück Blei zwischen den Augen haben, wird's ihm kein Problem mehr sein, Ihnen das Zeug vom Leib zu ziehen. Machen Sie keine Geschichten«, schloß er ruhig, dafür aber um so eindringlicher.

Verbissen und widerwillig kamen die beiden dem Kommando nach und zitterten sich dann im kalten Regen warm. Henriques sammelte die Uniformstücke auf und warf sie in den Jaguar.

»Und wer von euch bedient das UKW-Gerät in diesem Jaguar?« erkundigte sich Gregori als nächstes. Mir war, als hätte mir jemand einen Spieß durch den Leib gerannt und ihn ein paarmal umgedreht. Dabei hatte ich es bereits kommen sehen.

»Ich«, meldete sich der Sergeant.

»Gut. Dann geben Sie dem *Headquarter* jetzt durch, daß Sie uns haben und nach London weiterbefördern. Geben Sie weiter durch, daß sämtliche Streifen, die noch hier herumgeistern – außer den regulären – sofort zurückgezogen werden können.«

»Tun Sie, was er sagt«, redete Hardanger erledigt zu. »Und Sergeant, hören Sie zu, ich halte Sie für so intelligent, daß ich annehme, daß Sie keinen Blödsinn machen werden. Machen Sie genau das, was er verlangt.«

Der Sergeant tat genau das. Mit Gregoris Pistole im linken Ohr blieb ihm wahrhaftig keine andere Wahl. Als er zu Ende war, nickte Gregori befriedigt.

»Ausgezeichnet.« Er sah dabei zu, wie Henriques in den gestohlenen Humber kletterte. »Und dann werden wir hier gleich ganze Arbeit leisten und unseren Wagen und den Ihrer zwei schlotternden Kadetten ins Grüne fahren und die Verteiler demolieren. Vor Tagesanbruch findet sie dort kein Schwein. Und nachdem die Verfolgung eingestellt ist, dürften wir wohl, bestens ausgerüstet mit allem polizeilichen Zubehör, Wagen und Uniformen, unterwegs auf dieser Strecke kaum mehr auf Schwierigkeiten stoßen. Dann steigen wir um.« Er warf dem Jaguar einen bedauernden Blick zu. »Der dürfte leider ein sehr heißes Eisen werden, wenn Ihr *Headquarter* erst mal dahinterkommt, daß Sie abgängig sind. Bliebe nur noch ein Problem: Was machen wir mit Ihnen?«

Mit leerer Gleichgültigkeit starrte er uns unter dem triefenden Rand seines weichen Filzhutes an und wartete ab, bis Henriques die Wagen weggebracht hatte. »Habt ihr einen Handscheinwerfer in eurem Jaguar?« wollte er wissen. »Das dürfte ja wohl mit zur Standardausrüstung gehören, Sergeant?«

»Eine Batterielampe ist da«, gab der Sergeant Auskunft. »Holen Sie sie.« Ein Lächeln trat in Gregoris Augen und kroch dann langsam in seine Mundwinkel. Das Lächeln eines gefangenen Tieres tief unten in der Falle, mit dem er denjenigen, der ihm diese Falle gestellt hatte, jetzt stürzen und neben sich landen sieht. »Ich kann Sie nicht umlegen, obwohl ich durchaus nicht abgeneigt wäre und auch keinerlei Hemmungen hätte, wenn nicht gerade dieses Haus in der Nähe stünde. Und ich kann Ihnen allen leider auch nicht schlicht eins aufs Dach geben, weil ich bezweifle, daß Sie das so stillschweigend hinnehmen würden. Und auch fesseln kann ich Sie nicht, weil es nun einmal nicht zu meinen Gewohnheiten gehört, all das, was nötig ist, um acht Mann bewegungsunfähig und mundtot zu machen, ständig mit mir herumzuschleppen.

Ich möchte jedoch annehmen, daß eines dieser Farmgebäude da drüben allen Anforderungen eines temporären Gefängnisses vollkommen entsprechen wird. Stellen Sie mal die Scheinwerfer ab, Sergeant, und gehen Sie dann mit Ihrer Lampe vorneweg in Richtung Stallungen. Immer schön zwei und zwei, meine Herrschaften. Mrs. Cavell und ich übernehmen die Rückendeckung. Wobei ich Sie darauf aufmerksam machen möchte, daß meine Pistole in Mrs. Cavells Rücken steckt, und Sie werden sich ja wohl darüber klar sein, was geschieht, wenn hier auch nur einer den Versuch machen sollte, aus der Reihe zu tanzen.«

Mir war es klar. Uns allen.

Die Scheunen und Stallungen waren leer – menschenleer jedenfalls. Aus dem Kuhstall kam das fromm-friedliche Mahlen wiederkäuender Kühe, aber das Abendmelken war vorbei. Gregori ging am Kuhstall vorbei, er ging an der Molkerei vorbei, an einem ehemaligen Stall, der inzwischen zu einem Traktorenschuppen degradiert worden war, an dem großen ausgemauerten Schweinestall und an einem Rübenlager. An der Scheune sah er sich um und schien genau das entdeckt zu haben, was er brauchte. Und ich mußte zugeben, daß es für seine Zwecke genau das Geeignete war.

Ein langgestrecktes niedriges Steingebäude war es mit kopfhohen, schießschartenartigen Fenstern, bei deren Anblick man ganz unwillkürlich nach den wehrhaften Zinnen Ausschau hielt. Ein altertümliches Ding, das zwar ganz nach Privatkapelle aussah, in seiner wahren Funktion jedoch von solcherlei heiligen Zwecken gar nicht weiter entfernt sein konnte. Es war eine Apfelkelterei mit einer schweren, altertümlichen Eichenpresse, die am entgegengesetzten Ende stand. Lauter Obstregale liefen an der einen Längswand entlang; gegenüber standen verspundete Fässer und abgedeckte Kufen frischen Apfelweins. Tür wie auch die Presse waren aus solider alter Eiche, und wenn der Fallriegel an der Außenseite einmal eingerastet war, dann bedurfte es zumindest eines Rammbocks, um hier durchzubrechen.

Wir hatten keinen Rammbock. Wir hatten mehr: Verzweiflung, den Willen zum Leben und, insgesamt gesehen, doch eine ganz beträchtliche Portion Intelligenz. Aber auch Gregori konnte nicht so auf den Kopf gefallen sein, sich einzubilden, uns hier in alle Ewigkeit festsetzen zu können. Passanten mußten uns hören, die Bauern sogar, deren Wohnhaus kaum hundert Meter weit ablag, wenn wir erst einmal anfingen, hier um Hilfe zu schreien. Nein, so dumm konnte er nicht sein. Eine Erkenntnis von bleierner Schwere und herzerstarrender Endgültigkeit, die alles in mir auslöschte und mich wie gelähmt zurückließ, überkam mich. So dumm war ein Gregori nicht. Er wußte – genau wußte er es –, daß hier niemand versuchen würde, diese Tür zu durchbrechen, er wußte, daß hier niemand um Hilfe schreien würde, und was er vor allem wußte, war, daß keiner von uns diese Apfelkelterei jemals wieder verlassen würde, es sei denn auf einer zugedeckten Bahre. Zu Eiszapfen erstarrte Finger schienen auf meiner Wirbelsäule – die ganze Tastatur hinauf und hinunter – Rachmaninoff zu spielen.

»Alles nach hinten und dageblieben, während ich die Tür von außen dicht mache«, kommandierte Gregori. »Leider ist meine Zeit zu kurz bemessen, um wohlgesetzte Abschiedsreden zu halten. In genau zwölf Stunden aber, wenn ich den Staub dieses verfluchten Landes zum letztenmal von meinen Schuhsohlen geschüttelt haben werde, will ich Ihrer aller gedenken. *Good-bye.*«

Ich raffte mich auf. »Und keine großmütige Geste für den besiegten Feind?«

»Sie haben darum gebeten, Cavell. Also schön, dann will ich mir noch die Zeit für eine Kleinigkeit nehmen. Zeit für denjenigen, der mich so viel gekostet hat, für den Mann, dem es beinahe gelungen ist, alle meine Pläne und Hoffnungen zunichte zu machen.« Er trat auf mich zu, stieß mir eine seiner Pistolen in den Magen und zog mir die andere mit aller seiner Kraft rechts und links durchs Gesicht. Weißglühend schmerzhaft spürte ich, wie meine Haut in lauter feinen Linien riß und das Blut mir warm über mein eiskaltes Gesicht zu rinnen begann. Mary schrie auf – irgend etwas – ich verstand es nicht. Ich sah nur, daß Hardanger zugriff und sie mit Gewalt festhielt, bis ihr nutzloser Widerstand erlahmte. Gregori trat zurück. »*Das*, Cavell, ist der Abschiedsgruß für Bettler.«

Ich nickte. Ich hob nicht einmal die Hand zum Gesicht. Noch mehr verschönern, als es bereits war, konnte er es ohnehin nicht mehr. »Ich stelle Ihnen anheim, Mrs. Cavell mitzunehmen.«

»Pierre!« schluchzte Mary auf. »Was sagen Sie da!« Hardanger fluchte erbittert vor sich hin. Der General sah mich in dumpfem Nichtbegreifen an.

Gregori rührte sich nicht. Wir sahen uns an. Meine Augen fielen in die dunkle, ausdruckslose Leere, die ihnen entgegenglänzte. Dann schüttelte Gregori mit einer sonderbaren, kleinen Bewegung den Kopf. »Diesmal bin ich an der Reihe zu bitten, Cavell. Verzeihen Sie mir. Ich wußte nicht, daß *Sie* es wußten. Ich hoffe, daß, wenn ich einmal an der Reihe –« Er ließ den Rest ungesagt in der Luft hängen und sah sich nach Mary um. »Sie haben recht, es wäre ein Jammer. Eine schöne Frau – und so jung! Auch ich bin nicht bar jeden menschlichen Gefühls, Cavell – wenigstens dann nicht, wenn es um Frauen und Kinder geht. Übrigens sind auch die beiden Kinder, die ich leider gezwungen war, von der Alfringham Farm zu entführen, bereits wieder frei. Sie werden innerhalb weniger Stunden bei ihren Eltern sein. Nein, es wäre schade. Kommen Sie, Mrs. Cavell.«

Doch sie kam statt dessen zu mir und fuhr mir sanft übers Gesicht. »Was ist los, Pierre?« flüsterte sie. Liebe und Nichtbegreifenkönnen aber nicht die Spur eines Vorwurfs lagen in ihrer Stimme. »Was macht dich so fertig?«

»Leb wohl, Mary«, sagte ich. »Dr. Gregori wartet nicht gern. Wir sehen uns bald.« Sie kam nicht mehr dazu, das zu sagen, was sie sagen wollte. Gregori hatte sie beim Arm genommen und brachte sie bereits zur Tür, während der Taubstumme uns alle in Schach hielt und uns nicht aus den Augen ließ, bis die Tür sich schloß und der schwere Riegel einrastete. Wir standen da und starrten uns im weißlichen Licht der Lampe, die noch immer auf dem Boden brannte, an.

»Sie Schwein verfluchtes«, machte Hardanger seinem Herzen Luft. »Warum –.«

»Halten Sie die Schnauze, Hardanger!« Meine Stimme war leise, dringend, verzweifelt. »Schwingt euch, los. Paßt lieber auf die Gitter auf – die Fenster, verdammt. Los – los. Um Gottes willen *schnell!*«

In meiner Stimme muß etwas gelegen haben, das wohl auch

eine ägyptische Mumie auf die Beine gebracht hätte. Wortlos und eilig verteilten wir uns. »Der wird hier sofort etwas durchs Fenster schmeißen«, zischelte ich ihnen zu. »Eine Botulin-Ampulle. Jeden Augenblick muß sie kommen.« Ein paar Sekunden brauchte er, um den Verschluß vom Stahlbehälter abzuschrauben, das wußte ich. »Abfangen!« Ihr müßt es unbedingt auffangen. Wenn dieses Ding auf den Boden oder gegen die Wand knallt, sind wir alle hier geliefert.«

Und ich war noch nicht ganz zu Ende, als von draußen ein Geräusch kam, als der Schatten eines Armes über die Vergitterung fiel und irgend etwas wirbelnd in den Raum schoß. Irgend etwas im Schein der Lampe Glitzerndes und Funkelndes. Irgend etwas aus Glas mit rotem Siegelkopf. Eine Botulin-Ampulle.

Blitzartig, schnell, unerwartet kam das, und so genau zu Boden geschleudert, daß niemand von uns auch nur die geringste Chance hatte, zuzugreifen. Es wirbelte quer durch den Raum, schlug direkt gegen die Steinkante zwischen Boden und Wand und zersplitterte klirrend in tausend Teile.

12

Ich werde nie wissen, was es war. Ich werde wohl niemals wissen, warum ich – wie ich es heute im Rückblick auf die Geschehnisse sehe — so blitzartig reagierte. Der Bruchteil einer Sekunde, der zwischen dem Schlag, den man erwartet, und der Reflexbewegung, in der der eigene Arm zur Abwehr hochschnellt, verrinnt, genügte mir, um zu schalten. Automatisch, instinktiv, völlig gedankenlose — und doch muß etwas dahinter gestanden haben: Eine blitzartig sich zutiefst im Unterbewußtsein formende Überlegung, die nicht mehr die Zeit hat, als bewußter Gedankengang an die Oberfläche zu gelangen. Ich tat das einzige, was zu tun war, das einzige, was einen armseligen Funken Hoffnung auf Leben versprach.

Noch während die Phiole durch die Luft flog und ich auch nicht die geringste Möglichkeit sah, sie aufzuhalten, griffen meine Hände bereits nach dem Weinfaß auf dem Bock neben mir, und das Klirren der Scherben echote noch durch die entgeisterte Stille des kleinen Raums, als ich das Faß auch schon mit aller Kraft genau dahin schmetterte, wo das Glas aufgeschlagen war. Die Faßdauben krachten und splitterten, als wären sie aus dünnem Sperrholz, und zehn Liter Apfelwein überfluteten gurgelnd die Wand und den Boden.

»Apfelwein«, schrie ich. »Mehr Apfelwein. Los, gießt alles, was ihr findet, auf den Boden und an die Wand und verspritzt es in der Luft, da wo dieses Mistding aufgeschlagen ist. Aber seid ja vorsichtig und seht zu, daß ihr um Gottes willen keinen Tropfen abbekommt. Los, los!«

»Menschenskind, wozu soll das denn noch gut sein?« meuterte Hardanger, und auch sein sonst so blühend gesundes Gesicht war jetzt weiß und still und verständnislos, aber er war nichtsdestoweniger schon dabei, vorsichtig eine kleine Weinkufe auf den Boden zu gießen. »Und was soll das alles noch? Wozu?«

»Weil's hygroskopisch ist«, sagte ich sehr schnell. »Das Botulin ist hygroskopisch, verstehen Sie nicht? Es bindet sich jederzeit weitaus eher mit Feuchtigkeit als mit Luft und hat hundertmal mehr Affinität zu Wasserstoff als zu Stickstoff. Sie haben doch gehört, was der General heute abend noch sagte.«

»Aber das hier ist doch kein Wasser«, protestierte Hardanger renitent. »Apfelwein ist das.«

»Herrgott, erbarm dich«, ging ich hoch. »Freilich ist es Apfelwein, wir können uns nun einmal kein Wasser aus dem Boden stampfen. Was weiß ich, welche Wirkung und welche Affinität das Zeug hat. Und deshalb wäre endlich die Stunde gekommen, da Sie zum erstenmal in Ihrem Leben darum beten sollten, daß dieser Alkohol hier einen möglichst hohen Wassergehalt hat.« Ich griff schon nach dem nächsten handlicheren Faß, stöhnte auf, bei dem Versuch, es hochzubringen, und ließ es wieder fallen. Ein scharfer, stechender Schmerz in der linken Seite ließ mich die Luft anhalten. Und nicht nur der Schmerz allein. Hatte es mich erwischt? Lähmender Schreck durchzuckte mich für eine lange endlose Sekunde. Doch schon in der nächsten wurde ich mir darüber klar, daß es nicht der Virus war, sondern meine gebrochenen Rippen, deren kunstgerechte Bandage verrutscht sein mußte, als ich eben das Faß durch die Luft geschleudert hatte. Vage fragte ich mich, wohin das nun gegangen sein konnte – in die Pleura? In die Lunge? Wenn schon, dachte ich achselzuckend, was spielte das auch noch für eine Rolle jetzt?

Wieviel Zeit zu leben hatten wir denn schon noch. Wie lange noch – falls irgend etwas von diesem Dreckzeug hier die Luft verpestete? Wie lange noch — bis die ersten Krämpfe einsetzen mußten? Welche Frist hatte Gregori dem Hamster gegeben, als wir gestern vor dem Labor gestanden hatten? Fünfzehn Sekunden – jawohl, fünfzehn Sekunden waren es gewesen. Fünfzehn für den Satanskäfer und etwa die gleiche Frist für das Botulin. Fünfzehn Sekunden für einen Hamster, und für einen Menschen? Gott allein mochte das wissen. Dreißig wahrscheinlich – höchstets dreißig. Allerhöchstens. Ich bückte mich und hob die Lampe vom Boden. »Schluß«, rief ich, »aus – aufhören. Genug. Stellt euch auf die Fässer, wenn ihr hier noch lebend herauskommen wollt. Und seht zu, daß ihr ja keinen Tropfen von diesem Zeug abbekommt, achtet auf die Schuhe – oder ihr seid alle geliefert.« Ich schwang die Lampe herum, während sich alles nach oben absetzte, um der bernsteinfarbenen Flut, die sich eilig über dem Steinboden auszudehnen begann, zu entkommen. Und da, während ich ihnen die Lampe hochhielt, hörte ich den Jaguar draußen anspringen. Gregori setzte sich ab. In dem unfrommen Glauben, ein Leichenhaus zu hinterlassen, fuhr er mit Henriques und Mary los – seinem größenwahnsinnigen Traum entgegen.

Dreißig Sekunden waren um. Mindestens dreißig Sekunden waren jetzt um. Niemand zuckte auch nur mit der Wimper, geschweige denn verkrampfte sich. Noch einmal – und langsamer diesmal – ließ ich den Lichtstrahl über sie hinweggleiten; angefangen von den angsterstarrten Gesichtern, bis hinunter zu den

Füßen; einen nach dem anderen leuchtete ich ab, bis der Strahl stockte und an einem der Konstabler, dem sie die Uniform ausgezogen hatten, hängenblieb.

»Ziehen Sie Ihren rechten Schuh aus«, sagte ich scharf. »Er hat einen Spritzer abbekommen. Herrgott, doch nicht mit der Hand, Sie Vollidiot! Nehmen Sie halt den anderen Schuh dazu. Achtung, Hardanger, der linke Ärmel Ihrer Jacke ist naß.«

Hardanger stand sehr still, und er wagte nicht einmal, mich anzusehen, als ich sein Jackett oben am Kragen nahm und es ihm vorsichtig über die Arme und Hände zog, ehe es zu Boden glitt.

»Sind wir – sind wir denn jetzt sicher, Sir?« fragte der Sergeant nervös.

»Sicher? Mir wäre es lieber, dieser verfluchte Verhau hier wäre voller Kobras und Giftspinnen. Verdammt. Nein, sicher sind wir hier nicht. Davon kann gar keine Rede sein. Einer dieser Flecken hier an der Wand oder auf dem Boden braucht nur zu trocknen, und schon muß dieses Dreckzeug die Luft verpesten – auch die hat einen Feuchtigkeitsgehalt, das wissen Sie doch. Sobald auch nur ein Fleckchen verschwindet, sind wir innerhalb von einer Minute erledigt.«

»Also müssen wir hier heraus«, sagte der General ruhig. »Und zwar schnellstens; nicht wahr mein Junge, das wollten Sie doch wohl damit sagen?«

»Ja, Sir.« Ich peilte schnell die Lage. »Los, zwei Fässer an jede Seite der Tür. Und die nächsten gleich daneben, mit etwas Abstand. Und dann hinein mit der Apfelpresse. Ich passe – mit meinen Rippen stimmt was nicht. Und dann los – hau ruck – strengen Sie sich an. Denken Sie daran, daß dieses Ding hier dreihundert Pfund wiegen muß, und wenn es auch so leicht wie eine Briefmarke sein sollte. Hardanger, was ist – glauben Sie, daß ihr es zu viert schafft?«

»Das wollen wir doch mal sehen, ob wir dieses verdammte Ding hier nicht zu Kleinholz kriegen«, knurrte Hardanger. »Mit einer Hand und mit der anderen in der Hosentasche schaffe ich das, wenn's sein muß. Los – los, ein bißchen dalli, Kinder.«

Und beeilen taten sie sich. Fässer in die richtige Position zu verrollen, wenn man selber hoch oben auf dergleichen turnt, ist ein akrobatisches Kunststück, besonders dann, wenn die zu verrollenden Fässer auch noch voll sind, aber Verzweiflung und Angst vollbringen Taten und verleihen Kräfte, deren Ausmaß man später nie begreift. In kaum zwanzig Sekunden waren die Fässer da, wo sie hingehörten, und in weiteren zwanzig Sekunden standen Hardanger, der Sergeant und die beiden Konstabler, je zwei Mann zu beiden Seiten der schweren, wuchtigen Presse – und holten aus. Die Tür war solide alte Eiche, die Angeln nicht minder kompakt und der Zugriegel an der Außenseite weiß Gott nicht aus Blech, aber bei diesem ehernen Rammbock und dem übermenschlichen Schwung, zu dem vier Männer, deren Leben auf dem Spiel steht, auszuholen imstande sind, hätte sie aus leichtestem Sperrholz sein können. Sie splitterte, krachte aus den Angeln, und die im gleichen Moment losgelassene Apfelpresse donnerte ins Dunkel hinab. Und fünf Sekunden danach war ihr auch der Letzte gefolgt.

»Los«, drängte Hardanger, »das Bauernhaus drüben. Die könnten eventuell Telefon haben.«

»Moment«, stoppte ich genauso eilig ab. »Geht nicht. Können wir nicht machen. Was wissen wir denn, ob wir diese Pest nicht doch an uns herumschleppen. Womöglich bringen wir dort die ganze Familie um. Warten wir wenigstens noch solange, bis der Regen das, was an unseren Klamotten hängengeblieben sein könnte, weggespült hat.«

»Warten? Verdammt, als wenn wir es uns leisten könnten, hier herumzustehen und Maulaffen feil zu halten«, sagte Hardanger hitzig. »Wenn wir da drin nicht verreckt sind, dann werden wir das kaum hier draußen nachholen. General?«

Der General zögerte. »Ich weiß nicht – ja, vielleicht haben Sie recht. Wir haben wahrhaftig keine Zeit mehr –«

Entsetzt brach er ab und starrte auf den Konstabler, auf denjenigen, dessen Schuh vorhin naß geworden war. Aufstöhnend vor Qual, schreiend, ein Schrei, der in ein jagendes, gestoßenes, ringendes Keuchen absank, brach er zusammen: Zuckende Hände krampften sich in wilder, tierischer Angst um ein plötzlich versteiftes Genick, aus dem die Haare sich wie zitternde kleine Drähtchen hoben. Und dann taumelte er und sank schwer auf den schmierigen Boden. Still geworden. Nur die Nägel seiner erstarrten Finger krampften sich noch in den Hals, als wollten sie ihn aufreißen. Mit einem Entsetzenslaut machte sein Kamerad Anstalten, sich über ihn zu beugen, und stöhnte auf, als sich mein Arm wie eine Klammer um seinen Hals legte und ihn zurückriß.

»Nicht anrühren«, schrie ich heiser. »Fassen Sie ihn an – und Sie krepieren genauso elend. Der muß was aufgefangen haben, als er mit den Fingern an den Schuh und hinterher wohl an den Mund gekommen ist. Nichts kann ihn mehr retten. Zurück. Halten Sie Abstand von ihm.«

Zwanzig Sekunden brauchte er, um zu sterben – zwanzig Sekunden, die niemand vergißt, die jedem, der sie mit ansah, ein Alptraum bis zum letzten Atemzug bleiben müssen. Viele hatte ich sterben sehen. Dagegen jedoch – gegen diesen erschütternden, von unfaßlichen Krämpfen geschüttelten, sich windenden, um sich schlagenden und hoch in die Luft gepeitschten Todeskampf, waren auch die grauenhaftesten Qualen Schwerverwundeter ein friedliches Dahinscheiden. Zweimal schleuderte es diesen gequälten Körper in den letzten verzweifelten Sekunden so hoch, daß mit Leichtigkeit ein Tisch unter ihm Platz gehabt hätte, und dann, so plötzlich, wie es kam, war es vorbei. Zu Ende. Und nichts blieb zurück, als ein sonderbar kleines, formloses Bündel Kleider, das still mit dem Gesicht in dem schmierigen Schlamm lag. Mein Mund war völlig ausgedörrt, und ich verspürte den üblen Geschmack von Salz und Furcht. Ich weiß nicht mehr, wie lange wir da in diesem schweren kalten Regen standen und auf den Toten starrten. Lange, glaube ich. Und dann sahen wir einander an, und jeder wußte vom anderen, was er dachte, denn jeder spürte, daß auch die anderen nur noch fähig waren, eines zu denken: Wer ist der nächste? In dem fahl verwaschenen Licht der Lampe, die ich noch immer in der Hand hielt, starrten wir einander halb von Sinnen an, angespannt bis zum Zerreißen, regungslos erstarrt auf die ersten Todeszuckungen lauernd, halb nach innen gerichtet auf die eigenen, halb nach außen auf die der anderen. Und dann plötzlich fing ich an zu fluchen, wie ich noch nie geflucht hatte, und ich weiß nicht, was ich da verfluchte, mich selbst, die eigene Feigheit, Gregori oder die Viren. Ich weiß es nicht. Ich drehte mich um und ging schnell mit der Lampe zum Kuhstall. Ich ließ sie stehen. In der regenerfüllten Dunkelheit – um den Toten geschart, sahen sie aus wie die versteinerten Trauernden eines uralten heidnischen mitternächtlichen Ritus.

Ich suchte einen Schlauch und fand ihn auch sofort. Den nahm ich mit. Draußen schloß ich ihn an einen Hofhydranten an und drehte den Hahn voll auf: Der Effekt, was Druck und Menge anbelangte, hätte jedem Stadthydranten zur Ehre gereicht. Und dann kletterte ich auf einen Heuwagen und sagte zum General: »Kommen Sie, Sir, Sie sind als erster dran.«

Er stellte sich direkt unter die hinuntergerichtete Düse und taumelte. Der starke Strahl aus einer Distanz von nur wenigen Zoll riß ihn fast um. Aber er hielt die volle halbe Minute, auf der ich unbedingt bestand, durch, und als er fertig war, triefte er und war so durchweicht und zitterte, als hätte er sich selbst nach einer langen Nacht aus dem Wasser gefischt. Noch durch das Zischen des Wasserstrahls konnte ich seine Zähne klappern hören: Aber ich wußte jetzt wenigstens genau, daß alles, was er an sich gehabt haben konnte, einwandfrei weggespült sein mußte. Nach der Reihe nahm ich sie mir vor, alle vier. Zum Schluß ließ Hardanger mich antreten. Die Kraft des Wasserstrahls war derart, daß man sich wie in einer Non-stop-Serie keineswegs leichtgewichtiger Schläge im Boxring vorkam, und das Wasser selbst war eiskalt: Aber ich brauchte nur an das eben miterlebte Sterben zu denken, und schon erschienen mir ein paar lächerliche Beulen und das Risiko einer eventuellen Lungenentzündung nicht mehr der Rede wert.

Als Hardanger mit mir fertig war, stellte er das Wasser ab und sagte ruhig: »Sie hatten verdammt recht, Cavell.«

»Es war meine Schuld«, sagte ich, und ich konnte auch nichts dafür, daß meine Stimme sich so dumpf und hohl anhörte, wie sie mir in die eigenen Ohren drang. »Warnen sollen hätte ich ihn wenigstens noch. Verdammt, konnte ich ihm nicht noch sagen, die Pfote aus dem Gesicht zu lassen?«

»Daran hätte er selbst denken sollen«, sagte Hardanger geradezu roh. »Er kannte die Gefahr sowohl wie Sie – schließlich hat jedes Käseblatt in diesem Land heute ausreichend darüber geschrieben. Gehen wir. Mal sehen, ob die da drin wenigstens Telefon haben. Obgleich das auch nicht mehr viel ändern dürfte. Gregori weiß genau, daß dieser Polizei-Jaguar ein viel zu heißes Eisen ist, um sich auch nur eine Sekunde länger als unbedingt notwendig damit zu belasten. Er hat auf der ganzen Linie gesiegt, verflucht sei seine schwarze Seele, und nichts wird ihn mehr aufhalten. Zwölf Stunden hat er gesagt, in zwölf Stunden ist der über alle Berge.«

»In zwölf Stunden ist Gregori ein toter Mann«, sagte ich.

»Was?« Ich spürte direkt, wie er mich anstarrte. »Was haben Sie da gesagt?«

»Daß er ein toter Mann sein wird, habe ich gesagt, und zwar noch ehe es wieder Tag wird.«

»Schon gut«, sagte Hardanger. Und ich wußte, was er dachte: Jetzt ist er übergeschnappt, aber tun wir um Gottes willen so, als merkten wir nichts, nur kein Theater daraus machen. Er nahm mich am Arm und lancierte mich zu dem erleuchteten Rechteck, in dem das Haus stand.

»Je schneller das alles vorbei ist, desto eher kommen wir alle wieder zur Ruhe – zum Essen – zum Schlafen.«

»Ja, wenn ich Gregori fertiggemacht habe, werde ich alle Viere von mir strecken und schlafen«, sagte ich. »Und ich mach ihn heute nacht noch fertig. Erst bringe ich Mary zurück. Dann mache ich ihn fertig.«

»Mary passiert nichts, Cavell«, sagte er. Mary in den Händen dieses Verrückten, das hat Cavell den Rest gegeben, das hat ihn um sein letztes bißchen Verstand gebracht, dachte er. »Er wird sie laufen lassen, was soll er ihr denn tun? Dazu hat er keinen Anlaß. Und Sie? Sie *mußten* das tun, was Sie getan haben. Sie dachten doch wohl, daß auch sie daran glauben mußte, wenn sie bei uns in der Kelterei bliebe. Stimmt's, Cavell?«

»Der Polizeichef hat recht, mein Junge, bestimmt.« Sie hatten mich in die Mitte genommen, der General und Hardanger, und des Generals Stimme war leise und beruhigend, weil man arme Irre nicht aufregen soll. »Ihr wird schon nichts passieren.«

»Vielleicht bin ich übergeschnappt – na, wenn schon«, sagte ich grob.

Hardanger blieb stehen. Der Griff, mit dem er mich am Arm hielt, wurde etwas fester, er sah mich an, als traute er dem Frieden nicht. Wer einen Dachschaden hat, der redet gewöhnlich nicht darüber; aus dem einfachen Grund, weil er selbst fest davon überzeugt ist, daß da oben alles stimmt. Auch das wußte er. »Da komme ich nicht ganz mit«, sagte er schließlich, vorsichtig geworden.

»Nein? Dann passen Sie gut auf«, sagte ich nur, und dann zum General: »Sie müssen dem Kabinett unbedingt beibringen, daß das Londoner Zentrum weiter evakuiert wird. Daß die Radio- und Fernsehnachrichten weiter durchgegeben werden. Schwierigkeiten, den Leuten plausibel zu machen, daß sie weg müssen, werden sich wohl kaum ergeben. Zudem ist nachts in dieser Gegend sowieso nicht allzuviel los. Ich weiß genau, was Gregori heute nacht vorhat. Ich weiß genau, was er zu erreichen hofft. Und ich weiß genau, daß er sich aus England abzusetzen gedenkt. – Und ich weiß auch genau wohin.«

»Und wieso wissen Sie das, mein Junge?« Des Generals Stimme war so leise, daß ich ihn durch das Trommeln des Regens kaum noch verstand.

»Weil er ein bißchen viel gequasselt hat, der gute Gregori. Irgendwann haben sie alle einmal ihre gesprächigen fünf Minuten. Gregori war zugeknöpfter als die meisten. Und selbst, als er bereits davon überzeugt war, daß unser bevorstehendes Ende nur noch eine Frage von Minuten war, sagte er nur sehr wenig. Aber auch das wenige war bereits zuviel. Und ich glaube, seit dem Moment, da wir MacDonalds Leiche fanden, habe ich es immer gewußt.«

»Na, dann müssen Sie mehr gehört haben als ich«, sagte Hardanger sauer.

»Alle habt ihr es gehört. Sie haben doch wohl vernommen, daß er sagte, er wolle nach London. Und wenn er London wirklich zu verseuchen gedächte, um Mordon damit zu zerstören, dann wäre er in Mordon geblieben, um zumindest festzustellen, was sich dort tut. Dann hätte er den kleinen Job in London einem seiner Handlanger überlassen. Aber er hat gar kein Interesse an Mordon. Er hatte es nie. In London hat er dringend etwas zu tun. Auch das ist wieder mal einer seiner berühmten faulen Fische. Nur der kommunistische Schachzug, der ergab sich rein zufällig

– damit hatte Gregori nichts zu schaffen. Soweit zum ersten Punkt. Zum zweiten: Die große Hoffnung seines Lebens soll sich *heute nacht* erfüllen. Auch davon sprach er. Und drittens sagte er, daß er Henriques zweimal vor dem elektrischen Stuhl bewahrt habe, und das zeigt deutlich, wess' Geistes Kind er ist – gewiß kein zugelassener Strafverteidiger der Anwaltskammer der Vereinigten Staaten. Ich will jede Wette eingehen, daß seine Personalakten nicht nur bei Interpol registriert sind, sondern ich bin auch noch überzeugt, daß er einer der ehemaligen Gangsterkönige Amerikas war, der dann nach Italien ins Exil ging. Es dürfte recht interessant und aufschlußreich sein, gelegentlich einmal nachzulesen, in welcher Richtung seiner Zunft er spezialisiert war. Denn die Leoparden der Unterwelt – auch deren stattlichste Exemplare, wechseln ihre Zeichnung nie. Und zum vierten beabsichtigt er, in zwölf Stunden außer Landes zu gehen. Und zum fünften – ist heute Samstag, Samstagnacht. Und jetzt setzen Sie sich alle diese netten Kleinigkeiten zusammen, und schauen Sie selbst, was dabei herauskommt.«

»Ich wäre dafür, Sie sagen es uns«, murrte Hardanger ungeduldig.

Also sagte ich es ihnen.

Der Regen fiel noch immer senkrecht und schwer – noch genauso schwer wie vor wenigen Stunden, als wir die ländliche Weinkelterei verlassen hatten. Eine Gegend, in der der strömende Regen und blitzschnelle Evakuierung des Gebiets die Seuchenviren um ihre sämtlichen Opfer – bis auf den einen unglücklichen Konstabler, der so grauenhaft vor unseren Augen gestorben war – gebracht hatte. Jetzt, morgens zwanzig nach drei, war er eisig geworden, dieser Regen; aber ich spürte das kaum. Alles, was ich noch fühlte, war meine Erschöpfung, die schmerzhaften Stiche meiner Rippen bei jedem Atemzug und die nagende Angst, daß ich trotz aller Zuversicht, die ich da vor dem General und Hardanger zur Schau gestellt hatte, hoffnungslos im Irrtum und Mary mir für immer und ewig verloren war. Und selbst, wenn ich recht haben sollte, war es genausogut möglich, daß sie mir verloren war.

Mit verzweifelter Anstrengung versuchte ich ganz bewußt, an etwas anderes zu denken.

Der mit einer hohen Mauer umgebene Hof, in dem ich schon seit drei Stunden stand, war so dunkel und verlassen wie das Herz von London. Die Räumung des Stadtzentrums hatte nach sechs, kurz nach Laden- und allgemeinem Dienstschluß der Banken und Büros, eingesetzt. Die vorübergehend Heimatlosen waren in bereitgestellten Sälen und Theatern und Schulen untergebracht worden. Und man hatte die Evakuierung in den Neun-Uhr-Nachrichten noch weiter zu beschleunigen gesucht, indem bekanntgegeben worden war, daß nach einer letzten, soeben eingegangenen Mitteilung der Termin für den Botulinangriff von vier Uhr auf halb zwei morgens vorverlegt worden sei.

Alles war ohne Hast, ohne Panik, ohne verzweifeltes Theater vor sich gegangen. Und wären nicht all die Kofferschleppenden im Straßenbild aufgefallen, so wäre man gar nicht auf die Idee gekommen, daß hier etwas nicht stimme. Die phlegmatischen Londoner, die in Hunderten von Nächten den Bombenangriffen des Kriegs ausgesetzt gewesen waren und ihre Stadt hatten brennen sehen, dachten gar nicht daran, sich auch nur aus der Ruhe bringen zu lassen – egal, um was es ging – und wer es war.

Zwischen halb zehn und zehn hatten über tausend Mann Militär das ganze Londoner Zentrum systematisch durchgekämmt, auf daß auch der letzte Mann, die letzte Frau, das letzte Kind in Sicherheit und niemand übersehen worden war. Um halb zwölf war ein abgedunkeltes Patrouillenboot geräuschlos am Nordufer der Themse angelaufen und hatte mich genau am Ufer bei der Hungerford Bridge abgesetzt. Ein bewaffneter mitternächtlicher Polizei- und Militäreinsatz hatte das ganze Gebiet, einschließlich der Themsebrücken gesperrt und abgeriegelt. Um ein Uhr hatte ein Stromausfall fast eine ganze Quadratmeile des Stadtgebiets in völlige Finsternis fallen lassen – eine Meile innerhalb des Sperriegels.

Zwanzig nach drei, genau fünfzig Minuten nach dem festgesetzten Zeitpunkt für die Seuchenattacke. Es wurde Zeit zu gehen. Ich rückte die geliehene Webley, die nicht ins Schulterhalfter paßte, zurecht, prüfte das Messer, das mir, mit der Scheide nach unten gerichtet, im linken Ärmel steckte, und machte mich in die Dunkelheit auf. Den neuen Hubschrauberlandeplatz hatte ich bisher nie abgebildet gesehen, geschweige denn, daß ich jemals draußen gewesen wäre. Aber ein Inspektor der Metropolitan Police hatte mich so enervierend gründlich und erschöpfend instruiert, daß ich jetzt auch blind dahin gefunden hätte. Und genau das war ich im Grunde genommen auch. Blind. Total blind. Die Finsternis in dieser verdunkelten, regenverweinten Stadt war von fast absoluter Vollkommenheit.

Man hatte mir erklärt, daß ich auf dreierlei Wegen zu diesem Landeplatz, der hundert Fuß über London, auf dem Dach des Bahnhofs liegt, kommen könne. Es gab zwar zwei Aufzüge, bei dem Stromausfall jedoch mußten sie außer Betrieb sein. Zwischen beiden lief eingeglast eine von unten bis oben völlig offene Wendeltreppe hinauf. Eine ideale Sprunganlage für Selbstmordkandidaten, falls ihrer unten ein Empfangskomitee harrte, und Gregori schien mir gewiß nicht der Mann, der seine Anmarschlinie unbewacht lassen würde, das war mir klar. Und dann gab es noch einen dritten Weg. Die Feuerleiter auf der anderen Seite des Bahnhofs. Und das war der einzige Weg für mich. Ich ging.

Eine schmale Kopfsteingasse führte zweihundert Meter an der Mauer entlang. Dann hörte sie auf, und ich tastete herum, stellte einen hohen Holzzaun fest, griff nach oben, zog mich hoch und rutschte leise auf der anderen Seite ab. Dann ging ich den Schienen nach. Die zuständigen Buchkompilatoren, die behaupten, daß der Clapham Verschiebebahnhof mehr parallel laufende Gleisanlagen habe als sämtliche Bahnhöfe Englands, würden sich wahrhaftig nicht zu solch blödsinnigen Feststellungen versteigen, wenn sie das einmal in einer tiefschwarzen, stockdunklen Oktobernacht, wenn einem der eisige Regen um die Ohren pfeift, selbst ausprobiert hätten. Ich glaube, es gab kein einziges Stück Eisen und Metall mehr in der endlosen Weite dieser Gleisanlagen, das ich in jener Nacht nicht gefunden hätte – und meistens mit Schienbeinen und Knöcheln. Gleise und Drähte und Signalanlagen und Verschiebeanlagen, Hydranten und Plattformen, wo sie hingehörten und nicht hingehörten – ich fand sie alle. Und um allem die Krone aufzusetzen, fing jetzt auch noch der verbrannte Kork, mit dem mein Gesicht und meine Hände total geschwärzt worden waren, an zu laufen, und verbrannter Kork schmeckt ganz genauso, wie man erwartet, daß verbrannter Kork schmeckt. Und es tut höllisch weh, wenn man ihn in die Augen bekommt. Die einzige Gefahr, um die ich mich nicht zu kümmern brauchte, waren die Stromschienen. Der Strom war abgestellt. Den gegenüberliegenden Zaun des Verschiebebahnhofs fand ich ohne alle Schwierigkeiten, indem ich in ihn hineinrannte. Und einmal drüben, drehte ich nach links ab und ging in Richtung Feuerleiter, die irgendwo in einem schmalen Mauervorhof liegen sollte. Ich fand ihn schließlich, ging hinein und preßte mich flach gegen die Mauer. Die Feuerleiter war da, jawohl; in der Dunkelheit kaum wahrnehmbar, schwang sie sich etwa zwanzig Fuß weiter gegen das leicht aufgehellte Dunkel des Himmels, starr, düster und zickzackförmig hoch, um oben gegen den schwärzlichen Hintergrund dunkler Gebäude zu verschwinden.

Drei Minuten blieb ich starr an die Wand gepreßt stehen und zeigte nicht mehr Leben als ein hölzerner Indianer ... Dann hörte ich es, noch durch das Trommeln des Regens gegen meine durchweichten Schultern und das Gurgeln des Wassers in den Abflußrinnen hörte ich es: das leichte Scharren eines Schuhes auf dem Pflaster, mit dem jemand sich aus einer unbequemen, eingeengten Stellung rührte. Dann blieb es still, aber mehr brauchte ich auch gar nicht zu hören. Einmal reichte vollauf ... Irgend jemand stand direkt unter der untersten Sprossenwand der Feuerleiter, und wenn er sich als unschuldiges Gemüt mit keinerlei anderen Absichten als denen, der eigenen Gesundheit zu dienen, herausstellen sollte, hätte mir das höchstens eine erschütternde Überraschung sein können – gelinde gesagt. Auch diese Kur würde ihm nicht mehr helfen; aber wenn er erst einmal kalt war, gab er sicher nicht mehr allzuviel darauf. Ihn hier zu finden, ließ mich, ob der Gefahr, die er darstellte, durchaus nicht in hoffnungslose Trübsal verfallen; alles, was ich empfand, war tiefste Befriedigung und ein Gefühl von Erleichterung, das sich nicht beschreiben läßt. Ich hatte alles auf eine Karte gesetzt, aber ich hatte gewonnen. Dr. Gregori funktionierte genauso, wie ich es dem General und Hardanger prophezeiht hatte.

Ich ließ das Messer aus der Scheide rutschen und fuhr mit dem Daumen über die Schneide. Es war spitz wie eine Lanze und scharf wie ein Skalpell. Ein kleines Messerchen nur, aber von dreieinhalb Zoll Stahl kann man im Endeffekt genauso tot sein wie vom längsten Stilett oder vom stärksten Schwert. Das heißt, falls man genau weiß, wohin man zu stechen hat. Und das wußte ich ziemlich genau. Wie und wohin. Und in jedem Fall leistete ich bei allem, was über eine Distanz von zehn Fuß hinausging, mit dem Messer die akkuratere Arbeit.

Sechzehn der zwanzig Schritte, die uns trennten, schaffte ich in zehn Sekunden, nicht geräuschvoller als der im Mondlicht dahintreibende Schatten einer Schneeflocke. Und jetzt sah ich ihn fast genau. Direkt unter der ersten Plattform der Feuerleiter stand er, um soweit wie möglich vor dem Regen Deckung zu nehmen. Mit dem Rücken zur Wand. Sein Kopf hing hinunter, als sei er mit dem Kinn auf der Brust im Stehen halb eingedöst. Ein einziger Blick hätte genügt, und schon hätte er mich gehabt.

Aber daß er endlos so schön blind bleiben würde, war kaum zu erwarten. Ich drehte das Messer, bis die Scheide nach oben stand, und dann zögerte ich plötzlich. Selbst jetzt, da Marys Leben in der Waagschale lag, stand ich da und zögerte. Wer immer auch da unten stehen mochte, verdient hatte er sich seinen frühen Tod redlich, daran zweifelte ich kaum. Einen ahnungslosen Halbschlafenden jedoch mit dem Messer zu überfallen – verdammt, das ging mir quer, ob er es nun verdient hatte oder nicht. Nein, verdammt, so etwas war wahrhaftig kein Krieg in Ehren. Ich ließ leise die Webley aus dem Halfter rutschen, schlich mit vorsichtig und leise und auf Zehenspitzen, wie die Maus an die schlafende Katze, an ihn heran, suchte mir unter dem

Hutrand genau die richtige Stelle und holte aus. Und vermutlich, weil mich die eigene Zimperlichkeit, ihn mit dem Messer fertigzumachen, irgendwie wurmte, fiel das, was ich ihm verpaßte, ziemlich hart aus – verdammt hart. Es klang wie eine Axt, die sich tief in einen Stamm gräbt. Ich fing ihn ab und ließ ihn sanft zu Boden gleiten. Der wachte nicht auf – nicht ehe der Morgen graute, wenn er überhaupt noch erwachte. Aber das war mir jetzt nicht so wichtig. Ich startete die Feuerleiter hoch.

Langsam, ohne jede Hast, ohne jede Eile, Eile konnte das Ende bedeuten. Den Blick nach oben gerichtet, nahm ich eine Stufe nach der anderen, immer nur eine. Ich war zu nah am Ziel, um durch einen übereilten Schritt alles zunichte zu machen. Nach dem sechsten oder siebenten Sprossenabsatz wurde ich sogar noch langsamer, und das nicht etwa, weil mich mein Bein oder diese sehr komischen Atembeschwerden peinigten, was sie zweifellos sowieso taten, sondern weil ich plötzlich direkt über mir in der Wand, wo kein Licht zu sein hatte, einen diffusen Lichtschein wahrnahm. Nirgends hatte Licht zu sein, denn alles Licht im Herzen Londons war erloschen. Falls schwarze Gesichter für Geister zulässig sind – meins mußte zwar jetzt schon reichlich gestreift wirken –, dann kletterte ich die nächste Sprossenwand wie ein Geist hoch. Und als ich mich dem Lichtschein näherte, konnte ich feststellen, daß er nicht aus einem Fenster, sondern aus einer schmiedeeisernen Tür in der Wand fiel. Vorsichtig brachte ich meinen Kopf hoch genug, um zu sehen, was dort los war.

Die Tür lag etwa in gleicher Höhe mit den massiven Eisenträgern, die das Dach des Bahnhofs stützten. Mindestens ein Dutzend Lampen – schwächliche vereinsamte Lichtquellen, die eigentlich nur dazu dienten, den allgemeinen düsteren Trübsinn, der über der gesamten riesigen höhlenartigen Halle lag, noch zu betonen, verbreiteten ein bißchen Helligkeit. Und dann plötzlich wurde mir klar, warum sie brannten. Kein Bahnhof kann ganz ohne Licht operieren. Das, was ich da unten sah, mußte die batteriegespeiste Notbeleuchtung für Stromausfall sein. Eine völlig prosaische Erklärung, aber genau die richtige.

Ich studierte einen Moment die geometrischen Formen der rußgeschwärzten Stahlträger, die sich drüben am anderen Ende des Bahnhofs in der undurchdringlichen Finsternis verloren, und drückte dann versuchsweise leicht gegen die Tür. Sie gab nach. Aber dieses Ding quietschte auch noch wie ein Galgen im Nachtwind – wie ein Galgen mit einem im Nachtwind baumelnden Toten. Keine erbauliche Vorstellung. Ich versuchte, an etwas anderes zu denken als ausgerechnet an Leichen. Genug war genug.

Die Tür stand jetzt weit genug auf, um mich ins Innere sehen zu lassen. Eine Stahlplattform mit senkrechten Leitern stellte ich fest. Eine führte direkt nach oben in den langen Quergang unter dem riesigen Oberlicht, die andere tief nach unten bis etwa zur höchsten Lampe: Die erstere vermutlich für die Fensterputzer gedacht, die letztere für die Elektriker. Eine Entdekkung, die mir enorm viel einbrachte. Ich raffte mich auf, um weiterzuklettern. Das, was mich tatsächlich interessierte, lag mindestens noch sechs Sprossenabsätze höher.

Der Arm, der sich um meinen Hals schloß und mir Luft und Leben abzuquetschen drohte, gehörte einem Gorilla – einem Gorilla in Hemd und Jackett – aber einem Gorilla. In den ersten zwei versteinerten Schrecksekunden war mir, als müsse mein Genick brechen, und ehe ich überhaupt fähig wurde zu reagieren, glitt auch schon etwas Hartes, Metallisches über mein rechtes Handgelenk und fiel noch, ehe ich zufassen konnte; die Webley. Sie schlug noch gegen die Kante der Plattform und trudelte dann in Nacht und Finsternis.

Den Aufschlag hörte ich nie, wie sollte ich? Ich war viel zu beschäftigt damit, um mein Leben zu kämpfen. Mit der Linken – die Rechte war momentan bewegungsunfähig und ziemlich nutzlos – griff ich hoch, erwischte ihn am Handgelenk und versuchte, den Arm wegzuzerren. Aber ich hätte ebenso versuchen können, einen vier Zoll starken Ast von einer Eiche abzureißen. Übermenschliche Kräfte schnürten mir das Leben ab. Und das nicht gerade langsam.

Irgend etwas, genau über den Nieren, bohrte sich schmerzhaft in meinen Rücken. Und was das hieß, wußte ich sehr wohl. Trotzdem gab ich den Widerstand nicht auf. Länger als wenige Sekunden war dieser Druck einfach nicht mehr zu ertragen. Mein Genick mußte brechen. Mit aller Gewalt stieß ich mit dem rechten Fuß die Tür auf und riß uns beide taumelnd auf die äußere Plattform. Noch immer in seinem Würgegriff, spürte ich, wie seine Füße abrutschten, als er gegen das hüfthohe Geländer schlug und wir alle beide den Halt zu verlieren drohten. Und dann plötzlich gab er mich frei und griff verzweifelt nach dem Gitter, um sich selbst zu retten.

Keuchend und um Atem ringend, taumelte ich zurück und fiel schwer gegen die Eisenleiter, die nach unten führte. Genau da, wo meine Rippen gebrochen waren, schlug ich auf. Mir wurde schwarz vor den Augen. Die Welt verdunkelte sich und versank in einem Nebel voll Schmerz. Wenn ich jetzt nachgegeben hätte, wenn ich mich auch nur einen Augenblick in meinen völligen Erschöpfungszustand hätte fallen lassen, wäre es aus gewesen. Ich hätte die Besinnung verloren. Das jedoch war ein Luxus, den ich mir nicht leisten konnte, nicht bei diesem Subjekt. Jetzt wußte ich, mit wem ich es zu tun hatte. Hätte er mich unschädlich machen wollen, hätte er mir nur sein Schießeisen über den Schädel zu ziehen brauchen. Hätte er mich umbringen wollen, dann wäre ich eben sehr gut abzuknallen gewesen, und falls er keinen Schalldämpfer hatte und ihm darum zu tun war, Geräusche zu vermeiden, so hätte auch ein eiserner Hieb aufs Dach und ein guter Schwung übers Gitter – sechzig Fuß hoch über dem Kopfsteinpflaster – seinen Zwecken vollauf genügt. Aber nein, so schlicht und so simpel und so schmerzlos tat er das auch wieder nicht. Wenn schon sterben, dann sollten wir auch alle beide etwas davon haben: Ich die Todesqualen spüren, er den Anblick genießen. Ein Vieh, ein übler Sadist, dem der Blutrausch in den Augen geschrieben stand. Gregoris rechte Hand, Henriques. Der Taubstumme mit den leeren Augen.

Halb liegend und halb stehend an die Leiter gelehnt, drehte ich mich um, als er wieder auf mich zukam. Gebückt, die Pistole in der Hand. Doch die gedachte er erst mal nicht zu gebrauchen. O nein, nicht, solange er das Heft in der Hand hatte. Mit einer Kugel ging das Sterben viel zu schnell. – Es sei denn, man plazierte sie richtig. Und plötzlich wurde mir klar, daß es genau das war, was er jetzt im Sinn hatte.

Ich spürte, wie das kalte Eisen über meinen Körper glitt, wie er suchte, um mich so zu erwischen, daß mein Hinübergehen recht ausdauernd und unerquicklich wurde. Ich stemmte mich mit den Armen gegen die Sprossen. Ja, wenn mein rechter Fuß dort gelandet wäre, wo er hätte landen sollen, dann hätte mir dieser Henriques keinen weiteren Kummer mehr gemacht. Aber meine Sicht war verschwommen, und meine gesamte Koordination geradezu armselig. Mein Fuß streifte seinen rechten Schenkel, krachte gegen den Arm und schlug ihm die Pistole aus der Hand. Scheppernd rutschte sie über die Plattform, die Stufen hinunter immer weiter abwärts und blieb auf dem unteren Treppenabsatz liegen. Wie eine Katze riß es ihn herum, um zu retten, was noch zu retten war, und ich war kaum weniger langsam. Kaum daß er über der ersten Stufe hing und sich nach der Pistole verrenkte, machte auch ich einen Satz, traf ihn mit beiden Füßen und schickte ihn der Pistole nach. Mit einem tierischen, unartikulierten Laut krachte er die Stufen hinunter und landete auf der Plattform. Aber er landete auf den Beinen. Er stand. Und er hatte die Pistole.

Ich überlegte nicht lange. Jeder Versuch, die letzten Sprossenabsätze zu nehmen und auf den Landeplatz zu gelangen, war sinnlos. Nur um Sekunden konnte es sich handeln – und er hätte mich gehabt, wie er mich brauchte. Und selbst, wenn ich darauf gebaut hätte, daß der Wunder dieses Tages noch kein

Ende sei und ich wirklich angekommen wäre, hätte ich damit rechnen müssen, daß das nicht gerade in aller Heimlichkeit und Stille vor sich gehen und Gregori, bereit, mich in Empfang zu nehmen, dastehen würde. Und das hieß, daß ich beiden Pistolen unbewaffnet ausgeliefert wäre, das bedeutete für Mary das Ende. Doch auch der Versuch, ihm nachzurennen oder ihn einfach da zu erwarten, wo ich war, mußte glatter Selbstmord sein. Alles was ich besaß, war ein Messer, und das stak fest am linken Arm, und meine rechte Hand war noch immer völlig taub, unfähig, das Messer überhaupt herauszuziehen, geschweige denn, es zu benutzen. Und selbst wenn wir einander waffenlos gegenübergestanden hätten, selbst wenn ich in bester Form gewesen wäre, selbst dann bezweifle ich, daß ich mich mit den abgründigen, tierischen Kräften dieses taubstummen Unmenschen hätte messen können. Davon aber, von meiner besten Form war ich weit entfernt. Ich ging durch die Eisentür wie ein Kaninchen, das ein Frettchen aus seinem Bau auf die Sprünge gebracht hat.

Verzweifelt sah ich mich auf der winzigen Plattform um. Wohin? Nach oben zum Laufsteg der Fensterputzer oder nach unten zu den Elektrikern? Weder – noch. Es bedurfte keiner halben Sekunde, bis ich das erfaßt hatte. Nicht so, wie ich ausgestattet war – nur mit einer fast lahmen rechten Hand und der stillen Hoffnung, daß ich mit viel Glück und Gottes Hilfe die obere oder untere Plattform schaffte, noch ehe Henriques durch diese Tür kam, um sich meiner nach eigenem Ermessen anzunehmen. Sechs Fuß von der Plattform entfernt, lag einer der riesigen Träger, die über die gesamte Dachbreite liefen. Und da, in diesem Augenblick, schaltete ich jeden Gedanken ab, weil ich mir wohl ganz unbewußt darüber klar war, daß jede Erwägung, und ginge sie noch so blitzartig vor sich, mich von diesem Unternehmen abhalten mußte. Pistole hin – Pistole her, ich hätte es vorgezogen, alles weitere mit Henriques auf dieser Plattform auszutragen. Aber ich schaltete ab. Ich bückte mich unter die hüfthohe Kette, die um die Plattform lief, und sprang über eine Tiefe von 60 Fuß auf den Träger. Mein gesunder Fuß landete halbwegs sicher, der angeknackte faßte zu kurz und rutschte an der gefährlichen dicken Rußpatina, die eine Generation Lokomotiven hier abgesetzt hatte, ab. Während mein Kinn gegen die Metallkante krachte und mir die Sterne vor den Augen flimmerten, griff ich mit der Linken nach dem Träger. Zwei oder drei entsetzliche Sekunden baumelte ich hoch in der Luft, während der riesige leere Bahnhof mir vor den Augen verschwamm. Dann hatte ich mich hochgezogen und war sicher. Für den Moment. Schlotternd kam ich auf die Beine. Ich kroch nicht über den

Träger. Ich balancierte nicht vorsichtig mit ausgestreckten Armen hinüber. Ich zog den Kopf ein und rannte. Der Träger war höchstens acht bis neun Zoll breit, mit einer gefährlichen Schicht Ruß bedeckt, und es wäre mein sicheres Ende gewesen, wenn ich an eine der glatten, abgerundeten Nietköpfe gekommen wäre, die beiderseitig den Kanten entlang liefen. Aber ich rannte. Sekunden nur brauchte ich, um die siebzig Fuß bis zu dem starken, vertikalen Mittelträger zu schaffen, der hoch oben in Nacht und Finsternis verschwand. Den bekam ich endlich zu fassen, schob mich herum und starrte in die Richtung, aus der ich gekommen war.

Henriques stand auf der Plattform an der Eisentür, den Arm voll ausgestreckt, die Pistole genau auf mich gerichtet. Aber noch während ich das wahrnahm, ließ er sie sinken. Er hatte mich zwar gesehen, aber zu spät, um noch zu zielen, ehe ich hinter dem Pfeiler in Deckung gegangen war.

Er sah sich um und schien sich nicht schlüssig werden zu können.

Ich blieb, wo ich war, und klammerte mich an den Pfeiler, während ich spürte, wie die taube Lähmung meiner rechten Hand langsam nachließ. Und während Henriques da stand und offensichtlich zu einem Entschluß zu kommen suchte, verfluchte ich mich und meine eigene Dummheit. Nicht ein einziges Mal hatte ich mich an der Sprossenwand umgesehen. Nicht einmal während des ganzen Aufstiegs war mir dieser glanzvolle Einfall gekommen. Der Taubstumme mußte bei einem Kontrollgang durch die Posten den Bewußtlosen an der Feuerleiter entdeckt und daraus seine unvermeidlichen Schlüsse gezogen haben.

Henriques hatte sich durchgerungen. Der Sprung von der Plattform zum Träger schien ihm gar nicht zu gefallen, und verdenken konnte ich es ihm nicht. Er rannte die Eisenleiter hoch, die zum Laufsteg der Fensterputzer führte, lief weiter, bis er genau über mir war, schob sich dann durch die Geländerquerstange und ließ sich so weit hinunter, bis seine Füße kaum ein paar Zoll über dem Träger waren. Dann ließ er sich fallen, hielt sich an der Wand fest, bis er auf den Beinen stand, drehte sich vorsichtig um und kam mit ausgestreckten Armen, wie ein Seiltänzer, auf mich zu. Ich wartete nicht auf ihn. Auch ich machte kehrt und startete. Ich ging nicht weit, brauchte nicht weit zu gehen. Der Träger, auf dem ich war, lief zur anderen Seite der Halle, und damit war es schon aus. Er verschwand in dem schmierigen Mauerwerk. Und hier gab es nichts, keine Plattform, keinen Laufsteg – weder über mir noch unter mir – nichts. Nur den Träger, der in der Mauer endete. Und unten in einer Tiefe von sechzig Fuß den trüben Schein der Gleise und der hydraulischen Puffer. Nichts gab es hier: Nur mich, den Träger und die schwarze Wand. Das Ende des Wegs, aus dem es kein Entrinnen mehr gab. Ich drehte mich um und machte mich auf das gefaßt, was auf mich zukam. Auf den Tod.

Henriques hatte den vertikalen Mittelträger erreicht, sich herumgeschoben und kam immer näher. Als er auf fünfzig Fuß herangekommen war, hielt er inne, und selbst in dem trüben Licht noch sah ich seine weißen Zähne schimmern. Er lächelte. Er hatte die Situation erfaßt, er sah, daß ich ihm auf Gnade und Ungnade ausgeliefert war. Eine Sternstunde im Leben dieses Irren brach an.

Wieder bewegte er sich auf mich zu. Langsam verringerte sich die Distanz zwischen uns. Zwanzig Fuß vor mir machte er halt, ging mit den Händen hinunter und setzte sich, nicht ohne die Beine fest um den Träger zu schließen. Was er da anhatte, war weiches italienisches Woll-Leinen. Der Ruß tat seinem Anzug bestimmt nicht gut. Das schien Henriques nicht im mindesten zu kümmern. Er hob die Pistole mit beiden Händen und zielte. In die Mitte – in den Bauch.

Nichts konnte ich machen. Die Hände gegen die Wand gepreßt, machte ich den nutzlosen Versuch, mich innerlich zusammenzureißen und gegen die dröhnende Wucht des Schlages zu wappnen. Ich starrte auf seine Hände, und mir war, als würden seine Finger weiß und blutleer. Und da zuckte ich unwillkürlich zusammen und schloß die Augen. Nur für eine Sekunde oder vielleicht waren es auch zwei, ich weiß es nicht. Als ich sie wieder öffnete, hatte er die Pistole sinken lassen und grinste mich an. Diesem ausgeklügelten Sadismus und dieser raffinierten Grausamkeit war alles, was ich bisher erlebt hatte, nicht gleichgekommen. Aber das hätte ich wissen müssen. Ich hätte es kommen sehen müssen. Dieser tierische Unmensch, der ein Zyankalikonfekt in Clandons Mund gestopft, der MacDonald mit Genuß bei Bewußtsein stranguliert, der Mrs. Turpins Hinterkopf eingeschlagen, der Easton Derry zu Tode gefoltert und *last not least* meine Rippen gebrochen hatte – so ein Untier dachte gar nicht daran, sich um das exquisite Vergnügen zu bringen, mich Zoll für Zoll sterben zu sehen, auch wenn ich ihm für diesmal statt der körperlichen nur die seelischen Qualen zu bieten hatte.

Ich sah sie förmlich vor mir, diese leeren Augen, in denen die Gier nach Blut und Qual stand, ich sah ihn förmlich vor mir, diesen grinsenden Mund, geifernd wie ein Wolfsmaul. Er war die Katze, und ich war die Maus, und er beabsichtigte, sich mit mir zu belustigen, bis er diesem makabren Spiel auch die letzte Unze Vergnügen abgewonnen hatte. Um mich dann mit einem bedauernden Achselzucken abzuknallen, obwohl ihm der Clou des Ganzen noch bevorstand: mich fallen und in der Tiefe zerschmettern zu sehen.

Ich hatte Angst. Ich bin kein Held. Aber wer ist schon noch ein Held, wenn er dem Tod ins Gesicht starren muß. Und diese Angst hatte mich fast körperlich gelähmt – körperlich und geistig. Jetzt aber wich diese äußere Versteinerung, und eine plötzliche Flut von Ärger, daß mein Leben und Marys Schicksal von der Laune dieser entmenschten Kreatur abhängig sein sollte, überschwemmte mich. Das Messer fiel mir ein.

Langsam schob ich die Hände hinter dem Rücken zusammen, bis sie sich berührten. Die Finger meiner Rechten – sie tat noch weh, war aber wieder bewegungsfähig — griffen in den linken Ärmel und schlossen sich um den Messerschaft. Henriques hob die Pistole wieder und zielte. Diesmal mit teuflischem Grinsen auf meinen Kopf. Ich ließ mich nicht stören, ich zog und zerrte, bis ich das Messer aus der Scheide hatte. Um mich endgültig zum Kadaver zu machen, dazu war es noch zu früh. Das wußte ich jetzt. Des unschuldigen Vergnügens an diesem harmlosen Spiel war es noch lange nicht genug – ehe der gelangweilt den Abzug drücken würde, um mir den letzten pfeifenden Abschiedsgruß zu senden. Wieder ließ er die Pistole sinken, rutschte ein wenig herum, um die Füße unter dem Träger noch fester zu schließen, und fuhr dann mit der Linken in die Tasche. Was zum Vorschein kam, waren Zigaretten und Streichhölzer. Er lächelte ein irres Lächeln. Dies war der Gipfel, die Krönung verfeinerter Folter. Der Mörder gibt sich frech einer genußvollen Erholungspause hin, während das zitternde Opfer auf seinen letzten Moment, der zwar noch nicht feststeht, auf jeden Fall aber gewiß ist, wartet: Und das alles hatte er sich ausgedacht, er allein.

Er steckte sich eine Zigarette in den Mund und beugte sich über das Streichholz, um sie anzuzünden. Die Pistole lag noch immer in seiner rechten Hand. Das Streichholz flammte auf und ließ ihn für eine halbe Sekunde erblinden.

Stahl flackerte und blitzte durch die schwache Lichtwelle, und Henriques hustete. Das Messer steckte ihm bis zum Heft im Hals. Er zuckte, als sei eine starke Stromwelle durch den Träger gelaufen und kippte dann hintenüber. Die Pistole fiel ihm aus der Hand und trudelte in einer langen sanften Schleife in die Tiefe. Eine Ewigkeit schien es zu dauern. Ich konnte mich nicht losreißen von dieser fallenden Pistole. Ich sah sie nicht landen – nur die Funken sah ich, da wo Stahl auf Stahl aufgeschlagen war. Ich blickte auf Henriques zurück. Er hatte sich wieder aufgerichtet und starrte mich, leicht vorgebeugt, an. Perplex. Seine Rechte fuhr hoch und zog das Messer heraus, und kaum einen Augenblick darauf war auch sein Hemd schon durchtränkt von dem strömenden Blut. Sein Gesicht verzerrte sich zu einem Fletschen, einem Fletschen, das der herannahende Verfall bereits gezeichnet zu haben schien. Seine Rechte kam hoch – über die Schulter. Die Schneide glänzte nicht mehr im Lampenschein. Noch einmal lehnte er sich zurück, um dem Stoß alle Kraft zu verleihen, und dann erschlaffte das dunkle, böse Gesicht, das Messer entglitt der sterbenden Hand und schlug scheppernd in der Tiefe auf. Seine Augen schlossen sich, er sank seitlich ab und baumelte schließlich nur noch an den überkreuzten Beinen unter dem Träger. Wie lange er so hing, wußte ich später nicht mehr zu sagen. Lange, schien es mir, sehr lange. Bis sich dann in einer seltsam langsamen Bewegung seine Knöchel voneinander lösten und er ins Dunkel fiel. Ich sah ihn nicht fallen, ich konnte ihn nicht fallen sehen. Erst als ich schließlich doch einen Blick hinunterwarf, sah ich ihn. Tief unten hing sein zerschmetterter Körper schlaff über der glänzenden Ramme eines gigantischen hydraulischen Puffers. Um seinetwillen, wo immer er jetzt auch sein mochte, hoffte ich, daß die Schatten seiner Opfer ihn nicht erwarteten. Vage wurde mir plötzlich bewußt, daß meine Wangenmuskeln spannten. Ich hatte zu dem Toten hinunter gelächelt. Weniger nach Lächeln war mir nie zumute gewesen.

Krank und schwindlig und unsicher wie ein Greis, den die Altersschwäche zittern läßt, kroch ich über den Träger zurück – auf allen Vieren. Und diesmal war es ein endloser Weg; es dauerte lange, bis ich ihn zurückgelegt hatte, und ich weiß noch heute nicht, wie ich die sechs Fuß vom Träger zur Plattform schaffte, obwohl es diesmal einfacher war. Die Kette war da, nach der ich greifen konnte. Ich schwankte durch die schmiedeeiserne Tür zu der Feuerleiter und sackte, mehr als ich sank, auf der Plattform zusammen. Und nie war mir die Londoner Nachtluft so weich und süß gewesen. Wie lange ich dort lag, weiß ich nicht. Ich weiß nicht einmal, ob ich wach oder bewußtlos war. Aber es kann nicht lange gewesen sein, denn als ich nach der Uhr sah, war es erst zehn Minuten vor vier.

Ich raffte mich auf und stieg müde die Feuerleiter wieder hinunter. Unten angekommen, nahm ich mir gar nicht die Mühe, mich nach meiner Webley umzusehen. Wer mochte wissen, wo sie lag und wie lange es dauern konnte, bis ich sie fand. Zudem lag die Wahrscheinlichkeit sehr nahe, daß der Mechanismus durch den Fall und den Aufschlag nicht mehr intakt war. Ich wäre verdammt überrascht gewesen, wenn der Posten, dessen ich mich hier entledigt hatte, keine Pistole bei sich gehabt hätte. Ich war nicht überrascht. Nicht einmal, um welche Art von Automatic es sich bei dem Ding handelte, sah ich mir an.

Abzug und Sicherung waren da, wo sie hingehörten, mehr brauchte ich nicht. Und noch einmal startete ich die Feuerleiter hoch.

Die letzten beiden Sprossenabsätze bis zum Dach kroch ich nur noch auf Knien und Händen. Und das nicht um der Stille und Verschwiegenheit willen. Ich schaffte es nicht mehr anders. Ich war fertig. An die Wand des Passagierwarteraums gelehnt, verschnaufte ich einen Moment, dann ging ich langsam über das Pflaster zur Halle hinüber.

Ein schwacher Lichtschein fiel matt durch die offenen Tore – von unten unsichtbar, denn die Hallentore öffneten sich zur Mitte des Landeplatzes. Und es kam auch nicht direkt aus der Halle, dieses Licht, es kam von etwas, das sich inseitig befand: Aus dem großen vierundzwanzigsitzigen Voland Helikopter, der jetzt auf den neuen Landesrouten eingesetzt wurde.

Die Kanzel war es, aus der der Lichtschein fiel. Kopf und Schulter des Piloten zeichneten sich deutlich ab. Ohne Mütze, in einer grauen Uniformjacke saß er links in der Kanzel. Rechts von ihm Gregori.

Ich schlich um den Hangar, kam an das Seitentor und schob es langsam in seinen geölten Laufbahnen zurück. Es gab kein Geräusch. Kaum zwanzig Fuß weit weg, lag die erste Stufe der fahrbaren Gangway, die zur geöffneten Passagiertür in der Mitte des Helikopters führte. Ich zog die Pistole entsichert aus der Manteltasche. Nur wer imstande ist, das Gras wachsen zu hören, hätte mich vielleicht auch diese Treppe hinaufschleichen hören können.

Auch die Passagierkabine war erleuchtet – dürftig erleuchtet – eine einzige Lampe brannte gleich neben der Tür. Vorsichtig steckte ich den Kopf durch die Tür – und da, keine drei Fuß weit weg, saß sie auch schon. Mary. Sie war mit den Händen an die Armlehnen des ersten, rückwärts ausgerichteten Sitzes gefesselt. Die Beule über ihrem Auge war jetzt so groß wie ein Ei — wie ein Entenei. Ihr Gesicht war zerkratzt, zerschunden, totenblaß, aber sie war hellwach und starrte mir direkt ins Gesicht. Und sie erkannte mich sofort. Dabei muß ich mit meinem rußgeschwärzten, verbeulten Gesicht wie ein Marsmensch ausgesehen haben, und noch dazu wie einer, der sich gerade aus seiner zu Bruch gegangenen fliegenden Untertasse davongemacht hatte. Aber Mary erkannte mich. Mit weit aufgerissenen Augen und geöffneten Lippen starrte sie mir entgegen. In der uralten Gebärde des Schweigegebietens legte ich sofort den Finger auf den Mund. Zu spät. Hundert Jahre zu spät. Und war das nicht zu verstehen? Sie hatte in hoffnungsloser Verzweiflung dagesessen. Ihr Leben war bar jeden Sinnes, bar jeden Hoffens. Und jetzt kam ihr Mann, von dem sie mit Sicherheit wußte, daß er tot sein mußte, wie durch ein Wunder aus dem Land der Toten zurück. Ihre Welt würde wieder auferstehen! Nein, sie wäre kein warm empfindender Mensch gewesen, wenn sie in diesem Augenblick nicht ganz instinktiv reagiert hätte.

»Pierre!« Schreck, Hoffnung, Glück – alles lag in ihrer Stimme. »O Pierre!«

Ich sah sie nicht an. Meine Augen sahen nur noch eines: Die Tür zur Kanzel. Und dorthin zielte auch meine Pistole. Irgend etwas Dumpfes schlug auf. Dann erschien Dr. Gregori, in einer Hand die Pistole, die andere hoch erhoben, um sich abzustützen, während er durch den niedrigen Gang spähte. Nur die Augen kniff er zusammen, sonst war sein Gesicht ruhig und kalt. Komischerweise hing auch sein Arm mit der Pistole herunter. Ich hob die meine ein wenig an, bis sie auf seine Stirn zielte, und krümmte die Finger am Abzug. »Ihr Weg ist zu Ende, Scarlatti«, sagte ich, »und auch mein Warten auf Sie hat sein Ende gefunden. Kein Mensch wird heute nacht noch hier erscheinen. Nur ich, Scarlatti. Nur ich.«

13

»Cavell!« Gregori hatte nicht realisiert, wen er vor sich hatte, bis ich den Mund aufmachte. Sein dunkles Gesicht wurde kalkweiß. Er starrte mich an wie einer, der einen Geist gesehen hat, und für ihn war ich das auch.

»Cavell! Unmöglich.«

»Das ist nur ein frommer Wunsch, Scarlatti. In die Kabine mit Ihnen, und lassen Sie Ihre Kanone unten.«

»Scarlatti?« Er schien das, was ich gesagt hatte, gar nicht gehört zu haben. Der erste Schreck hatte ihn aus der Fassung gebracht, der zweite ließ ihn erstarren. »Woher wissen Sie das?« flüsterte er.

»Seit fünf Stunden kennen wir Ihre Story durch Interpol und F.B.I. Und daß das eine Story ist, das kann man wohl sagen. Enzo Scarlatti. Dereinst ein renomierter Mann der Chemieforschung, der dann zum Superboß des amerikanischen Verbrechens des gesamten Mittelwestens avancierte. Erpressung, Raub, Mord, Rauschgift, Automaten – die ganze Litanei. Der König im Spiel. Und keiner konnte Ihnen was am Zeug flicken. Und doch schnappten sie Sie zum Schluß, nicht wahr, Scarlatti? Das Übliche – Einkommensteuerhinterziehung. Sie wurden deportiert.« Ich ging zwei Schritte auf ihn zu. Ich wollte Mary nicht in der Feuerlinie haben, wenn hier der Krieg losging. »Ab, in die Kabine, Scarlatti.«

Noch immer starrte er mich an, aber sein Gesichtsausdruck wechselte unmerklich. Seine Elastizität, seine geistige Widerstandskraft waren bewundernswert. »Darüber müssen wir reden«, sagte er langsam.

»Später. Drinnen. Los jetzt. Oder ich knalle Sie da, wo Sie stehen, über den Haufen.«

»Das werden Sie nicht. Sie würden es zwar gern, aber noch ist es nicht soweit. Ich weiß, wann ich dem Tod ins Gesicht sehe, Cavell. Und ich sehe ihm jetzt ins Gesicht. Sie möchten gern, daß ich hereinkomme und Platz nehme, und dann erst wollen Sie mich fertigmachen. Aber nicht bevor ich in dem Stuhl da sitze, werden Sie mich killen.«

Ich machte noch einen Schritt auf ihn zu, und jetzt wurde seine linke Hand sichtbar. »Das ist es doch, wovor Sie Angst haben, Cavell, nicht wahr? Sie fürchten, ich könnte eins von diesen kleinen, niedlichen Dingern in der Hand oder bei mir haben und im Fallen womöglich zerbrechen. Ist es nicht so, Cavell?«

So war es. Ich starrte auf die Ampulle in seiner Hand, auf die kleine Glasphiole mit dem versiegelten blauen Plastikkopf. Sein Gesicht spannte sich. »Ich hielte es für besser, wenn *Sie* die Kanone jetzt mal herunternehmen würden, Cavell.«

»Diesmal nicht. Denn so lange sie auf Ihre Stirn gerichtet ist, werden Sie gar nichts tun. In dem Moment, da ich sie herunterbringe, verpassen Sie mir doch eins. Und ich weiß jetzt, was ich vorher nicht wußte. Sie werden von dieser Ampulle keinen Gebrauch machen. Ich hielt Sie für verrückt, Scarlatti, jetzt aber ist mir vollkommen klar, daß Sie uns mit dieser Drohung nur zwingen wollten, das zu tun, was Sie wollten. Aber jetzt weiß ich Bescheid über Sie und kenne Ihren Steckbrief. Sie mögen verrückt sein, aber Sie sind dabei so schlau und gerissen wie ein Fuchs. Sie sind geistig so normal wie ich. Sie denken ja gar nicht daran, von diesem Ding Gebrauch zu machen. Dafür schätzen Sie Ihr eigenes Leben viel zu sehr, Ihr Leben und den Erfolg Ihrer Pläne.«

»Irrtum, Cavell. Ich werde davon Gebrauch machen. Und ich schätze mein Leben, jawohl.« Er warf einen raschen Blick über die Schulter und drehte sich schnell wieder um. »Acht Monate ist es jetzt her, daß ich nach Mordon kam. Und dieses Gift hier hätte ich herausbringen können, wann immer ich wollte. Aber ich wartete. Warum? Ich wartete so lange, bis Baxter und MacDonald einen abgeschwächten Stamm des Satanskäfers entwickelt hatten, eine Kultur, die zwar noch immer tödlicher als das Botulismustoxin ist, aber nur noch eine Lebensdauer von vierundzwanzig Stunden besitzt. Und ich wartete und wartete, bis sie endlich auch die richtige Kombination von Hitze, Phenol, Formalin und Ultra Violett für das Gegengift zu diesem abgeschwächten Stamm hatten.« Er hielt die Phiole hoch. »Hier in diesem Glas, der Satanskäfer mit geringerer Virulenz – hier in meinem Blut, die inaktivierenden Mikroorganismen, die wir dagegen entwickelt haben. Verstanden, Cavell? Das Zyankali war Bluff. Ich brauche kein Zyankali. Und jetzt werden Sie auch verstehen, warum Baxter sterben mußte – er kannte den neuen Virus und das neue Vakzin.«

Ich verstand.

»Und Sie werden auch begreifen, daß ich durchaus keine Bedenken habe, es zu gebrauchen. Ich werde –«

Er brach ab. Sein Gesicht wurde hart und kalt. »Was war das?« Ich hatte es auch gehört. Zwei kurze Serien harten Knatterns – wie eine Maschinenpistole, nur fünfmal so schnell.

»Das wissen Sie nicht? Die neue Merlin Mark 2, Scarlatti. Der neue Schnellfeuerkarabiner der Natostreitkräfte.« Ich sah ihn abwägend an. »Haben Sie denn nicht gehört, was ich Ihnen eben sagte! Kein Mensch wird heute nacht noch hier erscheinen. Nur ich.«

»Was sagen Sie da?« flüsterte er. Seine Knöchel traten weiß heraus, als seine Hand sich unwillkürlich um die Glasphiole krampfte. »Wovon reden Sie da?«

»Von all Ihren Freunden, die ihre Heimat lange nicht mehr wiedersehen werden. Von diesem finstersten Abschaum — auch wenn es die Spitzen der Unterwelt sind –, der in den letzten Wochen so mysteriös aus allen Schlupfwinkeln der Welt – aus London und Amerika und Frankreich und Italien – verschwunden ist. Ich rede von all den großen Spezialisten der autogenen Schweißung, von den Fachleuten der Nitroglyzerine, von den Herrschaften, die so gut mit allen Kombinationsschlössern umzugehen verstehen, und was es dergleichen mehr gibt. Von den Besten der Welt, wenn es gilt, Safes und Tresore zu knacken und zu sprengen. Vor Wochen hatten wir bereits von Interpol erfahren, daß alle diese Leute plötzlich verschwunden sind. Aber wir wußten nicht, daß sie einen Treffpunkt hatten und sich samt und sonders hier in London versammelt haben.«

Die dunklen, glitzernden Augen trafen sich jetzt mit den meinen. Sein Atem kam pfeifend. Er sah aus wie ein reißender Wolf.

»Der F.B.I. hält Sie für das Gehirn des Ganzen, er hält Sie für den größten Organisator, mit dem er es seit dem Krieg jemals zu tun gehabt hat. Ein Kompliment, Scarlatti, ein beachtliches sogar, und verdient. Sie haben uns alle ganz schön an der Nase herumgeführt. Ihr unnachgiebiges Verlangen, Mordon zu zerstören, die Botulindemonstration in Ostengland, die Vorspiegelung völliger Ahnungslosigkeit, daß drei der gestohlenen Ampullen nicht das Botulin, sondern die Satanskäferviren enthalten – jawohl, Scarlatti, Sie hatten uns alle davon überzeugt, daß wir es mit einem Irren zu tun haben. Und wir waren sicher, daß die Drohung, ins Herz von London zu schlagen, um Mordon zu Fall zu bringen, das Hirngespinst eines Verrückten sein mußte. Dann hielten wir das Ganze für einen kommunistischen Anschlag, der es darauf abgelegt hatte, unsere letzte, aber stärkste Verteidigungslinie zu vernichten. Erst vor wenigen Stunden mußten wir erkennen, daß die Drohung, London mitten ins Herz zu treffen, nur einem Zweck – und nur diesem einen einzigen – diente, dieses Zentrum zu räumen, und zwar so gründlich, daß auch nicht eine einzige Seele mehr darin verblieb.

Denn dieser kleine Bereich von London ist die Hochburg der Finanzen. Der Welt größte Banken liegen im Herzen von London. Banken, in denen sich die gängigen Währungen von fünfzig Nationen stapeln, Banken, die millionenschwer sind, Banken, die über Depositen zu verfügen haben, deren Juwelenbestand allein ausreichen dürfte, um notfalls ein ganzes Dutzend Millionäre loszukaufen. Und das wäre eine lohnende Beute gewesen, nicht wahr, Scarlatti? Seit gestern abend lauert Ihre wohlausgerüstete Mannschaft in leeren Gebäuden und ganz harmlos aussehenden Lastwagen auf den großen Moment. Alles, was sie noch zu tun hatte, war abzuwarten, bis der letzte Mann verschwunden war, um sich dann bei Dunkelheit in aller Gemütsruhe in die Banken zu begeben. Nichts konnte mehr schiefgehen. Alle diese Banken besitzen ein zweifaches Sicherheitssystem – Wächter und automatische Alarmanlagen, die die Signale aller zuständigen Polizeireviere auslösen. Aber die Wachleute hatten ja zu verschwinden, wenn sie nicht elend an den Viren krepieren wollten, und diese Absicht hatten sie nicht. Und was die Einbruchsicherungsanlagen anbelangt, so besaßen Sie genügend hochqualifizierte Fachkräfte, denen solche Schaltanlagen gar kein Geheimnis sind. Man baut die Schalter ab, pustet die Sicherungen aus, löst die überlasteten Spulen aus oder schneidet die Kabel, die das gesamte Viertel mit Strom versorgen, einfach durch. Und darum liegt das Zentrum von London jetzt in völliger Finsternis. Darum schrillt auf keinem Polizeirevier eine Alarmglocke. Können Sie mir folgen, Scarlatti?«

Er konnte mir folgen. Sein Gesicht war haßentstellt.

»Alles andere war gar kein Problem mehr«, nahm ich meine Rede wieder auf. »Ich nehme an, Sie haben sich Ihres Piloten rechtzeitig versichert und den armen Teufel schon im Laufe des Tages kassiert. Man bringt die Beute ein, verlädt alles ordnungsgemäß in den Hubschrauber und rauscht eilends nach dem Kontinent ab: Nur so, auf diesem Weg war es zu machen, denn das gesamte Gebiet war abgesperrt, und es gab nur noch diese eine Möglichkeit, die Ernte abzufahren. Und das wußten Sie. Ihre tapferen Mannen waren angewiesen, genau da zu bleiben, wo sie waren, um sich dann, wenn die Bevölkerung nach allen ausgestandenen Ängsten wohlbehalten zurückkehrt, klammheimlich unters Volk zu mischen und zu verschwinden. Nicht vor drei Uhr nachmittags allerdings, weil dies der früheste Termin zur allgemeinen Rückkehr sein dürfte. Aber bis dahin konnte auch niemand darauf kommen, was sich inzwischen in den Banken getan hatte. Und da wir heute Sonntag haben, ist sogar anzunehmen, daß aller Wahrscheinlichkeit nach bis Montag früh alles still und ruhig bleibt und niemand auf die Idee verfallen wird, daß die Banken leer und ausgeraubt sind. Eine Zeit, zu der Sie dann längst um die halbe Welt geflogen und in

Sicherheit sind. Nicht aber jetzt, Scarlatti. Es ist, wie ich bereits sagte: Ihr Weg ist zu Ende.«

»Und jetzt – und jetzt ist wirklich alles vorbei?« flüsterte Mary hinter mir.

»Es ist alles vorbei. Schon um zehn Uhr abends, lange, ehe die Truppen das gesamte Gebiet durchgekämmt hatten, waren sämtliche strategischen Punkte der City mit insgesamt zweihundert Detektiven besetzt – in den Banken selbst – vor den Banken – überall. Versteckt natürlich. Und sie hatten Befehl, ihre Stellungen von 3.45 Uhr morgens nicht zu verlassen. Jetzt ist es vier. Es ist alles vorüber. Jeder einzelne dieser Männer war mit einer allerneuesten Merlin-Maschinenpistole aus Heeresbeständen ausgerüstet und hatte Anweisung, alles niederzumachen, was ihm vor die Flinte kam, wenn einer auch nur mit der Wimper zuckte. Und das, was wir da eben noch vor wenigen Minuten vernommen haben – das hat sich ganz so angehört, als hätte da doch einer mit der Wimper gezuckt.«

»Sie lügen.« Scarlattis Gesicht war eine haßerfüllte Grimasse, und seine Lippen zuckten und bewegten sich, auch wenn ihnen kein Ton entkam. »Das«, keuchte er heiser, »das haben Sie doch alles nur aus der Luft gegriffen.«

»Das dürfen Sie doch wohl verdammt besser wissen, Scarlatti. Alles, was ich weiß, ist leider viel zu wahr, als daß nicht auch noch die Schlußpointe hinhauen sollte.«

Er sah mich an. Mord stand in diesen Augen. »Schließen Sie die Kabinentür«, sagte er leise voll verbissener Wut. »Schließen Sie die Tür, habe ich gesagt, oder, bei Gott, ich bringe euch alle um.« Die Ampulle hoch erhoben, kam er zwei Schritte weiter in den Gang.

Ich beobachtete ihn einen Moment und nickte dann. Er hatte nichts mehr zu verlieren, und ich hatte nicht die geringste Lust, Marys Leben und meines mit dazu – ganz zu schweigen von dem des Piloten – jetzt aufs Spiel zu setzen. Ich ließ ihn nicht aus den Augen und hielt ihn eisern mit der Pistole weiter in Schach, aber ich ging zurück und schloß die Tür.

Die Linke noch immer unverrückbar erhoben, kam er weitere zwei Schritte näher. »So, Cavell, und jetzt abliefern, her mit der Pistole.«

»Nicht meine Pistole, Scarlatti.« Ich schüttelte den Kopf und fragte mich, ob er nicht nach allem doch am Ende wahnsinnig sei – oder aber vielleicht auch nur ein glänzender Schauspieler. »Nicht meine Pistole, Scarlatti. Und das wissen Sie ja wohl auch genau. Dann nämlich bringen Sie uns alle hier kaltlächelnd um und verschwinden. Aber so lange ich sie in der Hand halte, können Sie sich nicht rühren. Zerschmettern Sie Ihre Phiole, meinetwegen, aber noch ehe der Virus mich bekommt, hat sie meine Kugel. Nein, nein, nicht meine Pistole.«

Wieder – die Augen leer glänzend und weitaufgerissen – kam er näher, die Linke hoch und drohend erhoben. Verdammt, sollte ich mich doch geirrt haben. War er doch verrückt? »Ihre Pistole, Cavell«, kreischte er, »her damit.«

Wieder schüttelte ich nur den Kopf, und alles, was er daraufhin von sich gab, war ein wilder, kreischender Laut, während er die Linke hinunterriß – nicht mit der gegen mich gerichteten Innenfläche etwa, wie ich es erwartet hatte, sondern mit dem Handrücken. Dunkelheit flutete in die Kabine, als seine geballte Faust in die einzige brennende Birne krachte, eine Finsternis, die umgehend von dem orangenen Aufzucken zweier Stichflammen illuminiert wurde, als ich zweimal hintereinander abdrückte; ein Aufblitzen, gefolgt von widerhallendem ohrenbetäubendem Donner und dann plötzliche Dunkelheit und tiefe Stille, und aus der Stille Marys gequältes Stöhnen und Scarlattis Stimme: »Meine Pistole sitzt genau im Genick Ihrer Frau, Cavell. Sie stirbt.«

Also war er doch nicht verrückt.

Ich ließ die Pistole zu Boden fallen. Laut scheppernd schlug sie auf. »Gewonnen, Scarlatti«, sagte ich.

»Machen Sie das Licht in der Passagierkabine an«, befahl er. »Gleich links an der Tür ist der Schalter.«

Ich tastete, fand ihn schließlich und knipste ihn an. Ein Dutzend Birnen flammten auf und überfluteten die Kabine mit Helligkeit. Scarlatti zog sich aus Marys Nachbarsitz, in den er sich in dem Augenblick, da das Licht verlöscht war, geworfen hatte, nahm die Pistole aus Marys Genick und richtete sie auf mich. Ich nahm die Arme hoch und starrte auf seine linke Hand. Sie war ganz, die Phiole. Er hatte alles auf eine Karte gesetzt, auf die einzige, die ihm noch geblieben war. Und dann sah ich noch etwas: Die Stelle, an der sein Ärmel zerfetzt war, war der linke Ärmel. Das hätte leicht ins Auge gehen können, verdammt – ihm und uns allen. Wenn ich ihn erwischt hätte, dann wäre auch die Ampulle jetzt hin gewesen. Und wenn schon, dachte ich achselzukkend, ob früher oder später, zu Bruch gehen würde sie sowieso.

»Marsch, zurück«, kommandierte Scarlatti jetzt ruhig geworden. Beherrscht und konversationsmäßig klang seine Stimme wieder. Er hatte seinen Oscar für diese Nacht gewonnen und die Schauspielerei daraufhin eingepackt. »Zurück mit Ihnen bis an die Kabinenwand.«

Ich ging zurück. Er kam vor, hob meine Pistole auf, ließ die Phiole in die Tasche gleiten und dirigierte mich mit allen beiden Kanonen weiter: »In die Kanzel, los.«

Ich tat, wie mir geheißen. Als ich an Marys Sitz vorbeikam, sah sie auf und lächelte mir durch die blonde Mähne, die ihr ins Gesicht hing, zu. Auch wenn ihre grünen Augen voller Wasser standen. Ich lächelte zurück. Als gute Schauspieler waren wir nun einmal nicht zu schlagen. Nicht einmal von Scarlatti.

Der Pilot lag über den Kontrollinstrumenten. Darum also das dumpfe Echo zu Marys erstauntem Aufschrei, als sie mich hatte kommen sehen. Jetzt wurde mir auch dieses merkwürdige Geräusch klar. Den Piloten hatte er vor der Inspektion ja noch versorgen müssen, um nicht auch noch von seiner Seite auf Schwierigkeiten zu stoßen. Er war groß, dunkelhaarig, und die eine Gesichtshälfte, die ich von ihm zu sehen bekam, war wind- und wettergebräunt. Etwas Blut sickerte auf seinem Hinterkopf durch das dunkle Haar.

»In den Kopilotensitz, los«, kommandierte Scarlatti weiter. »Und wecken Sie den Mann.«

»Wecken? Wie denn, verdammt noch mal?« In Schach gehalten von den zwei starrenden Pistolenmündungen ließ ich mich in den Sitz gleiten. »Das arme Schwein haben Sie ja hier verarztet.«

»Nicht gefährlich«, sagte er. »Na los, bißchen dalli.«

Ich tat, was sich tun ließ. Mir blieb schließlich keine Wahl. Also schüttelte ich den Piloten, schlug ihn leicht ins Gesicht, redete auf ihn ein – umsonst. Scarlattis Handschrift schien kräftiger ausgefallen als vorgesehen. Und Zeit für Finessen hatte er unter den gegebenen Umständen ja auch kaum mehr gehabt, das mußte auch ich verbittert zugeben. Scarlatti wurde ungeduldig und nervös. Wie eine Katze auf der Lauer starrte er durch die Kanzelverglasung auf die Hallentüren. Nach allem, was er wußte, mußte da draußen in der Dunkelheit ein ganzes Regiment Bewaffneter seiner harren. Denn er konnte ja schließlich nicht ahnen, daß ich den General und Hardanger bekniet hatte, mich in aller Heimlichkeit und Stille losziehen zu lassen. Nicht nur, um die einzig verbliebene Chance, Marys Leben nicht aufs Spiel zu setzen, wahrzunehmen, sondern auch um tunlichst zu vermeiden, daß Scarlatti in einem Augenblick unkontrollierbarer Panik doch noch nach dem letzten Mittel griff – nach dem Satanskäfer. Was ich da geleistet hatte, war schon großartig.

Nach fünf Minuten rührte sich der Pilot und kam zu sich. Und ich hatte mich nicht geirrt. Wach war er genau der Kerl, für den ich ihn schlafend gehalten hatte. Bereit, es sofort mit Gott und der Welt aufzunehmen, schlug er die Augen auf. Und alles, was mir zu tun übrig blieb, war, ihn davon abzuhalten, bis ihn dann ein kühles metallenes Streicheln im Genick einwandfrei wissen ließ, daß er damit bei Scarlatti an den falschen geraten war. Das riß ihn herum. Er erkannte, wen er vor sich hatte, und bekundete dieses Wiedererkennen mit einigen Redewendungen, die keinen Zweifel darüber ließen, daß er einwandfrei aus Irland war. Was er zu sagen hatte, war zwar ganz interessant, aber im Grunde nebensächlich und nicht druckreif. Er brach ab, als Scarlatti ihm den Lauf seiner Pistole ins Gesicht stieß. Eine schlechte Angewohnheit von Scarlatti, das muß einmal gesagt sein, aber es schien mir zweifellos ein bißchen verspätet, ihn jetzt noch davon zu kurieren.

»Bringen Sie die Kiste hoch«, kommandierte Scarlatti. »Sofort.«

»Was soll er? Starten?« protestierte ich. »Der ist nicht fähig zu laufen, geschweige denn zu fliegen.«

Scarlatti indessen verlieh seiner Aufforderung mit der Pistole den entsprechenden Nachdruck. »Haben Sie mich verstanden? Also dann los.«

»Das geht nicht«, bockte der Pilot mürrisch und wütend zugleich. »Er muß rausgezogen werden. Ich kann die Motoren hier nicht starten – von wegen der Auspuffdämpfe und der Feuerschutzbestimmungen.«

»Packen Sie mit Ihren Feuerschutzbestimmungen ein. Der Vogel kann mit eigener Kraft rollen, oder glauben Sie, daß ich mir das nicht angesehen hätte, also los, los.«

Dem Piloten blieb keine Wahl, und er wußte es. Er ließ den Motor anspringen, und ich zuckte nicht nur innerlich, sondern auch äußerlich zusammen bei dem hallenden Dröhnen, dessen Echo uns von den engen Wänden des Metallkäfigs in die Ohren schlug. Dem Piloten mußte das genausowenig behagen wie mir: Entweder das war es, oder aber sein Gefühl, daß weitere Verzögerungen hier leicht ins Auge oder auch ins Genick gehen konnten. Welche Gründe er auch haben mochte, er verlor keine Zeit. Umgehend ließ er die zwei gigantischen Rotoren anspringen, schaltete die Steuerung, um den Drehflügeln den richtigen Steigungswinkel zu geben, und machte die Bremsen los. Der Hubschrauber begann zu rollen.

Dreißig Sekunden später hatten wir abgehoben und waren in der Luft. Scarlatti, nicht mehr ganz so nervös, griff nach dem Gepäcknetz über sich und reichte mir eine viereckige Metallbüchse, und dann langte er gleich noch einmal hinauf, und diesmal holte er ein ganz gewöhnliches engmaschiges Einkaufsnetz herunter.

»Machen Sie die Büchse auf und legen Sie den Inhalt in dieses Netz«, sagte er kurz angebunden. »Und ich würde Ihnen raten, recht vorsichtig damit umzugehen. Sie werden gleich sehen warum.«

Ich sah warum, und ich war sehr vorsichtig. Ich öffnete das

Blechding, und – da lagen sie, gut in Holzwolle verpackt – fünf verchromte Stahlbehälter. Nach seinen Anweisungen öffnete ich einen nach dem anderen und legte mit unendlicher Sorgfalt und Vorsicht die fünf Ampullen ins Netz. Wie gesagt, fünf Stück im ganzen: Zwei blaue Siegel – zwei Phiolen Satanskäferviren, drei rote Siegel – drei Phiolen Botunlinviren. Dann griff Scarlatti noch einmal in die Tasche und überreichte mir noch eine von der blauen Sorte. Das waren zusammen sechs. Auch die legte ich mit geradezu zimperlicher Umsicht hinein, zog das Netz zusammen und überreichte es Scarlatti. Es war kalt in der Kanzel, aber ich schwitzte wie in einem Dampfbad, und es kostete mich alle Energie, meine Hände einigermaßen ruhig zu halten. Ich fing einen Blick des Piloten nach dem Netz auf, und ich könnte wirklich nicht behaupten, daß ich den Eindruck gehabt hätte, er fühle sich wohler als ich. Er wußte, was hier los war.

»Ausgezeichnet.« Scarlatti nahm mir die Tasche ab, langte in die Passagierkabine zurück und legte sie auf den nächsten Sitz. »Und nun werden Sie gewiß in der Lage sein, unsere Freunde davon zu überzeugen, daß ich nicht nur willens, sondern auch bereit bin, meine Drohung wahrzumachen.«

»Worüber reden Sie da eigentlich?«

»Das werden Sie gleich sehen. Sie werden sich über UKW gleich einmal mit Ihrem Schwiegervater in Verbindung setzen und ihm etwas ausrichten. Und Sie«, wandte er sich an den Piloten, »Sie werden die Freundlichkeit haben, schön über diesem Landeplatz zu kreisen. Wir werden nämlich sehr bald wieder zurück sein.«

»Mit diesem verfluchten Apparat kann ich gar nicht umgehen«, sagte ich.

»Dann denken Sie ein wenig nach«, sagte er freundlich. Er schien seiner Sache ganz verdammt sicher, und das gefiel mir gar nicht. »Es wird Ihnen schon wieder einfallen. Das wäre ja gelacht, wer sein Leben im Dienst des Vaterlandes beim Geheimdienst verbracht hat, wird wohl auch noch fähig sein, mit einem Sender fertigzuwerden, das sollte man doch meinen. Und falls es wirklich gar nicht klappen sollte, dann könnte ich ja auch unter Umständen noch ein bißchen zu Ihrer Gattin in die Passagierkabine gehen. Was glauben Sie, wie gut Ihr Gedächtnis funktionieren wird, wenn Sie sie schreien hören, Cavell?«

Ich ging hoch. »Also dann bitte – was wollen Sie von mir?«

»Gehen Sie auf Polizeiwelle. Wie das vor sich zu gehen hat, weiß ich zwar nicht, aber Sie müssen es wissen. Und dann geben Sie bitte durch, daß ich mich leider gezwungen sehe, meine Virenvorräte über London abzuwerfen, falls man sich nicht bereit erklären sollte, meine sämtlichen Leute umgehend – samt dem Geld, das sie bei sich haben – freizulassen. Ich habe zwar keine

Ahnung, wo die Ampullen landen werden, aber das interessiert mich auch weiter nicht. Ferner geben Sie durch, daß ich bei dem geringsten Versuch, uns zu verfolgen oder irgendwie in unsere Absatzbewegungen einzugreifen, rücksichtslos von den Viren Gebrauch machen werde, gleichgültig welche Konsequenzen sich daraus auch ergeben mögen. Sehen Sie vielleicht irgendwo einen Haken, Cavell?«

Ich schwieg erst einmal. Ich starrte durch die eiligen Scheibenwischer in den Regen und die Dunkelheit. Schließlich sagte ich: »Nein, ich sehe keinen Haken.«

»Ich bin ein Verzweifelter, Cavell«, fuhr er in aller Ruhe, aber auch in aller Eindringlichkeit fort. »Damals, als man mich aus den Staaten abschob, hielt man mich für erledigt. Für eine gewesene Größe. Spott, Schande und Gelächter begleiteten meinen Abgang. Und so habe ich mich denn entschlossen – und das bin ich noch immer – ihnen zu zeigen, wer Scarlatti ist und ihnen den größten Coup aller Zeiten zu liefern. Als Sie uns heute abend mit Ihrem Polizeiwagen aufhielten, sagte ich manches, was nicht ganz stimmte. Eines aber stimmt: Ich werde dieses Ziel erreichen, was immer es auch kosten mag, oder mit daran zugrunde gehen. Und jetzt mache ich Ihnen nichts vor, Cavell. Nichts wird mich aufhalten, nichts auf dieser Welt wird mich in diesem letzten entscheidenden Moment daran hindern. Das hätten sie nicht tun sollen – einen Enzo Scarlatti lacht niemand aus. Und das, Cavell, ist mein heiligster Ernst. Glauben Sie mir?«

»Ich glaube Ihnen.«

»Und ich werde nicht zögern, das durchzuführen, was ich angekündigt habe. Sie müssen sie davon überzeugen.«

»Mich haben Sie überzeugt, Scarlatti. Ob sich die anderen überzeugen lassen, kann ich Ihnen nicht versprechen. Ich werde es versuchen.«

»Und es wäre gut, wenn es Ihnen gelingen würde«, sagte er gleichmütig.

Es gelang mir. Nach einigem Drehen und Schalten kam ich auf Polizeiwellenlänge. Die telefonische Weiterleitung ging glatt, und dann hörte ich Hardanger.

»Cavell hier«, sagte ich. »Ich befinde mich derzeitig in einem Hubschrauber und zwar mit —«

»Hubschrauber?« Er fluchte. »Als wenn ich die verfluchte Kiste nicht bis hierher hören würde. Direkt über uns. Und was in Gottes Namen?«

»Hören Sie zu, Hardanger. Ich sitzt hier mit Mary und einem Piloten, einem Leutnant –« Ich warf ihm einen Blick zu.

»Buckley«, sagte er heiser.

»Leutnant Buckley. Scarlatti hat uns alle in der Hand. Ich soll dem General und Ihnen etwas ausrichten.«

»Ist die Schweinerei fertig, na also, Cavell, ich hab's ja gesagt«, brüllte Hardanger. »Habe ich Sie vielleicht nicht genug gewarnt—«

»Mensch, Hardanger, halten Sie die Schnauze«, sagte ich müde. »Hören Sie gefälligst zu.« Und dann gab ich durch, was man mir aufgetragen hatte, und nach einer Pause hörte ich den General in den Kopfhörern. Ohne Vorwürfe, ohne Gefasel, kurz und bündig.

»Glauben Sie, daß er blufft?«

»Ausgeschlossen«, gab ich zurück. »Der läßt eher halb London verrecken, als daß er aufgibt. Das ist sein tödlichster Ernst. Und was sind schon alle Banknoten und Millionen gegen das Leben einer Million Menschen?«

Die Stimme des Generals wurde beinah sanft. »Sie haben doch nicht etwa Angst, Cavell?«

»Ich habe Angst, Sir. Und nicht nur um mich selbst.«

»Ich verstehe. Ich rufe in ein paar Minuten zurück.«

Ich nahm die Kopfhörer ab. »In ein paar Minuten«, sagte ich. »Er entscheidet nicht allein.«

»Verständlich.« Scarlatti lehnte nachlässig mit einer Schulter an der Tür, nur die zwei Kanonen wankten und wichen nicht. Nicht der Schatten eines Zweifels über das, was hier herauskommen würde, schien ihn zu belasten. «Tja, Cavell — ich habe sämtliche Karten in der Hand.«

Und das war nicht übertrieben. Er hielt sie alle in der Hand, die Karten. Und keiner konnte ihm das Spiel abnehmen. Aber zutiefst in meinem Innern rührte sich das erste Fünkchen Hoffnung, daß er sich eventuell doch mit dem letzten Stich verrechnet haben könnte. Eine verzweifelte, winzige Chance, nicht größer als eins zu einer Million. Aber wer am Ende ist, der ist willens, auch darauf zu setzen. Auf ein Spiel voll unberechenbarer Umstände, abhängig von tausend Imponderabilien: von Scarlattis Geistesverfassung, seiner zunehmenden Sicherheit und nachlassenden Vorsicht, die sich vielleicht — vielleicht — seiner bemächtigte, wenn er erst einmal überzeugt war, der Held des Tages zu sein; von Leutnant Buckleys Scharfsinn, seiner Intelligenz und seinem Mitmachen; und von meinem eigenen Reaktionsvermögen. Und das war aller ›wenn und aber‹ größtes. So, wie ich mich fühlte, hätte der gute Scarlatti auch mit einem Schwachsinnigen kaum mehr Schwierigkeiten zu erwarten gehabt.

In den Kopfhörern krachte es. Ich zog sie über und hörte auch schon den General. Ohne Vorrede. »Wir sind einverstanden. Sagen Sie es Scarlatti.«

»Ja, Sir. Mir ist das alles entsetzlich, Sir.«

»Sie haben getan, was Sie konnten. Da kann man nichts machen, Cavell. Nicht die Schuldigen zu strafen, sondern die Unschuldigen vor dem Übel zu bewahren, darauf allein kommt es jetzt an.«

Einer der Kopfhörer wurde mir vom Ohr gerissen, und das nicht gerade zart. »Na und – und?« meuterte Scarlatti ungeduldig.

»Er ist einverstanden«, sagte ich resigniert.

»Gut. Etwas anderes habe ich auch gar nicht erwartet. Und jetzt stellen Sie bitte noch fest, wie lange es dauern kann, bis meine Leute samt dem Geld auf freiem Fuß sind und die Polizei verschwunden ist.«

Ich fragte nach und gab die Antwort durch. »Eine halbe Stunde.«

»Sehr schön. Stellen Sie das Ding wieder ab. Wir kreisen weiter und werden dann runtergehen.« Und als er sich jetzt an die Tür lehnte, erschien zum erstenmal ein Lächeln auf seinem Gesicht. »Na, das war eine kleine Verzögerung in der Durchführung meines Vorhabens, mein lieber Cavell, aber das soll das Endresultat in keiner Weise beeinträchtigen. Und ich kann Ihnen gar nicht sagen, wie ich auf die amerikanischen Schlagzeilen von morgen warte, die mich vor zwei Jahren, als man mich abgeschoben hat, als lächerliche Null und gewesene Größe abgetan haben. Wie die an diesem Brocken würgen werden, darauf bin ich wahrhaftig gespannt.«

Ich fluchte nur noch müde vor mich hin, und er lächelte wieder. Und je mehr er lächelte, desto besser für mich. So hoffte ich. Ich hing in miserabelster Verfassung in meinem Sitz und murrte nur noch lustlos: »Hätten Sie vielleicht was dagegen, wenn ich rauche?«

»Aber bitte, bitte.« Er steckte eine der Pistolen ein und gab mir Zigaretten und Streichhölzer. »Mit Vergnügen, Cavell.«

»Ich pflege keine hochexplosiven Zigarren mit mir herumzuschleppen«, murrte ich nur.

»Das hatte ich auch nicht angenommen.« Er lächelte wieder, und er schien bester Laune. »Wissen Sie, Cavell, das hier geschafft zu haben, das tut mir schon ganz verdammt gut. Aber mit einem Gegner, wie Sie es waren, fertig geworden zu sein, das tut mir fast genauso gut. Was Sie mir da geliefert haben, das ist mir noch nie passiert – und so, wie Sie mich um Haaresbreite fertiggemacht haben, hat mich noch keiner fertiggemacht.«

»Außer den cleveren Finanzbeamten von der Einkommensteuer«, sagte ich sauer. »Mensch, Scarlatti, scheren Sie sich doch zum Teufel.«

Er lachte. Ich zog nachhaltig an meiner Zigarette, und da, in diesem Moment schien sich der Helikopter zu heben und über eine Warmluftwelle wegzugehen. Und das war nur ein Zeichen. Nervös und ängstlich drehte ich mich um und sagte: »Menschenskind, können Sie sich denn nicht endlich hinsetzen oder irgendwo festhalten. Ich sehe Sie schon auf diesen ganzen gottverdammten Virensegen krachen, wenn diese Kiste hier in ein Luftloch fällt.«

»Nur keine Sorge, mein Bester«, sagte er geruhsam und lehnte sich sehr leger wieder an die Tür. »Fallböen bei diesem Wetter gibt es nicht.«

Aber ich hörte ihn kaum und sah ihn bestimmt nicht. Ich sah Buckley an, und da merkte ich, daß auch er mich ansah. Ohne auch nur den Kopf zu bewegen, schielte er aus den Augenwinkeln zu mir hin, so daß Scarlatti hinter ihm auch gar nichts davon sehen konnte. Ein Augenlid klappte halb hinunter — und da wußte ich, daß der große Ire umgehend geschaltet hatte. Nachlässig, wie absichtslos ließ er seine Hand von den Kontrollgeräten hinunterfallen, fuhr sich langsam über den Schenkel, bis seine Finger horizontal über der Kniescheibe standen. Und plötzlich klappten sie in scharfem Winkel nach unten ab.

Ich nickte langsam und ganz unmerklich zweimal hintereinander und starrte dabei angestrengt durch die Windschutzscheibe, um die Bewegung jeder Bedeutung zu enteignen. Dem Mißtrauischten hätte sie nichts gesagt, und Scarlatti war seiner Sache bereits viel zu sicher, um dort nach Pannen Ausschau zu halten, wo keine zu vermuten standen. Er wäre nicht der erste, der sich des guten Glaubens, das Spiel schon in der Tasche zu haben, ein wenig zu sorglos zurücklehnte, um zu guter Letzt beim Schlußpfiff auf der Seite der Verlierer zu landen. Ich schielte wieder zu Buckley und sah, wie seine Lippen das Wort ›jetzt‹ formten. Und da nickte ich zum drittenmal und holte tief Luft.

Aus den Augenwinkeln überzog ich, wie Scarlatti seine Stellung geringfügig veränderte, als Buckley den Hubschrauber eine Spur höher zog. Seine Beine aber waren noch immer übergeschlagen. Und da plötzlich, schaltete Buckley die Rotoren auf volle Kraft voraus, ging in eine steile Kurve, und Scarlatti, völlig aus dem Gleichgewicht, schoß nach vorn und schlug fast auf mich drauf.

Ich hatte mich gedreht und halb erhoben, als er auf mich zukam. Mein Rundschlag landete eine Spur zu hoch und erwischte ihn unterm Brustbein. Die Pistole flog in hohem Bogen krachend gegen die Kanzelverglasung.

Scarlatti raste. Er kämpfte nicht – er raste. Seine Knie, seine Füße, seine Zähne, seine Fäuste, sein Kopf und seine Ellbogen, alles war in Aktion, um mich – ohne das, was ich ihm verpaßte überhaupt nur wahrzunehmen – in den Sitz zurück zu zwingen. Brüllend, grunzend, gleich einem verwundeten Tier, pflasterte er mit aller Kraft und Wendigkeit, deren er fähig war, auf mich ein. So daß ich, obgleich zwanzig Jahre jünger und zumindest zwanzig Pfund schwerer, ihn nirgends zu fassen bekam. Das Blut fing an in meinen Ohren zu rauschen, mein Brustkorb schien nahe daran auseinanderzubersten, und dann, Sekunden ehe mir die Sinne zu schwinden drohten, brach dieses irrsinnige Trommelfeuer plötzlich ab, und er war weg.

Benommen, blutend, halb verrückt vor Schmerzen, riß ich mich hoch und startete ihm nach. Der Hubschrauber war noch immer am Absacken, und Scarlatti, gegen die Gewalt der Schwerkraft ringend, versuchte krampfhaft im Mittelgang an den Sitzen einen Halt zu gewinnen. Mit einer Hand nur, die andere umklammerte das Netz mit den Ampullen. Verrückt hatte er eben gespielt – und vielleicht nicht nur das, vielleicht war es sogar gewesen – ein Winkel seines Gehirns jedoch schien noch in Tätigkeit: Er wußte, daß er uns mit dem Satanskäfer hier oben wenigstens nicht mehr direkt unter Druck zu setzen vermochte, denn Sekunden, nachdem er die Viren auf uns losgelassen hatte, mußte auch dieser Helikopter mit einem toten Piloten im Führersitz unweigerlich in die Straßen Londons krachen mit einem einzigen Überlebenden an Bord – mit ihm: Einem hoffnungslos verkauften und verratenen Scarlatti.

Noch ehe ich den halben Gang geschafft hatte, war er bereits an der Tür, erwischte den Griff und versuchte sie – vergeblich gegen den Druck der fallenden Maschine – aufzuziehen. Die Füße gegen Marys Nachbarsitz gestemmt, zerrte er, blaurot angelaufen vor Anstrengung, mit aller Kraft, die er aufbringen konnte. Langsam, unaufhaltsam begann sie aufzugleiten. Und ich war noch immer nicht bei ihm, sechs Fuß trennten uns noch. Da kam plötzlich und ruckartig die Maschine aus ihrer Schräglage ins Gleichgewicht, als Buckley auf Horizontalflug ging, die Tür flog auf, Scarlatti taumelte und fiel. Und keine Sekunde später hatte ich ihn auch schon.

Nicht Scarlatti war es, um den ich so besorgt war. Das, was er in der Hand hielt, war es, was mich auf die Beine brachte. Das Netz. Ich entriß es ihm. Knackend brach einer seiner Finger, der sich in den Maschen verfangen hatte. Aber da war er auch schon wieder auf den Beinen, und ich kämpfte um mein Leben – und ich kämpfte darum mit einer Hand.

Er war jetzt stumm. Sein Gesicht war das eines Irren. Er war dabei, mich umzubringen. Am Hals hatte er mich erwischt, und gegen die Gewalt, mit der er mich zurückstieß, kam ich nicht auf. Nur den linken Fuß stieß ich nach hinten, um wenigstens an der Kabinenseite noch etwas Halt zu gewinnen und Scarlatti abzuschütteln. Und Mary schrie. Mein Fuß hing im Leeren, ich fand keinen Widerstand. Nichts war hinter mir. Leere. Die offene Tür. Und alles, was mir zu tun übrig blieb, war die Arme weit auseinanderzureißen und den Oberkörper zu versteifen. Die Knöchel krachten gegen die Metallkanten des Türrahmens, die obere Kante schnitt sich wie eine Guillotine in mein Genick. Alles verschwamm in rotem, glühendem Nebel und lichtete sich wieder. Mary, kalkweiß geworden, starrte mich aus ihrem Sitz gegenüber der Tür mit riesigen, entsetzensweiten grünen Augen an. Und Scarlatti hatte mich noch immer am Hals. Sein Gesicht war direkt über mir.

»Ich habe Sie gewarnt, Cavell«, keuchte er heiser, »ich habe Sie gewarnt. Morgen wird eine Million verreckt sein, Cavell. Eine Million Menschen – und nicht ich, *Sie* haben sie umgebracht.« Er stöhnte, seine Finger krallten sich tiefer in meinen Hals, er hatte mich in den Klauen, er war dabei, mich in die Nachtschwarze Tiefe zu stoßen.

Nichts konnte ich tun, nichts. Nicht einmal meine Hände hatte ich frei, um ihn abzuwehren; ein einziger Versuch nur, das, woran ich mich klammerte loszulassen, und ich wäre weg gewesen, verschwunden in Nacht und Finsternis. Hinter mir das Dunkel, vor mir Scarlattis Gesicht. Das Gesicht eines Irren. Und jetzt, in diesem Augenblick – was immer er vorher gewesen sein mochte, verrückt oder normal – jetzt war er wahnsinnig. Meine weitaufgerissenen, steifen Arme, mit denen ich mich an die Türpfosten stemmte, beugten sich nach innen, meine Schultern, die sich an den harten Metallkanten scheuerten, brannten wie Feuer, und Scarlatti stieß mich weiter und weiter zurück. Ich spürte den eisigen Windzug, und ich spürte, wie der Regen mit der Kraft heulenden Sturmes gegen meine Schultern trommelte. Auch das war eine Art zu sterben. Ich versuchte die rechte Hand zu öffnen, um wenigstens den Satanskäfer nicht mitzunehmen, wenn ich fiel, aber nicht einmal das konnte ich. Meine Finger hingen in dem Netz und waren gegen die Kanten gepreßt.

Und das war der Augenblick, da Mary zu sich kam und ihr versteinertes Entsetzen durchbrach. Sie war an die Lehnen ihres Sitzes gefesselt, aber ihre Füße waren frei. Und plötzlich krümmte sie sich und versetzte Scarlatti mit beiden Beinen und aller Gewalt, die sie aufzubringen imstande war, einen Tritt. Sie trug italienische Schuhe, und zum erstenmal in meinem Leben sandte ich für diese spitzen Monstrositäten ein Dankgebet zum Himmel. Scarlatti schrie vor Schmerz auf, als sie ihn genau unterm rechten Knie erwischte, sein Bein sackte ab, und für einen Augenblick — einen einzigen einmaligen Augenblick, der mir geschenkt war — lockerte sich sein Griff um meinen Hals. Mit aller verzweifelten Kraft und all meinem Gewicht stieß ich mich vor und ließ mein linkes Bein hochschnellen. Scarlatti taumelte zurück. Ich war weg von der Tür, ich stieß die fletschend und fauchend gekrümmte Figur beiseite und rannte in den Mittelgang.

Ich rannte nicht weit. Buckley, die Pistole in der Hand, kam durch die Tür. Vage ging es mir durch den Kopf, was ihn in Gottes Namen so lange aufgehalten haben konnte. Einen Hubschrauber auf automatische Steuerung zu setzen und sich eine Pistole zu greifen, mußte eine Sache von Sekunden sein. Und das war es auch gewesen. Sie waren mir nur wie eine Ewigkeit vorgekommen, das war's.

Er sah mich kommen und warf mir die Pistole zu. Ich fing sie auf — auch jetzt sehr bedacht auf das, was ich noch immer in der Hand hielt, auf das Netz mit den Viren. Dann schwang ich mich herum. Aber Scarlatti kam mir nicht mehr nach.

Still, vor Schmerz noch immer in sich zusammengekrochen, stand er an der Tür. Er sah mich an, aber der irre Glanz in seinen Augen war verschwunden. Langsam richtete er sich auf. »Lassen Sie nur, Cavell«, sagte er, »bemühen Sie sich nicht. Drücken Sie nicht ab.«

»Ich werde nicht abdrücken.«

»Das Ende eines Traums«, sagte er im Konversationston. Er stand dicht an der offenen Tür. Wind und Regen schlugen auf ihn ein, doch er schien es nicht einmal zu merken. »Aber vielleicht mußte es so sein, vielleicht müssen alle Träume, die ich und meinesgleichen träumen, so enden.« Er schwieg. Und dann blickte er mich fast ein wenig spöttisch an. »Sie werden doch nicht etwa im Ernst geglaubt haben, mich jemals im Old Bailey zu sehen?«

»Nein«, sagte ich, »das nicht.«

»Können Sie sich einen Mann wie mich auf der Anklagebank vorstellen, wenn es um den Kopf geht?«

»Nein«, sagte ich, »das kann ich mir nicht gut vorstellen.«

Dazu nickte er befriedigt, ging einen Schritt auf die Tür zu, hielt inne und drehte sich um. »Aber was die *New York Times* dazu zu sagen gehabt hätte, das hätte ich schon sehr gern gelesen.« Seine Stimme war beinah traurig. Dann drehte er sich um und trat in die Dunkelheit.

Ich befreite Mary und brachte das Blut in ihre Hände zurück, während Buckley wieder nach vorn ging, um die Polizei zu verständigen, die Überfallwagen wieder abzublasen. Mary und ich folgten ihm, während er langsam auf den Landeplatz hinunterging. Ich griff zum Sprechfunkgerät.

»Und sie ist heil und sicher?« sagte der General.

»Ja, Sir. Sie ist heil und sicher.«

»Und Scarlatti ist erledigt?«

»Auch das, Sir, Scarlatti ist erledigt. Er ist gerade ausgestiegen.«

Hardangers Stimme, rauh und heiser wie immer, krachte im Kopfhörer. »Freiwillig oder mit Gewalt?«

»Freiwillig.« Ich hing ein. Ich wußte, sie würden mir niemals glauben.